Bookspot

Silvia Stolzenburg

Das Ende des Teufelsfürsten

Roman

Bookspot

Dieses Werk wurde durch die Autoren- und Projektagentur Gerd F. Rumler, München, vermittelt.

Copyright © 2016 by *Edition Aglaia*, ein Imprint von Bookspot Verlag GmbH
1. Auflage 2016
Satz/Layout: Martina Stolzmann
Karten Vorsatz/Nachsatz: Joachim Ullmer/Martina Stolzmann
Covergestaltung: Nele Schütz Design, München, unter Verwendung eines Motivs von shutterstock/Catalin Lazar
Lektorat: Dorothée Engel
Korrektorat: Thilo Fahrtmann
Druck: CPI – Clausen & Bosse, Leck
Made in Germany
ISBN 978-3-95669-065-5
www.bookspot.de

Vorbemerkung der Autorin

Dies ist ein Roman über die historische Figur des Woiwoden Vlad Draculea, durch Bram Stoker weltbekannt als Graf Dracula. Es ist *keine* Geschichte über Vampire oder andere blutsaugende Kreaturen, welche die Nächte unsicher machen. Es ist die Geschichte eines Menschen aus Fleisch und Blut, die Geschichte eines Überlebenskampfes – eines Kampfes um Macht, Liebe und Anerkennung.

Dieser Roman schließt nahtlos an seinen Vorgänger »*Das Reich des Teufelsfürsten*« an.

Namensverzeichnis

(historisch verbriefte Figuren sind *kursiv* hervorgehoben)

Vlad Draculea	Woiwode der Walachei
Radu	sein Bruder
Carol	sein Sohn
Sultan Mehmed	Sultan des Osmanischen Reiches
Matthias Corvinus	König von Ungarn
Ilona Szilágyi	seine Base
Katharina von Podiebrad	Königin von Ungarn
Floarea	Tochter des Bojaren Grigore
Cosmina Fronius	Floareas Tante, Witwe eines Händlers
Galeotto Marzio	italienischer Humanist, Arzt, Historiker und Astronom am Hof von Matthias Corvinus

Kapitel 1

Buda, März 1463

»Beeil dich, Kind! Die Kutsche wartet!« Die vierzehnjährige Floarea zuckte bei diesem Ausruf ihrer Tante schuldbewusst zusammen.

Geistesabwesend hatte sie aus dem Fenster ihrer Kammer auf die Donau gestarrt, auf die Fischerkähne und Lastschiffe, die vorbeizogen. Glitzernd warfen die Wellen den strahlenden Sonnenschein zurück. Der Himmel über der Stadt und den Bergen des Umlands war von einem satten Azurblau, das kein Wölkchen trübte. Auf den Straßen unter ihr herrschte buntes Treiben. Fuhrwerke, Reiter, Fußvolk und die Soldaten des Königs drängten über die Brücken in Richtung Palast. Soweit das Auge reichte, erstreckten sich Weinberge. Auf den zahllosen spitzen Dächern der Stadt hockten Vögel, sonnten sich oder stießen auf die Fischerkähne hinab, um ein paar Brocken Abfall zu ergattern. Alles wirkte geschäftig und hektisch, als hätte der Tag nicht eben erst begonnen.

»Ich komme gleich!«, rief Floarea. Schweren Herzens riss sie sich vom Anblick des pulsierenden Lebens los und trat vor den polierten Silberspiegel, um ein letztes Mal ihre Erscheinung zu überprüfen. Die enganliegende rote Fucke betonte ihre schlanke Figur und unterstrich die Blässe ihrer Haut. Das rabenschwarze Haar hatte ihre Tante Cosmina zu einem armdicken Zopf geflochten, der bis auf ihre Hüfte fiel. Die goldenen Knöpfe funkelten frisch poliert, genau wie das Kruzifix an ihrem Hals. Die veilchenfarbenen Seidenärmel waren aus demselben Stoff wie der durchsichtige Schleier auf ihrem Haar. Wie immer, wenn sie sich selbst betrachtete, fuhr sie mit dem Zeigefinger über die Narbe am Kinn und kämpfte mit aller Macht gegen die entsetzlichen Erinnerungen an.

Es war vorbei.

Sie war in Sicherheit.

Und wenn das Schicksal und die Königin es wollten, würde sie bald eine vornehme Hofdame sein.

Wie schon mal, flüsterte ihr Verstand ihr ein; doch Floarea wischte die Zweifel mit einer wütenden Geste beiseite.

»Nun trödel doch nicht so, Kind.« Ihre Tante kam atemlos in die Kammer gestürmt. Ihr gutmütiges Gesicht hatte die Farbe reifer Kirschen. »Aus dem ganzen Land kommen heute Mädchen an den Hof, weil sie der Königin dienen wollen ...«

»Es tut mir leid«, sagte Floarea. Sie schenkte Cosmina ein entwaffnendes Lächeln. »Ich bin bereit.« Sie nahm den warmen Umhang von der Stuhllehne, über die sie ihn gelegt hatte, und warf ihn sich über die Schultern.

»Ich bin mir sicher, dass sie dich wählen wird«, sagte ihre Tante. Sie nahm Floareas Hände in die ihren und sah sie mit Stolz im Blick an. »Du bist so schön wie ein Donauschwan.«

Floarea spürte, wie ihr das Blut in die Wangen stieg.

»So bist du noch schöner«, lachte die Tante und strich ihr über die Wange. »Und jetzt komm.«

Mit gemischten Gefühlen folgte ihr Floarea die Treppen hinab vor das Haus in der Heiligen Stephansgasse, wo ein Einspänner auf sie wartete. Als eine kühle Brise durch die Gasse strich, zog sie fröstelnd die Schultern hoch.

Der Kutscher, einer von Cosminas Knechten, sprang vom Bock, um den beiden Frauen in den Wagen zu helfen.

»Denk daran, nicht zu schüchtern, aber auch nicht zu aufdringlich zu wirken«, ermahnte Cosmina ihre Nichte. »Die Hofmeisterin trifft die erste Auswahl. Wenn du in ihren Augen bestehst, wirst du zur Königin vorgelassen.«

Floarea zwang sich zu einem Lächeln und nickte. Wenn sie sich doch nur genauso auf die Aussicht, als Hofdame ins Gefolge Katharina von Podiebrads aufgenommen zu werden, freuen könnte! Allerdings nahm die Beklemmung mit jedem Schritt zu, den die lammfromme Stute tat. Zu grauenvoll war Floareas Erinnerung an das letzte Mal, als sie im Dienst einer Fürstin gestanden hatte. Sie schlang schaudernd die Arme um sich.

»Ist dir kalt?«, fragte Cosmina.

Floarea schüttelte tapfer den Kopf. Sie hatte ihrer Tante nicht alles erzählt. Nicht aus Falschheit, sondern weil sie sich nach den vielen Wochen der Flucht an so gut wie nichts mehr erinnert hatte. Als sie halb verhungert und verdurstet auf dem Karren eines barmherzigen Mönchs in Kronstadt angekommen war, hatte sie kaum mehr sprechen können. Ihr Körper war so geschunden und abgemagert, dass ihre Tante sie zuerst nicht erkannte. Erst nach einigen Augenblicken schloss sie ihre Nichte in die Arme und schickte nach einem Arzt. Was dann passiert war, hatte Floarea vergessen. Noch immer wusste sie nicht, wie lange sie mit dem Tod gerungen hatte. Allerdings waren die grauenvollen Erinnerungen in ihren Fieberträumen zurückgekehrt. Sie faltete die Hände im Schoß und versuchte, ruhig zu atmen. Während der Kutscher den Wagen zum Heiligen Johannestor lenkte, sah Floarea aus dem winzigen Fenster. Am liebsten hätte sie gebetet. Doch an Gott glaubte sie schon lange nicht mehr. Seit sie auf dem Leichenkarren, unter einem Berg von Toten, aus der Festung Poenari geflohen war.

Nachdem die Wächter sie passieren ließen, polterte die Kutsche weiter den Berg hinauf, vorbei an einem Franziskanerkloster und mehreren anderen kirchlichen Gebäuden. Es dauerte nicht lange, bis die gewaltigen, mit Türmen verstärkten Mauern der Burg vor ihnen aufragten.

Überall wimmelte es von gepanzerten Wachen. Als Floarea den Blick zu den Zinnen hob, sah sie die Armbrustschützen und augenblicklich stieg Panik in ihr auf. Ohne Vorwarnung begann ihr Herz zu rasen und ein eisernes Band schien sich um ihren Brustkorb zu legen.

»Atme, Kind, atme.« Ihre Tante legte ihr die Hand auf den Arm. »Niemand wird dir hier etwas antun.«

Obwohl Floarea wusste, dass sie Recht hatte, war die plötzliche Furcht wie ein wildes Tier, das seine Klauen in ihr Herz schlug. Die Erinnerung an das Osterfestmahl in Tirgoviste war so überwältigend, dass sie vermeinte, Blut zu riechen. Wie jedes Mal, wenn es sie einholte, spürte sie das Entsetzen der Frauen und Kinder, als sie von den Schwertern niedergestreckt worden waren, hörte die Schreie und das Flehen; sah, wie Vlad Draculeas Soldaten die Gewänder der Frauen zerrissen und ihre Schleier als Fesseln benutzten. Und wie immer folgten die anderen Bilder. Die Bilder, die so grauenhaft waren, dass ihr Verstand sie davor beschützen wollte.

»Anhalten, Kutscher!«, hörte sie die Tante wie aus weiter Ferne rufen.

Sobald die Kutsche zum Stillstand kam, öffnete Cosmina die Tür und half Floarea, mit Hilfe des Knechts, ins Freie. »Du bist weiß wie ein Laken.« Die Tante drückte Floarea auf eine steinerne Bank im Schatten einer übermannshohen Statue. »Ist es wieder ...?«

Floarea schüttelte den Kopf. »Nur Unwohlsein«, log sie. Auf keinen Fall wollte sie, dass sich ihre Tante noch mehr um sie sorgte. Nachdem sie eine Weile auf dem kalten Stein gesessen und auf den sonnenbeschienenen Platz gestarrt hatte, verblassten die Bilder in ihrem Kopf. Sie zwang sich, den Putz der reichen Damen anzusehen, nicht die Spieße, Schwerter und Armbrüste. Tapfer erhob sie sich schließlich wieder und kletterte zurück in die Kutsche.

»Bist du sicher, dass es dir gut geht?«, fragte Cosmina.

Floarea nickte. Sie würde ihre Tante nicht enttäuschen! Cosmina war so gut zu ihr gewesen, hatte sie behandelt wie eine eigene Tochter. Und wenn es ihr sehnlichster Wunsch war, dass Floarea Hofdame in Buda wurde, dann würde Floarea alles tun, um ihr diesen Wunsch zu erfüllen.

Der Kutscher reihte sich in die Schlange vor dem Burgtor ein und wenig später polterte der Wagen über das Kopfsteinpflaster des ersten Vorhofes. Über mehrere Trockengräben und weitere Vorhöfe ging es in den Innenhof, der von prachtvollen gotischen Bauwerken gesäumt wurde. Lebensgroße Bronzestatuen warfen das Sonnenlicht zurück. Zahllose Wirtschaftsgebäude drängten sich an den beiden Zwingern. Vor den Stallungen waren Burschen damit beschäftigt, die Pferde des Königs und der Adeligen abzuschirren, abzusatteln und auf Hochglanz zu striegeln. Sobald der Kutscher die beiden Frauen abgesetzt hatte, wurde er von einem Bediensteten angewiesen, den Innenhof zu verlassen, um Platz für die Fuhrwerke zu machen, die hinter ihm warteten.

Unsicher blickte sich Floarea um. Sie hatte das Gefühl, noch nie so viele Menschen an einem Ort gesehen zu haben. Die Farbenpracht war überwältigend. Teure Stoffe, aufwändige Kopfputze, Geschmeide in allen Formen und Farben – jeder schien versucht zu haben, die anderen zu übertreffen. Bei all dem Prunk kam sich Floarea unscheinbar und klein vor in der roten Fucke und dem schmucklosen Umhang.

»Dort drüben«, raunte die Tante ihr ins Ohr und zeigte auf ein Gebäude, vor dem sich eine Traube junger Frauen gebildet hatte.

Auf dem Absatz einer breiten Treppe stand eine imposante Dame mit einer Schmetterlingshaube und einem altmodischen Tabbard mit langer Schleppe. An ihrem Hals hingen drei schwere Perlenketten, die linke Hand zierte ein Ring mit einem riesigen Rubin. Von Weitem sah sie aus wie ein Raubvogel, fand Floarea. Just in diesem Moment verkündete eine Turmuhr die neunte Stunde.

»Alle Anwärterinnen folgen mir«, verkündete die Frau und klatschte in die Hände.

Kapitel 2

Buda, März 1463

Floarea warf ihrer Tante einen fragenden Blick zu. »Ich warte auf dich«, beruhigte Cosmina sie. »Und denk daran: nicht zu schüchtern, aber auch nicht zu aufdringlich.« Sie drückte Floarea ermutigend die Hand. »Jetzt geh.«

Mit gemischten Gefühlen folgte Floarea der Hofmeisterin in das Gebäude, einen langen Kreuzgang entlang, der einen blühenden Garten umgab. Die Wand gegenüber der Säulen war mit Fresken geschmückt. Allerdings blieb keine Zeit, die farbenfrohen Darstellungen zu bewundern. Am Ende des Kreuzganges angekommen, führte sie die Hofmeisterin eine Treppe hinauf in eines der drei Obergeschosse. Dort wurden sie in einen großen Saal geleitet, dessen Pracht Floarea den Atem stocken ließ. Den Boden zierte ein aufwändiges Sternenmuster aus mehreren farbigen Hölzern. Auch hier waren die Wände bemalt und zwei Kachelöfen mit glasierten Kacheln zogen die bewundernden Blicke der Mädchen auf sich. Die Spitzbogenfenster waren hoch und gaben den Blick frei auf die Stadt und das Umland. In einem goldenen Käfig saß ein Vogel mit kunterbuntem Gefieder.

Ohne weitere Erklärungen wählte die Hofmeisterin eine Handvoll Mädchen aus und bedeutete ihnen, ihr in einen angrenzenden Raum zu folgen.

»Was sollen wir denn jetzt tun?«, fragte eine blonde junge Frau Floarea. Sie wirkte wie eine Spitzmaus mit ihren großen braunen Augen und dem schmalen Gesicht.

Floarea zuckte mit den Achseln. »Ich weiß nicht«, erwiderte sie. »Warten?«

Es dauerte beinahe zwei Stunden, bis die Reihe an Floarea war.

»Stellt euch an der Wand auf«, befahl die Hofmeisterin

ihr und fünf anderen jungen Frauen, nachdem sie sie in ein sonnendurchflutetes Gemach geführt hatte. Darin befanden sich ein Cembalo, ein großer Tisch und eine Sitzecke mit gepolsterten Stühlen und Bänken. Ein dünner Jüngling saß auf dem Schemel vor dem Cembalo und langte auf ein Zeichen der Hofmeisterin in die Tasten.

»Tanzt«, sagte die Hofmeisterin knapp. Als sich die jungen Frauen nicht sofort rührten, klatschte sie unwillig in die Hände.

Floarea stand wie festgenagelt auf der Stelle, während die anderen Mädchen begannen, sich anmutig im Takt zu wiegen.

»Was ist mit dir?«, herrschte die Hofmeisterin sie an.

»Ich kann nicht tanzen«, sagte Floarea kleinlaut.

»Was?« Der Ausdruck auf dem Gesicht der Hofmeisterin war beinahe komisch. »Wenn das ein Scherz sein soll, ist es kein besonders guter.«

Floarea schüttelte den Kopf. »Es ist kein Scherz. Ich kann nicht tanzen.«

Die Hofmeisterin verzog ungläubig das Gesicht. »Was hast du dann hier zu suchen? Die Königin braucht keine Bäuerinnen als Gesellschafterinnen!«

Die Beleidigung verfehlte ihre Wirkung nicht. Die anderen Mädchen hielten im Tanz inne und Floarea brauste auf. »Ich bin keine Bäuerin! Mein Vater war ein angesehener Bojar.«

»Mit einem Gut irgendwo auf dem Land, nehme ich an«, brummte die Hofmeisterin.

»Ich war Zofe am Hof in Tirgoviste!«, verteidigte sich Floarea und hätte sich am liebsten im selben Atemzug die Zunge abgebissen. Aber dafür war es zu spät.

Die Augen der Hofmeisterin verengten sich. »Am Hof von Draculea, dem Teufel?« Sie bekreuzigte sich.

Floarea schlug die Augen nieder.

Die anderen Bewerberinnen steckten tuschelnd die Köpfe zusammen.

»Warum kannst du dann nicht tanzen?«, fragte die Hofmeisterin schließlich.

»Weil ...« Floarea konnte den Satz nicht beenden, da ihr Tränen in die Augen schossen.

Einige peinliche Augenblicke lang herrschte absolute Stille im Raum. Selbst der Cembalospieler begaffte Floarea mit offenem Mund. Scheinbar war es an diesem Hof undenkbar, dass eine junge Dame nicht tanzen konnte.

»Wenn du noch nicht einmal die einfachsten Dinge beherrschst ...«, hob die Hofmeisterin an.

»Warte, Beatrix«, unterbrach sie ein junges Mädchen, das plötzlich wie aus dem Nichts auftauchte. »Lass mich mit ihr reden.«

Verwundert sah Floarea, dass alle Anwesenden in eine tiefe Verbeugung sanken. Das Mädchen, das auf sie zukam, war etwas kleiner als sie, mit dunklem Haar und einem rundlichen Gesicht. Ihr Gewand war mit zahllosen Diamanten besetzt. Ein schweres Amulett baumelte vor ihrer Brust.

Die Königin!

Hastig sank auch Floarea in einen Knicks.

»Steh auf«, forderte Katharina von Podiebrad sie auf.

Floarea tat wie geheißen.

»Eine Hofdame, die nicht tanzen kann«, sagte Katharina. Belustigung schwang in ihrer Stimme mit. »Was kannst du dann?«

Nicht zu aufdringlich, nicht zu schüchtern, hallte die Stimme der Tante in Floareas Kopf nach. Obwohl sie sich so weit wie möglich aus der Burg fortwünschte, hob sie den Blick und sah Katharina in die Augen. Ich kann Steine schleppen und eitrige Wunden versorgen, hätte sie am liebsten gesagt. Tagelang unter stinkenden Leichen ausharren und mich allein durch die Wildnis kämpfen. Stattdessen schwieg sie und hoffte, dass die Königin sie entlassen würde. Cosmina würde zwar bitter enttäuscht sein, aber irgendwie würde sie es wieder gut machen.

»Kannst du lesen?«

Die Frage überraschte Floarea. »Ja, Majestät«, erwiderte sie nach einigen Augenblicken leise.

»Dann komm mit mir.« Katharina wandte sich von ihr ab und ging zurück zu der Tür, durch die sie den Raum betreten hatte. »Ihr macht weiter«, befahl sie der Hofmeisterin und den anderen Mädchen.

Verdattert eilte Floarea der Königin in einem langen Korridor hinterher, von dem mehrere Türen abgingen. Eine davon führte in eine Bibliothek. Zwei Wächter folgten den Frauen in respektvollem Abstand.

»Heilige Mutter Gottes«, murmelte Floarea überwältigt, als sie die Schwelle überschritten. In den deckenhohen Regalen vor ihr mussten sich Tausende von Folianten befinden. Ledergebundener Rücken reihte sich an ledergebundenen Rücken und es roch nach Staub, Papier und Tinte. Als Katharina die Tür hinter sich schloss, umfing die beiden jungen Frauen eine beinahe unheimliche Stille. Lediglich das leise Knacken von Holz war zu hören, sonst regte sich nichts. Floareas Blick wurde von mehreren aufgeschlagenen Handschriften mit aufwändigen Illustrationen angezogen, die auf Lesepulten lagen.

»Komm«, forderte Katharina sie auf. Ohne zu zögern, steuerte sie auf eines der Pulte zu und zeigte auf ein Buch in blauem Ledereinband. »Lies mir die erste Seite vor.«

Eingeschüchtert von der sie umgebenden Pracht, trat Floarea an das Lesegestell und legte den Zeigefinger auf das Papier.

»*Die erste Nacht*«, hob sie unsicher an.

»*Die Leute behaupten, o glücklicher König und Herr des rechten Urteils, dass es einmal einen Kaufmann gab, der reich und wohlhabend war und ein großes Vermögen und viele Sklaven besaß*«, las sie.

»*Er hatte eine ganze Anzahl Frauen und Kinder, außerdem Bürgschaften und Kredite im ganzen Land. Eines Tages zog er aus, um in ein anderes Land zu reisen. Er bestieg also ein Reittier und packte unter sich eine Satteltasche mit saurem Gemüse und Datteln als Wegzehrung. Dann reiste er Tage und Nächte, bis Gott ihn wohlbehalten am Ziel seiner Reise ankommen ließ. Dort erledigte er seine Geschäfte, o glücklicher König, und machte sich dann auf den Rückweg in sein Land und zu seiner Familie. Er reiste drei Tage lang. Am vierten Tag kam eine große Hitze auf, die die Erde völlig versengte ...«*

»Das reicht«, unterbrach Katharina Floareas Vortrag. Sie lächelte die junge Frau an. »Von heute an bist du meine neue Vorleserin.«

Zuerst dachte Floarea, Katharina würde einen grausamen Scherz mit ihr treiben. Aber als die junge Königin lachte und die Hand auf das Buch legte, begriff sie, dass es ihr ernst war.

»Ich möchte, dass du mir jeden Abend eine Geschichte aus diesem Buch vorliest«, sagte Katharina. »Ganz so, wie es Schahrasad tut.« Ihre Augen leuchteten. »Der letzte Vorleser hat die Erzählung ruiniert. Es muss von einer Frau gelesen werden, eine Männerstimme verdirbt die Stimmung.« Sie sah Floarea mit leuchtenden Augen an. »Sind dir die Geschichten bekannt?«

Floarea schüttelte den Kopf. »Nein, Majestät«, sagte sie.

»Ich habe sie von meinem Gemahl geschenkt bekommen«, schwärmte Katharina. »Bist du schon mal einem Osmanen begegnet?«, wechselte sie unvermittelt das Thema. »Sind sie wirklich solche Ungeheuer?«

Floarea wusste nicht, was sie erwidern sollte. Das einzige Ungeheuer, dem sie je begegnet war, hatte Katharinas Gemahl hinrichten lassen. »Dazu bin ich zu unerfahren«, gab sie deshalb bescheiden zurück und hoffte, dass diese Antwort die junge Königin zufrieden stellen würde.

Katharina lachte erneut. Dann sagte sie: »Die Hofmeisterin soll dir eine Kammer zuweisen. Ich will, dass du in der

Burg wohnst.« Mit diesen Worten wandte sie sich von Floarea ab und verschwand in Begleitung der beiden Wächter aus der Bibliothek.

Kapitel 3

Bukarest, März 1463

Bitte, geh nicht, *Gül-jüz*.« Mit einer Mischung aus Verachtung und Furcht beobachtete Carol, wie sein Onkel Radu die Hand des Osmanischen Sultans umklammerte. Ohne dass die beiden ihn bemerkt hatten, war er in das Privatbad seines Onkels gekommen, um ihm mitzuteilen, dass ihn ein halbes Dutzend Ratsmitglieder sprechen wollten. Dass sich Sultan Mehmed am Hof befand, wusste er. Allerdings hatte er nicht erwartet, ihn und seinen Onkel zusammen im Bad anzutreffen. Da er eine Hintertür benutzt hatte, war er nicht von der Leibgarde des Sultans aufgehalten worden, die am Haupteingang Wache stand.

»Ich muss gehen«, gab Mehmed zurück und befreite sich von Radu. »Yakup Pascha hat Nachricht geschickt, dass *Kılıt ül-Bahriye* und *Kalei Sultaniye* fertig sind. Und ich werde ganz gewiss nicht nach Bosnien aufbrechen, bevor ich diese beiden Festungen nicht in Augenschein genommen habe.«

»Was ist mit mir, Gül-jüz?« Radus Stimme war flehend.

»Du wirst mir die Soldaten mitgeben, die ich gefordert habe und hier auf meine Rückkehr warten«, sagte Mehmed. »Du weißt, dass es noch vieler Vorbereitungen bedarf, bis meine Streitmacht aufbrechen kann, um diesem Stjepan Tomašević die Lektion zu erteilen, die er verdient.«

»Deine Männer sind schnell. Ich habe selbst gesehen, wie sie Brücken bauen und Straßen befestigen«, hielt Radu dagegen. »Bitte bleib noch ein paar Tage.«

Carol zog sich mit einem angeekelten Naserümpfen zurück, um das Bad zu verlassen, bevor die beiden ihn bemerkten. Allerdings trat er dabei unvorsichtigerweise auf etwas, das mit einem leisen Knacken unter seinem Fuß zerbarst.

Augenblicklich wirbelten die beiden Janitscharen an der Tür herum.

Ehe Carol reagieren konnte, waren sie bei ihm und er spürte das kalte Eisen eines Krummschwertes an seiner Kehle.

»Wartet«, stieß er hervor. »Ich ...«

»Schweig!«

Der Druck verstärkte sich. Carol spürte, wie sich ein Blutstropfen aus der Wunde löste und langsam seinen Hals hinab rann.

»Wer ist das?« Sultan Mehmed tauchte aus dem Inneren des Bades auf – in einen goldbestickten Kaftan gehüllt.

»Ein Eindringling, *Padischah*.« Der Janitschar, dessen Klinge nicht an Carols Hals lag, verneigte sich tief vor dem Sultan.

»Carol!« Radu erschien hinter Mehmed, in einem ähnlich aufwändig gearbeiteten Kaftan. »Was tust du hier?«

Jetzt schien auch Mehmed den Knaben zu erkennen. »Sieh an. Arslan, der kleine Löwe«, sagte er mit einem kühlen Lächeln.

Die Worte genügten, um Carol einen Schauer über den Rücken zu jagen. Der Blick, mit dem Mehmed ihn von oben bis unten abtastete, erinnerte ihn an die Zeit, die er am Sultanshof verbracht hatte. An den Tag, an dem der Sultan plötzlich im *Hamam* erschienen war – genauso unbekleidet wie noch vor wenigen Augenblicken. Damals war ihm sein Onkel Radu zu Hilfe gekommen.

So wie jetzt.

»Er ist keine Gefahr für dich, Padischah«, sagte er zu Mehmed und legte bittend die Handflächen aneinander.

Der Sultan musterte Carol mit steinerner Miene. Erst nach

einer scheinbaren Ewigkeit befahl er den Janitscharen, ihn loszulassen.

Augenblicklich ließ sich der junge Mann auf die Knie fallen und berührte mit der Stirn die kalten Fliesen des Bades. Unterwerfung war das erste gewesen, das er an den Höfen in Edirne und Konstantinopel gelernt hatte. Wer sich Mehmed nicht bedingungslos unterwarf, lief Gefahr, einem seiner furchtbaren Wutanfälle zum Opfer zu fallen.

»Steh auf, Arslan«, sagte Mehmed schließlich. »Wolltest du ein Bad mit uns nehmen?« Belustigung schwang in seiner Stimme mit.

Carol tat wie ihm geheißen und schüttelte den Kopf. »Nein, Padischah. Ich wollte meinem Onkel sagen, dass Ratsmitglieder in der Halle warten.«

»Ratsmitglieder?«, fragte Mehmed mit samtweicher Stimme. »Deshalb störst du uns beim Baden?«

»Ich ... Ich wusste nicht, dass Ihr auch hier seid, Padischah«, stammelte Carol. »Sonst hätte ich es nie gewagt ...«

Mehmed schnitt ihm mit einer herrischen Geste das Wort ab. »Mir scheint, du hast die Zügel etwas zu locker gehalten«, sagte er an Radu gewandt.

Der machte ein zerknirschtes Gesicht, wagte jedoch nicht zu widersprechen.

Mehmeds Blick wanderte zurück zu Carol. »Wie wäre es, wenn ich dich zu einem *Beğ* machen würde?«, fragte er unvermittelt.

Carol blieb fast das Herz stehen. Ein Befehlshaber in der Armee des Sultans? So wie Radu, ehe der Sultan ihn zum Woiwoden der Walachei ernannt hatte? Würde er dessen Platz dann auch an anderer Stelle einnehmen müssen? Allein die Vorstellung bereitete ihm Übelkeit.

Seinem Onkel war anzusehen, dass er seine Gedanken teilte. »Du willst *ihn* mit in die Schlacht nehmen und mich hier lassen?«, fragte er. Sein Gesicht glich dem eines Kindes, dem man damit drohte, ihm sein Lieblingsspielzeug wegzunehmen.

Mehmed wirbelte zu ihm herum. »Du wagst es, meine Entscheidungen in Frage zu stellen?«, zischte er gefährlich ruhig.

Radu erbleichte. »Nein, Padischah«, murmelte er und senkte gescholten den Kopf. »Du bist der Sultan zweier Kontinente und der Beherrscher zweier Meere. Was immer du entscheidest, ist an Weisheit nicht zu übertreffen.«

Einige Augenblicke lang sah es so aus, als wolle Mehmed die Hand heben, um seinen Gespielen zu züchtigen. Doch dann schnaubte er. »Geh und sprich mit den Ratsherren«, sagte er kalt. »Du, Arslan«, sagte er an Carol gewandt, »machst dich bereit, in zwei Tagen mit mir aufzubrechen.« Damit ließ er Carol und Radu stehen und rauschte aus dem Bad.

Eine Zeitlang herrschte Schweigen. Dann fragte Carol: »Was soll ich denn jetzt tun?«

Radu sah ihn mit steinerner Miene an und zuckte mit den Achseln. »Du befolgst den Befehl des Sultans. Was sonst?«

»Aber ich will kein *Beğ* werden! Du hattest mir versprochen, mir Männer mitzugeben, um nach Floarea zu suchen, sobald alle Posten des Rates besetzt und die Gebäude wieder aufgebaut sind«, protestierte Carol. »Ich weiß, dass sie noch lebt. Ich kann es hier spüren.« Er legte die Hand auf seine Brust.

Radu schüttelte ärgerlich den Kopf. »Wenn der Sultan dir befiehlt, mit ihm zu gehen, gehst du mit ihm. Ganz gleich, was ich dir versprochen hatte. In dieser Angelegenheit hast du zu gehorchen.« Er fasste Carol scharf ins Auge. »Verstehst du, was ich sage? Wenn du dich Mehmed widersetzt, wird er nicht zögern, dich als Verräter hinrichten zu lassen!«

»Aber ...«, hob Carol an.

»Kein Aber«, fuhr Radu ihm über den Mund. »Du wirst tun, was man dir befiehlt.« Ohne auf Carols Antwort zu warten, raffte er den Kaftan und verließ das Bad.

Carol sah ihm mit gerunzelter Stirn hinterher. Der Seifenduft in der Luft schien sich plötzlich in fauligen Gestank zu verwandeln. Mit Grauen erinnerte er sich an den Feldzug gegen seinen Vater, Vlad Draculea, an dem er im vergangenen Sommer teilgenommen hatte. Damals hatte er gegen sein eigenes Volk gekämpft und war mit den Soldaten des Sultans beinahe in der sengenden Hitze verdurstet, weil Vlad sämtliche Brunnen hatte vergiften lassen. Eingekeilt zwischen hunderten von Reitern, hatte er sich wie ein Gefangener in einem Meer aus Leibern gefühlt. Er ballte die Hände zu Fäusten und fasste einen Entschluss. Auch wenn er seinen Verrat mit dem Leben bezahlen musste, würde er lieber aus Bukarest fliehen, als seine Seele zu verkaufen. Denn er zweifelte keine Sekunde daran, dass Mehmed Radu durch ihn ersetzten wollte. In jeglicher Hinsicht.

Um eine ausdruckslose Miene bemüht, verließ auch er das Bad und begab sich in seine Kammer. Dort packte er ein Bündel mit dem Nötigsten, legte Lanze und Panzerhemd bereit und fiel vor dem kleinen Hausaltar auf die Knie. »Barmherziger Vater im Himmel, vergib mir meine Sünden«, murmelte er. Obwohl er sich seit der Ankunft in Bukarest bemüht hatte, den Hass zu vergessen und nur die guten Erinnerungen in seinem Herzen einzuschließen, brannte immer noch Zorn in ihm. Das Böse war nicht mit Vlad Draculea vom Erdboden verschwunden. Anders als erwartet, hatte der ungarische König seinen Vater nicht enthaupten lassen. Und man erzählte sich, dass er auf der Burg Visegrád lebte wie ein königlicher Gast. Wie inständig hatte Carol gehofft, dass es ihm jemand abnehmen würde, den Tod seiner Mutter zu rächen! Er bekreuzigte sich und kam zurück auf die Beine. Dann betrachtete er seine Hände und spannte die Muskeln an. Er war kein schmächtiger Jüngling mehr. Im letzten Jahr war er über zwei Spannen in die Höhe geschossen und konnte inzwischen die besten Männer im Zweikampf besiegen. Auch wenn er wusste, dass es eine Todsünde war, würde er irgendwann tun, was er sich vor langer Zeit geschworen hatte: Sobald er herausgefunden hatte, was mit Floarea geschehen war, würde er Vlad Draculea eigenhändig töten! Da Matthias Corvinus ihn nicht hatte hinrichten lassen, würde er ihn vermutlich bald wieder auf freien Fuß setzen.

Kapitel 4

Burg Visegrád, März 1463

Vlad Draculea starrte mit mürrischem Gesicht auf die stecknadelkopfgroßen Reiter hinab, die sich der Festung Visegrád näherten. Trutzig und abweisend thronte das Bollwerk auf einem bewaldeten Felsen über der Donau. Von mehreren Ringmauern umgeben, war die Burg so gut wie uneinnehmbar – weshalb der ungarische König ihn vermutlich hier in Haft hielt. Obwohl die Sonne aus einem makellos blauen Himmel stach, war der Wind auf der Anhöhe schneidend und kühl. Pfeifend strich er um die Dächer, blies die Blüten von den Bäumen und ließ die Banner des Königs flattern. Zudem trug er das Klappern der Hufe und das Klirren der Harnische heran. Vlad beschirmte die Augen, um besser sehen zu können. In gemächlichem Tempo trabten die Reiter den gewundenen Pfad entlang, wurden von den Baumkronen verschluckt, um kurz darauf wieder aufzutauchen. Über zwei Dutzend Berittene, eine Kutsche und ein Bannerträger.

Vlad verzog das Gesicht. Vermutlich handelte es sich um die Base des ungarischen Königs, Ilona Szilágyi, deren Verlobung mit Vlad Teil seines Bündnisvertrages mit Matthias Corvinus war. Des Vertrages, den der König in Vlads Augen schändlich gebrochen hatte, als er ihn im vergangenen August gefangen gesetzt hatte. Mit hartem Blick verfolgte er den Zug der Reiter und versuchte, nicht an Elisabeta zu denken. Sie war tot, genau wie Zehra. Daran war nichts mehr zu ändern. Die Tatsache, dass Corvinus seine Base nach Visegrád schickte, konnte nur eines bedeuten: dass sich der Zorn des ungarischen Königs gelegt hatte.

Er verschränkte die Arme vor der Brust und wartete, bis die ersten Reiter über die Zugbrücke in den Innenhof der Festung trabten. Sobald auch die Kutsche den Hof erreicht hatte, sprangen die Männer aus den Sätteln und öffneten die Tür für eine junge Frau. Obwohl Vlad Ilona Szilágyi noch niemals vorher zu Gesicht bekommen hatte, war er sicher, dass es sich bei der Schönheit, die anmutig aus der Kutsche stieg, um sie handeln musste.

Das blaue, goldbestickte Gewand mit den weiten Ärmeln betonte ihre schlanke Mitte. Ihr hüftlanges, gelocktes Haar trug sie offen – nur von einem goldenen Reif mit einem dünnen Schleier bedeckt. Die Augen wirkten aus der Ferne genauso schwarz wie ihr Haar, die Lippen voll und rot.

Eigentlich hatte Vlad Abneigung gegen sie empfinden wollen. Doch die Art und Weise, wie sie stolz das Kinn reckte und ihn unerschrocken und stolz ansah, faszinierte ihn.

»Ihr habt Besuch«, informierte ihn einer der Soldaten, die ihn auf der Burg bewachten, überflüssigerweise. »Die Base des Königs.«

Ein triumphierendes Lächeln huschte über Vlads Gesicht. Also hatte er recht gehabt. Während Ilona ihn mit arrogant hochgezogenen Brauen musterte, straffte er die Schultern und folgte dem Soldaten zur Abordnung.

»Was verschafft mir die Ehre Eures Besuches?«, begrüßte Vlad die junge Frau kühl. Aus der Nähe war sie noch schöner als von Weitem. Ihre schwarzen Augen funkelten ihn herausfordernd an. Sie neigte mit einem spöttischen Lächeln den Kopf und streckte ihm die Hand entgegen. »Nun, ich dachte, es wäre an der Zeit, meinen Verlobten kennenzulernen«, sagte sie. Ihre Stimme war sanft, der Tonfall neckend.

Etwas an ihr erinnerte Vlad schmerzlich an Zehra. Bevor die Erinnerung an ihre toten Augen ihn in den wohlbekannten Abgrund ziehen konnte, verdrängte er alle Gedanken an sie und er verneigte sich galant. »Es ist mir eine Ehre, meine Liebe.«

Die siebzehnjährige Ilona Szilágyi versuchte, sich ihre Aufregung nicht anmerken zu lassen. Der Mann, den ihr Vetter Matthias Corvinus als Gemahl für sie gewählt hatte, war noch beeindruckender, als sie ihn sich vorgestellt hatte. Bisher hatten Scheu und Furcht sie davon abgehalten, ihn auf der Festung Visegrád zu besuchen. Doch nach über einem halben Jahr hatte die Neugier die Oberhand gewonnen. Vielleicht lag es daran, dass der König ihr angeboten hatte, die Verlobung wieder zu lösen. Vielleicht aber auch an den Geschichten, die am Hof über Vlad Draculea kursierten. Dem Gerede nach zu urteilen, war er ein Teufel. Ein Mann, vor dem sich selbst der mächtige osmanische Sultan fürchtete. Wenn man dem Getuschel glaubte, hatte er mehr Blut an den Händen als die schlimmsten Schlächter der *Fekete Sereg*, der Schwarzen Legion ihres Vetters.

Nachdem sie jedoch in Vlads Augen geblickt hatte, fiel es Ilona schwer, das zu glauben. Diese waren so grün wie Moos und wirkten eher traurig auf sie als böse. Gewiss, die dichten schwarzen Brauen, die scharfe Nase und der Bart, der seinen Mund umrahmte, verliehen ihm ein strenges Aussehen; dennoch verspürte Ilona keine Angst, als er ihre Hand in seine beiden Pranken nahm und sie von der Kutsche fortführte.

»Wo wollt Ihr hin?« Die Stimme der Anstandsdame klang schrill in dem großen Burghof.

Ilona verkniff sich ein Seufzen. Sie hatte gehofft, der alte Drache würde in der Kutsche bleiben.

Stattdessen kämpfte sich ihre Begleiterin mühsam ins Freie und strich die Röcke glatt, ehe sie Vlad Draculea mit einem missfälligen Blick bedachte. »Ihr wisst, dass ich Euch nicht alleine lassen darf mit ihm«, sagte sie an Ilona gewandt, als wäre Vlad nicht anwesend.

Ilona spürte, wie er sich versteifte. Und plötzlich strahlte etwas von ihm aus, das sie erschrocken den Blick heben ließ.

Augenblicklich zwang er sich zu einem Lächeln, doch seine Augen blieben hart. »Keine Angst, ich werde sie nicht kompromittieren«, sagte er. »Aber als ihr Bräutigam ist es wohl mein Recht, ein wenig mit meiner zukünftigen Gemahlin lustzuwandeln.«

Die Art und Weise, wie er es sagte, machte es Ilona schwer, nicht zu grinsen. Schon lange hatte niemand mehr Adél in ihrer Anwesenheit in die Schranken gewiesen.

Ohne auf eine Antwort zu warten, machte Vlad eine einladende Geste und führte Ilona von der Kutsche fort. »Ich kann Euch zwar nicht viel zeigen, da ich die Burg nicht verlassen darf«, sagte er mit einem bitteren Unterton, »aber der Rosengarten wird Euch gefallen. Einige der Büsche tragen bereits Blüten.«

Wie im Traum schritt Ilona neben ihm her über den Hof, durch einen Torbogen in einen umwerfend schönen Garten. Tatsächlich hatten sich an einigen Sträuchern bereits gelbe, rote und rosafarbene Blüten geöffnet, um die vereinzelte Bienen schwirrten. Die Pracht rankte sich um Klettergestelle und an Laubendächern, die Mauern entlang und um einen steinernen Springbrunnen. Ein betörender Duft lag in der Luft und plötzlich fühlte sich Ilona schwindelig vor Glück. Anders als einige der anderen Hofdamen ihr hatten einreden wollen, war ihre Verlobung mit Vlad Draculea keine Strafe für ihr manchmal aufmüpfiges Verhalten. Der König schätzte sie und der Mann an ihrer Seite brachte Ilonas Haut zum Prickeln.

»Darf ich Euch ein Geschenk machen?«, fragte Vlad. Er knickte eine Blüte ab und trat auf Ilona zu, um sie ihr ins Haar zu stecken.

Als er sie berührte, lief ein Schauer über ihren Rücken. Seine Berührung war so sanft, so zärtlich, dass sie nur mühsam der Versuchung widerstand, sich an ihn zu schmiegen. Während er die Rose sorgfältig mit einer Strähne ihres Haares umflocht, jagten Bilder durch ihren Kopf, die sie heftig erröten ließen. Beschämt senkte sie den Blick zu Boden und hoffte, dass Vlad Draculea nicht ahnte, was sie dachte.

»Ihr seid so schön wie ein Traumbild«, sagte er und trat einen Schritt zurück. »Wenn ich Euch doch nur jeden Tag sehen könnte.« Er seufzte.

Ilona schluckte trocken. »Wäre ...«, hob sie an. »Wäre es nicht einfacher, wenn Ihr am Hof in Buda wärt?«, brachte sie schließlich hervor.

Vlad sah sie mit einer Mischung aus Sehnsucht und Resignation an. »Das wäre es gewiss«, erwiderte er. »Allerdings fürchte ich, dass Euer Vetter das nicht zulassen wird.«

Ilona biss sich auf die Unterlippe. Am Morgen hatte sie sich noch ein wenig vor der Begegnung mit ihrem Verlobten gefürchtet; hatte sich mit dem Gedanken getragen, ihren Vetter um die Lösung der Verbindung zu bitten. Doch jetzt brannte nur noch ein Wunsch in ihr: Vlad Draculea für sich zu gewinnen und all den Lügnern bei Hof zu zeigen, wie falsch sie über ihn redeten. Er war kein Ungeheuer, kein Teufel. In ihrer Anwesenheit war er so sanft wie ein Kätzchen! Gewiss, er war ein Kriegsherr. Das war Matthias auch. Aber wenn sie ihn erst einmal allen bei Hofe vorstellen konnte, ihren Verlobten, den gefürchteten Woiwoden Vlad Draculea, dann würde das Getuschel verstummen.

Beinahe zwei Stunden brachten sie im Rosengarten zu, ließen sich in einer Laube von der Sonne bescheinen und sahen den Bienen beim Nektarsammeln zu. Ihr Begleiter schwieg die meiste Zeit und hörte Ilona zu, als habe sie die spannendsten Abenteuer zu berichten. Sie bemerkte nicht einmal, dass sich der Himmel bewölkte. Erst als der Wind immer kühler und die Laube immer schattiger wurde, zog sie fröstelnd die Schultern hoch.

»Euch ist kalt«, stellte Vlad fest. Ohne zu zögern nahm er seinen Umhang ab und legte ihn ihr um die Schultern.

Es war eine Geste, wie man sie von jedem Edelmann erwarten konnte. Dennoch war der Moment für Ilona beinahe so vertraut wie ein Kuss. Sie spürte erneut Blut in ihre Wangen steigen.

»Ilona, wir müssen aufbrechen«, zerstörte Adél den Augenblick. Sie kam in Begleitung zweier Bewaffneter auf die Laube zu und bedachte Vlad mit einem vernichtenden Blick. »Es ist genug für heute«, sagte sie. »Ihr werdet am Hof zurückerwartet.«

Kapitel 5

Burg Visegrád, März 1463

Vlad hatte Mühe, seine Genugtuung zu verbergen, als Ilona unwillig den Kopf schüttelte.

»Nur noch ein paar Minuten«, bat sie.

Aber ihre Begleiterin ließ sich nicht erweichen. »Es wird bald anfangen zu regnen«, sagte sie mit einem Blick an den Himmel. »Ihr wollt sicher nicht, dass die Kutsche im Schlamm stecken bleibt und wir in einem Dorf übernachten müssen.«

Vlad sah, dass Ilona schauderte.

»Kommt«, forderte die Anstandsdame sie ein weiteres Mal auf. »Ihr könnt jederzeit wiederkommen.« Sie bedachte Vlad mit einem Blick, der deutlich ausdrückte, was sie von der Vorstellung hielt. »Der König ...«

»Ich möchte mich noch verabschieden«, unterbrach Ilona sie. »Bitte, Adél«, setzte sie etwas sanfter hinzu. »Es dauert nicht lange.«

Einen Augenblick sah es so aus, als wolle die Ältere ihre Schutzbefohlene beim Arm packen und wie ein kleines Kind mit sich ziehen. Doch dann stieß sie einen Seufzer aus und sagte: »Beeilt Euch.«

Ilona nickte und wartete, bis ihre Begleiterin und die Soldaten außer Hörweite waren, ehe sie sich von der Bank erhob und Vlad seinen Mantel zurückgab. »Es ...«, hob sie an.

Vlad legte sich den Umhang um die Schultern und griff nach ihrer Hand, um einen Kuss darauf zu hauchen. »Es war mir eine Ehre und ein Vergnügen, endlich die Bekanntschaft meiner wunderschönen und bezaubernden Braut zu machen«, sagte er. Das war nicht einmal eine Lüge. Sie war bezaubernd. Allerdings interessierten ihn ihre weiblichen Attribute im Augenblick herzlich wenig. Was ihn hingegen interessierte, war ihre offensichtliche Naivität. Wenn es ihm gelang, ihr Herz zu erobern, würde sie sicher alle Hebel in Bewegung setzen, um ihn wiederzusehen. Und an den Hof bringen zu lassen.

Sie senkte beschämt den Blick.

Deutlich sah Vlad, wie sich der Puls in ihrer Halsgrube beschleunigte. Sie war wie Wachs in seiner Hand. Unerfahren, begierig, mit dem Feuer zu spielen und mehr als reif, gepflückt zu werden. Wenn er gewollt hätte, wäre es ein Leichtes gewesen, sie hier, an Ort und Stelle, hinter einen Busch zu ziehen und zur Frau zu machen. Allerdings würde er sich damit noch etwas gedulden müssen. Ihm war klar, dass sie sich nur deshalb zu ihm hingezogen fühlte, weil sie sich zuerst vor ihm gefürchtet hatte. Die Erregung, die deutlich in ihren Augen zu lesen war, fußte auf dem Reiz der Gefahr. Sie wusste, was er getan hatte. Und genau deswegen war sie von ihm fasziniert.

Ein Teil von ihr wollte nicht glauben, dass er so ein Ungeheuer war, wie man sich bei Hof erzählte, während ein anderer Teil von ihr sich wünschte, ihn zu zähmen und sich gefügig zu machen.

»Werdet Ihr bald wiederkommen?«, fragte er.

Sie hob den Blick und nickte. »Das werde ich«, versprach sie.

Bevor sie etwas hinzusetzen konnte, rauschte die lästige Begleiterin erneut auf sie zu. »Ilona«, mahnte sie.

»Ich komme.« Bedauernd zog die junge Frau ihre Hand zurück. »Bis bald«, wisperte sie, dann wandte sie sich von Vlad ab und lief leichtfüßig über den Rasen davon.

Er sah ihr nach, bis sie durch den Torbogen verschwunden war, ehe auch er den Garten verließ und sich auf den Weg zu seinen Gemächern machte. Ihr Besuch hatte die Hoffnung auf Freiheit neu angefacht. Seit über einem halben Jahr war er jetzt bereits der Gefangene des ungarischen Königs. Und allmählich wurde es Zeit, dass man ihn aus der Haft entließ. Dann konnte er endlich beginnen, neue Verbündete zu suchen, um seinen Thron zurückzuerobern! Ohne die Wachen eines Blickes zu würdigen, begab er sich ins erste Geschoss des Wohnbaus und betrat wenig später den Bereich der Festung, in dem sich die Bibliothek, eine Halle und sein Schlafgemach befanden. Während er einen langen Rundbogengang entlang schritt, versuchte er, seine Wut und Frustration in Zaum zu halten. Bald, sehr bald würden sein Vetter Stefan von der Moldau und sein Bruder Radu ihren Verrat an ihm bereuen! Bis zu Ilonas nächstem Besuch würde er sich einfach mit der Tätigkeit beschäftigen, die ihm in den vergangenen Monaten wenigstens etwas Ablenkung beschert hatte. Während er sich in Gedanken bereits die Worte zurechtlegte, mit denen er Ilona weiter umgarnen würde, betrat er die Bibliothek.

Der Mann, der dort an einem großen Eichentisch saß, blickte erstaunt auf. »Ich hatte Euch nicht vor morgen zurückerwartet«, sagte er und sah Vlad forschend an. Seine grauen Augen waren durchdringend und klar. Der schmale Haarkranz auf dem ansonsten kahlen Schädel war weiß wie Schnee. Seine Hände hingegen wirkten kräftig wie die eines jungen Mannes. Vor ihm auf dem Tisch lagen zahllose beschriebene Blätter, hölzerne Buchdeckel und Leder.

Vlad zuckte mit den Achseln. »Du weißt selbst, dass man nicht immer Einfluss auf die Dinge hat.«

Der alte Mann lächelte. »In der Tat, sonst wäre ich wohl kaum hier.«

Vlad trat zu ihm an den Tisch und ließ sich auf einen Schemel fallen. »Gib mir die nächsten Lagen.« Er nahm mehrere gefaltete und ineinander gelegte Blätter von dem Mann entgegen, der ihn seit einigen Wochen das Buchbinderhandwerk lehrte. Dann griff er nach Nadel und Faden und heftete den kleinen Stapel zusammen. Wenn alle Lagen, in diesem Fall zwölf an der Zahl, zusammengenäht waren, würden sie auf der Heftlade zu einem Buch zusammengeheftet werden. Den nächsten Schritt, das Anbringen der hölzernen Buchdeckel und das Überziehen mit Leder, musste Andros ihm noch beibringen.

»Ihr werdet mit jedem Tag geschickter«, stellte der Buchbinder fest.

Vlad schnaubte. »Bete zu Gott, dass ich nicht so lange hier bin, um eine ganze Bibliothek zu füllen«, erwiderte er.

Kapitel 6

Buda, März 1463

Die ersten beiden Tage im Dienst der Königin verliefen wenig ereignisreich für Floarea. Nachdem ihre Tante Cosmina ihr beim Packen geholfen hatte, hatte sie sich unter Tränen verabschiedet und war von dem Knecht zur Burg zurückgebracht worden. Da ihre Tante als Witwe das Geschäft ihres verstorbenen Mannes weiterführte, war sie nur selten bei Hof. Weshalb Floarea sie in Zukunft nicht so oft sehen würde, wie sie es sich wünschte.

»Du kannst mich jederzeit besuchen, Kind«, hatte Cosmina gesagt. Ihre Freude darüber, dass Floarea die Vorleserin der jungen Königin werden würde, war überwältigend. Sie hatte Floarea an sich gedrückt wie eine Ertrinkende. »Ich werde jeden Tag zur Heiligen Jungfrau beten, dass du einen guten Ehemann ...«

»Ich will keinen Ehemann«, hatte Floarea sie mit einem Seufzen unterbrochen.

»Was willst du dann, du törichtes Kind?«, hatte Cosmina sie halb lachend, halb weinend gefragt.

Vergessen, hätte Floarea am liebsten geantwortet. Stattdessen sagte sie: »Der Königin dienen.«

An diese Unterhaltung erinnerte sie sich, als sie an diesem Tag nach dem Kirchgang zurück in den Teil der Festung ging, in dem sich die große Halle befand. Dort herrschte bereits reges Treiben, da es vor wenigen Augenblicken zur Hauptmahlzeit geläutet hatte. Hohe Würdenträger, Kirchenmänner, Höflinge, Damen und das Gesinde strömten in den riesigen Saal, um Plätze an den langen Tafeln zu ergattern. Wie immer saßen die Hofdamen von den Höflingen getrennt, damit es nicht zu unziemlichem Verhalten bei Tisch kommen konnte. Eine Handvoll Musikanten sorgte für Unterhaltung, während die Küchenmägde dicke Brotscheiben als Essensunterlage verteilten.

Die Wände der Halle waren mit kostbaren Teppichen geschmückt, in mannshohen Silberleuchtern brannten zahllose Kerzen. Durch die schmalen Fenster fiel nur wenig Licht in den Raum, zwei Kachelöfen sorgten für angenehme Wärme. Während sich die Damen mit ihren farbenprächtigen Gewändern übertrumpften, wirkten die Kirchenmänner und Magistrate nüchtern in ihrer meist schwarzen Tracht. Ohne auf die neugierigen Blicke der Zofen und Höflinge zu achten, bahnte sich Floarea einen Weg zu einem freien Tisch und setzte sich neben das blonde Mädchen mit dem spitzen Gesicht, das sie an ihrem ersten Tag bei Hof kennengelernt hatte.

»Julianna«, begrüßte sie die junge Frau.

»Floarea. Was für ein wundervolles Kleid!« Julianna musterte Floarea von Kopf bis Fuß. Ihr Lächeln wirkte falsch.

»Danke. Deines ist auch sehr schön. Es schmeichelt deiner Figur«, gab Floarea geistesabwesend zurück. Sie hatte weder Lust noch das Talent für diese hohlen Phrasen, die man bei Hof offenbar schätzte. Mehr als einmal war sie bereits in ein Fettnäpfchen getreten, weil sie ein Kompliment nicht verstanden oder überschwänglich genug zurückgegeben hatte.

»Hast du schon das Neueste gehört?«, fragte Julianna. Ihre Augen funkelten vor Aufregung und Klatschsucht.

Floarea zuckte mit den Achseln. »Ich weiß nicht«, antwortete sie desinteressiert.

»Man erzählt sich, dass die Base des Königs bald ihren Bräutigam an den Hof holen lassen will«, fuhr Julianna fort.

»Will sie?«, fragte Floarea höflich nach. Nichts war ihr gleichgültiger als der Bräutigam der Base des Königs.

»Sag nur, du hast noch nichts davon gehört?« Julianna wirkte ehrlich erstaunt.

»Hast du denn?« war Floareas Gegenfrage.

»Natürlich! Man spricht doch seit zwei Tagen von nichts anderem.«

Diese Aussage hielt Floarea für eine Übertreibung. Für sie war das interessanteste Ereignis der letzten Tage die Ankunft des Italieners Galeotto Marzio gewesen, dem der Ruf eines Gelehrten vorausgeeilt war.

»Sie hat ihn erst vorgestern kennengelernt. Seitdem redet sie von nichts anderem mehr«, plapperte Julianna weiter.

Floarea hatte Mühe, Interesse zu heucheln. Zu ihrer Erleichterung kamen ihr die Küchenmägde zur Hilfe, da just in diesem Moment mit dem Auftragen der Speisen begonnen wurde. Nacheinander erschienen Platten voller Köstlichkeiten auf den Tischen. Mit Petersiliensaft grün gefärbtes Lamm, karmesinrote Hühnerpasteten, mit Honigwasser bestrichener Entenbraten und ein Spanferkel, das mit lebenden Aalen gestopft war, ließen den Anwesenden das Wasser im Mund zusammenlaufen. Diesen Speisen folgten Hoden vom Wildeber, mit Rosenwasser parfümierte Hasen und blaues Morchelmus. Zudem gab es gesottene Schweinskeule mit Gurken und in Schmalz gebackene Singvögel.

Während die Mägde ihre Becher mit Rotwein füllten, zischte Julianna: »Du hast der Hofmeisterin gesagt, du warst an seinem Hof. Er ist der Gefangene des Königs. Man sagt, er ist schlimmer als der Teufel.« Sie bekreuzigte sich hastig und murmelte ein Schutzgebet.

Floarea erstarrte. »Der Teufel?«, fragte sie.

»Ja«, hauchte Julianna.

Floarea wagte kaum, die Frage zu stellen. Es durfte einfach nicht sein! Er war tot! Hatte ihre Tante ihr nicht erzählt, der König habe ihn wegen Hochverrats hinrichten lassen? »Vlad Draculea?«, brachte sie schließlich hervor.

Julianna nickte.

Der Becher mit dem Wein glitt Floarea aus der Hand und fiel mit einem lauten Scheppern zu Boden.

Julianna schlug erschrocken die Hand vor den Mund.

Floarea bemerkte die vorwurfsvollen Blicke der anderen Damen nicht. Die Luft in der Halle schien mit einem Mal zu dünn zum Atmen.

»Ist dir nicht gut?«, hörte sie Julianna wie aus weiter Ferne, bevor sie aufsprang und blindlings aus der Halle stolperte.

»Verzeihung«, stammelte sie, als sie mit einem hochgewachsenen Mann zusammenstieß und strauchelte.

Er fing sie mit einem Griff um die Taille auf. »Ist Euch das Essen nicht bekommen?«, fragte er besorgt.

Floarea schüttelte wortlos den Kopf und wollte sich von ihm losmachen.

Doch er hielt sie fest. »Ich begleite Euch nach draußen«, sagte er bestimmt. »Ihr seid weiß wie die Wand.«

Bevor Floarea protestieren konnte, schob er sie auf den Ausgang zu. Und ehe sie sich versah, befand sie sich wieder im Hof.

»Atmet tief durch und schaut mir in die Augen«, sagte ihr Begleiter.

Erst jetzt nahm Floarea ihn richtig wahr. Er war groß, rundlich und hatte ein gütiges Gesicht. Silberne Strähnen in seinem dunklen Haar wiesen darauf hin, dass er nicht mehr so jung war, wie sein glattes Gesicht vermuten ließ. Es war Galeotto Marzio, der italienische Gelehrte.

»Mir scheint, Eure Kardinalsäfte sind im Ungleichgewicht«, sagte er. »Leidet Ihr unter einer Dyskrasie?«

Floarea sah ihn verständnislos an. Auch wenn ihr das Atmen an der frischen Luft wieder leichter fiel, hämmerte ihr Herz immer noch so heftig, als wolle es aus ihrer Brust fliehen. Vlad Draculea war noch am Leben! Der Mörder ihrer Familie, der Mann, der sie auf die Burg Poenari verbannt hatte, würde bald an den Hof kommen! Sie unterdrückte ein Stöhnen. Der Alptraum, dem sie hatte entfliehen wollen, drohte erneut zur Realität zu werden. Hatte ihre Tante sie absichtlich belogen? Oder wusste Cosmina nicht, dass der König ihn verschont hatte? War sie zu solcher Grausamkeit fähig, um ihren Ehrgeiz zu befriedigen und ihre Nichte am Hof zu wissen? Floarea spürte Übelkeit in sich aufsteigen. »Bitte lasst mich ...«, stammelte sie und wandte sich von Galeotto Marzio ab.

Der ließ sich jedoch nicht abschütteln und winkte zwei Bedienstete herbei. »Bringt sie in ihr Gemach«, befahl er. »Ihr wohnt doch bei Hof?«, erkundigte er sich bei Floarea.

Sie nickte schwach.

»Ich komme mit Euch«, sagte er. »Ich bin Arzt.«

Bevor Floarea etwas einwenden konnte, schickte Marzio einen weiteren Burschen, um die Hofmeisterin zu informieren und begleitete Floarea zurück ins kühle Innere des Gebäudes. Ihre Beine gehorchten ihr kaum und sie war froh, als sie bei der Tür der kleinen Kammer anlangten, welche die Königin ihr zugewiesen hatte.

»Was ist mit ihr?«, fragte die Hofmeisterin. Sie kam mit einem ärgerlichen Gesichtsausdruck auf die kleine Gruppe zu.

Vermutlich war sie verstimmt, weil man sie von der Tafel geholt hatte, dachte Floarea.

»Sie hatte einen Schwächeanfall«, erklärte Marzio. »Ich werde mich um sie kümmern.« Sein Tonfall duldete keine Widerrede. »Schickt mir eine Magd.«

Zu Floareas Verwunderung befolgte die Hofmeisterin die Anweisung wortlos.

Wenig später kam ein junges Mädchen den Korridor entlang geeilt.

»Ihr könnt gehen«, sagte Marzio zu den Burschen. Erst als die Magd bei ihnen war, betrat er Floareas Kammer und wies sie an, sich auf das Bett zu legen.

Während er ihren Puls fühlte und der Magd auftrug, Leinentücher zu befeuchten, kämpfte Floarea gegen die Erinnerungen an, die mit überwältigender Macht durch ihren Kopf tobten.

Kapitel 7

Zwischen Bukarest und Tirgoviste, März 1463

Die dunklen Wolken am Himmel verhießen nichts Gutes. Tief über den Hals seines Hengstes gebeugt, preschte Carol die schmale Straße entlang – vorbei an Gehöften, Feldern und

Bojarenhäusern. Nur vereinzelt begegneten ihm Bauern mit Ochsenkarren oder Reisigweiber, denen die bittere Armut ins Gesicht geschrieben stand. Noch immer wiesen weite Landstriche die Narben des Feldzuges der Osmanen gegen Vlad Draculea auf und überall ragten die verkohlten Überreste von Bäumen oder Gebäuden in die Luft. Der starke Ostwind pfiff Carol um die Ohren und sorgte dafür, dass ihm die Augen tränten. Immer wieder drehte er sich im Sattel um. Doch weit und breit waren keine Verfolger zu entdecken.

Noch vor Anbruch der Dämmerung hatte er sich aus seiner Kammer gestohlen und war in den Stall geschlichen, um seinen Hengst zu satteln. Mit Panzerhemd, Helm und Krummschwert bewaffnet, war er zum Tor getrabt und hatte den Wachen eine Lüge aufgetischt. Niemand hatte es gewagt, den Sohn des Woiwoden aufzuhalten. Doch Carol zweifelte keinen Augenblick daran, dass Mehmed Häscher nach ihm ausschicken würde, sobald er seine Flucht entdeckte.

»Mach dich bereit, Arslan«, hatte er ihm am Abend zuvor befohlen. »Morgen brechen wir auf.«

Bemüht, sich seine Gedanken nicht ansehen zu lassen, hatte Carol sich gehorsam verneigt und den Sultan mit seinem Onkel allein gelassen. Seitdem ihm Mehmed eröffnet hatte, dass Carol ihn an seiner Stelle begleiten sollte, war Radu verstimmt. Und obwohl Carol versucht hatte, ihm klar zu machen, dass er kein Interesse an Mehmeds Zuneigung hatte, war seine Eifersucht deutlich zu spüren gewesen.

Mit einem Blick zum Himmel gab Carol seinem Hengst die Sporen und schob die Gedanken an Radu beiseite. Er war seinem Onkel dankbar für alles, was dieser für ihn getan hatte; aber jetzt war es Zeit, eigene Wege zu gehen und das zu tun, was nötig war.

Die Menschen, denen er begegnete, warfen ihm furchtsame Blicke zu. In seiner Rüstung mussten sie ihn für einen der Osmanen halten, die überall im Fürstentum Stützpunkte errichtet hatten. Viele der alten Bojarengüter waren inzwischen im Besitz von *Sipahis*, den zur Heerfolge verpflichteten Panzerreitern des Sultans. Die meisten von ihnen bewirtschafteten die Gehöfte mit einheimischen Sklaven, bei denen es sich nicht selten um die ehemaligen Besitzer handelte. Der Zorn in der Bevölkerung war groß. Viele hatten sich von Radu eine Erleichterung ihrer Notlage versprochen. Doch Carols Onkel war mehr damit beschäftigt, dem Sultan zu Gefallen zu sein, als sich um sein eigenes Volk zu kümmern. Radu, den Schönen, nannte man ihn selbst am Hof in Bukarest hinter vorgehaltener Hand.

Als Carol nach drei Stunden scharfen Ritts an einer größeren Ortschaft anlangte, beschloss er, seinem Pferd eine Pause zu gönnen und sich selbst zu stärken. In einem winzigen Gasthof bestellte er sich einen mit Fleisch gefüllten Fladen und einen Krug heißen Wein. Dann nahm er den Helm ab, setzte sich ans Feuer und wärmte seine steifen Finger.

»Kommen noch mehr Reiter?«, fragte der Gastwirt scheu, als er Carol das Essen brachte.

Carol schüttelte den Kopf.

Der Mann bedachte ihn mit einem verstohlenen Blick. Da Carol jedoch offensichtlich nicht in Plauderstimmung war, stellte er das Essen vor ihm auf den Tisch und goss ihm Wein in einen Kelch.

Nachdem er wieder in der Küche verschwunden war, biss Carol hungrig in den Fladen und sah sich um. Außer ihm befanden sich noch zwei weitere Reisende in der Stube – dem Aussehen nach Händler. Beide hatten die Köpfe tief über ihre Suppenschalen gebeugt und löffelten den dampfenden Eintopf hastig in sich hinein. Immer wieder zuckten ihre Blicke zu Carol. Vermutlich fürchteten sie, dass er sie berauben könnte. Oder Schlimmeres.

Sobald er den letzten Bissen mit einem Schluck Wein hinuntergespült hatte, bezahlte er den Wirt, tränkte sein Pferd und schwang sich zurück in den Sattel. Wenn er sich beeilte, konnte er an diesem Tag die Hälfte der Strecke nach Tirgoviste zurücklegen. Da es inzwischen angefangen hatte zu regnen, mied er die schmaleren Wege und ritt die Hauptstraße entlang in Richtung Norden. Er hatte noch keine zwei Meilen hinter sich gebracht, als er etwas am Horizont entdeckte, das ihn einen leisen Fluch ausstoßen ließ. Trotz des Regens waren sie deutlich auszumachen: eine Handvoll Panzerreiter, die sich ihm in vollem Galopp näherten.

Ein Stich der Furcht fuhr ihm in die Glieder und er versuchte erfolglos, sich zu beruhigen. Es war möglich, dass es sich um einen normalen Erkundungstrupp handelte. Es war allerdings auch möglich, dass Mehmeds Häscher ihn bereits eingeholt hatten. Mit hämmerndem Herzen sah er sich nach einem Versteck um. Außer einem kleinen Wäldchen und einer verfallenen Scheune gab es weit und breit nichts, wo er sich verbergen konnte. Ohne noch lange zu überlegen, gab er dem Hengst die Sporen und lenkte ihn die flache Böschung hinab auf den Waldrand zu. Das Tier protestierte mit einem Wiehern, als er es durch das Unterholz trieb, um eine Baumgruppe zu erreichen, die wenigstens etwas Blickschutz bot.

Es dauerte nicht lange, bis das Geräusch donnernder Hufe an sein Ohr drang. Während er absaß und das Pferd noch tiefer in den Wald zog, versuchte er, sich nicht auszumalen, was der Sultan mit ihm machen würde, wenn man ihn fasste. Vermutlich würde er ihm auf der Stelle den Kopf abschlagen. Oder ihn als Gefangenen nach Konstantinopel schaffen lassen, um ihn als abschreckendes Beispiel zu Tode zu foltern. Am Hof in Edirne hatte man sich Geschichten über Mehmed erzählt, die Carol das Blut in den Adern hatte gefrieren lassen. Offenbar hatte der Sultan als Knabe zahlreichen Kindern am Hof eigenhändig die Bäuche aufgeschlitzt, weil man ihm eine Gurke aus seinem Garten gestohlen hatte. Außerdem sollte er einen Sklaven entmannt haben, weil dieser eine seiner Schwestern angesehen hatte.

Als das Donnern der Hufe näher kam, hielt Carol die Luft an.

Panzerhemden und Schwerter klirrten. Laute Stimmen riefen sich etwas zu, das wegen des Regens, der auf das tote Laub des Vorjahres prasselte, nicht zu verstehen war. Dann stoben die Reiter an dem Wäldchen vorbei.

Zuerst fürchtete Carol, dass es sich um eine Finte handelte und die Osmanen ihn umzingeln wollten. Doch nichts weiter geschah; nur ein Vogel suchte schimpfend das Weite.

Über eine Stunde kauerte er zwischen morschen Baumstümpfen und fauligem Laub, ehe er es wagte, wieder aufzusitzen. Vorsichtig trabte er zurück zur Straße und setzte seinen Weg fort. Nach einigen Meilen, er wollte bereits aufatmen, kam ihm eine weitere Gruppe von Panzerreitern entgegen. Dieses Mal blieb keine Zeit, den Männern auszuweichen, da sie unerwartet hinter einer Biegung auftauchten.

Vier Sipahi begleiteten einen Mann mit einem langen Bart. Sattelbeschläge und Zaumzeug waren auf Hochglanz poliert und der kostbare Stoff seiner Kleider ließ Carol vermuten, dass es sich um einen *Ağa*, einen Befehlshaber, handelte. Sobald die Reiter ihn erblickten, zügelte der Ağa sein Pferd und gab seinen Begleitern ein Zeichen. Daraufhin trabten zwei von ihnen auf Carol zu – die Lanzen im Anschlag.

Carols Gedanken überschlugen sich. »Warum versperrt ihr mir den Weg?«, herrschte er die Reiter an. Wenn er auch nur eine Spur von Angst zeigte, war er so gut wie tot. Dessen war er sich sicher.

Die beiden Sipahi tauschten einen unsicheren Blick.

»Ich bin im Auftrag des Padischah unterwegs«, fuhr Carol hochmütig fort. »Wisst ihr nicht, wer ich bin?«

Die Männer senkten ihre Lanzen. »Nein, Herr«, gab einer von ihnen zurück. »Unser Herr ...«

»Euer Herr hat mir nichts zu befehlen«, knurrte Carol. »Ich bin Arslan Beğ. Geht mir aus dem Weg!«

Sein Hochmut zeigte die erwünschte Wirkung. Mit einem demütigen Senken der Köpfe machten die beiden den Weg frei, sodass er ungehindert passieren konnte.

Obwohl seine Hände zitterten, setzte Carol eine steinerne Miene auf und ritt an den Sipahi vorbei. »*As-salāmu 'alaikum*« begrüßte er den Ağa, als er mit ihm auf gleicher Höhe war.

Der erwiderte den Gruß, musterte Carol jedoch aus zusammengekniffenen Augen. »Wer seid Ihr?«, fragte er.

Carol zügelte sein Pferd erneut. »Arslan Beğ«, wiederholte er die Lüge, die er den Panzerreitern aufgetischt hatte. »Der Padischah ...«

Weiter kam er nicht, da der Ağa sein Schwert zog und den Sipahi ein Zeichen gab. Augenblicklich war Carol umzingelt.

»Ihr seid ein Lügner«, zischte der Ağa. »Ich kenne keinen Arslan *Beğ*!«

Kapitel 8

Buda, März 1463

Mir scheint, Ihr leidet an einer pathologischen Erhitzung des Blutes, an einem Überschuss an gelber Galle.« Galeotto Marzio sah besorgt auf Floarea hinab. »Man sollte Euch zur Ader lassen.«

Floarea schüttelte schwach den Kopf. »Es war nur ein plötzlicher Schwindel«, log sie.

Marzio legte erneut den Finger auf ihr Handgelenk und hielt ihr eine Kerze vor die Augen. »Das denke ich nicht«, erwiderte er. »Wenn ich Euch nicht zur Ader lasse, werden die Beschwerden andauern. Ihr müsst auch Eure Ernährung umstellen. Euer Körper ist zu warm und trocken. Ihr braucht dringend kühlende und feuchte Nahrungsmittel.«

Obwohl Floarea ihm dankbar war, dass er sie in ihre Kammer begleitet hatte, wünschte sie sich, er würde sie in Ruhe lassen. Der Schock über Juliannas Worte saß immer noch tief. Vlad Draculea war noch am Leben. Ein Wimmern stieg in ihr auf und sorgte dafür, dass Galeotto Marzio sie noch besorgter betrachtete.

»Bleib bei ihr. Ich hole meine Tasche«, sagte er zur Magd.

Ehe Floarea ihn davon abhalten konnte, war er aus der Kammer verschwunden.

Die Magd setzte sich auf einen Schemel neben ihrem Bett und drückte Floarea ein feuchtes Tuch auf die Stirn.

»Mir geht es gut«, wehrte Floarea ab. Sie nahm dem Mädchen das Tuch aus der Hand und richtete sich in den Kissen auf. Ein Teil von ihr wollte fortlaufen, so schnell sie nur konnte. Doch ein anderer Teil von ihr wünschte sich nichts sehnlicher, als das Ungeheuer, das ihr Leben zerstört hatte, zu vernichten. Wie konnte Gott zulassen, dass dieser Teufel nicht seiner gerechten Strafe zugeführt worden war? Entsprach es wirklich der Wahrheit, dass die Base des Königs Vlad Draculea heiraten wollte? Wusste sie denn nicht, wer er war? Der Hass war wie ein Feuer, das sich unaufhaltsam in ihr ausbreitete. Wie oft hatte sie die Fratze des Woiwoden im Traum gesehen und war schweißgebadet aufgeschreckt? Wann würde sie endlich die Schreie ihres Vaters vergessen können? Das Flehen ihrer Mutter? Würde sie jemals wieder an Gottes Gnade und Barmherzigkeit glauben können? Sie wischte sich mit dem feuchten Tuch das Gesicht ab und schwang die Beine aus dem Bett.

»Wollt Ihr wirklich aufstehen?«, fragte die Magd besorgt.

»Das solltet Ihr Euch gut überlegen«, ertönte Marzios tiefe Stimme. Er war mit einer Tasche unter dem Arm in die Kammer zurückgekehrt und bedachte Floarea mit einem vorwurfsvollen Blick. »Macht den Arm frei«, forderte er sie auf und zog eine Fliete, ein Messer mit einer breiten Klinge, aus der Tasche. »Ich werde die Kopfader öffnen«, sagte er. »Nur so kann das Gleichgewicht Eurer Körpersäfte wieder hergestellt werden.«

»Aber ...«, hob Floarea an.

Marzio ignorierte ihren Widerspruch und drückte sie zurück in die Kissen. Dann griff er nach ihrem Arm und rollte den Ärmel hoch, bevor er einen kleinen Schnitt in ihrer Armbeuge machte.

Floarea zog zischend die Luft ein.

»Der Schmerz ist gleich vergessen«, versprach Marzio. Er legte die Fliete beiseite und fing Floareas Blut mit einer kleinen Holzschale auf. Im Anschluss daran verband er ihren Arm. »Ihr solltet die nächsten Wochen eine strenge Diät halten und ausschließlich feuchte und kühlende Speisen zu Euch nehmen«, sagte er. »Kaninchen oder Ente, Lauch, Gurken, Möhren, Weizenbrot, Ziegenmilch, Sahne und eingelegte Früchte. Von allem anderen haltet Euch fern.«

Da Floarea ihn so schnell wie möglich loswerden wollte, nickte sie gehorsam. »Ich danke Euch«, murmelte sie und wich seinem Blick aus, als er sie forschend musterte.

»Wann wurdet Ihr geboren?«, fragte er überraschend.

Floarea sah ihn verwundert an. »Weshalb wollt Ihr das wissen?«

»Nun«, er beugte sich vor und griff nach ihrer Hand. »Wenn Ihr es wünscht, würde ich gerne die Sterne für Euch deuten.«

»Aber Ihr seid Arzt«, gab Floarea zurück.

»Und Astronom«, sagte er mit einem kleinen Lächeln. »Außerdem sagen manche, ich sei ein Magier«, setzte er mit einem Augenzwinkern hinzu.

Floarea wusste nicht, ob er sie zum Narren hielt. »Ich weiß nicht genau, an welchem Tag ich geboren wurde«, log sie.

»Meine Mutter ist früh gestorben.« Sie war sicher, ihre Mutter würde ihr diese Unwahrheit nachsehen, wenn sie noch leben würde. Das plötzliche Interesse des Italieners an ihr war ihr unheimlich.

»Das ist ein Jammer«, seufzte Marzio. »Ich bin sicher, Eure Sterne sagen Euch eine große Zukunft voraus.«

Da er immer noch ihre Hand festhielt, machte sich Floarea sanft von ihm los.

»Vergebt mir«, sagte sie, »aber ich fühle mich ein wenig schwach. Ich würde gerne etwas schlafen.«

Marzio erhob sich und neigte den Kopf. »Ich werde heute Abend noch einmal nach Euch sehen«, versprach er. »Lasst nach mir schicken, falls Ihr noch etwas braucht.« Mit diesen Worten griff er nach seiner Tasche und ließ Floarea mit der Magd allein.

Nachdem auch das Mädchen die Kammer verlassen hatte, setzte Floarea sich wieder auf und verließ das Bett. Ganz gewiss würde sie nicht den halben Tag in ihrer Kammer zubringen! Wenn sie nicht so schnell wie möglich herausfand, ob das, was Julianna behauptete, der Wahrheit entsprach, würde sie den Verstand verlieren. Ungeachtet der Warnung des Italieners warf sie sich ihren Umhang über, ordnete ihr Haar vor dem Spiegel und öffnete die Tür der Kammer. Da sich die meisten Höflinge noch bei Tisch befanden, herrschte eine beinahe unheimliche Stille in diesem Teil der Burg. In der Hoffnung, die anderen Damen bald dort anzutreffen, machte sie sich auf den Weg in den größten der zahlreichen Gärten, die dem Grau der Festung etwas Farbe verliehen. Dort suchte sie sich einen windgeschützten Platz in der Nähe der Zwingermauer und ließ den Blick über die Stadt zu ihren Füßen gleiten.

Sie war sich nicht sicher, was sie fühlte. Einerseits empfand sie Wut über die Falschheit ihrer Tante. Cosmina musste gewusst haben, dass Vlad Draculea noch am Leben war. Andererseits breitete sich mehr und mehr eine Taubheit in ihr aus, die alle anderen Empfindungen auslöschte. Mit jeder Minute, die verstrich, verwandelte sich der Hass in kalte Entschlossenheit. Sie würde nicht noch einmal zum Spielball des Schicksals werden! Wenn seine Verlobte Vlad Draculea wirklich an den Hof holen wollte, dann würde Floarea einen Weg finden, um den Mord an ihrer Familie zu rächen. Ihr war klar, dass sie damit ihr Todesurteil unterzeichnete, doch das war ihr im Moment vollkommen gleichgültig. Der Gedanke an Rache war wie ein Geschwür, das sich immer weiter in ihr ausbreitete.

Beinahe eine Stunde hing sie in der Einsamkeit des Gartens ihren Gedanken nach, bis sich die ersten Stimmen näherten. Lachend oder tuschelnd tauchten kleine Grüppchen auf – Damen und Höflinge, welche die Frauen umschwirrten wie ein Schwarm Fliegen.

Auch die Königin erschien inmitten einer Gruppe von Zofen. Sobald sie Floarea erblickte, winkte sie sie zu sich. »Ich möchte, dass du uns etwas vorliest«, sagte sie. »Hol das Buch, mit dem wir begonnen haben, und bring es in die ›Laube der Liebe‹.«

Einige der Damen kicherten.

Floarea nickte und tat wie ihr geheißen. Als sie kurz darauf in den Garten zurückkehrte, erwarteten sie die Frauen in einer herzförmigen Laube. Während Floareas Abwesenheit hatte jemand die beiden Lieblingsvögel der Königin aus dem Vogelhaus geholt und ihre goldenen Käfige an den Pfosten befestigt, die das Dach der Laube trugen. Das bunte Gefieder leuchtete im Licht der Sonne, die immer wieder hinter den Wolken hervortrat.

»Setz dich dorthin«, sagte die Königin und deutete auf einen Korbstuhl am spitzen Ende der Laube. »Ich will wissen, wie die Geschichte weitergeht.«

Floarea nahm dankbar ein Kissen von einer Zofe entgegen und ließ sich in dem Stuhl nieder. Den schweren Folianten legte sie auf ihre Knie. Nachdem sie die Stelle aufgeschlagen hatte, an der sie am vergangenen Abend aufgehört hatte, begann sie zu lesen:

»*Und als die nächste Nacht gekommen war …*«

»Da waren wir schon«, unterbrach sie die Königin. »Mach dort weiter, wo der alte Mann das Mädchen am Strand findet.«

Floarea ließ den Finger über den Text gleiten, bis sie die Stelle fand.

»*Als wir gerade wieder in See stechen wollten*«, las sie, »*bemerkte ich am Meeresstrand ein Mädchen, das in einen zerfetzten Lumpen gekleidet war. Sie sprach mich an:* ›*Mein Herr*‹, *sagte sie und küßte mir die Hand,* ›*würdest du mir einen Gefallen tun? Ich glaube, ich könnte es dir gut vergelten.*‹ – ›*Aber gern*‹, *antwortete ich,* ›*das tue ich mit Vergnügen, und lass nur, du brauchst mir dafür nichts wiederzugeben.*‹ – ›*Mein Herr*‹, *bat sie mich,* ›*heirate mich, gib mir etwas zum Anziehen, und nimm mich mit auf dein ss mich deine Frau werden – denn ich habe mich dir mit Leib und Seele verschrieben –, und behandle mich gut und zuvorkommend. So Gott will, werde ich es dir vergelten. Lass dich nur nicht von meinem jämmerlichen Zustand und meiner Armut täuschen.*‹«

Floarea hielt inne und runzelte die Stirn. War es ein Zufall, dass die Königin ausgerechnet diese Passage hören wollte? Oder handelte es sich um einen Wink des Schicksals? Denn die Frau, die der Mann vom Strand rettete und zu seiner Gemahlin machte, stellte sich wenig später als *Ifritin*, eine weibliche *Dschinni*, ein übernatürliches Wesen, heraus. Sagte man Vlad Draculea nicht auch nach, dass er ein Dämon sei? Versprach er der Base des Königs Ähnliches wie die Dschinni dem Mann?

»Floarea?«, unterbrach die Königin ihre Gedanken. »Ist etwas?«

»Nein«, erwiderte Floarea hastig und nahm die Lektüre wieder auf.

Kapitel 9

Buda, März 1463

Bitte, Majestät, lasst ihn an den Hof bringen.« Ilona Szilágyi schenkte dem ungarischen König ihr süßestes Lächeln, das diesen jedoch nicht sonderlich zu beeindrucken schien.

Er stand mit dem Rücken zu ihr in einem hohen Raum mit einer geschnitzten Kassettendecke. Farbenfrohe Fresken zierten drei der vier Wände, die vierte wurde von hohen Spitzbogenfenstern unterbrochen. Matthias Corvinus' Aufmerksamkeit galt einem kleinen Kästchen voller Gemmen und Münzen aus der römischen Kaiserzeit. Die Begleiter, die ihn stets umgaben wie Monde einen Planeten, lauerten im Hintergrund und verfolgten jede Bewegung mit Argusaugen.

»Weshalb?«, brummte er abwesend und nahm einen goldgefassten Rubin in die Hand, um ihn ins Sonnenlicht zu halten.

»Weil er mein Verlobter ist«, erwiderte Ilona schüchtern.

»Was? Von wem redest du?« Matthias Corvinus wandte sich mit einem Stirnrunzeln zu ihr um.

Ilona senkte den Blick, um nicht zu aufdringlich zu wirken. »Von Vlad Draculea«, sagte sie leise.

Der König legte das Schmuckstück zurück in die Truhe und winkte einen der Männer herbei, die bei der Tür Wache standen. »Bring das in die Schatzsammlung«, sagte er, schloss den Deckel des Kästchens und überreichte es dem Mann. Erst als dieser den Raum verlassen hatte, wandte er seine Aufmerksamkeit wieder Ilona zu. »Wieso soll ich deinen Verlobten plötzlich an den Hof bringen lassen? Du hast dich doch vorher nicht für ihn interessiert.«

Ilona biss sich auf die Unterlippe. Der Besuch auf der Burg Visegrád war ihr Einfall gewesen. Niemand außer Adél und ihrer Mutter hatte etwas davon gewusst. Sollte sie ihrem Vetter eine Lüge auftischen oder zugeben, dass sie ohne seine Erlaubnis in seiner Sommerresidenz gewesen war? Sie spürte seinen forschenden Blick auf sich.

»Nun?«, fragte er nach einigen Augenblicken des Schweigens.

»Ich ... Ich ...«, stammelte sie.

Matthias Corvinus seufzte. »Hat meine Gemahlin etwas mit diesem Sinneswandel zu tun?«

Ilona sah erstaunt auf. »Nein!«, rief sie aus. »Aber man redet über ihn«, fügte sie weniger heftig hinzu. Das entsprach der Wahrheit.

»Aha.« Matthias Corvinus zog die Brauen hoch. »Und das ist dir unangenehm?«

Ilona wusste nicht, was sie erwidern sollte. Würde es ihn beeinflussen, wenn sie bejahte?

»Ist es das?«, hakte der König ungeduldig nach.

Ilona nickte. »Wenn er hier wäre, könnte ich ihn besser kennenlernen.«

Matthias Corvinus blies die Wangen auf. »Warum nicht?«, sagte er nach einigen Augenblicken, die Ilona wie eine Ewigkeit erschienen. »Aber er ist und bleibt ein Gefangener. Bilde dir also nicht ein, dass du mit ihm ausreiten oder die Burg verlassen kannst«, setzte er streng hinzu.

Ilona verneigte sich strahlend. »Ich danke Euch, Majestät.«

»Danke mir nicht zu früh«, brummte Corvinus. Dann gab er ihr mit einer Handbewegung zu verstehen, dass sie sich entfernen durfte.

Mit hüpfendem Herzen verließ Ilona den Raum und eilte den Korridor entlang. Am liebsten hätte sie vor Freude laut gejubelt. Sie würde ihn wiedersehen! Nicht heimlich und für wenige Stunden, sondern mit der Erlaubnis des Königs an dessen Hof. Als sie eine der Wendeltreppen erreichte, die ins Erdgeschoss führten, überlegte sie kurz. Sollte sie Adél davon erzählen? Oder den anderen Hofdamen? Die Entscheidung fiel ihr leicht. Adél würde ihr die Freude verderben mit ihren Warnungen und der Schwarzmalerei, die sie schon auf dem Weg zurück nach Buda gereizt hatten. Die andern Hofdamen hingegen würden ihre Neuigkeiten aufsaugen wie Schwämme. Übermütig und gänzlich undamenhaft stob sie die Treppen hinab, über einen der vielen Höfe in den Garten, in dem sie die Damen vermutete.

Es dauerte nicht lange, bis sie die Königin und ihre Begleiterinnen in einer Laube entdeckte. Sie starrten gebannt, teils mit offenen Mündern, auf eine junge Frau, die ihnen aus einem dicken Buch auf ihrem Schoß vorlas.

»›Siehst du, Mann, ich habe es dir vergolten und dich vor dem Ertrinken gerettet‹«, hörte Ilona das Mädchen mit dem Buch sagen.

»›Du mußt nämlich wissen, dass ich zu den Wesen gehöre, bei deren Anblick die Menschen gewöhnlich Bismillah! rufen. Als ich dich am Meeresufer sah, habe ich mich in dich verliebt und bin dir dann in der armseligen Kleidung erschienen, in der du mich getroffen hast. Ich habe dir meine Liebe erklärt, und du hast mir dein Jawort gegeben. Darum werde ich dich nun rächen und deine Brüder töten.‹«

Die Vorleserin hob den Blick. »Hier endet die Geschichte«, sagte sie. »Soll ich weiterlesen?«

Die Königin überlegte einen Moment, schüttelte dann aber den Kopf. »Heute Abend. Jetzt wollen wir noch ein wenig die Sonne genießen.« Sie ließ sich von einer ihrer Zofen von der Bank aufhelfen, auf der sie gesessen hatte, und lächelte Ilona zu. Wie immer, wenn sie die Königin sah, fragte sich Ilona, was ihr Vetter an diesem unscheinbaren Ding so anziehend fand. Wenn die beiden sich unbeobachtet wähnten, turtelten sie wie frisch Verliebte. Ilona erwiderte das Lächeln und machte einen Knicks. Ob Katharina wohl irgendwann schwanger werden würde? Da sie fürchtete, die Königin könnte ihr den hämischen Gedanken ansehen, senkte sie hastig den Kopf. Eigentlich war Katharina ein liebenswertes Mädchen mit ihrem rundlichen Gesicht und den sanften Augen. Allerdings fand Ilona ihr Interesse an gelehrten Gesprächen furchtbar langweilig.

Obschon Matthias Corvinus annahm, dass sie engste Vertraute waren, ging sie Katharina so oft wie möglich aus dem Weg. Sie wartete, bis sich die Königin mit einigen Damen und zwei Angehörigen des Hochadels entfernt hatte, ehe sie auf ein Kleeblatt junger Frauen zusteuerte, das unter einem Mandelbaum tuschelnd die Köpfe zusammensteckte. »Denkt nur«, sprudelte es aus ihr heraus, »bald schon wird mein Verlobter hier eintreffen!«

»Oh, was für eine Überraschung!«, rief eine der drei aus.

Die zweite machte ein säuerliches Gesicht, während die dritte Freude heuchelte.

Wartet nur, bis ihr ihn seht, dachte Ilona. Dann werdet ihr mich noch mehr beneiden!

Kapitel 10

Zwischen Bukarest und Tirgoviste, März 1463

Carol versuchte, sich seine Todesangst nicht anmerken zu lassen. Die Lanzen der vier Sipahi waren auf ihn gerichtet, das Krummschwert des Ağa zeigte auf seine Brust.

»Ihr wagt es, mich einen Lügner zu nennen?«, presste er zwischen zusammengebissenen Zähnen hervor. »Wollt Ihr, dass der Padischah Euch den Kopf abschlagen lässt?« Er bohrte den Blick in die Augen des Ağa. Zu seiner Erleichterung sah er Zweifel darin aufsteigen. »Ich bin Arslan Beğ, der Neffe des Woiwoden, Befehlshaber Eures Herrn. Geht mir aus dem Weg oder Ihr werdet Eure Frechheit bereuen!«

»Woher soll ich wissen, dass Ihr die Wahrheit sagt?«, fragte der Ağa schließlich. »Wo sind Eure Männer? Warum seid Ihr alleine unterwegs?«

Carol richtete sich im Sattel auf und straffte die Schultern. »Seit wann muss sich ein *Beğ* einem *Ağa* erklären?«, knurrte er. »Wollt Ihr mich zwingen, mit Euch zurück nach Bukarest zu reiten, um vor den Padischah zu treten?«, fragte er. »Wisst Ihr, was der Beherrscher aller Gläubigen mit Euch machen wird?«

Die Unsicherheit verstärkte sich.

Auch die Sipahi tauschten verstohlene Blicke.

»Geht zur Seite und lasst mich durch«, knurrte Carol. »Wenn ich meinen Auftrag nicht erfüllen kann, weil Ihr mich aufgehalten habt, dann wird Euch nicht einmal mehr Gott selbst helfen können!« Er reckte kampflustig das Kinn. »Worauf wartet Ihr? Entscheidet Euch!« Er nahm die Zügel wieder auf und hielt den Blick des Ağa so lange, bis dieser schließlich zu Boden sah und sein Reittier zur Seite lenkte.

»Vergebt mir«, murmelte er. »Aber es ist meine Aufgabe, das Land ...«

»Euch ist vergeben«, fuhr Carol ihm über den Mund. »Und jetzt lasst mich durch!« Er bedachte die Männer mit einem letzten zornigen Blick, dann gab er seinem Hengst die Sporen und preschte davon.

Obgleich die Haut in seinem Nacken prickelte und er jeden Augenblick erwartete, von einem Pfeil getroffen zu werden, widerstand er der Versuchung, sich umzuwenden. Er presste die zitternden Knie fester in die Seiten seines Reittieres und jagte die Straße entlang, bis er außer Sichtweite war. Erst dann wagte er, sich im Sattel umzudrehen und nach den Sipahi Ausschau zu halten.

Weit und breit war kein Panzerreiter zu entdecken.

Nachdem es zwischenzeitlich aufgehört hatte zu regnen und der sich Himmel aufgelockert hatte, wurden die Wolken wieder dichter und es begann leicht zu schneien. Der Wind pfiff eisig aus Nordost, aber die Begegnung mit den Osmanen hielt Carol davon ab, eine weitere Rast einzulegen. Ein zweites Mal würde seine List vermutlich nicht funktionieren. Daher verließ er so bald wie möglich die Straße und schlug sich über brachliegende Felder und Wiesen nach Norden durch.

Vier Tage dauerte es, bis er das Tal am Fuß der Festung Poenari erreichte. Rings um die Talsenke erhoben sich mächtige Berge. Ein Dorf duckte sich in die Schatten der Gipfel, die von dichten Wolken verschluckt wurden. Der Felsen, auf dem sich die abweisende Festung erhob, war so steil, dass eine hölzerne Treppe errichtet worden war, um Material und Vorräte aus dem Dorf nach oben zu schaffen. Bei seinem letzten Besuch waren zahllose Zwangsarbeiter die Stufen hinaufgetrieben worden. Doch heute lagen sowohl die Treppe als auch das Dorf verwaist vor ihm. Keine Menschenseele war zu sehen, als Carol durch die Siedlung ritt, um von der anderen Seite des Berges zu dem gewaltigen Bauwerk hinaufzureiten. Ein Schauer kroch ihm über den Rücken, als er sich an die hingerichteten Gefangenen erinnerte, die zur Abschreckung in eisernen Käfigen aufgehängt worden waren. Auch davon war weit und breit keine Spur mehr zu entdecken.

Der Atem seines Hengstes bildete kleine Wölkchen, als das Tier sich den Anstieg hinaufkämpfte. Mit jedem Schritt wurde Carol mulmiger zumute, da die Erinnerung an seine Flucht vor Vlad Draculea ihn einholte. Wie sehr er damals gehofft hatte, Floarea mit zu seinem Onkel Radu nehmen zu können! Bitte, Herr, flehte er, lass sie am Leben sein. Er konnte spüren, dass sie nicht tot war. Die Gefangene, die er vor beinahe vier Jahren befragt hatte, musste ihn belogen haben.

»Ich kannte ein Mädchen mit Namen Floarea«, hatte sie gesagt. »Aber sie ist schon vor langer Zeit gestorben.«

Diese Nachricht hatte Carol beinahe die Kraft geraubt. Eine Zeitlang hatte er überlegt, aufzugeben und zu seinem Vater zurückzureiten, um sich von ihm bestrafen zu lassen. Doch dann hatte er all seinen Mut zusammengenommen und war aus der Walachei an den Sultanshof in Edirne geflohen. Mit einem Seufzen schob er die Gedanken an Vergangenes beiseite und näherte sich der offenen Zugbrücke der Festung. Als er über den Burggraben ritt, vertraten ihm zwei Bewaffnete den Weg.

»Wer seid Ihr und was wollt Ihr?«, fragte der Größere von ihnen. »Nehmt den Helm ab, damit wir Euer Gesicht sehen können!«

Da Carol keine andere Wahl hatte, tat er wie ihm geheißen.

Augenblicklich kniff der andere Wächter die Augen zusammen und ließ die Armbrust sinken, mit der er auf Carols Brust gezielt hatte. Dann bekreuzigte er sich und fiel auf die Knie. »*Vodă* – mein Fürst«, sagte er erstickt. »Dem Himmel sei Dank, Ihr seid zurück!«

»Was redest du da?«, fragte der andere verdutzt. »Bist du von Sinnen?«

Carol rutschte unbehaglich im Sattel hin und her. Was faselte der Kerl da? War er betrunken? Oder blind? Dachte er, Carol sei Vlad Draculea? Er sah seinem Vater doch gar nicht ähnlich! Nur seinem Onkel. Das versuchte er sich jedenfalls seit einiger Zeit einzureden. Seit sein Kinn kantiger und seine Brauen dichter geworden waren; seit sein Gesicht nicht mehr die kindliche Rundheit besaß und die ersten Barthaare seine Wangen dunkel färbten.

»Vergebt ihm, Vodă«, bat der Kniende. »Wir wussten nicht, dass Ihr wieder im Land seid.«

Dem zweiten Bewaffneten war anzusehen, wie es in seinem Kopf arbeitete. Unsicher senkte er die Armbrust und nahm Carol genauer in Augenschein. Schließlich ließ auch er sich auf ein Knie sinken und murmelte eine Entschuldigung.

Carol überlegte fieberhaft. Wenn er näher an die Männer heran ritt, würden sie ihren Fehler zweifelsohne erkennen. Was dann geschehen würde, konnte er sich bildhaft vorstellen. Was sollte er tun? Wenn sie Vlad Draculea die Treue hielten, würden sie ihn als Verräter ansehen. Oder hatte sein Vater seine Flucht verheimlicht – aus Angst, das Gesicht vor seinen Untertanen zu verlieren? Da ihm keine andere Wahl blieb, näherte er sich den beiden Knienden und sagte: »Ich bin nicht der, für den ihr mich haltet.«

Die Männer sahen zu ihm auf.

»Ich bin Vlad Draculeas Sohn«, fuhr er fort. »Ich bin hier, weil mein Vater mich geschickt hat«, log er. Vor vier Jahren hatte die List funktioniert. Er sandte ein Stoßgebet zum Himmel, dass er mit ihr auch dieses Mal Erfolg haben würde.

»Sein Sohn?«, fragte der Ältere.

Carol nickte. »Es gab viele Verräter in seinen Reihen«, trat er die Flucht nach vorn an. »Und die Tochter eines dieser Verräters war hier.« Er zeigte auf die Mauern der Burg. »Ich muss herausfinden, was mit ihr geschehen ist, damit sie mich zu ihrem Vater führen kann.« Das Lügen fiel ihm mit jedem Satz leichter.

Die Männer tauschten verwunderte Blicke und kamen auf die Beine. Das Misstrauen kehrte in ihre Gesichter zurück.

»Man erzählt sich, sein Sohn wäre ein Mann des Sultans«, sagte der, der zuerst vor Carol auf die Knie gefallen war. Erst jetzt schien ihm das Krummschwert an Carols Seite aufzufallen. Die Armbrust zuckte wieder nach oben.

Carol hob abwehrend die Hände. »Mein Vater hat mich zum Feind geschickt, um ihn auszuspionieren«, behauptete er. »Ich muss dieses Mädchen finden! Ihr Vater soll vor dem ungarischen König Zeugnis ablegen, dass Euer Fürst hintergangen worden ist.« Er legte so viel Dringlichkeit wie möglich in seine Stimme und hoffte, dass die beiden ihm das Ammenmärchen glaubten.

»Wer ist dieses Mädchen?«, fragte der Ältere schließlich.

Carol atmete erleichtert auf. »Ihr Name ist Floarea. Ihr Vater war der Bojar Grigore.«

»Der Mann, der ...?«

Carol nickte. »Der Mörder meiner Mutter«, sagte er leise.

»Dieser *fiu de curva* – dieser Hurensohn!«, zischte der Wächter. Er gab Carol zu verstehen, über die Zugbrücke in den Vorhof der Festung zu reiten und folgte ihm. »Ich lasse den Kastellan wissen, dass Ihr hier seid«, sagte er. »Wenn Euch jemand helfen kann, dann er.« Er pfiff einen Burschen herbei.

Müde von dem langen Ritt saß Carol ab und ließ sich von dem Knaben das Pferd abnehmen. Dann folgte er einem Bediensteten in das Hauptgebäude der Festung. Die Hand am Schwertknauf, sah er sich misstrauisch um und hoffte, nicht in einen Hinterhalt gelockt worden zu sein.

Kapitel 11

Burg Visegrád, März 1463

Macht Euch bereit, wir brechen bald auf.« Vlad Draculea bedachte den Soldaten mit einem missfälligen Blick. Der Ausdruck auf dem Gesicht des Mannes war genauso respektlos wie die Anrede. Wäre Vlad noch der Woiwode der Walachei gewesen, hätte die Frechheit dem Kerl den Kopf gekostet. Wenn er doch nur ein Schwert hätte! Dann würde er diese unverschämten Ungarn das Fürchten lehren. »Ist meine Braut schon angekommen?«, fragte er mühsam beherrscht.

Der Soldat schüttelte den Kopf. »Sie wird nicht kommen. Der König hat Befehl geschickt, Euch nur mit militärischem Geleit nach Buda zu bringen.« Ihm stand deutlich ins Gesicht geschrieben, was er dachte: für den Fall, dass Vlads Verbündete einen Befreiungsversuch unternehmen sollten.

Obwohl ihm nicht gestattet war, Briefe zu verschicken, nahm Matthias Corvinus offenbar an, dass Vlad in Kontakt mit seinen Unterstützern stand. Auch wenn diese nicht besonders zahlreich waren, hatte der ungarische König damit nicht Unrecht. Mehr als einmal war es einem von ihnen bereits gelungen, eine Nachricht in die Festung zu schmuggeln – mit Neuigkeiten aus der Walachei. Dort hatten sich unter Radu die Osmanen festgesetzt, was zur Folge hatte, dass er immer mehr Bojaren gegen sich aufbrachte. Vlad verzog das Gesicht. Diese Vipern! Plötzlich schienen sie zu begreifen, dass sie die falsche Seite gewählt hatten. Wenn die Gerüchte stimmten, die ihn erreicht hatten, formierte sich allmählich Widerstand gegen Radu.

»In zehn Minuten brechen wir auf.« Mit diesen Worten verließ der Soldat Vlads Gemach.

»Soll ich mit nach Buda kommen?« Ohne dass Vlad es bemerkt hatte, war Andros, der Buchbinder, auf der Schwelle erschienen.

Vlad schüttelte den Kopf.

»Dann darf ich gehen?«, fragte Andros.

»Das wird der König entscheiden müssen«, gab Vlad ausweichend zurück. Vielleicht war sein Aufenthalt in Buda nur von kurzer Dauer. Obwohl der ungarische König noch jung war, fiel es Vlad schwer, sein Verhalten vorauszusagen.

»Gott beschütze Euch«, sagte Andros, ehe er sich wieder zurückzog.

Vlad wartete, bis zwei Burschen die Truhen mit seinen Habseligkeiten gepackt hatten, dann folgte er ihnen in den Hof der Festung. Dort stand eine Kutsche für ihn bereit – umringt von drei Dutzend schwer bewaffneten Reitern. Wortlos öffnete ihm einer der Soldaten die Tür, die er von außen verriegelte, sobald Vlad im Inneren Platz genommen hatte. Augenblicklich setzte sich der Trupp in Bewegung. Die Fenster waren klein und vergittert, dennoch konnte Vlad die Straße sehen, wenn er die Wange an die Scheibe presste. Die Fahnen des Königs flatterten im Wind, der die Wolken am Himmel vor sich hertrieb. Wie ein gepanzerter Lindwurm wand sich die Abordnung den Hang hinab bis zum Ufer der Donau, deren Verlauf sie bis Buda folgen würde. Auf dem Wasser drängten sich zahllose bauchige Schiffe und wendige Kähne, Fischerboote und Flöße. An einer Anlegestelle wurden Baumstämme auf mehrere Pferdekarren verladen – vermutlich für den Ausbau der Festung Visegrád.

Am Horizont zog bereits die Dämmerung herauf, als endlich die Mauern der Stadt Buda vor ihnen auftauchten. Inzwischen tat Vlad jeder Knochen im Leib weh. Das halbe Jahr der Gefangenschaft hat mich verweichlicht, dachte er. Nicht nur, dass er reisen musste wie ein Weib. Er würde bald genauso schwächlich werden, wenn ihm nicht endlich wieder Kampfübungen gestattet wurden. Er reckte sich und ließ die Schultern kreisen, bis es im Nacken knackte. Dann lehnte er sich in dem unbequemen Sitz zurück. Die Stadt zog am Fenster vorbei, dann holperte die Kutsche endlich den Anstieg zur Burg hinauf. Vor der Festung angekommen, zügelte der Kutscher den Wagen.

Vlad hörte, wie seine Begleiter Worte mit den Torwachen wechselten. Es dauerte nicht lange, bis sich die Kutsche wieder in Bewegung setzte. Über Gräben und Brücken, vorbei an brennenden Fackeln und grimmig dreinschauenden Wachen rollte der Wagen bis in den letzten Innenhof, wo ein Bediensteter Vlad die Tür öffnete.

»Bitte folgt mir«, sagte er mit einer knappen Verneigung.

Die Bewaffneten dicht auf den Fersen, führte er Vlad in eines der Wohngebäude, einen dreigeschossigen Bau mit zahllosen spitzen Dächern, Türmchen und einer riesigen Räderuhr. Ein wahres Labyrinth an Gängen durchzog das Gebäude. Hinter den goldbeschlagenen Eichentüren war das Gelächter der Höflinge zu vernehmen, Musik und das Kichern von Frauen. Vlad verzog das Gesicht. Genau, wie er es sich vorgestellt hatte. Vermutlich stand seine Verlobte genau in diesem Moment inmitten eines Knäuels von Neugierigen, um sich mit ihm zu brüsten.

»Hier entlang«, unterbrach der Bedienstete seine Gedanken. Er öffnete eine hohe Doppeltür, hinter der ein weiterer langer Gang lag. An dessen Ende befand sich eine Treppe, die in ein Zwischengeschoss führte. Dieses schien älter zu sein als der Rest des Gebäudes, da die Mauern dicker und die Bögen des Säulenganges runder waren. Keine Fresken, keine Goldbeschläge, dachte Vlad.

Als sie das Ende des Korridors erreichten, führte der Mann ihn in einen Raum, dessen Steinboden die Narben von Schwert- oder Axthieben aufwies. Niedrige Rundbogenfenster unterbrachen die Ostmauer, die Westmauer wurde fast vollständig von einer offenen Feuerstelle eingenommen. Einfach geschnitzte Möbel und ausgestopfte Tierköpfe zeugten davon, dass es sich früher um ein Jagdzimmer gehandelt haben musste. Am nördlichen Ende des Raumes gab es einen Durchgang – zu einer Schlafkammer, nahm Vlad an.

»Euer Quartier«, sagte der Bedienstete mit einer weiteren kleinen Verneigung. »Der König wird nach Euch schicken lassen.« Mit diesen Worten machte er auf dem Absatz kehrt und verschwand mit den Bewaffneten dorthin, woher sie gekommen waren.

Sobald er die äußere Tür ins Schloss fallen hörte, warf Vlad seinen Mantel über einen der Stühle und sah sich genauer in seinem neuen Gefängnis um. Wie vermutet, befand sich hinter dem Durchgang eine Schlafkammer mit einem ausladenden Bett. In der Ecke stand ein Hausaltar, darüber hing ein goldenes Kruzifix. Eine teure Bibel lag auf einem Tisch in der Ecke. Doch Vlad hatte im Moment weder Interesse an den zweifelsohne aufwändigen Illustrationen noch am Inhalt des Buches.

Ein Geräusch aus dem Raum mit den Jagdtrophäen ließ seine Hand zum Gürtel zucken und ihn einen leisen Fluch ausstoßen, weil sie ins Leere griff. Er vergaß immer wieder, dass man ihm alle Waffen abgenommen hatte.

»Herr?«, hörte er eine Frauenstimme rufen.

»Was ist?«, knurrte er und verließ die Schlafkammer.

Ein junges Mädchen sah ihn mit furchtsamen Augen an. Sie hielt ein Tablett mit Essen in der Hand.

»Stell es auf den Tisch«, brummte Vlad.

Sie befolgte den Befehl, dann kniete sie sich vor die Feuerstelle, um ein Feuer zu entfachen. Als die Flammen endlich auf die Holzscheite übergriffen, floh sie so schnell wie möglich aus dem Raum.

»Dumme Gans«, zischte Vlad. Doch kurz darauf huschte ein Lächeln über sein Gesicht. Man fürchtete ihn immer noch. Er ging zum Tisch, nahm sich ein gebratenes Hühnerbein und trat an eines der Fenster. Die Mauer unter ihm fiel steil ab und ging in einen schroffen Felsen über. Ein Fluchtversuch auf diesem Weg wäre der reine Selbstmord. Weiter unten warf das Wasser der Donau den Schein der Fackeln und Laternen zurück, die inzwischen entzündet worden waren. Ein Sichelmond stand über der Stadt.

Er ließ den Blick über das Umland schweifen. Wie lange es wohl dauern würde, bis der König ihn zu sich rief?

Kapitel 12

Buda, März 1463

Lies uns noch eine Geschichte vor, Floarea«, bat die Königin mit leuchtenden Augen. Nach dem Essen und dem Tanz hatten sich die Damen in einen Raum zurückgezogen, in dem weich gepolsterte Sessel im Halbkreis vor einem Kachelofen standen.

Oh, ja!«, riefen mehrere der Hofdamen. Sie klatschten aufgeregt in die Hände. »Bitte!«

Da Floarea der Königin den Wunsch nicht abschlagen konnte, ging sie in die Bibliothek, um das Buch zu holen. Als sie zurückkam, war der Kreis der Zuhörerinnen noch größer geworden, weshalb die Bediensteten Stühle aus den Nebenzimmern hereingebracht hatten. Außer den Damen waren auch einige Höflinge anwesend – und Galeotto Marzio, der sie mit einem Lächeln begrüßte. Floarea erwiderte den Gruß und setzte sich in den Stuhl direkt neben dem Ofen. Während sie in dem Buch blätterte, um die richtige Seite zu finden, verstummte das Geschnatter der Frauen.

»Seid Ihr bereit?«, fragte Floarea.

Die Königin nickte.

Floarea räusperte sich, ehe sie begann, die Geschichte der sechzehnten Nacht vorzulesen:

»›*So steht es auch mit dir, o König!*‹«, hob sie an.

»›*Du vertraust einem Arzt, tust ihm Gutes und bringst ihn in deine Nähe. Aber zur selben Zeit bereitet er deine Vernichtung und Ermordung vor! Glaube mir, o König, ich bin ganz sicher, dass er ein Spion ist, der aus einem fremden Land eingedrungen ist, um dich zu vernichten. Hast du denn nicht bemerkt, dass er dich von außerhalb deines Körpers geheilt hat durch etwas, das du bloß ergriffen hast?*‹ *Der König geriet in Zorn.* ›*Ja, Wesir, du hast recht*‹, *sagte er,* ›*vielleicht ist es wirklich so, wie du sagst, und er ist gekommen in der Absicht, mich zu vernichten. Wer mich heilen kann mit einem Griff, den ich nur anzufassen brauche, der kann mich auch töten mit einem Duft, den ich nur riechen muss.*‹«

Floarea spürte, wie ein Prickeln über ihre Kopfhaut kroch, als ihr ein Einfall kam. War es möglich, dass Gott sie doch nicht verlassen hatte? Sprach er durch dieses Buch zu ihr? Da sie sich ihre Gedanken nicht anmerken lassen durfte, las sie hastig weiter.

»›Weißt du, warum ich dich herbestellt habe, Arzt?‹, fragte der König. ›Nein, o König‹, antwortete der Arzt. ›Ich habe dich herbestellt‹, sagte dieser, ›um dich zu töten und dir den Lebenshauch zu rauben.‹ – ›O, König‹, sagte Duban, der sich darüber sehr wunderte, ›weshalb willst du mich töten? Was ist die Schuld, die ich auf mich geladen habe?‹ – ›Man sagt über dich, dass du ein Spion bist‹, erwiderte der König, ›und dass du hier eingedrungen bist mit der Absicht, mich zu töten. Deswegen werde ich dich jetzt töten, bevor du mich töten kannst. Das Sprichwort sagt: Ich esse dich zum Mittag, bevor du mich zum Abendessen verspeist.‹«

»Das ist eine grässliche Geschichte«, unterbrach Katharina von Podiebrad Floareas Vortrag. »Davon will ich nichts weiter hören!«

Floarea hob erstaunt den Blick.

Katharinas sonst so weißes Gesicht war gerötet, in ihren Augen schwammen Tränen. Mit einem Blinzeln erhob sie sich, raffte die Röcke und stürmte ohne ein weiteres Wort aus dem Raum.

Zuerst herrschte betretenes Schweigen. Dann begannen die Hofdamen, aufgeregt durcheinander zu reden.

»Was hat sie?«

»Es ist doch nur eine Geschichte.«

»Hat sie geweint?«

Auch Floarea war überrascht von der Reaktion der Königin – allerdings nicht so sehr wie die anderen Frauen. Wenn die Geschichte sie auf einen Einfall gebracht hatte, war Katharina von Podiebrad der Bezug zur Gegenwart vielleicht ebenfalls aufgefallen. Sollten die Gerüchte stimmen, war Vlad Draculea heute am Hof angekommen. Und vermutlich fürchtete die junge Königin, dass er ihrem Gemahl nach dem Leben trachten könnte.

Floarea legte das Buch beiseite und erhob sich ebenfalls von ihrem Stuhl.

»Ich wusste gar nicht, dass Ihr eine Gelehrte seid«, sagte Galeotto Marzio, der unbemerkt an ihre Seite getreten war.

Floarea errötete. »Wie kommt Ihr denn darauf?«, fragte sie.

»Ich habe selten eine Frau getroffen, deren Vortrag so flüssig und fehlerfrei war«, erwiderte er. Er griff nach Floareas freier Hand, um ihr den Puls zu fühlen. »Mir scheint, es geht Euch wieder besser.« Er klang zufrieden.

Auch wenn Floarea die Blicke der anderen Hofdamen auf sich spürte, schenkte sie ihm ein Lächeln. Sollten sie doch klatschen, so viel sie wollten! Für den Einfall, der ihr während der Lektüre gekommen war, brauchte sie Marzios Kenntnisse als Arzt. Auch wenn ihr seine offensichtliche Vernarrtheit unangenehm war, würde sie es sich nicht anmerken lassen. »Hat Euch die Erzählung keine Angst gemacht?«, fragte sie neckend.

Marzio lachte. »Gewiss nicht. Matthias Corvinus ist zu gebildet, um auf solchen Aberglauben hereinzufallen. Wo habt Ihr so gut Lesen gelernt?«, fragte er.

Floarea zuckte die Achseln. »Zu Hause«, gab sie knapp zurück.

»Ungewöhnlich«, murmelte Marzio. »Sehr ungewöhnlich.«

»Darf ich Euch etwas fragen?«, wechselte Floarea das Thema.

Marzio nickte. »Selbstverständlich.«

»Ihr seid Arzt, habt Ihr gesagt.«

Marzio sah sie erwartungsvoll an.

»Würdet Ihr …? Könntet Ihr Euch vorstellen …?« Plötzlich wusste Floarea nicht, wie sie ihre Bitte vorbringen sollte. Was gerade noch so einfach erschienen war, wirkte mit einem Mal kompliziert.

»Interessiert Ihr Euch für die Heilkunst?«, kam Marzio ihr zur Hilfe.

Floarea atmete erleichtert auf. »Ja«, sagte sie. »Würdet Ihr mir erklären, wie die Dinge zusammenhängen?«

Marzio legte den Kopf schief und überlegte einige Augenblicke. Dann schenkte er Floarea ein strahlendes Lächeln. »Es wäre mir ein Vergnügen, Euch in die Grundlagen der Heilkunst einzuweisen.« Er hob den Zeigefinger. »Allerdings müsst Ihr dazu die Erlaubnis der Königin einholen.«

Floarea strahlte ihn an. »Das werde ich. Wann können wir beginnen?«

Marzio lachte erneut. »Euer Wissensdurst gefällt mir«, sagte er. »Wenn Ihr wollt, kann ich Euch einige der grundlegenden Zusammenhänge gleich hier und jetzt erklären. Dagegen sollte nicht einmal die Hofmeisterin etwas einzuwenden haben.« Er nahm Floarea das schwere Buch ab und führte sie zu einem der Fenster. Dort ließen sie sich auf der gepolsterten Fensterbank nieder. »Was wisst Ihr über die Vorgänge im menschlichen Körper?«, fragte der Italiener.

Floarea zuckte mit den Achseln. »So gut wie nichts«, gab sie zu.

»Dann werde ich versuchen, es so einfach wie möglich zu erklären«, sagte Marzio. »Es verhält sich folgendermaßen«, hob er an. »Es gibt vier Kardinalsäfte im menschlichen Körper, deren Gleichgewicht nicht gestört sein darf: Sanguis, Phlegma, Cholera und Melancholera – Blut, Schleim, Gelbe Galle und Schwarze Galle. Sie entsprechen den vier Elementen Feuer, Wasser, Luft und Erde. Das Blut ist warm und feucht wie die Luft, der Schleim feucht und kalt wie das Wasser. Die Gelbe Galle ist warm und trocken wie das Feuer, die Schwarze Galle kalt und trocken wie die Erde. Könnt Ihr mir folgen?«

Floarea nickte. Einiges davon hatte sie schon einmal gehört.

»Die Mischung dieser Säfte ist vererbbar. Geringfügige Abweichungen von der ausgewogenen Mischung sind ungefährlich. Diese Abweichungen führen zu den unterschiedlichen Temperamenten, die wir in den Menschen beobachten können. Dabei überwiegt jeweils einer der Säfte.« Er zeigte auf Julianna, das Mädchen mit dem spitzen Gesicht. »In ihrem Fall überwiegt Sanguis, das Blut. Sie ist heiter und geschwätzig wie eine Drossel.« Er schmunzelte. »Pathogen, das heißt gefährlich für die Gesundheit, wird ein Saft erst, wenn er in Bewegung gesetzt wird, sich von dem Blut oder seinem Sitz absondert.«

»Wo ist der Sitz der Säfte?«, unterbrach ihn Floarea.

»Das Blut sitzt im Herzen, das Wasser in der Milz, die Galle in einem Platz bei der Leber und der Schleim im Kopf«, erklärte Marzio. »Sondert sich also ein Saft ab, verändert das Blut oder stört die Blutbewegung, verletzt oder behindert den Körperteil, an dem er sich festsetzt, werden Krankheiten verursacht. Zur Heilung gehört dann, dass der schädliche Saft nach einem Kochungsprozess den Körper verlässt. Oder zu einem unwichtigen Körperteil abgestoßen wird.«

»Was geschieht, wenn ein Gift in den Körper eingebracht wird?«, stellte Floarea die Frage, die sie so brennend interessierte.

Marzio lachte ein weiteres Mal. »So wie in der Geschichte, die Ihr vorgelesen habt?«

Floarea nickte. »Ganz so wie in der Geschichte«, sagte sie.

Kapitel 13

Buda, März 1463

Allerdings war die Antwort des Italieners nicht so einfach, wie Floarea sie sich vorgestellt hatte. Als Marzio seinen Vortrag endlich beendete, schwirrte ihr der Kopf. Zahllose Substanzen galten als giftig. Dazu gehörten unter anderem Stierblut, gestoßene Kantharidenkäfer, Bilsenkraut, Alraunen,

Eisenhut und Honig aus dem pontischen Heraklea. Ebenfalls giftig waren Regen und Tau, die während einer Sonnenfinsternis, bei Sonnenschein oder am Georgitag fielen. Die tödliche Wirkung der Gifte, erklärte Marzio, wurde der ihnen innewohnenden Kälte zugeschrieben.

»Die Erde von Inseln, die frei sind von Giftschlangen, wird als Heilmittel verwendet«, sagte er. »Für jedes Gift gibt es ein *Alexipharmakon*, ein Gegengift. Allerdings sind diese sehr kompliziert in der Herstellung.«

Floarea wollte etwas erwidern, aber Marzio kam ihr zuvor.

»Wenn Ihr wollt, könnt Ihr mich morgen in den Kräutergarten begleiten, um einige der wichtigsten Heilpflanzen kennenzulernen«, bot er an.

Floarea strahlte ihn an. Und wie sie das wollte! Wenn er ihr zeigte, bei welchem Gewächs es sich um Schierling, Tollkirsche oder Bilsenkraut handelte, war sie der Umsetzung ihres Plans in die Tat ein Stück näher. »Es wäre mir eine große Freude.«

»Dann erlaubt, dass ich mich für heute von Euch verabschiede«, sagte Marzio. »Der König bereitet ein *Contubernium* vor und erwartet meine Hilfe.«

»Ein *Contubernium*?«, fragte Floarea.

»Ein Treffen mit Gelehrten zur gemeinsamen Lektüre und Disputation«, erläuterte Marzio. Er verneigte sich. »Ich wünsche Euch eine gesegnete Nachtruhe.« Mit diesen Worten zog er sich zurück und ließ Floarea allein auf der Fensterbank zurück.

»Der hat dir aber schöne Augen gemacht.« Julianna kam mit einem Grinsen auf sie zu. Sie machte ein spitzes Mündchen. »Findest du nicht, dass er komisch spricht? Wie jemand, der immerzu die Lippen schürzt.«

Floarea erhob sich. »Er ist nett«, sagte sie. »Ein sehr gelehrter Mann.«

Julianna verdrehte die Augen. »Er macht dir den Hof«, sagte sie. »Weiß die Königin davon?«

Floarea runzelte die Stirn. »Du täuschst dich«, wich sie der Frage aus. »Er ist einfach nur höflich.«

»Sicher.« Julianna kicherte. »So wie Ladislaus.« Sie zeigte mit dem Kopf auf einen Jüngling, der eine Hofdame umgarnte. »Er ist auch nur höflich.«

Floarea hörte ihr nur noch mit halbem Ohr zu, da sie die Base des Königs entdeckt hatte. Diese stand inmitten einer Traube von Frauen, die ihr mit offensichtlicher Verzückung lauschten. »Entschuldige mich«, sagte sie und gesellte sich zu der Gruppe.

»Wann werdet Ihr ihn uns vorstellen?«, hörte sie eines der Mädchen fragen.

Floareas Magen zog sich zusammen, da sie genau wusste, von wem die junge Frau redete. Den ganzen Tag über hatte es kaum ein anderes Thema gegeben als Vlad Draculeas Ankunft bei Hof.

»Sobald mein Vetter es gestattet«, sagte Ilona Szilágyi. Ihre Augen leuchteten voller Vorfreude.

Nur mit Mühe konnte sich Floarea beherrschen, ihr zuzurufen, was für ein Ungeheuer ihr Verlobter sei. Sie brauchte die vernarrte Base des Königs. Ohne sie würde ihr Plan keine Früchte tragen. Daher gab sie vor, ebenso gebannt dem Geschnatter zu lauschen wie die übrigen jungen Frauen.

»Habt Ihr das Gedicht schon gesehen?«, fragte ein dunkelhaariges Mädchen.

Ilona stieß abfällig die Luft aus. »Das sind doch nichts als Lügen«, gab sie aufgebracht zurück. »Wer glaubt schon diesem Geschreibe?«

Einige der Damen tauschten heimlich Blicke.

Auch Floarea hatte von dem Gedicht gehört, das seltsamerweise seit dem Tag am Hof kursierte, an dem Ilona verkündet hatte, dass ihr Verlobter nach Buda gebracht werden würde. *Von einem Wüterich, der hieß Fürst Dracula aus der Walachei* lautete der Titel. Floarea konnte sich gut an die erste Strophe erinnern, die einer der Höflinge vorgetragen hatte.

> *»Den allergrößten Wüterich und*
> *Tyrannen, den ich je erkund'*
> *auf dieser weiten Erden*
>
> *unter dem weiten Himmelsring,*
> *seither als die Welt anfing,*
> *mochte nie einer böser werden,*
>
> *von dem, so will ich dichten.*
> *Fürst Dracula wurd' er genannt*
> *und die Walachei, das selbig Land,*
> *stand in seinen Pflichten.«*

Angeblich hatte der deutsche Meistersinger und Hofdichter Michel Beheim es für Kaiser Friedrich verfasst – nach dem Bericht eines Mönchs aus der Walachei. Nicht einmal der Kaiser kannte es bisher vollständig, erzählte man sich. Doch irgendwie war eine Kopie des Textes an den ungarischen Hof gelangt.

»Habt Ihr denn gar keine Angst?«, wollte ein hochgewachsenes Mädchen wissen.

»Er ist nicht so, wie behauptet wird«, gab Ilona zurück. »Er ist sanft und doch stark.« Ihre Hand wanderte zu einer getrockneten Blume in ihrem Haar.

Floarea hatte Mühe, ihre Abscheu zu verbergen. Sie durfte sich auf keinen Fall anmerken lassen, wie sehr sie Vlad Draculea hasste!

Nachdem die anderen Frauen sie noch ein wenig ausgefragt hatten, löste sich Ilona schließlich aus der Gruppe und floh in ein Nebenzimmer, um ihre Gedanken zu ordnen. In ihrem Bauch brummte und summte es wie in einem Bienenstock. Zwar war ihre Freude etwas getrübt worden, weil sie Vlad noch nicht zu Gesicht bekommen hatte, aber lange konnte ihr Vetter sie nicht mehr hinhalten. Morgen, spätestens übermorgen, erwartete sie die Erlaubnis, ihren Verlobten aufsuchen zu dürfen. Wenn diese dumme Gans von Katharina ihn nicht mit ihren Ängsten dazu brachte, Vlad eingesperrt zu lassen.

»Ihr habt Recht, es sind alles Lügen.«

Ilona zuckte zusammen und wirbelte herum. Sie hatte niemanden den Raum betreten hören. Die Hofdame, die sie schüchtern anlächelte, war etwas jünger als sie. »Du bist die Vorleserin«, sagte Ilona, als sie sie erkannte.

Das Mädchen nickte. »Mein Name ist Floarea.« Sie kam näher und zeigte auf die Blume in Ilonas Haar. »Hat er sie Euch geschenkt?«

Ilona nickte. »Woher weißt du, dass es Lügen sind?«, fragte sie. »Kennst du meinen Verlobten?«

»Ich habe ihn vor einigen Jahren getroffen«, erwiderte Floarea.

»Bist du aus der Walachei?«

»Ja. Mein Vater stand in den Diensten des Woiwoden.«

Ilona runzelte die Stirn. »Stimmt es, dass der Sultan Angst vor ihm hat?«, wollte sie wissen.

Die Antwort war wenig befriedigend. »Das kann Euch nur der Sultan sagen.«

»Warum schreibt dieser Dichter so schreckliche Dinge über ihn?« Das Gedicht erschien Ilona hässlich und spöttisch.

»Weil *er* Angst vor ihm hat«, sagte Floarea. »Fürchtet *Ihr* Euch nicht vor ihm?«

Ilona schüttelte den Kopf. »Er würde mir niemals etwas antun!« Sie zögerte einen Moment, dann bat sie: »Erzähl mir von der Walachei.«

Floarea fühlte sich plötzlich unwohl. Sie fasste sich mit der Hand an die Stirn und lehnte sich gegen eine Säule. »Ein anderes Mal vielleicht«, entschuldigte sie sich. »Ich fühle mich nicht besonders wohl. Der Arzt sagt, meine Körpersäfte seien im Ungleichgewicht.«

Ilona verzog den Mund. »Das bedeutet, er weiß nicht, was dir fehlt.«

Floarea murmelte eine Entschuldigung und zog sich zurück.

Da das Gespräch den Aufruhr in Ilonas Innerem noch verstärkt hatte, beschloss sie, sich davonzustehlen und herauszufinden, wo Vlad untergebracht worden war. Schwer konnte es nicht sein – jedenfalls hoffte sie das. Den Blick fest auf den Rücken der Hofmeisterin gerichtet, schlich sie zu einer kleinen Tür, die in einen der Korridore führte. Von dort aus wandte sie sich nach Norden, dem Flügel zu, in dem sie ihren Verlobten vermutete. Wenn sie es geschickt anstellte, würde es ihr sicher gelingen, die Wachen davon zu überzeugen, sie zu ihm zu lassen.

Kapitel 14

Buda, März 1463

Vlad Draculea spielte gelangweilt mit den Figuren des Schachspiels, das Matthias Corvinus ihm hatte bringen lassen. Die Stücke waren aus Elfenbein und Ebenholz und mit Gold verziert. Das Brett selbst war so sorgfältig gearbeitet, dass sich Vlad über ein leicht heraustehendes Segment am Boden wunderte. Hatte ein unachtsamer Bediensteter es fallen lassen? Er fuhr mit der Fingerkuppe über das Holz, das zu seinem Erstaunen nachgab. Ein kleines Fach darunter kam zum Vorschein. Vlad hob die Brauen. Was war das? Offensichtlich hatte jemand ein Stück Papier in dem Fach versteckt.

Neugierig fischte er das gefaltete Blatt aus der Öffnung, strich es glatt und las, was darauf geschrieben stand.

»Vodă,
seid versichert, dass Ihr viele Unterstützer bei Hof habt.«

Das war alles. Kein Name, keine Unterschrift.

Vlad drehte die Nachricht grübelnd hin und her, ehe er sie über eine Kerzenflamme hielt, um zu überprüfen, ob noch etwas in unsichtbarer Tinte darauf geschrieben worden war. Allerdings kamen keine weiteren Buchstaben zum Vorschein. Handelte es sich um eine Falle des ungarischen Königs? Wollte Corvinus ihn prüfen? Hielt er ihn für einen solchen Narren, dass er auf eine derart plumpe List hereinfiel? Er lachte freudlos und warf das Stück Papier ins Kaminfeuer.

Er wollte das Schachspiel gerade in eine Truhe legen, als ihn Stimmen vor seiner Tür aufhorchen ließen.

»Ihr könnt nicht zu ihm«, hörte er einen der Wächter sagen, die der König postiert hatte.

»Weißt du nicht, wer ich bin?«

Vlad lächelte dünn. Seine Verlobte. Offenbar hatte sie Sehnsucht nach ihm.

»Befehl des Königs«, wies der Soldat Ilona Szilágyi unbeeindruckt ab.

»Ich bin die Base des Königs!« Ihre Empörung war selbst durch die Tür deutlich zu vernehmen.

»Dann bittet Euren Vetter um Erlaubnis«, war die barsche Antwort.

Der Streit ging noch eine Weile hin und her, ehe sich Ilona – zweifelsohne schmollend – zurückzog.

Vlad konnte sich ihre funkelnden Augen und geröteten Wangen bildhaft vorstellen. Sie war eine schöne Frau. Unter anderen Umständen hätte sie vielleicht irgendwann sein Herz gewonnen.

Wenn er noch ein Herz besessen hätte.

Er wandte sich von der Tür ab und trat an eines der Fenster, um den Gedanken nachzuhängen, die ihn in letzter Zeit immer wieder einholten. Ganz gleich, wie sehr er sich bemühte, Zehra zu vergessen, es wollte ihm einfach nicht gelingen. Immer wieder sah er sie in seinen Träumen vor sich – zuerst voller Leben und Liebe, dann blutüberströmt, mit stumpfen Augen. An manchen Tagen war die Trauer um sie so gewaltig, dass er sich wünschte, Corvinus würde ihn endlich hinrichten lassen. An anderen gewann der Hass die Oberhand und er schwor sich, auch die letzten Verräter irgendwann ihrer Strafe zuzuführen.

Während er gegen den Schmerz ankämpfte, zog die Erinnerung an seine erste Begegnung mit Zehra an ihm vorbei. Vor über fünfzehn Jahren war sie im Gefolge eines Zigeunerherzogs an seinen Hof in Tirgoviste gekommen. Als sie ihn das erste Mal angesehen hatte, war es gewesen, als ob sie bis tief auf den Grund seiner Seele blicken würde. Er hatte sie augenblicklich begehrt, obwohl nichts an ihrem Aussehen ungewöhnlich war. An diesem Tag war ihr dunkles Haar unter einem züchtigen Kopftuch zu einem dicken Zopf geflochten; die olivfarbene Haut war glatt, aber nicht so hell und makellos wie bei den Schönheiten, auf die Vlad am Hof des Sultans hie und da einen Blick geworfen hatte. Es waren einzig und allein die dunklen Augen gewesen, die ihn faszinierten. In ihnen lag etwas, das Vlad frösteln ließ. Es war die Art und Weise, wie sie ihn ansah, als ob sie das in ihm sehen würde, was er schon lange selbst nicht mehr finden konnte.

Er bemerkte nicht, dass Tränen seine Wangen hinabliefen. Zu gewaltig war die Trauer, die in ihm brannte wie ein Feuer.

Er würde sie niemals vergessen können.

Dennoch durfte er sich in Zukunft solche Momente der Schwäche nicht mehr gestatten. Mit seiner Ankunft am Hof musste er zu der Härte zurückfinden, die dazu geführt hatte, dass sich selbst der Eroberer von Konstantinopel vor ihm gefürchtet hatte. Zehra war sein Schwachpunkt, seine Achillesferse. Und diese galt es, für immer vor seinen Feinden zu verbergen.

Er fuhr sich mit dem Ärmel über die Augen und biss die Zähne aufeinander. Seine Zukunft hieß Ilona Szilágyi! Wenn er diese Schachfigur richtig einsetzte, würden seine Gegner schon bald mattgesetzt sein.

Kapitel 15

Buda, März 1463

Floarea lehnte sich mit dem Rücken gegen die Tür des Aborts, auf den sie geflohen war. Das Gespräch mit der Base des Königs hatte sie so aufgewühlt, dass ihr schlecht war.

»Er ist sanft und doch stark«, hatte Ilona Szilágyi gesagt.

Wenn sie wüsste, wie gewaltig sie sich irrte! Sanftheit war eine Eigenschaft, die Vlad Draculea ganz gewiss nicht besaß. Floarea setzte sich auf den hölzernen Sitz des Aborts und vergrub das Gesicht in den Händen. Ilonas Fragen und das Gedicht über den Woiwoden brachten Erinnerungen zutage, die sie am liebsten durch eine Arznei für immer aus ihrem Kopf verbannt hätte.

»Erzähl mir von der Walachei«, hatte Ilona sie gebeten. Ob sie wirklich hätte hören wollen, was Floarea zu berichten hatte? Von dem Zug durch ein Land, das in Furcht vor seinem Herrscher erstarrt war? Von den Qualen, die Floarea und die anderen Gefangenen auf der Burg Poenari erlitten hatten? Von den Schlägen, dem Hunger und den Wächtern, die ... Sie stieß einen gepressten Laut aus und wiegte sich hin und her wie ein Kind.

Es war vorbei, sie war in Sicherheit, versuchte sie sich einzureden. Allerdings fraß sich der Zweifel wie Säure in ihr

Herz. Vlad Draculea war hier, schlief vielleicht unter demselben Dach wie sie! Ihre Hand zuckte zu den Bleitäfelchen, die sie sich vorsorglich beschafft hatte. Die Amulette waren an einfachen Lederschnüren befestigt und trugen die Inschrift: »Siehe das Kreuz des Herrn, flieht, ihr feindlichen Mächte.« Das Blei war mehrfach gefaltet, damit der Blick des menschlichen Auges die Wirkung nicht zunichtemachen konnte. Die Dämonen hingegen – in der Lage, die Worte durch das Metall hindurch zu lesen – würden forthin vor ihr zurückschrecken wie vor einem geweihten Altar. Floarea hoffte inständig, dass sie auch ihrem Peiniger Abstand halten ließen.

Wenn sie doch nur schon mehr über Gifte wüsste!

»Was dann?«, meldete sich eine Stimme in ihrem Kopf zu Wort. Es würde ganz gewiss nicht leicht sein, an Vlad Draculea heranzukommen. Vermutlich wurde er streng bewacht. Wenn sie vorhatte, den Tod ihrer Familie zu rächen, musste sie genau durchdenken, wie sie vorgehen wollte.

Da ihr allmählich kalt wurde, erhob sie sich mit einem Seufzen und verließ den Abort. Bevor sie von Marzio lernen konnte, musste sie die Erlaubnis der Königin einholen. Allerdings war es schon zu spät, um Katharina zu stören, weshalb sich Floarea auf den Weg zu ihrer Kammer machte. Dort zog sie sich aus, löschte die Kerzen, die eine Magd entzündet hatte, und schlüpfte unter die Decke. An Schlaf war allerdings nicht zu denken. Jedes Mal, wenn sie die Augen schloss, drängten sich Bilder in ihren Kopf, die sie schaudern ließen. Als die große Turmuhr im Hof Mitternacht schlug, gab sie schließlich auf und schlug die Decke zurück. Barfuß, nur mit ihrem Nachtgewand und einem Umhang bekleidet, verließ sie ihre Kammer und schlich die Korridore entlang zur Bibliothek. Mit den Erzählungen aus Tausendundeine Nacht unter dem Arm ging sie wenig später zurück, entfachte ein Feuer und wickelte sich in ihre Decke. Dann schlug sie den Folianten auf und versank in einer Welt voller wundersamer Dinge.

Als der Morgen graute, legte sie das Buch mit einem Gähnen zur Seite und erhob sich mit steifen Gliedern. Da die Magd ihre Waschschüssel noch nicht mit frischem Wasser gefüllt hatte, beschloss sie, ins Bad zu gehen und sich von einer der Bademägde die Müdigkeit aus den Gliedern streichen zu lassen. Die Badestube befand sich im hinteren Teil des Palastes – in einem Holzhaus inmitten eines Gartens. Der Bau war auf Pfählen über einem gewaltigen Kessel und einer Feuerstelle errichtet worden, die von zwei Knaben angefacht wurde. Eine Treppe führte zum Eingang des Bads hinauf. Der Zutritt war nur den Damen gestattet, der Garten rundherum vor neugierigen Blicken geschützt.

»Willkommen«, wurde sie von einem jungen Mädchen in einem weißen Gewand begrüßt. »Wollt Ihr ein Bad nehmen?«

Floarea nickte. »Ist eine Reiberin anwesend?«, fragte sie.

Das Mädchen bejahte. »Ich bringe Euch nach dem Bad zu ihr«, sagte sie. Mit einem Lächeln lud sie Floarea ein, sie in einen Raum zu begleiten, in dem sich etwa ein Dutzend Badezuber befanden. In einem davon dampfte frisches Wasser. »Die Kleider könnt Ihr hier ablegen.« Das Mädchen zeigte auf eine Holzbank. Dann verschwand es aus dem Raum, um wenig später mit einer Seifenflasche und einem Schwamm zurückzukehren.

Floarea, die sich in der Zwischenzeit entkleidet hatte, stieg in den Bottich und setzte sich darin auf die Bank. Dann schloss sie die Augen und ließ sich von der Bademagd am ganzen Körper abseifen. Im Anschluss daran übergoss die junge Frau sie mit kaltem Wasser und half ihr aus dem Zuber. In ein großes Tuch gewickelt, folgte Floarea ihr in einen anderen Raum, wo sie bereits erwartet wurde. Nachdem die Reiberin ihre Muskeln gelockert und die Steifheit aus ihrem Nacken gestrichen hatte, zog sich Floarea wieder an und machte sich auf den Weg zurück zum Hauptgebäude, um zu frühstücken. Da sie Galeotto Marzio nicht ohne die Erlaubnis der Königin in den

Kräutergarten begleiten wollte, suchte sie Katharina nach dem Essen in ihren Gemächern auf.

Die junge Königin wirkte immer noch etwas niedergedrückt, lächelte jedoch, als sie Floarea erblickte.

Floarea verneigte sich. »Majestät«, sagte sie, »darf ich Euch um einen Gefallen bitten?«

Katharina erhob sich von der Liege, auf der sie mit einem kleinen Schoßhund gespielt hatte, setzte das Tier auf den Boden und kam auf Floarea zu. »Natürlich«, sagte sie. »Um was für einen Gefallen handelt es sich?«

»Der Arzt Galeotto Marzio hat angeboten, mich in die Geheimnisse der Heilkunst einzuführen«, erwiderte Floarea. »Er möchte mir heute den Kräutergarten zeigen.«

Die Königin zog erstaunt die Brauen nach oben. »Interessiert dich das denn?«, fragte sie.

»Ja, Majestät«, gab Floarea zurück. »Ich finde die Heilkunst faszinierend.«

Katharina legte den Kopf zur Seite und dachte einen Moment nach. Dann zuckte sie mit den Achseln. »Wenn der König Marzio nicht braucht ... Warum nicht? Geh nur.«

Floarea sank in einen tiefen Knicks. »Ich danke Euch, Majestät«, sagte sie und zog sich zurück, als der Hund mit einem Bellen auf sich aufmerksam machte.

Es dauerte jedoch bis zum Nachmittag, bis Marzio nach ihr schicken ließ. Ein Page führte sie durch zwei der Innenhöfe zu einem Bereich in der Nähe des Trockengrabens. Dort befanden sich ein Gemüse- und ein Obstbaumgarten, ein Brunnen und ein Bereich, der in Beete von gleicher Größe unterteilt war. Zudem wuchsen Zierpflanzen entlang eines Streifens parallel zur Mauer – für den Altar- und Tischschmuck des Hofes. Marzio stand inmitten einer Handvoll Knaben, die neben Weidenkörben auf dem Boden knieten. Der Tag war sonnig und warm, sodass einige der Jungen ihre

Schecken abgelegt hatten und hemdsärmelig in der Erde gruben.

»Da seid Ihr ja«, begrüßte Marzio Floarea. Er kam mit ausgebreiteten Armen auf sie zu. Sein fülliger Körper steckte in einem blauen Samtgewand, das mit silbernen Sonnen, Monden und Sternen bestickt war. Sein Gesicht leuchtete rosig, als habe er sich bereits zu lange im Freien aufgehalten.

Floarea ließ ihn ihre Hand in seine beiden nehmen und lächelte ihn an. »Die Königin gestattet, dass Ihr mich unterrichtet«, sagte sie.

»Das ist ganz wunderbar!« Marzio strahlte. »Dann fangen wir am besten damit an, dass Ihr lernt, die Pflanzen voneinander zu unterscheiden.« Er zog Floarea auf das Ende des Gartens zu, an dem sich der Brunnen befand. »Dieser Garten ist ein idealer Kräutergarten«, schwärmte er. »Seht Ihr die Anzahl der Beete?«

Floarea nickte. »Sechzehn«, sagte sie.

»Ganz richtig«, freute sich Marzio. »In einem idealen Kräutergarten wachsen sechzehn Pflanzen in unterschiedlichen Bereichen.« Er hob die Hand und begann aufzuzählen: »Bohnenkraut, Frauenminze, Kreuzkümmel, Pfefferminze und Liebstöckel seht Ihr hier.« Er zeigte auf die Beete direkt zu seinen Füßen. »Dort drüben wachsen Fenchel, Salbei, Rosmarin, Wermut und weiße Lilie.« Er ging voran zu dem Teil des Gartens, in dem die Knaben arbeiteten. »Und hier findet Ihr Bilsenkraut, Mohn, Nieswurz, Alraunen, Kerbel, Quendel, Meisterwurz und Bockshornklee.«

Floarea versuchte, sich die Namen der Pflanzen zu merken. Welche außer dem Bilsenkraut sind noch giftig?, hätte sie am liebsten gefragt.

»Für die Zubereitung von Arzneien ist die *viriditas*, die Grünkraft der Pflanzen, von besonderer Bedeutung«, fuhr Marzio fort. »Sie schwankt je nach Einfluss der Sonne und des Mondes. Ist sie mächtig, wie bei frischen Kräutern, reicht manchmal eine Berührung aus, um die erwünschte Wirkung zu erzielen.« Er legte Floarea die Hand auf den Arm. »Bei Menschen soll es ganz ähnlich sein, sagt man.«

Floarea versteifte sich. Machte er ihr den Hof, wie Julianna behauptet hatte? Sie trat mit einem höflichen Lächeln einen Schritt zurück und ignorierte die Abneigung, die plötzlich in ihr aufstieg. Sie brauchte den Italiener. Wenn er Annäherungsversuche machte, war das umso besser für sie. Das hoffte sie jedenfalls. Denn dann würde sie sicher schneller an das Wissen kommen, das nötig war, um Vlad Draculea zu töten.

Kapitel 16

Die Walachei, März 1463

Carol fühlte sich wie ein Tiger im Käfig. Drei Tage lang saß er nun schon auf der Festung Poenari fest und allmählich kam er sich vor wie in einem Kerker. Kurz nachdem der Kastellan ihn empfangen hatte, war eine Gruppe von Radus Männern auf der Burg angekommen, um die Baufortschritte an den Mauern zu überwachen. Zuerst hatte Carol gehofft, dass sie am nächsten Tag wieder abziehen würden. Doch diese Hoffnung wurde enttäuscht. Zum Glück hatte der Kastellan ihm seine Geschichte geglaubt und ihm Schutz angeboten, da er ein treuer Gefolgsmann von Vlad Draculea war.

»Bleibt in Eurem Gemach«, hatte er Carol geraten. »Ich lasse Euch Nachricht schicken, sobald sie fort sind.« Das war vor drei Tagen gewesen. Und noch immer machten die Männer nicht die geringsten Anstalten, die Festung wieder zu verlassen.

Carol blies die Wangen auf. Er musste zusehen, dass er mit heiler Haut aus dieser Falle entkam. Wenn Radus Soldaten noch länger blieben, würden sie seine Anwesenheit früher oder später entdecken.

Dann war er ein toter Mann!

Ein Verweilen auf der Burg machte ohnehin keinen Sinn, weil weder der Kastellan noch seine Untergebenen etwas von Floarea wussten. Einzig den Ort des Massengrabs, in dem die zu Tode geschundenen Sklaven verscharrt worden waren, hatte Carol in Erfahrung gebracht. An ein kleines Mädchen mit dunklem Haar hatte sich niemand erinnert.

»Die sahen alle gleich aus«, hatte der Kastellan gesagt. »Den meisten ist der Kopf geschoren worden. Wegen der Läuse.«

Carol hatte Mühe gehabt, sich seine Wut nicht anmerken zu lassen. Doch je länger er in dieser vermaledeiten Kammer ausharren musste, desto zorniger wurde er. Die Ungewissheit nagte mit jedem Tag, der verstrich, mehr an ihm. Was, wenn er sich irrte und Floarea tot war wie all die anderen? Machte er sich etwas vor? War es nur ein Wunsch, ein Trugbild, dem er nachjagte? Er konnte sie nicht einfach aufgeben. Wenn es ihm damals nur gelungen wäre, sie zu befreien! Mit Grauen dachte er an den Tag des Osterfestes zurück, an dem Vlad Draculea grausame Rache an den Männern genommen hatte, die er für den Tod von Carols Mutter verantwortlich gemacht hatte. Es war nicht nur der Tag gewesen, an dem Floareas Vater zu Tode gefoltert worden war. Es war auch der Tag gewesen, an dem Carol seine Seele verloren hatte.

»Du hast ihn dazu gebracht, sich meinem Befehl zu widersetzen. Also wirst du auch die Folgen tragen«, hallte Vlad Draculeas Stimme in seinem Kopf nach. Carol stieß ein Stöhnen aus, als er sich an den Richtplatz erinnerte; an die Axt, mit der er seinem Freund Toader den Kopf hatte abschlagen müssen. Sollte Toaders Tod umsonst gewesen sein? Lag auch Floarea längst mehrere Klafter tief unter der Erde? Carol ballte die Hände zu Fäusten. Wie sollte er jemals herausfinden, wo sie war? Er konnte doch nicht das Massengrab nach ihren Knochen durchwühlen! Niemand kannte sie. Niemand erinnerte sich an die Sklaven seines Vaters. Sie waren ein Nichts für die Männer des Woiwoden.

Eine Bewegung in seinem Augenwinkel ließ ihn die Gedanken an die Vergangenheit zur Seite wischen. Im Hof, tief unter dem Fenster seiner Kammer, bestiegen soeben Radus Männer ihre Pferde. Meinte das Schicksal es gut mit ihm? Er verfolgte, wie sie über den Hof trabten und wenig später in Richtung Zugbrücke verschwanden. Ohne lange nachzudenken, suchte er seine Habseligkeiten zusammen, legte Panzerhemd und Helm an und verließ das Gemach.

»Es ist nicht sicher«, begrüßte ihn der Kastallan im Erdgeschoss des Wohngebäudes. »Sie werden zurückkommen.«

Carol reichte dem Mann die Hand. »Ich danke Euch für Eure Hilfe«, sagte er. »Aber wenn ich jetzt nicht gehe ...«

»Im ganzen Land wird nach Euch gesucht«, unterbrach ihn der Kastellan. »Der Sultan hat einen Preis auf Euren Kopf ausgesetzt.«

Carol unterdrückte einen Fluch.

»Wenn Ihr mich fragt, solltet Ihr so schnell wie möglich über die Berge nach Transsylvanien fliehen«, setzte der Kastellan hinzu. »So wie Euer Vater es getan hat. Wäre er von diesen *Tradatores* nicht verraten worden ...«

Carol überlegte einen Augenblick. Vielleicht hatte der Mann Recht. Mit seiner Suche nach Floarea drehte er sich im Kreis. Er konnte weiter durch die Walachei irren oder sich in Sicherheit bringen. Nur, wo sollte er hingehen? In den deutschen Städten jenseits der Berge würde man ihn sofort als Sohn des ehemaligen Woiwoden erkennen – des Mannes, der weite Landstriche verwüstet und Tausende getötet hatte. Ein Gedanke, dessen Kühnheit ihn erschreckte, sorgte für eine steile Falte zwischen seinen Brauen. Konnte er einen solchen Schritt wagen? Würde man ihn überhaupt zum König vorlassen?

»Ihr müsst Euch beeilen«, drängte der Kastellan. »Ich lasse Euch etwas zu essen einpacken, solange Euer Pferd gesattelt wird.« Er winkte einen Burschen herbei und schickte ihn in die Küche. Dann begleitete er Carol hinaus in den Hof.

Es dauerte keine zehn Minuten, dann konnte Carol aufsitzen.

»Geht mit Gott«, sagte der Kastellan. »Meine Gebete sind bei Euch.«

Nachdem sich Carol bedankt hatte, gab er seinem Hengst die Sporen und trabte wenig später den gewundenen Anstieg zur Festung hinab. Der Tag war sonnig und warm und in den Wipfeln der Bäume zwitscherten die Vögel um die Wette. Der unverkennbare Duft des Frühlings lag in der Luft, eine Mischung aus feuchter, warmer Erde und frischem Grün. Tief in Gedanken versunken ließ Carol sein Reittier am langen Zügel trotten und fuhr zusammen, als der Hengst plötzlich ein Wiehern von sich gab. Er hob den Kopf und sah, wovor das Tier sich erschreckt hatte. Einen Steinwurf vor ihm waren zwei von Radus Soldaten aufgetaucht.

Sie schienen Carol im selben Augenblick zu bemerken, da einer von ihnen einen überraschten Ruf ausstieß.

Carol spürte, wie sich sein Pulsschlag beschleunigte. Wohin sollte er ausweichen? Rechts von ihm erhob sich der schroffe Felsen, auf dem die Festung thronte. Links von ihm fiel der Berg steil ab. Sollte er seinem Hengst die Sporen geben und versuchen, die beiden niederzureiten? Seine Hand zuckte zu dem Schwert an seiner Seite. Wie es aussah, blieb ihm keine Wahl. Wenn sie ihn als den Gesuchten erkannten, würde er sich dem Kampf stellen müssen.

»Wer seid Ihr?«, fragte der breitere der beiden Reiter, als sie nur noch zwei Pferdelängen voneinander entfernt waren.

»Ein Mann des Kastellans«, gab Carol zurück.

»Nehmt den Helm ab«, mischte sich der zweite ein. Er raunte seinem Begleiter etwas zu, woraufhin dieser das Schwert zog.

»Ihr sollt den Helm abnehmen!«, knurrte der zweite.

»Ihr habt mir nichts zu befehlen!«, fauchte Carol. »Geht mir aus dem Weg!«

»Im Namen des Woiwoden befehlen wir Euch, Euch zu ergeben!«

Ohne ein weiteres Wort zog auch Carol sein Schwert und stieß seinem Hengst die Fersen in die Flanken. Der Angriff überrumpelte die beiden Soldaten, sodass es Carol gelang, ihre Pferde auseinanderzudrängen. Mit seiner Waffe schlug er die Lanze des einen zur Seite, während er sich unter dem Schwerthieb des anderen hindurchduckte. Dann stach er blitzschnell nach der Flanke eines der Pferde, das mit einem Wiehern in die Knie brach und seinen Reiter unter sich begrub.

»Das wirst du büßen!«, zischte der zweite Soldat und hieb blindlings mit dem Schwert nach Carol.

Der wich geschickt aus, parierte die nächsten beiden Streiche und schlug seinem Angreifer mit dem nächsten Hieb die Waffe aus der Hand. »Steig ab«, knurrte er und setzte ihm die Klinge auf die Brust. Sobald der Mann den Befehl befolgt hatte, sagte er: »Fessle deinen Freund an diesen Baum dort.« Er zeigte auf eine alte Eiche. »Mach schon!«

Obwohl Mordlust in seinen Augen glomm, tat der Soldat wie geheißen, nahm einen Strick vom Sattelknauf und zog seinen Kameraden unter dem toten Pferd hervor. Dann lehnte er den Bewusstlosen mit dem Rücken gegen den Stamm und band ihn fest. Sobald der letzte Knoten festgezurrt war, verfuhr Carol mit ihm auf dieselbe Art und Weise.

»Du wirst nicht weit kommen«, knurrte Radus Gefolgsmann. »Das ganze Fürstentum ist auf der Suche nach dir.«

Carol schnaubte. »Das werden wir sehen«, sagte er, ließ die beiden sitzen und schwang sich zurück in den Sattel. Dann preschte er, so schnell wie es der steile Abstieg zuließ, den Hang hinab und jagte nach Norden.

Kapitel 17

Buda, März 1463

»Bitte, Majestät, Ihr müsst mir gestatten, ihn zu sehen«, flehte Ilona Szilágyi. Sie folgte ihrem Vetter wie ein Schatten, als dieser aus dem Saal kam, in dem die Mitglieder der königlichen Kanzlei getagt hatten. Die schwarz gekleideten Magistrate warfen ihr missfällige Blicke zu. Doch Ilona war fest entschlossen, sich nicht abweisen zu lassen.

»Was ist denn nun schon wieder?«, seufzte Matthias Corvinus. Ihm war anzusehen, dass die Unterredung anstrengend gewesen war. »Ich habe keine Zeit.«

Ilona hob flehend die Hände. »Bitte gestattet mir, meinen Verlobten zu sehen«, sagte sie.

Der König runzelte die Stirn. »Das habe ich doch schon längst getan. Warum, denkst du, habe ich ihn an den Hof holen lassen?« Er schüttelte den Kopf. »Du verschwendest meine Zeit, Ilona.« Sein Tonfall war scharf.

Ilona senkte gescholten den Blick. »Die Wache wollte mich nicht zu ihm lassen«, sagte sie.

»Dann richte der Wache aus, dass du meine persönliche Erlaubnis hast«, brummte Matthias Corvinus, ehe er ihr den Rücken kehrte und den Gang entlangeilte.

Adél, die im Hintergrund gelauert hatte, trat an Ilonas Seite, sobald die Männer außer Sichtweite waren. »Ich begleite Euch.« Der Vorwurf in ihrer Stimme war nicht zu überhören.

Ilona verdrehte die Augen. »Sicher«, murmelte sie und ließ Adél stehen. Wenn sie meinte, ihr folgen zu müssen wie ein Schoßhündchen, dann würde sie sie auch so behandeln. Warum sie überhaupt noch eine Anstandsdame brauchte, war ihr schleierhaft. Genügte es nicht, dass zwei bis an die Zähne Bewaffnete ihren Verlobten bewachten? Ohne sich nach Adél umzudrehen, eilte sie zu dem Gebäude, in dem Vlad gefangen gehalten wurde. Als sie die verriegelte Eichentür seines Gemaches fast erreicht hatte, vertraten ihr die Wachen erneut den Weg.

»Lasst mich zu ihm!«, sagte sie hochmütig. »Der König hat es ausdrücklich gestattet.«

Die Männer tauschten unsichere Blicke. Offensichtlich lauteten ihre Befehle anders.

»Soll ich meinen Vetter holen lassen?«, drohte Ilona. »Er wird gewiss nicht erfreut sein, dass ihr seine Anweisung missachtet.«

»Nein«, beeilte sich der jüngere der beiden zu sagen.

»Ihr dürft zu ihm«, sagte der zweite nach einigen Augenblicken, in denen den beiden ihre Unsicherheit anzusehen war. »Aber nur Ihr, sonst niemand.«

»Ich bin ihre Anstandsdame«, brauste Adél auf.

»Habt Ihr auch die ausdrückliche Erlaubnis des Königs?«, wollte der Wächter wissen.

Adél verneinte.

»Dann müsst Ihr hier warten.«

»Aber das ist ...«, empörte sich Ilonas Begleiterin.

»Da kann man nichts machen«, sagte Ilona. Sie hatte Mühe, sich ihre Schadenfreude nicht anmerken zu lassen. Je länger Adél um sie herumschwirrte wie eine lästige Fliege, desto mehr regte sich Ilona über sie auf. Als einer der Männer die Tür entriegelte, waren jedoch alle Gedanken an Adél wie weggewischt. Ein Stich der Vorfreude fuhr ihr in die Glieder. Plötzlich schlug ihr Herz schneller und ihre Handflächen wurden feucht. Sie fuhr sich mit der Zunge über die trockenen Lippen.

»Eure Braut«, hörte sie den Wächter sagen. Er öffnete die Tür so weit, dass Ilona eintreten konnte.

Vlad Draculea stand mit dem Rücken zu einer großen Feuerstelle, die Arme vor der Brust verschränkt. Als er sie sah, hellte sich sein Gesicht auf. »Ilona«, begrüßte er sie.

Der Wächter machte Anstalten, die Tür von innen zu schließen.

»Warte draußen«, sagte Ilona.

Der Mann schüttelte den Kopf. »Ich denke nicht, dass der König ...«

»Habe ich mich nicht deutlich ausgedrückt?«, fuhr Ilona ihm über den Mund.

Einen Augenblick sah es so aus, als wolle der Wächter ihr widersprechen. Doch dann drehte er sich wortlos um und ließ Ilona mit Vlad alleine.

»Fürchtet Ihr Euch denn gar nicht vor mir?«, fragte er. Er kam auf sie zu, griff nach ihrer Hand und führte sie an die Lippen.

Wie beim letzten Mal durchrieselte Ilona bei seiner Berührung ein Schauer. Sie sah zu ihm auf und hatte augenblicklich das Gefühl, in einen tiefen, grünen See einzutauchen. »Nein«, murmelte sie. Ihr Herz begann noch schneller zu schlagen, als er sich zu ihr hinabbeugte.

»Vielleicht solltet Ihr das aber«, sagte er neckend und legte ihr sanft die Hand auf die Wange. Mit dem Daumen strich er ihr eine Haarsträhne aus der Stirn. »Ihr seid wunderschön.«

Ilona schluckte schwer. Seine Hand war warm und trocken, schwielig und dennoch weich. Als er mit den Fingerspitzen die Kontur ihrer Wangen nachzeichnete, schien etwas tief in ihrem Inneren zu verglühen. Sie schmiegte die Wange in seine Hand und schloss die Augen.

»Eure Haut ist zart wie Samt«, hauchte er ihr ins Ohr.

Wie nah er war! Sein Atem war wie ein heißer Hauch. Ilona legte den Kopf in den Nacken und wartete darauf, dass er sie endlich küssen würde.

Er spannte sie nicht lange auf die Folter. Nachdem seine Fingerkuppen bei ihrer Halsgrube angelangt waren, beugte er sich noch tiefer zu ihr hinab und verschloss ihre Lippen mit den seinen. Zart und begierig zugleich.

Der Kuss war so wundervoll, dass Ilona das Gefühl hatte, der Raum würde sich um sie drehen. Zuerst wartete sie schüchtern ab, was geschehen würde. Doch als seine Zunge begann, vorsichtig nach der ihren zu tasten, ließ sie sich von dem Strudel der Gefühle davontragen.

Vlad spürte, wie seine Männlichkeit auf den Kuss reagierte. Obwohl er keine tieferen Gefühle für seine Braut hegte, war sie eine schöne Frau, deren Reize ihn nicht kalt ließen. Ihre üppige Brust, die vollen Lippen, die Leidenschaft, mit der sie den Kuss erwiderte, fachten seine Lust an. Er wusste, dass er nicht weitergehen durfte. Dennoch malte seine Fantasie Bilder, die ihm den Schweiß aus den Poren trieb. Seit über einem halben Jahr hatte er nicht mehr bei einer Frau gelegen. Und das Verlangen war wie ein Feuer. Er ließ die Hand ihren Rücken hinabgleiten, bis sie die Rundung ihres Gesäßes erreichte.

Sie gab einen leisen Wonnelaut von sich und schmiegte sich näher an ihn. Ihr Atem kam stoßweise.

Vlad konnte ihre Erregung riechen. »Wir dürfen nicht zu weit gehen«, murmelte er und machte sich widerstrebend von ihr los. Jede Faser seines Körpers verlangte danach, dass er sie in seine Schlafkammer trug, ihre Röcke nach oben schob und sich nahm, was sie so willig anbot.

»Niemand kann uns sehen«, keuchte sie.

Vlad trat von ihr zurück und ergriff erneut ihre Hände. »Ich muss an Eure Ehre denken«, sagte er. »Wenn wir schon verheiratet wären ...«

»Worauf müssen wir denn noch warten?«, fragte Ilona. Ihre Wangen waren flammend rot und ihre Augen glänzten fiebrig. »Können wir nicht einfach einen Priester rufen, der uns traut?«

Vlad lächelte freudlos. »So einfach wird es nicht sein, fürchte ich. Euer Vetter hat auch noch ein Wort mitzureden.«

»Aber er hat unserer Verlobung zugestimmt!«, protestierte Ilona.

Sie war bezaubernd in ihrem Eifer. Es tat Vlad beinahe leid, dass sie nur ein Mittel zum Zweck war. In einer anderen Zeit, in einem anderen Land ... Er verkniff sich ein Seufzen. In einem anderen Leben, dachte er, hätten sie vielleicht ein glückliches Paar werden können. »Solange ich mein Gemach nicht verlassen darf, glaube ich kaum, dass Euer Vetter uns den Bund der Ehe schließen lässt«, sagte er.

»Dann werde ich ihn eben darum bitten!« Ilona stampfte mit dem Fuß auf.

Vlad hatte Mühe, seine Zufriedenheit zu verbergen. Genau das war sein Ziel gewesen. Wenn er sich endlich frei in der Festung bewegen konnte, würde er gewiss herausfinden, wer ihm den Brief geschrieben hatte. Und dann konnte er beginnen, seine Flucht zu planen.

Kapitel 18

Buda, März 1463

Floarea unterdrückte ein Gähnen. Seit Stunden leierte Galeotto Marzio bereits die Zusammensetzung unterschiedlicher Tränke herunter und allmählich verlor sie den Faden. Nach dem Kräutergarten hatte er sie in eine kleine Holzkate geführt, in der er offenbar seine Arzneien zubereitete. Zahllose Tiegel, Töpfe und Säckchen drängten sich auf mehreren Regalen, in denen auch eine Handvoll Bücher stand. Auf einem Metallgitter über einer Feuerstelle befand sich ein halbes Dutzend irdener Gefäße. Es roch würzig und ein wenig beißend, besonders einer der Düfte schien Floarea die Augenlider schwer zu machen.

»Langweile ich Euch?«, fragte Marzio, als Floareas Blick zu einer Metallscheibe wanderte, die auf einem zweiten Tisch lag.

Schon die ganze Zeit, die sie in der Arzneiküche waren, fragte sie sich, wozu man dieses Gerät benötigte. »Nein, nein! Es ist sehr interessant«, sagte sie. »Verzeiht, wenn ich unaufmerksam scheine. Aber ich wüsste zu gerne, was es mit dieser Scheibe auf sich hat.«

Der Ärger wich aus Marzios Gesicht. »Ihr seid wirklich eine ganz außergewöhnliche junge Frau«, schmeichelte er ihr. Er stellte den Tiegel ab, in dem er drei unterschiedliche Kräuter miteinander vermischt hatte, und nahm die Metallscheibe in die Hand. »Das ist ein Astrolabium.«

»Ein Astrolabium?«

»Was wisst Ihr über den Aufbau des Himmels?«, fragte Marzio anstelle einer Erläuterung.

Floarea schüttelte den Kopf. »Nichts«, gestand sie.

»Ihr wisst aber gewiss, dass sich die Planeten, die Sonne und der Mond um die Erde drehen?«

Floarea nickte.

»Nun«, fuhr Marzio fort und begann, mit der Metallscheibe zu hantieren, »mit diesem Astrolabium lässt sich der drehende Himmel nachbilden. Seht her. So.« Er bewegte eine der Einlegscheiben. »Versteht Ihr?«

»Ja«, log Floarea.

Marzio schien die Lüge zu durchschauen, da er lachte. Er legte das Astrolabium zurück auf den Tisch. »Interessiert Ihr Euch auch für die Astronomie?«

»Damit habe ich mich noch nie beschäftigt«, gab Floarea zu.

»Wisst Ihr, wie die Welt aufgebaut ist?«

Erneut schüttelte Floarea den Kopf.

»Dann will ich es Euch erklären.« Marzio zog einen Stuhl heran und setzte sich. »Man unterscheidet zwischen dem *coelum empyraeum* – dem höchsten Teil des Himmels, dem Bereich des Feuers und des Lichts, in dem Gott und die Seligen ihren Sitz haben, der Kristallsphäre, der Fixsternsphäre, den Planeten, der Sphäre der lichtgebenden Gestirne, der des Mondes und der sublunaren Welt.«

Floarea sah ihn verständnislos an.

Er kratzte sich am Kinn. »Ich will es einfacher machen«, sagte er. »Lasst uns von unten anfangen.« Er stand auf, holte ein Blatt Papier und einen Stift und malte einen Kreis. »Das ist die Erde, auch die sublunare Welt genannt, weil sie sich unterhalb des Mondes befindet.« Er begann, weitere Kreise um den ersten zu ziehen. »Um die Erde herum sind die Himmelssphären angeordnet. Diese bewegen sich gegeneinander, wodurch die Sphärenmusik entsteht.« Er nummerierte die Kreise. »Es gibt elf Sphären. Je weiter eine Sphäre von der Erde entfernt ist, desto näher ist sie dem Sitz Gottes. Alles jenseits der Mondsphäre zeichnet sich durch Beständigkeit aus. In der sublunaren Sphäre hingegen ist alles dem Wandel unterworfen, wodurch die Welt stets kurz davor steht, ins Chaos zu stürzen.«

Floarea starrte auf die vielen Kreise, die vor ihren Augen zu tanzen begannen.

»Der Bereich, der für den Menschen die größte Bedeutung hat, ist der sublunare«, fuhr Marzio ungeachtet ihrer Verwirrung fort. »Auch hier gibt es vier Spähren, die aus den vier Elementen bestehen.« Er malte einen weiteren Kreis auf das Blatt. »Man nennt dieses Modell das ›Weltei‹, weil es wie ein Ei aus Dotter, Eiweiß, Eihaut und Schale besteht.«

Floarea wusste nicht, ob er sich über sie lustig machte. Doch ein Blick in sein Gesicht sagte ihr, dass er es ernst meinte.

»Die Elemente ordnen sich nach ihrem Gewicht«, fuhr Marzio fort. »Folglich besteht das Zentrum der Erde aus dem Element Erde, darüber befindet sich Wasser. Über dem Wasser ist die Luft und darüber wiederum befindet sich, bis zur Sphäre des Mondes, das Feuer. Versteht Ihr?«

»Ja. Alles besteht aus denselben Elementen«, sagte Floarea.

»Richtig.« Marzio schenkte ihr ein Lächeln. »Solange alles im Gleichgewicht ist, besteht Harmonie. Verstößt man jedoch auf einer der untersten Sphäre gegen ein Gebot Gottes, indem man eine Todsünde begeht, löst man Chaos aus. Dieses kann sich bis in die höheren Sphären fortsetzen und die ganze Welt in den Untergang stürzen.«

Floarea blinzelte. Wenn es so war, warum hatte dann das Toben von Vlad Draculea nicht die ganze Welt in den Abgrund gerissen? Weshalb lebte er immer noch? Und was gab es für eine Erklärung dafür, dass Gott ihn verschont hatte, während er Floareas Familie und viele andere Unschuldige für etwas bestraft hatte, an dem sie keine Schuld trugen? Sie biss sich auf die Lippe und unterdrückte ein Seufzen. Marzios Erklärungen waren zwar interessant, allerdings brachten sie sie ihrem Ziel nicht näher. Durch Sphärenmusik würde sie Vlad Draculea nicht töten können.

»Möchtet Ihr, dass ich Euch einmal nachts den Sternenhimmel zeige?«, fragte Marzio. »So wäre es einfacher, Euch die einzelnen Gestirne zu erklären«, beeilte er sich hinzuzusetzen.

»Wenn die Königin es gestattet«, gab Floarea wenig begeistert zurück. Sie hatte keine große Lust, mit Marzio zusammen an den Himmel zu starren, während er zweifelsohne noch andere Pläne verfolgte. Es war ihr nicht entgangen, dass er ihr begierige Blicke zuwarf. Wie die Wächter auf der Festung Poenari. Sie fröstelte, als sie sich an die grapschenden Hände und den fauligen Atem des betrunkenen Kerls erinnerte, der ihr die Flucht ermöglicht hatte.

»Komm her, Kleine«, hatte er gelallt. »Wenn du tust, was ich sage, bekommst du etwas zu essen.«

Voller Abscheu hatte Floarea es zugelassen, dass er die Hände unter ihre Lumpen gesteckt hatte. Zum Glück war er so

90

besoffen gewesen, dass nichts passiert war. Anders als die übrigen Frauen, war sie mit einem Schrecken davongekommen. Als er endlich schnarchend neben ihr gelegen hatte, war sie aus seinem Quartier gekrochen und hatte sich zu dem Leichenkarren geschlichen, den er eigenhändig beladen hatte. Obwohl sie sich zu Tode fürchtete vor den Dämonen, die die Seelen der Verstorbenen holen würden, hatte sie sich in eine Ecke gekauert und die Kleider der Toten über sich ausgebreitet.

»Habt Ihr gehört?«, riss Marzios Stimme sie aus der Erinnerung.

»Ja, natürlich«, stammelte sie, obwohl sie keine Ahnung hatte, was er gesagt hatte.

»Gut«, freute sich Marzio. »Dann wollen wir hoffen, dass die Königin nichts dagegen hat.«

Kapitel 19

Buda, März 1463

Es stellte sich heraus, dass Katharina von Podiebrad ganz und gar nichts dagegen hatte, dass sich Floarea mit Marzio den Nachthimmel ansah.

»Würdest du mir einen Gefallen tun?«, fragte sie, nachdem sie alle anderen Damen aus dem Zimmer geschickt hatte.

»Wenn ich kann, sehr gerne, Majestät«, gab Floarea zurück. Sie saß neben der Königin auf einer gepolsterten Fensterbank und sah auf die Stadt zu ihren Füßen hinab.

Katharina kraulte geistesabwesend den Kopf des kleinen Hundes auf ihrem Schoß. »Ich habe mich bisher noch niemandem anvertraut«, sagte sie nach einigen Augenblicken des Schweigens. Sie hob den Blick und sah Floarea direkt in die Augen.

Die junge Frau las Furcht und Unsicherheit darin.

»Mein Gemahl«, fuhr Katharina fort, »wünscht sich möglichst schnell einen Thronfolger.« Ihr Zeigefinger malte Kreise ins Fell des Hundes. »Allerdings ...« Sie biss sich auf die Lippe. Es schien ihr schwerzufallen, weiterzusprechen.

Floarea lächelte ihr aufmunternd zu.

Katharina seufzte. »Allerdings ist es mir bisher noch nicht gelungen, zu empfangen. Die Hebammen behaupten, es läge daran, dass mein Uterus zu feucht sei. Aber ihre Mittel helfen nicht.«

»Was kann ich tun?«, fragte Floarea, obwohl sie ahnte, worum Katharina sie bitten wollte.

»Würdest du Galeotto Marzio nach einer Arznei zur schnelleren Empfängnis fragen?«, bat sie. »Sag ihm aber nicht, dass es für mich ist«, setzte sie hastig hinzu. »Ich möchte nicht, dass mein Gemahl davon erfährt.«

Floarea verstand. Bisher hatte Katharina ihre Schwierigkeiten vor Matthias Corvinus geheim halten können. Je mehr Zeit verstrich, desto schwerer wurde es jedoch für die junge Königin, ihre Unfruchtbarkeit zu erklären.

»Matthias liebt mich«, murmelte Katharina. »Und ich liebe ihn. Aber eine Ehe ohne Kinder ....«

Sie brauchte den Satz nicht zu beenden. Ihre Kinderlosigkeit wäre ein Grund für den König, die Ehe mit ihr zu annulieren.

Floarea zuckte zusammen, als der Hund plötzlich bellte und vom Schoß der Königin sprang.

Katharina sah sie hoffnungsvoll an.

»Ich werde behaupten, das Mittel sei für eine andere Hofdame«, sagte Floarea. Sie hatte schon jemanden im Kopf. Julianna würde ihr die kleine Lüge sicherlich vergeben.

»Ich danke dir von Herzen«, sagte Katharina. Mit dem sorgenvollen Gesicht und dem zu Zöpfen geflochtenen Haar wirkte sie an diesem Tag noch jünger als sonst. Ihre Verzweiflung war beinahe greifbar. Sie spielte mit dem Kruzifix an ihrem Hals und starrte leer geradeaus.

Floarea wusste nicht, was die Königin von ihr erwartete. Sollte sie bei ihr bleiben? Oder sie alleine lassen mit ihren Sorgen?

Katharina nahm ihr die Entscheidung ab, da sie plötzlich aus dem Fenster zeigte und sagte: »Sieh nur. Dort ist dieser fürchterliche Vlad Draculea. Ich frage mich, wie Ilona den König dazu gebracht hat, ihn aus seinem Gefängnis zu lassen.«

Floareas Herz zog sich zusammen. Bemüht, sich nicht anmerken zu lassen, was sie fühlte, folgte sie dem Zeigefinger der Königin mit den Augen. Tatsächlich stolzierte Vlad Draculea hoch erhobenen Hauptes durch einen der Gärten – die Base des Königs am Arm. Sein Anblick traf sie wie ein Schlag vor die Brust. Mit einem Keuchen wich sie vom Fenster zurück und tastete nach den Bleitäfelchen unter ihrer Fucke. »Siehe das Kreuz des Herrn, flieht, ihr feindlichen Mächte«, murmelte sie die Worte, die in das Amulett eingraviert waren. Als er den Kopf in ihre Richtung wandte, sprang sie so hastig von der Fensterbank auf, dass sie beinahe gestrauchelt wäre.

»Was ist?«, fragte Katharina besorgt.

»Nichts«, log Floarea. »Mir ... Es ist ... Man sagt, er sei ein Teufel«, brachte sie schließlich hervor. Selbst aus der Ferne konnte sie das Böse in seinem Blick erkennen. »Er hat meinen Vater getötet«, platzte es aus ihr heraus, ehe sie nachdenken konnte.

Katharina schlug die Hand vor den Mund. »Heilige Mutter Gottes«, wisperte sie.

»Und meine ganze Familie«, setzte Floarea leise hinzu. Sie wusste nicht, warum sie sich Katharina anvertraute – vermutlich lag es am eigenen Geständnis der Königin. Aber Katharina war die erste, außer ihrer Tante Cosmina, vor der sie preisgab, was geschehen war.

»Warum?«, fragte Katharina. »Waren sie Feinde?«

Floarea nickte. »Todfeinde.«

»Ein Grund mehr, dieses Ungeheuer einzusperren«, sagte die Königin energisch und kam auf die Beine. »Ich werde meinen Gemahl bitten, ihn wieder nach Visegrád bringen zu lassen.«

Floarea erschrak. »Bitte, tut das nicht«, sagte sie. Wenn Vlad Draculea fortgeschafft würde, hätte sie keine Gelegenheit, sich für das Erlittene zu rächen. »Nur meinetwegen«, setzte sie hastig hinzu. »Eure Base ...«

»Die Base meines Vetters«, fiel Katharina ihr ins Wort.

»Die Base Eures Vetters würde es mir übelnehmen.«

Katharina quittierte diese Bemerkung mit einem säuerlichen Blick. Offenbar gefiel es ihr nicht besonders, wie viel Einfluss Ilona Szilágyi auf Matthias Corvinus hatte. »Auch mir ist seine Gegenwart unangenehm«, sagte sie. »Ich werde versuchen, den König dazu zu bringen, die Verlobung zu lösen.«

Floarea hätte sich am liebsten die Zunge abgebissen. Hätte sie nicht so unbedacht herausgeplaudert, was ihr Geheimnis hätte bleiben sollen, wäre Katharina niemals auf diese Idee gekommen.

»Sieh nur, wie er sie umgarnt«, schnaubte die Königin. »Kein Wunder, liegt sie meinem Gemahl doch den ganzen Tag in den Ohren.« Katharinas Miene verhärtete sich. »Das muss aufhören. Ich werde sofort zu ihm gehen.« Sie verabschiedete sich mit einem Nicken und ließ Floarea alleine im Zimmer zurück.

Warum, in drei Teufels Namen, hatte sie nur nicht den Mund halten können, fragte sich Floarea ärgerlich. Obwohl sein Anblick Hass in ihr entfachte, ging sie zurück ans Fenster und sah hinaus. Inzwischen standen Vlad Draculea und seine Verlobte vor einem Verschlag, in dem der Falkner des Königs die Jagdvögel hielt. Zweifelsohne erzählte er ihr davon, wie er selbst zur Jagd geritten war, dachte Floarea.

Selbst aus der Ferne war zu erkennen, dass Ilona Szilágyi ihn mit großen Augen anhimmelte.

Die Gedanken in Floareas Kopf überschlugen sich. Durch ihre Unvorsichtigkeit hatte sie alles noch schlimmer gemacht. Jetzt drängte die Zeit. Wenn sie Vlad Draculea töten wollte, musste sie sich beeilen. Denn sie zweifelte keine Sekunde daran, dass der König Katharinas Bitte nachgeben würde. Sie sah, wie der ehemalige Woiwode den Kopf in den Nacken legte und lachte. Der Anblick war wie ein Messerstich mitten ins Herz. Der Teufel lacht, während die Engel weinen. War das nicht ein altes Sprichwort? Sie wandte sich schaudernd ab, um sich auf die Suche nach Marzio zu machen. Der Italiener würde entzückt sein, dass die Königin seinem Anliegen wohlgesonnen war. Wenn Floarea seine Schwäche für sie ausnutzte, würde sie schon bald ein Mittel in der Hand haben, um ihren Todfeind zu beseitigen.

Kapitel 20

Kronstadt, März 1463

Carol konnte sich kaum mehr im Sattel halten vor Erschöpfung. Fünf Tage und Nächte lang war er durch die Karpaten geirrt, bis er endlich den Pass erreicht hatte, nach dem er suchte. In ständiger Angst, von den Soldaten des Sultans oder seines Onkels eingeholt zu werden, hatte er im Wald geschlafen und die befestigten Wege gemieden. Die Nächte waren eisig, seine Feuer klein, und mehr als einmal hatte er befürchtet, leichte Beute für ein Rudel Wölfe zu werden. Das Knacken des Unterholzes und das Heulen der Tiere hatte die Erinnerung an seine Flucht aus dem Kloster lebendig werden lassen. Vor über sieben Jahren, als er vor Vlad Draculea davonlaufen wollte, waren ihm die Wölfe zum Verhängnis geworden. Die Angst, die er damals empfunden hatte, war immer noch präsent. Aber im Gegensatz zu früher war er kein hilfloses Kind mehr, das sich auf einen Baum flüchten musste.

Tief über den Hals seines Hengstes geduckt preschte er die schlammige Straße entlang. Es regnete seit dem frühen Morgen und er war bis auf die Haut durchnässt. Der Himmel war wolkenverhangen und grau, der Wind aus Osten eisig und schneidend. Da er sich inzwischen auf transsylvanischem Gebiet befand, beschloss er, so schnell wie möglich Panzerhemd und Krummschwert loszuwerden und gegen eine andere Ausrüstung einzutauschen. Auch wenn das Risiko, erkannt zu werden, hoch war, entschied er sich, nach Kronstadt zu reiten. Wenn man ihn festnahm, würde er erklären, dass er auf dem Weg nach Ungarn war, um sich Matthias Corvinus anzuschließen. Der Plan, dessen Kühnheit ihn zuerst selbst erschreckt hatte, nahm in seinem Kopf weiter Gestalt an.

Floarea war tot. Verscharrt in einem Massengrab, in dem hunderte arme Seelen lagen. Obwohl ihn diese Erkenntnis so sehr schmerzte, dass ihm das Herz weh tat, durfte er seine Augen nicht länger vor der Wahrheit verschließen. Er hatte sich etwas vorgemacht, hatte sich so sehr gewünscht, die Schuld der Vergangenheit zu tilgen, dass er blind war für das Offensichtliche. Niemand, schon gar kein Mädchen von Floareas zierlicher Gestalt, konnte die knochenbrechende Fron auf der Festung Poenari überlebt haben. Er musste sie gehen lassen. So wie er seine Mutter hatte gehen lassen müssen.

Er wischte sich mit einer ärgerlichen Geste eine Träne von der Wange. Der Wind war so schneidend, dass ihm die Augen brannten. Jedenfalls versuchte er, sich einzureden, dass das der Grund war. Während ihm der Regen waagerecht ins Gesicht peitschte, trieb er sein Pferd weiter an. Als er nach einigen Meilen ein Dorf erreichte, in dem es eine Schmiede gab, tauschte er seine Waffen gegen ein minderwertiges Schwert und ein altes Kettenhemd ein. Er ignorierte die Neugier im Blick des Schmieds, der sich vermutlich fragte, welcher gute

Geist ihm einen solchen Narren geschickt hatte. Zurück im Sattel, setzte Carol seinen Weg nach Kronstadt fort und atmete erleichtert auf, als gegen Abend endlich das Stadttor vor ihm auftauchte.

Nachdem er den Torzoll entrichtet hatte, ritt er in die Innere Stadt ein. Auf einer schroffen Erhebung im Süden thronte eine Zinnenburg, um deren Wehrtürme Mauersegler kreisten. Die Straßen waren gepflastert und frei von Unrat – dank der zahlreichen Schweine, deren Rüssel durch den Morast zuckten. Die Ansammlungen von Holzhäusern in der Nähe der Stadtmauer glichen Bauernhöfen. Doch je weiter sich Carol der Ratsstube und dem Wachturm am Marktplatz näherte, desto öfter sah er mehrstöckige Steinhäuser. Obwohl die Sonne bald untergehen würde, wimmelte es in den Straßen von Händlern, Bauern, Kirchenmännern, hohen Herren und feinen Damen. Farbenfrohe Gewänder hoben sich von dem tristen Grau des Steins ab und das Lachen der Frauen wirkte unbeschwert.

Sie schienen die Gräuel der Vergangenheit vergessen zu haben – die brennenden Gehöfte, die gepfählten Bauern und die mordenden Horden seines Vaters. Wenn er das doch auch könnte!

Ein etwa fünfzehnjähriges Mädchen zog seinen Blick auf sich. Ihr Haar war von derselben Farbe wie Floareas und einen Augenblick erlaubte sich Carol, zu hoffen. Als sie jedoch den Kopf wandte, um dem jungen Mann an ihrer Seite zuzulächeln, sah er, dass sie älter sein musste. Mit einem Seufzen bahnte er sich einen Weg durch Karren und Fußvolk bis zum Marktplatz, wo er einen Gasthof entdeckte. »Zum Goldenen Ochsen«, verkündete das Holzschild über der Tür. Darunter war ein Ochse mit nur einem Horn aufgemalt. Nachdem er abgesessen war, drückte er einem herbeigeeilten Burschen die Zügel in die Hand und trug ihm auf, sein Tier abzusatteln, trockenzureiben und zu füttern. Dann betrat er die Gaststube, in der es angenehm warm war.

»Sucht Ihr ein Zimmer für die Nacht?« Der Wirt kam hinter dem Tresen hervor und wischte sich die Hände an einem Tuch ab.

Carol sah sich im Schankraum um. Der Holzboden wirkte trotz des Regens sauber. An den Tischen saßen Reisende, ein zotteliger Hund lag unter einem kleinen Fenster. Es roch nach saurem Kohl, gebratenem Fleisch und Brot. Er nickte. »Ein Zimmer und etwas zu essen«, sagte er.

Der Wirt machte eine kleine Verbeugung. »Das Zimmer kostet zwei Pfennige«, sagte er. »Im Voraus.«

Carol öffnete seine Geldkatze und zählte dem Mann zwei Münzen in die Hand. »Gibt es hier in der Stadt einen Waffenschmied?«, fragte er.

»Ja, den alten Jakob«, erwiderte der Wirt. »In der Kirchgasse. Er schmiedet die besten Harnische und Schwerter im ganzen Land.«

»Gut«, sagte Carol. »Bring mir einen Krug heißen Wein und etwas zu essen. Ich sitze dort drüben.« Er zeigte auf einen Tisch in der Nähe der Feuerstelle.

Der Wirt steckte das Geld ein und verschwand in einem angrenzenden Raum. Als er nach zehn Minuten wiederkam, stellte er ein Brett mit einer Scheibe Brot vor Carol ab und eine Schale voller dampfendem Kohl. In einer zweiten Schale schwammen drei Brocken Fleisch in einer dicken Soße. »Den Wein bringe ich Euch gleich«, sagte er und verschwand erneut.

Mit knurrendem Magen häufte sich Carol Kraut und Fleisch auf das Brot und langte zu. Wie hungrig er war, bemerkte er erst jetzt. »Bring mir noch eine Portion«, trug er dem Wirt mit vollen Backen auf, als dieser den Würzwein brachte.

»Das kostet noch mal einen Pfennig«, sagte der Mann.

Ohne lange zu überlegen, drückte Carol ihm eine weitere Münze in die Hand und stopfte weiter den köstlichen Braten in sich hinein.

»Ihr kommt wohl von weit her?«, fragte einer der Männer am Nebentisch.

Carol nickte.

»Woher kommt Ihr denn?«, wollte der Mann wissen.

Etwas an seinem Tonfall ließ die Alarmglocken in Carols Kopf schrillen. »Aus dem Fürstentum Moldau«, log er.

»Seid Ihr ein Händler?«, hakte sein Tischnachbar nach.

Carol schüttelte den Kopf.

»Ihr erinnert mich an jemanden, wisst Ihr?«, sagte der Mann.

Carol hatte Schwierigkeiten, den Bissen zu schlucken, den er im Mund hatte.

»Kam er auch aus dem Fürstentum Moldau?«, fragte er so ruhig wie möglich. »Vielleicht kenne ich ihn.«

Sein Tischnachbar schüttelte den Kopf. »Nein. Er kam aus der Walachei.«

Carol griff nach dem Wein und hoffte, dass seine Hand nicht zitterte. »Dann kenne ich ihn gewiss nicht«, sagte er und setzte den Becher an die Lippen. Er spürte den forschenden Blick des Mannes auf sich. Wie hatte er nur so einfältig sein können zu denken, dass er sich wie ein ganz normaler Mensch in einem Gasthof in Kronstadt einmieten konnte. Es war eine Handelsstadt. Die Wahrscheinlichkeit, dass einer oder mehrere der Händler seinen Vater kannten, war groß.

»Vermutlich irre ich mich«, sagte der Mann mit einem Schulterzucken. »Wohin führt Euch die Reise?«

Allmählich begann seine Neugier, Carol zu stören. »Nach Ungarn«, gab er kurz angebunden zurück. »An den Hof.«

Das schien den Mann gebührend zu beeindrucken, da die Fragerei aufhörte. Dennoch hatte er Carol den Appetit verdorben, weshalb er nur noch in seinem Essen herumstocherte. »Zeig mir mein Zimmer«, sagte er, sobald der Wirt zurück in den Schankraum kam. »Den Rest nehme ich mit.« Er deutete auf den Braten und das Kraut.

»Ich lasse es von einem der Burschen nach oben bringen«, versprach der Wirt und gab Carol mit einer Handbewegung zu verstehen, ihm zu folgen. Er führte ihn aus dem Schankraum in den Hof um das Gebäude herum zu einer überdachten hölzernen Außentreppe. Im ersten Stock angekommen, öffnete er eine Tür und ging voran in einen schmalen Korridor, in dem es nach dem Öl der Öllampen roch, die in kleinen Nischen standen. Etwa ein Dutzend Türen ging von dem Gang ab. »Das ist Eure Kammer«, sagte der Wirt, als sie das Ende des Korridors erreicht hatten.

Carol musste den Kopf einziehen, um den Raum zu betreten, doch genau wie die Schankstube war die Kammer erstaunlich sauber. Die spartanische Einrichtung bestand aus einem schmalen Bett, einem Tisch mit einem Stuhl, einem Waschgestell, einem Kruzifix und einer Holztruhe. In einer kleinen Vase auf der Truhe steckte ein Strauß Trockenblumen. »Wenn Euch kalt ist, könnt Ihr eine Bettpfanne mit Kohlen bekommen.«

»Das wird nicht nötig sein«, gab Carol zurück. Die letzten Nächte hatte er unter wesentlich unwirtlicheren Bedingungen zugebracht.

Kurz nachdem der Wirt ihn alleine gelassen hatte, brachte ein Knabe sein Essen. Doch Carol hatte keinen Hunger mehr. Er ließ die Schüssel auf dem Tisch stehen und schob den Riegel vor die Tür. Dann zog er sich aus und schlüpfte unter die Decke.

Kapitel 21

Kronstadt, März 1463

Am nächsten Morgen war er früh auf den Beinen. Nach einem ausgiebigen Frühstück machte er sich auf den Weg zum Schmied, den der Wirt ihm genannt hatte, um eine Rüstung und neue Waffen zu kaufen.

»Den Brustpanzer muss ich Euch anfertigen«, sagte der Mann. »Das wird einen oder zwei Tage dauern.«

»So viel Zeit habe ich nicht«, gab Carol zurück. Jeder Tag, den er in Kronstadt zubrachte, barg das Risiko, erkannt zu werden. Der Magistrat der Stadt würde sicher nicht lange fackeln und ihn entweder gefangen nehmen oder an seinen Onkel ausliefern. Vermutlich hatten Radus Häscher längst die Karpaten überschritten und suchten auch in Transsylvanien nach ihm.

»Wenn Ihr einen Aufpreis bezahlt, arbeite ich die Nacht durch«, sagte der Schmied. »Das kostet Euch allerdings einen Gulden.«

Carol überlegte nicht lange. »Du bekommst einen halben Gulden, wenn ich die Rüstung morgen früh abholen kann«, erwiderte er. Ganz gewiss würde er dem Kerl keinen ganzen Gulden bezahlen. Für diese schwindelerregende Summe konnte man sich drei Pferde kaufen!

»Abgemacht«, brummte der Schmied nach einigen Augenblicken. »Die Schwerter und Lanzen könnt Ihr im Hof ausprobieren.«

Die Wahl fiel Carol nicht schwer. Er entschied sich für ein breites, relativ kurzes Schwert und eine Streitaxt. Auf eine Lanze verzichtete er vorerst, da sie ihm bei dem langen Ritt nach Ungarn im Weg sein würde. Sobald er in Buda angekommen war, konnte er sich immer noch weitere Waffen kaufen. Zuerst hatte er vorgehabt, sich heimlich nach Ungarn einzuschleichen. Aber inzwischen hatte er es sich anders überlegt. Er würde sich nicht in das Königreich stehlen wie ein Dieb in der Nacht. Stattdessen hatte er vor, ganz offen um eine Audienz bei Matthias Corvinus zu bitten und ihm die Gefolgschaft zu schwören. Sicher war der König an den Informationen interessiert, die er über Radu und Mehmed hatte – vor allem über dessen Plan, in Bosnien einzufallen. Und danach würde er versuchen herauszufinden, wo Corvinus seinen Vater gefangen hielt.

Er wog die Streitaxt in der Hand. Was auch immer geschah, Vlad Draculea würde für seine Taten bezahlen.

Er verbrachte den Tag in einem anderen Gasthof und war froh, als er am darauffolgenden Morgen mit seiner neuen Rüstung durch das Stadttor nach Nordwesten aufbrechen konnte. Inmitten einer Gruppe von Händlern zog er in Richtung Schäßburg, vorbei an verlassenen Dörfern und niedergebrannten Gehöften. Das ganze Land wies noch die Narben auf, die Vlad Draculea ihm zugefügt hatte. Einige der Händler warfen ihm misstrauische Blicke zu, weshalb sich Carol gegen Mittag von dem Zug löste. Auch wenn er alleine eher Gefahr lief, von Wegelagerern überfallen zu werden, fühlte er sich so sicherer. Zum Glück zeigte sich der Frühling an diesem Tag von seiner sonnigen Seite. Obwohl in den Bergen noch Schnee lag, war es in den Talsenken warm genug, dass die ersten Blumen durch den Waldboden brachen. Kühe und Schafe grasten auf den Wiesen und je weiter Carol nach Norden kam, desto dichter besiedelt war das Land. Dennoch gab es Straßenabschnitte, auf denen weit und breit keine anderen Menschen zu sehen waren.

Die Einsamkeit ließ seine Gedanken auf Wanderschaft gehen. Obwohl er fest entschlossen gewesen war, sich nicht mit Erinnerungen an Floarea zu quälen, waren sie stärker als sein Wille.

»Er spürt deine Angst.« Das waren die ersten Worte gewesen, die Floarea zu ihm gesagt hatte. Damals hatte Carol im Stall ihres Vaters Grigore versucht, einen für ihn viel zu großen Hengst zu satteln. Floarea hatte auf einem Balken über ihm gesessen und ihn dabei beobachtet. Von diesem Tag an hatte sie Leichtigkeit in sein Leben gebracht. Sie war wie ein Wirbelwind, der die Angst vor seinem Vater wegblies, als sei sie nichts weiter als ein Nebel. Er lächelte wehmütig. Ein anderes Mal hatte sie ihn bei einer Lüge ertappt und versucht, ihn auf ihre kindliche Art zu erpressen. »Bring mir Latein bei«, hatte sie gefordert. »Dann schweige ich wie ein Grab.« Selbst jetzt brachte ihn die Erinnerung zum Schmunzeln. Ihre Fröhlichkeit und ihre Unschuld waren wie ein Elixier, das wie Balsam auf seine wunde Seele gewirkt hatte. Zuerst hatte er sie ignoriert und sich gewünscht, sie würde ihn in Ruhe lassen. Doch nach einer Weile war ihre Gegenwart so erfrischend wie die eines Schmetterlings.

Die Schwere kehrte in sein Herz zurück, als er sich vorstellte, wie sehr sie auf der Festung Poenari gelitten haben musste. Kahl geschoren, halb verhungert und schließlich zu Tode geschunden. Das Bild ihres achtlos weggeworfenen Körpers war wie ein Alb, der immer wiederkam, um ihn zu verfolgen. Er wollte sie so in Erinnerung behalten, wie er sie gekannt hatte! Alles andere war unerträglich.

Er war froh, als endlich wieder Menschen vor ihm auftauchten und ihn auf andere Gedanken brachten. Schon von Weitem war zu erkennen, dass es sich um eine Gruppe Kirchenmänner in Begleitung von Bewaffneten handelte, die etwas mitführten, das aussah wie ein Reliquienschrein. Als Carol näher an die Gruppe herankam, sah er, dass es sich um ein Elfenbeingefäß mit einem Glaseinsatz handelte. Darin schien sich eine Fußreliquie zu befinden.

Als sie Carol kommen sahen, legten die Bewaffneten die Hände an die Schwertknäufe.

»Haltet Abstand!«, brüllten sie ihm zu und bedeuteten ihm, die Gruppe abseits der Straße auf einer Wiese zu überholen.

»Ich habe keine bösen Absichten«, rief Carol und hob die Hände vom Zügel, um zu zeigen, dass er keine Waffe verbarg. Er trabte vorsichtig näher an die Gruppe heran. »Wer seid Ihr?«, fragte er, nachdem er sich bekreuzigt und den Kopf im Gruß gesenkt hatte.

»Gesandte eines Klosters«, erwiderte einer der Kirchenmänner. »Unterwegs im Namen Gottes.«

»Wie es scheint, reisen wir in dieselbe Richtung«, sagte Carol. »Wenn Ihr erlaubt, würde ich mich Euch gerne anschließen.«

Einer der Bewaffneten wollte widersprechen. Aber der Kirchenmann nickte. »Die Reliquie des Heiligen Bruders Jakobus wird auch dich beschützen, mein Sohn.« Er schlug ein Kreuz vor der Brust.

»Pater«, protestierte der Soldat.

Erst jetzt sah Carol, dass er das Wappen des ungarischen Königs auf der Brust trug.

»Seid Ihr auf dem Weg nach Buda?«, fragte er.

Der Mönch bejahte, ehe der Bewaffnete ihn davon abhalten konnte. »Die Reliquie ist für die königliche Schatzsammlung bestimmt.«

»Das trifft sich gut«, gab Carol zurück, ohne auf den verärgerten Blick des Soldaten zu achten. »Mein Ziel ist ebenfalls der Hof.«

Kapitel 22

Buda, April 1463

Dreimal hatten Marzio und Floarea die Betrachtung des abendlichen Himmels verschieben müssen. Aber am ersten warmen Tag im April war es endlich soweit. Der Regen, der ihnen unvermittelt ihre Pläne durchkreuzt hatte, war nach Süden abgezogen und hatte der Sonne Platz gemacht. Den ganzen Tag über trübte kein Wölkchen den Himmel. Durch das geöffnete Fenster der Arzneiküche wehte eine warme Brise.

Floarea saß auf einem Schemel und hantierte mit einem Mörser und einem Stößel. Sie schwitzte.

»Heute Abend wird es endlich möglich sein, Euch die Gestirne zu zeigen«, sagte Marzio. Er trat hinter Floarea, um ihr über die Schulter zu blicken. »Ihr müsst es noch feiner zerreiben«, sagte er. Bevor Floarea reagieren konnte, griff er nach ihrer Hand und half ihr bei der Bewegung. »So.«

Sie spürte seinen Atem in ihrem Nacken. Obwohl es ihr schwer fiel, nicht vor ihm zurückzuweichen, blieb sie ruhig sitzen und gestattete ihm, ihre Hand zu führen. Sie hatte ihr Ziel beinahe erreicht. Inzwischen wusste sie, wo er Tollkirsche und Bilsenkraut aufbewahrte, wie viel davon tödlich wirkte und dass die Pflanzen im Kräutergarten für ihre Zwecke noch nicht zu gebrauchen waren. Wenn sie ihn mit irgendeiner List aus der Arzneiküche locken konnte ...

»Habt Ihr der Patientin gesagt, was sie zu tun hat?«, fragte er.

Floarea nickte. Den Ausdruck auf Katharina von Podiebrads Gesicht würde sie so schnell nicht vergessen.

»Ihr müsst zwei Gefäße nehmen«, hatte sie die Königin informiert. »Gebt in jedes etwas Weizenkleie, dazu Euren Urin und den des Königs. Diese Gefäße lasst neun oder zehn Tage stehen. In dem Gefäß desjenigen, der die Unfruchtbarkeit verschuldet, werden sich Würmer finden. Wenn keine Würmer zu sehen sind, liegt die Unfruchtbarkeit weder an Euch noch an Eurem Gemahl und das Problem lässt sich durch Arzneien beheben.«

Katharina hatte sie angestarrt, als habe sie ihr gerade gesagt, die Welt würde untergehen. »Wie soll ich den Urin des Königs ...?«

»Sein Nachttopf«, hatte Floarea sie unterbrochen.

Und so hatte Katharina getan, was Marzio vorgeschlagen hatte.

In der Zwischenzeit bereitete Floarea mit seiner Hilfe Tränke zu, die bei der Empfängnis helfen sollten. In dem Tiegel vor ihr befanden sich die getrocknete Leber und die Hoden eines Ferkels. Zerstieß man diese und löste sie in Wein auf, würde jede Frau, die das Gemisch trank, empfangen. Außerdem gab es laut Marzio noch andere Methoden. Wenn die Frau einen Knaben empfangen wollte, musste ihr Gemahl die zerstoßene Gebärmutter einer Häsin in einem Trank zu sich nehmen, die Frau die zerstoßenen Hoden eines Hasen. Eine weitere Möglichkeit, die Empfängnis zu beschleunigen war, dass sich die Frau ein Tuch um den Bauch band, das in Eselsmilch getaucht worden war. Dieses durfte sie auch beim Geschlechtsverkehr nicht abnehmen.

»Wie lange wird es dauern, bis die Arznei Wirkung zeigt?«, fragte sie und rutschte etwas zur Seite, sodass sie Marzios Bauch nicht mehr in ihrem Rücken spürte. Seine Annäherungsversuche wurden immer aufdringlicher. Lange würde sie ihn vermutlich nicht mehr abwehren können.

»Eine, vielleicht zwei Wochen«, gab er zurück. »Werdet Ihr mir die junge Frau vorstellen?«

Floarea zuckte die Achseln. »Wenn sie es gestattet«, sagte sie. »Es ist ihr peinlich. Sie möchte nicht, dass der ganze Hof davon erfährt.« Das entsprach sogar den Tatsachen. Sie blies sich eine Strähne aus dem Gesicht und wischte sich den Schweiß von der Stirn. »Meine Güte, bin ich durstig«, stöhnte sie.

»Soll ich Euch etwas Wein bringen lassen?«, fragte Marzio eifrig.

Floarea verkniff sich ein Lächeln. »Würdet Ihr das tun?« Sie wandte sich um und sah zu ihm auf. »Ich wäre Euch sehr dankbar.«

Das ließ er sich nicht zweimal sagen. Ehe Floarea ihr Glück fassen konnte, war er aus der Arzneiküche verschwunden. Die Tür war noch nicht ins Schloss gefallen, da sprang sie auf, stellte den Tiegel ab und eilte zu dem Regal, in dem er die Zutaten für seine Tränke aufbewahrte. Zum Glück waren die Behälter mit Aufschriften versehen und alphabetisch geordnet, sodass sie nicht lange brauchte, um Bilsenkraut und

Tollkirsche zu finden. Mit zitternden Fingern nahm sie die Gefäße aus dem Regal, griff hinein und stopfte etwas von dem giftigen Inhalt in ein Ledersäckchen an ihrem Gürtel. Danach stellte sie alles wieder an seinen Platz. Als Marzio mit einem Krug Wein zurückkehrte, saß sie am Tisch, als ob nichts geschehen wäre.

»Ich habe etwas Honig hineinmischen lassen«, sagte er.

Floarea nahm den Becher, den er ihr reichte, dankbar entgegen. Allerdings zitterten ihre Hände immer noch so heftig, dass sie den Inhalt beinahe verschüttet hätte.

»Fühlt Ihr Euch nicht gut?«, fragte er besorgt.

»Es ist nur die Hitze«, log Floarea. »Vielleicht sollte ich mich ein wenig ausruhen, damit ich heute Abend nicht zu schnell müde werde.« Das Säckchen schien Löcher in ihre Fucke zu brennen. Sie wollte die gestohlenen Zutaten so schnell wie möglich in ihre Kammer schaffen.

»Haltet Ihr Euch denn an die Diät, die ich Euch verordnet habe?«, fragte Marzio tadelnd.

Floarea nickte, obwohl sie sich nicht im Geringsten darum kümmerte, ob ihre Nahrung feucht und kühl oder heiß und trocken war. »Bitte verzeiht«, sagte sie und erhob sich. »Ihr habt Euch so viel Mühe gemacht mit dem Wein ...«

Marzio winkte ab. »Euer Wohlergehen liegt mir am Herzen«, säuselte er und bedachte Floarea mit einem schmachtenden Blick. Er griff nach ihrer Hand. »Erholt Euch. Ich freue mich auf heute Abend.«

Bevor er auf den Gedanken kommen konnte, sie zurück zum Hauptgebäude zu begleiten, floh sie aus der kleinen Hütte und eilte mit gerafften Röcken durch den Garten. In ihrer Kammer angekommen, versteckte sie das Säckchen unter ihrem Kopfkissen und versuchte, ihren Herzschlag zu beruhigen. Die erste Hürde war genommen. Den nächsten Schritt musste sie sorgfältig planen. Denn sonst würde ihr Vorhaben scheitern und sie vor dem Scharfrichter enden.

Sie zuckte zusammen, als es an ihrer Tür klopfte. »Herein«, sagte sie.

Eine Magd steckte den Kopf in die Kammer. »Die Königin schickt nach Euch«, ließ sie Floarea wissen. »Sie fühlt sich nicht gut und möchte, dass Ihr ihr etwas vorlest.«

Diese Ablenkung kam Floarea gelegen. Da sie im Moment ohnehin nichts weiter unternehmen konnte, folgte sie der jungen Frau zu Katharina von Podiebrads Gemächern, wo sie bereits erwartet wurde.

Wie so oft in letzter Zeit hatte die Königin den kleinen Hund auf dem Schoß. »Ich fühle mich grässlich«, beklagte sie sich. »Wann wird endlich etwas zu sehen sein?«

Floarea begriff. Sie hatte in die Gefäße mit dem Urin gesehen, in der Hoffnung auf Klarheit. »Es wird noch ein paar Tage dauern«, erwiderte sie. »Ihr müsst noch ein wenig Geduld haben.«

»Geduld!«, brauste die Königin auf. »Wie soll ich meinem Gemahl erklären, warum ich sein Bett meide?«

»Das braucht Ihr nicht«, sagte Floarea erstaunt. Sie hatte nicht geahnt, dass Katharina sich vom Ehegemach fernhielt.

Katharina stöhnte. »Ich kann doch nicht vorgeben, dass alles ist wie immer! Ich liebe den König. Wie soll ich ihn da belügen?« Der Hund auf ihrem Schoß schien ihre Verzweiflung zu spüren, da er anfing, ihr die Hand zu lecken. »Lies mir etwas vor«, bat sie. »Ich brauche Zerstreuung.«

Ich auch, dachte Floarea, nahm das Buch von einem Tischchen am Fenster und kniete sich auf ein dickes, rundes Kissen.

»*Beherrscher der Gläubigen!*«, las sie, »*Es ist mir zu Ohren gekommen, dass in alter Zeit im Lande Ägypten einmal ein Sultan lebte. Er war gerecht und gläubig, gut und freigiebig, liebte die Armen und suchte die Gesellschaft der Gelehrten, mit denen er stets zusammensaß. Darüber hinaus war er ein mutiger Krieger und ein Herr, dem man gerne gehorchte. Er hatte einen klugen*

und erfahrenen Wesir, der Wissen und Einfluss besaß und die Füh-
rung der Bücher ebenso wie das Aufsetzen von Schriftstücken be-
herrschte. Dieser Wesir war schon ein alter Mann. Er hatte zwei
Söhne, zwei Monden gleich oder zwei hübschen Gazellen, so voll-
kommen waren sie in ihrer Schönheit und Anmut, ihrem Glanz
und ihrem aufrechten ebenmäßigen Wuchs.«

»Hör auf!«, unterbrach Katharina sie. »Das ist nicht die richtige Geschichte, um mich aufzumuntern. Gibt es denn kein
anderes Thema als Söhne?« Ihre Stimme überschlug sich.

Floarea sah, dass Tränen in ihren Augen schwammen. Sie
legte das Buch zur Seite und erhob sich von dem Kissen.
»Marzio kennt viele Arzneien«, sagte sie. »Ich bin sicher, es
wird ihm gelingen, Euch zu helfen.«

»Meinst du?« Katharina hob den Blick und sah sie verzweifelt an. »Was soll ich nur tun, wenn es mir nicht gelingt,
Matthias einen Thronfolger zu schenken?« Es war einer der
seltenen Momente, in dem sie den König beim Vornamen
nannte.

Floarea empfand Mitleid mit ihr. Sie schien ihren Gemahl
von ganzem Herzen zu lieben, auch wenn er ihr den Wunsch,
Vlad Draculea zurück auf die Festung Visegrád zu schicken,
offenbar abgeschlagen hatte. Ihre Verzweiflung war beinahe
ansteckend. »Nur noch ein paar Tage«, tröstete Floarea die
junge Königin. »Dann habt Ihr Gewissheit.« *Ich auch,* fügte
sie in Gedanken hinzu. Denn noch an diesem Abend würde
sie damit beginnen, ihren Köder auszuwerfen, um ihre Beute
anzulocken.

Kapitel 23

Buda, April 1463

Der Nachmittag verstrich quälend langsam. Als es endlich zum Abendessen läutete, war Floarea eine der ersten, die zur großen Halle strömte. Anders als bisher waren an diesem Tag zahlreiche Mitglieder der *Fekete Sereg*, der Schwarzen Legion, anwesend – eine Tatsache, die den Angehörigen der Adelsarmee nicht zu gefallen schien. Diese bedachten die Söldner mit abfälligen Blicken und machten einen weiten Bogen um sie.

»Was ist das für ein Auflauf?«, hörte Floarea jemanden hinter sich fragen.

»Der König hat den Teufel befreit.«

Floarea schrak zusammen. Vlad Draculea war hier? In der Halle? Sie fasste sich an die Brust und drückte die Hand auf die Bleitäfelchen.

»Man sagt, seine Base hat ihn dazu überredet«, wusste ein anderer.

»Er soll auf Burg Visegrád Vögel und Mäuse gepfählt haben«, mischte sich eine Frauenstimme ein. »Könnt Ihr Euch so etwas Furchtbares vorstellen?«

Floarea hatte Mühe, sich nicht umzudrehen und ihr ins Gesicht zu schleudern, wozu der ehemalige Woiwode der Walachei noch fähig war.

»Der Apfel fällt nicht weit vom Stamm. Wie heißt es so passend in dem Gedicht?«, sagte der, der zuerst gesprochen hatte.

»Sein Vater war auch im Lande Herr,
gewaltiger Fürst ohne jede Ehr',
so führte er seine Regimente
auch mit Schandtaten und Unfug.

110

Darum man ihm das Haupt abschlug
und seine Gewalt damit zertrennte.

Gewesen ist's der Vater
von König Matthias von Ungarn her,
Hunyadi, so hieß er,
seines Zeichens Ungarns Verwalter,
der diesen Fürsten töten ließ.
Dem selbig' Blut ein Sohn entsprang, der Dracula hieß
und ein Bruder noch mit ihm.

Die beiden Söhne haben Abgötter verehrt
und in Scheinheiligkeit ihre Götzen geehrt,
alle beide, mit einer Stimm' ...«

»Was erwartet Ihr von so einem?«

»Warum lässt der König zu, dass sich seine Base mit ihm zum Narren macht?«, wollte die Frau wissen. »Es wäre sicher gottgefälliger, die Verlobung zu lösen und diesen Draculea hinzurichten. Immerhin ist er ein Verräter!«

»Zweifelt Ihr an der Weisheit unseres Königs?« Die Frage klang drohend.

»Nein!«, beeilte sich die Frau, abzuwehren.

Floarea hatte das Interesse an dem Gespräch verloren. Sie hatte Ilona Szilágyi entdeckt. Die junge Frau saß am Kopfende einer der Tafeln und sah mit geröteten Wangen auf die Gruppe von Soldaten, in deren Mitte Floarea Vlad Draculea vermutete. Sie wirkte fahrig und erschrak, als Floarea sie ansprach. »Darf ich mich zu Euch setzen?«

Ilona nickte geistesabwesend. Ihre ganze Aufmerksamkeit galt den Soldaten, in die Bewegung kam, da in diesem Moment der König auf sie zuging. Als sich die Männer teilten und den Blick auf Vlad Draculea freigaben, hatte Floarea das Gefühl, mit eiskaltem Wasser übergossen zu werden. Er war so nah wie damals, als er ihren Vater zu Tode gefoltert hatte. Ein kalter Schauer kroch ihr über den Rücken. Dennoch bemühte sie sich um eine ausdruckslose Miene. »Euer Verlobter«, sagte sie so gelassen wie möglich.

Ilona nickte.

Als Matthias Corvinus die Männer erreichte, verneigten sie sich tief. Auch sein Gefangener erwies ihm den gebotenen Respekt. Nachdem die beiden einige Worte gewechselt hatten, wandte sich der König wieder von der Gruppe ab.

»Wir werden bald Hochzeit feiern«, sagte Ilona, als Vlad von den Soldaten zu einem Platz am anderen Ende der Halle geführt wurde. »Mein Vetter hat es mir versprochen.«

Offenbar hatte Floarea Recht gehabt mit ihrer Vermutung. Katharinas Bitte war auf taube Ohren gestoßen. »Werdet Ihr dann bei Hof wohnen?«, fragte sie und hoffte, dass sie nicht zu aufdringlich wirkte.

Ilona schüttelte den Kopf. »Der König wird uns ein Stadthaus schenken.«

Floarea glaubte, ihren Ohren nicht zu trauen. Der König wollte Vlad Draculea erlauben, sich frei in Buda zu bewegen? Was sollte den ehemaligen Woiwoden dann noch von der Flucht abhalten? Da sie für die Ausführung ihres Plans Ilonas Hilfe benötigte, beschloss sie, den Köder auszuwerfen, den sie sich zurechtgelegt hatte. »Der Gelehrte Galeotto Marzio unterrichtet mich in der Kunst der Arzneiherstellung«, sagte sie.

Ilona sah sie mit gerunzelter Stirn an. ›Warum sollte mich das interessieren‹, stand in ihrem Blick.

»Er hat mich auch gelehrt, Liebestränke zuzubereiten«, log Floarea. Sie lächelte verschwörerisch. »Falls Ihr ...«

Ilona lachte. »Das wird nicht nötig sein«, lehnte sie ab. »Er ist auch ohne die Hilfe eines Trankes ganz verrückt nach mir.« Sie wirkte wie eine Katze, die eine Maus verspeist hatte.

Floarea verkniff sich eine Verwünschung. Damit hatte sie nicht gerechnet. Sie hatte angenommen, dass Ilona begeistert auf ihren Vorschlag reagieren würde. Auch wenn es ihr schwer fiel, trat sie erst einmal den Rückzug an. »Wenn Ihr es Euch anders überlegt, lasst es mich wissen«, sagte sie.

Allerdings hörte Ilona Szilágyi ihr schon nicht mehr zu, da sich mehr und mehr Hofdamen zu ihnen gesellten.

Das Essen verlief mit viel Geschnatter und Mutmaßungen, wann Ilona Hochzeit feiern würde. Als endlich die Zeit kam, um sich mit Marzio im Garten zu treffen, war Floarea froh, die Halle verlassen zu können. Die Gegenwart Vlad Draculeas war wie ein giftiger Hauch, der ihr das Atmen schwer machte. Gierig zog sie die frische Nachtluft ein und sah sich nach Marzio um. Zu ihrer Erleichterung war sie nicht allein in dem Garten, da mehr als ein Dutzend Paare den lauen Abend nutzten, um zwischen den Bäumen und Büschen ein wenig lustzuwandeln. In einer Laube zu ihrer Rechten raschelte Stoff, dann erklang ein Kichern.

»Marzio?«, rief sie.

»Ich bin hier.« Er tauchte hinter einer Säule auf und schwenkte eine Laterne. »Lasst uns ans nördliche Ende gehen«, sagte er, als er Floarea erreicht hatte. »Dort ist es etwas dunkler und wir sind ungestört.«

Diese Vorstellung begeisterte Floarea nicht besonders. Um Marzio nicht zu beleidigen, ließ sie sich ihre Bedenken jedoch nicht anmerken und folgte ihm einen Weg aus Steinplatten entlang zum Fuß eines Rundturms. Dort beschrieb die Zwingermauer einen Halbkreis. Unter ihnen spiegelten sich die Sterne im Wasser der Donau, über ihnen erstreckte sich das Firmament.

Marzio zog einen Metallgegenstand aus der Tasche, hielt ihn in die Luft und hantierte damit herum. Dann sagte er: »Seht Ihr diesen Stern dort?« Er zeigte an den Himmel. »Das ist die Venus.«

Der hell leuchtende Stern war nicht zu übersehen.

»Alle Himmelskörper sind mit bestimmten Eigenschaften begabt«, fuhr Marzio fort. »Der Saturn besitzt eine kalte und trockene Natur, die Venus eine kalte und feuchte. Der Mars ist warm und trocken, der Jupiter warm und feucht. Die Sonne hingegen besitzt ebenfalls eine warme und trockene Natur, aber in ihrer Wärme äußert sich die Fülle des Lebens.«

Floarea legte den Kopf in den Nacken und folgte der jeweiligen Richtung von Marzios Zeigefinger.

»Die Feuchtigkeit der Venus wird von der Luft geprägt«, sagte Marzio. »Wusstet Ihr, dass die Venus der Planet der Liebenden ist?« Er war so dicht neben Floarea, dass sie seine Körperwärme spüren konnte.

Sie machte einen Schritt zur Seite.

»Ob ein Planet Segen oder Unheil bringt, hängt von der vorherrschenden Eigenschaft ab«, fuhr Marzio fort. »Saturn und Mars bringen Unglück. Der Mond, der Jupiter und die Venus hingegen bringen Glück.«

Floarea wollte einen weiteren Schritt zur Seite machen, doch er hielt sie mit einem sanften Griff am Arm davon ab. »Ihr seid so schön wie die Venus«, hauchte er. Bevor Floarea reagieren konnte, beugte er sich zu ihr hinab und küsste sie auf den Mund.

Sie machte sich mit einem Keuchen von ihm los. »Marzio!«, zischte sie empört, holte aus und versetzte ihm eine Ohrfeige. Dann machte sie auf dem Absatz kehrt und rannte, so schnell sie konnte, zurück zu dem Gebäude, aus dem sie gekommen war.

»Wartet!«, rief er ihr hinterher. »Bitte, wartet!«

Sie war so erzürnt, dass sie ihn kaum hörte.

Kapitel 24

Buda, April 1463

Vlad Draculeas Hand umklammerte das Messer mit solcher Kraft, dass seine Knöchel weiß hervortraten. Am liebsten hätte er es dem feisten Kirchenmann, der ihm gegenüber saß, ins Auge getrieben. Stattdessen stach er in den mit Brot gefüllten Kapaun vor sich und schnitt ein Stück Fleisch ab.

»Gewiss kennt Ihr das Gedicht«, schnatterte der Pfaffe weiter, als wüsste er nicht, wie beleidigend das Thema war.

Natürlich hatte Vlad von den Strophen gehört, die überall am Hof aufgesagt wurden. Diese unverschämten Gecken hielten es nicht einmal für nötig, ihre Häme vor ihm zu verbergen. Ohnehin kam er sich vor wie ein Tanzbär, den man auf einem Volksfest vorführte. »Worte sind keine Taten«, knurrte er und bedachte den Kirchenmann mit einem Blick, der ein zarteres Gemüt zum Verwelken gebracht hätte.

Der Fette grub jedoch unbeeindruckt die Zähne in ein Ei und grinste Vlad kauend an. »Da mögt Ihr Recht haben«, nuschelte er. »Aber mit Worten kann man viel Unheil anrichten.« Er griff nach einem zweiten Ei, spießte es auf einen hölzernen Stab und reichte es Vlad. »Das solltet Ihr probieren.«

Sein Tonfall machte Vlad stutzig. Widerwillig nahm er den Holzspieß entgegen. Als sich seine Hand darum schloss, bemerkte er, dass er hohl war. Etwas steckte darin. Er warf dem Pfaffen einen fragenden Blick zu, den dieser mit ausdrucksloser Miene erwiderte. Wollte er ihm eine Falle stellen?

»Pfählt Ihr neuerdings auch Eier?«, rief ihm ein junger Adeliger quer über den Tisch zu.

Mit diesem Witz erntete er brüllendes Gelächter.

Obwohl Vlad sein Bestes tat, um den Kerl zu ignorieren, kochte die Wut in ihm hoch. Wenn ihm nicht die Hände gebunden wären, würde er diesem rotzigen Bengel erst die Zunge aus dem Hals reißen und ihn dann langsam zu Tode foltern. So wie sie es sich voller wonnigem Schaudern erzählten und ihn dabei begafften.

»Sogar die Kinder groß und klein,
nicht einmal diese Sünd' ließ er sein,
keines davon blieb am Leben«, rezitierte ein anderer, den der Wein ebenfalls mutig gemacht hatte.

»Es ist genug!«, donnerte Matthias Corvinus, der sich erhoben hatte, um zu sehen, was vor sich ging.

Der Gescholtene senkte hastig den Kopf und stocherte mit roten Ohren in dem Wildschweinbraten auf seiner Brotunterlage herum.

»Mit Euch habe ich nachher etwas zu besprechen«, sagte Corvinus an Vlad gewandt. Dann setzte er sich kopfschüttelnd zurück auf seinen Stuhl, um das Gespräch mit seinem Tischnachbarn wieder aufzunehmen.

»Wie Ihr wünscht, Majestät«, gab Vlad mit zusammengebissenen Zähnen zurück. Es stieß ihm immer noch sauer auf, den Jüngeren so anzureden. Wenn er ihm doch nur auf dem Schlachtfeld begegnen könnte! Dann würde er ihn das Fürchten lehren. Da er ohne das Wohlwollen des Königs jedoch nichts ausrichten konnte, musste er sich wohl oder übel zusammenreißen. Vermutlich wollte Corvinus ihn wegen der Verlobung mit Ilona sprechen. So vernarrt, wie die Kleine in ihn war, ging sie ihrem Vetter bestimmt ständig wegen der Vermählung auf die Nerven.

Niemand wagte es, den Befehl des Königs zu missachten, weshalb für den Rest des Mahls Ruhe am Tisch herrschte. Alle taten so, als wären sie voll und ganz mit ihrem Essen beschäftigt, während sie Vlad heimliche Blicke zuwarfen. Vermutlich würden sie kreischend aufspringen und davonlaufen wie eine Horde hysterischer Weiber, wenn er unvermittelt aufstand oder eine andere unerwartete Bewegung machte. Da die Sol-

116

daten des Königs in einigem Abstand hinter ihm lauerten, widerstand er jedoch dem Drang.

In düstere Gedanken versunken aß er das Ei und wollte den Spieß auf einen Teller mit abgenagten Knochen legen. Doch der Kirchenmann hielt ihn mit einem Räuspern davon ab. Wider Willen neugierig, steckte Vlad das Hölzchen unauffällig in die Tasche und leerte seinen Weinkelch.

Als der König die Tafel endlich aufhob, war er froh, den gaffenden Blicken zu entkommen. Begleitet von den Männern der Fekete Sereg verließ er die Halle und folgte ihnen zu einem Jagdzimmer, in dem Matthias Corvinus auf ihn wartete. Er stand vor dem ausgestopften Kopf eines Bären, dessen Glasaugen Vlad zu mustern schienen. Zahllose weitere Trophäen hingen an den holzgetäfelten Wänden, außerdem Schwerter, Lanzen und eine Armbrust.

»Ihr wolltet mich sprechen«, sagte Vlad. Es kostete ihn immense Mühe, einen unterwürfigen Eindruck zu machen.

Matthias nickte. Mit seinen langen Locken und dem bartlosen Gesicht sah er jünger aus als er war. »Es geht um Ilona.«

Vlad verkniff sich ein Lächeln. Er hatte Recht gehabt.

»Sie liegt mir mit der Hochzeit in den Ohren«, fuhr Corvinus fort. »Da Ihr laut Bündnisvertrag ihr Bräutigam seid, steht dem nur eine Sache im Wege.«

Vlad zog fragend die Brauen hoch.

»Eurer Glaube.«

Vlad dachte, seinen Ohren nicht zu trauen.

»Ich kann Euch unmöglich mit meiner Base vermählen, wenn Ihr nicht zum römischen Glauben konvertiert«, verdeutlichte Corvinus.

Vlad machte einen Schritt zurück. Er sollte seinen Glauben verraten? Das einzige, das ihn die unvorstellbaren Qualen als Geisel am Sultanshof hatte ertragen lassen? Das, wofür er sein Leben lang gekämpft hatte? War Corvinus nicht bei Sinnen? Oder stellte diese Forderung einen weiteren Versuch dar, ihn zu erniedrigen? »Das werde ich nicht tun«, gab er kühl zurück. »Ich bin kein Verräter. Ich habe weder Euch verraten noch werde ich meinen Glauben verraten.«

»Fangt nicht schon wieder damit an!«, brauste Corvinus auf.

»Warum nicht?«, schoss Vlad zurück. »Ihr wisst so gut wie ich, dass dieser angebliche Brief an den Sultan nicht von mir stammte. Es war ein Racheakt der Kronstädter und Hermannstädter.«

Der König hob die Hand, um Vlad zum Schweigen zu bringen.

Doch den hatte die Demütigung in der Halle in Rage versetzt. »Hättet Ihr mich unterstützt anstatt mich festzusetzen, wäre mein Bruder jetzt nicht auf dem Thron. Und der Sultan hätte von weiteren Kriegszügen abgehalten werden können.« Er sah aus dem Augenwinkel, wie die Männer des Königs die Hände auf ihre Schwerter legten.

Aber Corvinus schüttelte kaum merklich den Kopf. »Alles, was ich weiß, ist, dass man mir einen Brief ausgehändigt hat, in dem Ihr dem Sultan ein Bündnis versprochen habt, den Besitz der Walachei, Transsylvaniens und ganz Ungarns. Und meinen Kopf«, setzte er hinzu.

»Dieser Brief ist eine Fälschung!«, zischte Vlad.

»Eure Unterschrift darunter sagt etwas anderes.«

»Ich habe diesen Brief niemals unterzeichnet. Diese Verräter haben ihn gefälscht.« Vlad spürte den altbekannten Zorn in sich brodeln. Er zwang sich, ruhiger zu atmen. »Wenn Ihr diese Lügen glaubt, warum habt Ihr mich dann nicht schon längst hinrichten lassen?«, forderte er Corvinus heraus. »Weshalb wollt Ihr mich mit Eurer Base vermählen.«

Der König verschränkte die Arme vor der Brust. »Weil ich denke, dass Ihr ein begnadeter Feldherr seid«, gab Corvinus zu. »Wenn Ihr auf meiner Seite wärt ...«

»Ich bin auf Eurer Seite!«, ereiferte sich Vlad.

»Dann beweist es, indem Ihr zum einzig wahren Glauben übertretet.«

Vlad ballte die Hände zu Fäusten. »Wenn ich das tue, werdet Ihr mich dann gegen meinen Bruder ins Feld ziehen lassen?«

Corvinus zuckte mit den Achseln. »Der Sultan rüstet zum Krieg gegen Bosnien«, sagte er.

»Dazu wäre es nicht gekommen, wenn Ihr mich unterstützt hättet, anstatt mich gefangen zu nehmen«, gab Vlad eisig zurück.

Einige Augenblicke starrten sich die beiden schweigend an.

Dann schüttelte Vlad den Kopf. »Ich muss darüber nachdenken«, sagte er. »Seinen Glauben zu verraten, ist keine Entscheidung, die man über Nacht trifft.«

»Denkt gut darüber nach«, riet ihm Corvinus. »Wenn Ihr jemals wieder Fuß in die Walachei setzen wollt, solltet Ihr Euch schnell entscheiden.« Er gab den Wachen ein Zeichen. »Bringt ihn zurück in sein Quartier.«

Vlad verkniff sich ein Schnauben und folgte den Männern aus dem Raum. Er ignorierte die neugierigen Blicke der Adeligen, denen sie auf dem Weg zu seinem Gefängnis begegneten, und war froh, als endlich die Tür hinter ihm ins Schloss fiel. Die Respektlosigkeit, mit der man ihm begegnete, nagte an ihm und machte ihn mit jedem Tag wütender. Wäre es sein Hof, würden bereits Dutzende von Pfählen die Wehrmauern spicken! »Verdammt!«, fluchte er und schlug mit der Faust gegen die Wand. Was sollte er tun? Er konnte seinen Glauben nicht verraten! Nicht nach dem, was er alles dafür geopfert hatte. Wäre er so schwach gewesen wie Radu, dann hätte er sich dem Sultan unterworfen. Mehmed hatte ihm eine goldene Zukunft versprochen. Doch es gab Dinge, die einfach unvorstellbar waren für ihn. Er vergrub die Hände in den Taschen seines Rocks und stutzte, als seine Finger den Holzstab erspürten. Den Kirchenmann und sein merkwürdiges »Geschenk« hatte er vollkommen vergessen.

Er befreite den Spieß aus der Tasche und brach ihn entzwei, um das darin steckende Stück Papier zu befreien und aufzurollen.

»Verlangt nach einem Pater«, stand darauf geschrieben. Nicht mehr, nicht weniger.

Kapitel 25

Thorenburg in Transsylvanien, April 1463

»Geh mit Gott, mein Sohn.« Der Kirchenmann, dessen Gesellschaft Carol in den letzten Tagen zu schätzen gelernt hatte, schlug ein Kreuz vor der Brust und hängte ihm einen Rosenkranz um den Hals. »Mir wäre lieber, du würdest nicht alleine weiterreisen.«

Carol neigte den Kopf zum Abschied und schwieg. Die Reise mit der Monstranz ging ihm zu langsam vonstatten. Es drängte ihn, endlich nach Ungarn zu gelangen, um bei Matthias Corvinus vorzusprechen. Der Pater war ihm ans Herz gewachsen, vor allem die Gespräche über die Schöpfung würde er vermissen. Doch er konnte nicht noch mehr Zeit vertrödeln.

»Die Ungeduld ist ein Laster der Jugend«, sagte der Pater mit einem gütigen Lächeln. »Der Herr wird seine schützende Hand über dich halten.«

»Über Euch auch, dafür werde ich beten«, gab Carol zurück.

»Ich bin sein Diener«, sagte der Kirchenmann schmunzelnd. »Und seine Diener beschützt der Allmächtige tagein, tagaus.«

Carol griff nach seiner Hand, um sie zu drücken. »Gebt auf Euch acht. Wir sehen uns in Buda wieder.«

»So Gott will«, setzte der Pater hinzu.

Nach einem letzten Blick auf den alten Mann zog sich Carol in den Sattel seines Hengstes und gab dem Tier die Sporen. Vorbei an einer trutzigen Kirche und mehrstöckigen Handelskontoren, trabte er die Hauptstraße von Thorenburg entlang auf eines der befestigten Tore zu. Zusammen mit einer Gruppe von Arbeitern, die offensichtlich auf dem Weg zu den Salzgruben waren, verließ er die Stadt und ritt nach Westen. Wenn das Wetter anhielt und er die Schluchten und Flüsse ungehindert passieren konnte, würde er in zehn Tagen in Buda eintreffen.

Sein Herz war immer noch schwer. Doch das, was vor ihm lag, ließ ihn die Trauer um Floarea wenigstens manchmal vergessen. Immer wieder legte er sich neue Worte zurecht, um Matthias Corvinus zu beeindrucken. Und immer wieder verwarf er sie und suchte nach besseren Formulierungen. Wenn er sich nicht in Acht nahm, lief er Gefahr, dass Corvinus ihn für einen Spion des Sultans hielt und gefangen nehmen ließ.

Stundenlang begegneter er kaum einer Menschenseele. Erst als die Sonne den Zenit bereits überschritten hatte und ein Waldgebiet zu seiner Linken auftauchte, brachen plötzlich vier zerlumpte Gesellen aus den Büschen entlang der Straße und stellten sich ihm in den Weg. Ihre Kleider starrten vor Schmutz. Der Anführer hatte langes, strähniges Haar und zielte mit Pfeil und Bogen auf Carol.

»Absteigen!«, knurrte er.

Seine Begleiter waren mit Messern und Knüppeln bewaffnet, einer schwang eine Mistgabel.

»Ich habe gesagt, du sollst absteigen!«, brüllte der mit dem Bogen. Sein Gesicht war so dreckig, dass das Weiß seiner Augen darin aufblitzte wie bei einem aufgeschreckten Tier.

»Soll ich seinen Gaul aufspießen?«, fragte der Kerl, der die Mistgabel hielt.

»Steig endlich ab!«

Carol dachte nicht im Traum daran. Wenn er den Fuß auf den Boden setzte, würde er erschlagen im Graben enden. Statt zu tun, was die Räuber von ihm verlangten, zog er sein Schwert und richtete sich im Sattel auf. »Geht mir aus dem Weg«, knurrte er.

Die Hand des Mannes, der mit dem Pfeil auf ihn zielte, zitterte. Selbst aus der Entfernung konnte Carol erkennen, dass das Geschoss keine Metallspitze besaß. Der Schaden, den er damit anrichten konnte, war also begrenzt. Dennoch war er nicht erpicht darauf, den verdreckten Schaft aus seinem Bein oder aus der Flanke seines Hengstes zu ziehen.

»Runter von dem Gaul! Ich sage es nicht noch mal!« Der Anführer hob drohend den Bogen.

Der Mann mit der Mistgabel und die beiden anderen kamen auf Carol zu.

Sein Hengst wich mit einem Wiehern zurück und stieg auf die Hinterbeine. Der kurze Moment, den Carol dadurch abgelenkt war, genügte, damit einer der Kerle nach seinem Bein greifen und seinen Fuß aus dem Steigbügel ziehen konnte. Im selben Augenblick traf ein Keulenhieb seinen Schwertarm, sodass ihm die Waffe entglitt. Mit vereinten Kräften zerrten die Männer ihn aus dem Sattel und begannen, mit ihren Knüppeln auf ihn einzudreschen.

Um sich vor den Schlägen zu schützen, rollte Carol sich mehrfach zur Seite und hob die Arme. Allerdings nutzte ihm das nicht viel, da ihm die Wegelagerer zahlenmäßig überlegen waren.

»Schlag ihm den Schädel ein!«, keuchte der mit der Mistgabel.

Sein Kumpan schwang die Keule hoch über dem Kopf und wollte sie gerade auf Carol niedersausen lassen, als der Anführer etwas brüllte.

»Hört auf!«, wiederholte er den Befehl. »Hoch mit ihm.«

»Was soll das?«, murrten seine Begleiter.

»Seht euch sein Pferd an. Er ist kein gewöhnlicher Händler.« An Carol gewandt fragte er: »Wer bist du? Ein Bojar?«

Carol kam mühsam auf die Beine und rieb sich die schmerzende Hüfte. Sein Schwert lag abseits im Schmutz – zu weit, um es mit einem Sprung zu erreichen. Der Anführer hielt seinen Hengst am Zügel und musterte ihn von oben bis unten. »Antworte!«

Carol überlegte fieberhaft. Er hatte einen fatalen Fehler begangen; er hatte die Männer aufgrund ihres Äußeren unterschätzt. Wenn er mit dem Leben davon kommen wollte, musste er sie dazu bringen, ihn laufen zu lassen, nachdem sie ihn bestohlen hatten. »Ich bin kein Bojar«, sagte er. »Nehmt, was ihr haben wollt und lasst mich ziehen.«

Der Anführer lachte. »Denkst du im Ernst, dass wir so einfältig sind? Wir werden schon rausfinden, wer du bist.« Er gab seinen Männern ein Zeichen. Daraufhin packten diese Carol bei den Armen. »Du kommst mit uns.«

»Hört zu«, hob Carol an.

Aber er wurde barsch unterbrochen. »Noch ein Wort und ich schneide dir die Zunge aus dem Hals.« Die Drohung wurde mit einem Hieb in Carols Rücken unterstrichen.

»Zum Versteck?«, fragte der Räuber mit der Mistgabel.

Der Anführer nickte. »Janos soll entscheiden, was wir mit ihm machen.«

Während sich Carol für seine Überheblichkeit verwünschte, trieben ihn die Männer in den Wald – immer tiefer, bis er die Orientierung verlor. Er wusste nicht, wie lange er vor ihnen her gestolpert war, als sie endlich eine kleine Lichtung erreichten, auf der sich eine Handvoll schlecht zusammengezimmerter Hütten drängte. Aus einem der Kamine stieg Rauch auf, die anderen Behausungen schienen verwaist.

»Janos!«, rief der Anführer und öffnete die Tür. »Wir haben einen dicken Fisch gefangen.«

Die Häscher stießen Carol die Treppe hinauf über die Türschwelle.

Im Inneren der Hütte war es schummrig. Es roch nach Rauch und der schwarzen Wurst, die ein breitschultriger Mann am Tisch aß. »Das soll ein dicker Fisch sein?«, fragte er unbeeindruckt.

»Sieh dir sein Pferd an«, gab der Kerl mit dem Bogen zurück. »Und den Harnisch.«

Carol fluchte lautlos. Er hätte einen einfacheren Brustpanzer nehmen sollen! Allerdings hatte er nicht wie ein Bettler am Hof in Buda ankommen wollen.

»Er taugt als Geisel?« Noch immer schien der Mann, den sie Janos nannten, nicht beeindruckt zu sein. »Taugst du als Geisel?«, wandte er sich an Carol.

Der sah ihn schweigend an.

»Keine Antwort ist so gut wie eine Zustimmung«, sagte Janos mit einem Grinsen. Er bohrte mit dem Zeigefinger in einem Backenzahn, befreite etwas daraus und wischte sich die Hände an der Hose ab. »Bojar? Reicher Händler? Ungarischer Adeliger?«

Carol schwieg weiter.

Janos zuckte mit den Achseln. »Das werden wir bald herausfinden. Bringt ihn in die Höhle«, sagte er an seine Männer gewandt. »In ein oder zwei Tagen sagt er uns freiwillig, wer er ist.«

Kapitel 26

Buda, April 1463

Vlad Draculea drehte den Zettel, den er aus dem hohlen Holzstab gezogen hatte, zwischen seinen Fingern hin und her.

»Verlangt nach einem Pater.«

Egal, wie oft er die Nachricht las, es blieb bei diesen vier Worten. Er warf den Spieß mitsamt dem Stück Papier ins Feuer und ließ sich in einen der Stühle fallen, um nachzudenken. Warum, um alles in der Welt, sollte er nach einem Pater verlangen? War die Nachricht von seinen Gefolgsleuten? Oder von jemandem, der ihm eine Falle stellen wollte? Er ließ den Blick zum Schachspiel wandern.

»Vodă,
seid versichert, dass Ihr viele Unterstützer bei Hof habt.«

Auch diese Nachricht konnte eine Finte sein. Was sollte er tun? Waren die Mitteilungen wirklich von seinen Verbündeten? Er starrte grübelnd ins Feuer, bis ihn die Flammen so sehr blendeten, dass er die Augen schließen musste. Wie viele Männer standen hinter ihm? Konnte er ihnen trauen? Es gab nur einen Weg, das herauszufinden. Mit einem energischen Ausatmen kam er zurück auf die Beine, ging zur Tür seines Gemachs und hieb mit der flachen Hand gegen das Holz.

»Ich will einen Priester sprechen«, rief er.

Es dauerte einige Augenblicke, bis der Riegel zurückgeschoben wurde und ein Wächter die Tür öffnete.

»Holt mir einen Priester«, forderte Vlad.

»Jetzt?«, fragte der Mann erstaunt.

»Natürlich jetzt«, gab Vlad barsch zurück. »Ich muss die Beichte ablegen.«

»Wisst Ihr, wie spät es ist?«

Vlad zuckte mit den Achseln. »Die Pfaffen liegen die ganze Nacht auf den Knien. Ich bin sicher, Ihr findet einen Priester, der wach ist«, gab er ungerührt zurück. Ohne darauf zu warten, dass der Soldat die Tür wieder schloss, wandte er sich ab und ging zurück zur Feuerstelle.

Es dauerte weniger als eine halbe Stunde, bis der Wächter mit einem Geistlichen zurückkehrte.

»Ihr?«, fragte Vlad, als er mit dem fetten Kirchenmann allein war, der ihm beim Bankett das Ei auf dem Holzspieß gegeben hatte.

»Was hattet Ihr denn gedacht?« Der Mann schmunzelte.

»Wer seid Ihr und warum habt Ihr mir diese Nachricht zukommen lassen?«, kam Vlad ohne Umschweife zur Sache.

Der Dicke ließ sich ungebeten auf einem Stuhl nieder und streckte die Beine von sich.

»Sollt Ihr mich überreden, zum römischen Glauben zu konvertieren?«, fragte Vlad misstrauisch.

»Gott bewahre!« Der Priester winkte wegwerfend ab. »Aber man hat von der Forderung des Königs erfahren und mich gebeten, als Mittelsmann zu fungieren.«

»Als Mittelsmann für wen?«

»Für die Männer am Hof, die Euch die Treue halten«, gab der Geistliche zurück. Er schielte auf das Schachspiel.

»Warum Ihr?«, wollte Vlad wissen. »Was habt Ihr davon?«

Der Priester lachte und klopfte sich auf den fetten Bauch. »Anders als viele meiner Glaubensbrüder bin ich nicht der Ansicht, dass Verzicht einem dem Barmherzigen näher bringt.«

Vlad verstand. Er wurde dafür bezahlt. »Wer sind Eure Auftraggeber?«, fragte er.

Der Priester spitzte die Lippen und tippte sich an den Kopf. »Sie sind alle hier drin«, erwiderte er.

Vlad zog die Brauen hoch.

»Tut, was immer nötig ist, damit Eure Haftbedingungen gelockert werden. Dann könnt Ihr auf die Unterstützung dieser Männer zählen.«

Kapitel 27

Buda, April 1463

Zwei Tage gelang es Floarea, Marzio aus dem Weg zu gehen. Doch am dritten Tag, dem siebten Tag der Woche, passte er sie nach dem Frühstück in der großen Halle ab.

»Floarea«, sagte er zerknirscht und stellte sich ihr in den Weg. »Bitte vergebt mir. Was ich getan habe, ist durch nichts zu entschuldigen.« Er sah sie flehend an. »Es wird nie wieder vorkommen. Ich ... Ich werde nichts tun, was Euch in ähnlicher Art und Weise beleidigen könnte.«

Floarea bedachte ihn mit einem wütenden Blick. Für wie einfältig hielt er sie? Dachte er wirklich, sie würde ihm glauben, dass er es bei dem einen Versuch, sie zu küssen, bewenden lassen würde? »Ihr habt mich unter einem Vorwand in den Garten gelockt«, sagte sie kühl.

»Nein.« Er hob abwehrend die Hände. »Ich wollte Euch die Gestirne zeigen. Aber Eure Schönheit ...«

»Hört auf damit!«, unterbrach sie ihn. »Wie soll ich Euch je wieder vertrauen können? Was würde die Königin sagen, wenn sie etwas davon wüsste?«

»Bitte«, flehte er erneut. »Eure Gegenwart hat mich berauscht, ich war nicht Herr meiner Sinne.«

Floarea sah, dass Julianna und einige andere Hofdamen neugierig stehen blieben, um zu erfahren, worum es in dem hitzigen Gespräch ging. Deshalb wandte sie sich brüsk von Marzio ab und steuerte auf den Ausgang der Halle zu.

Marzio eilte ihr hinterher. »Was ist mit den Arzneien?«, spielte er eine Karte aus, die er sich vermutlich die letzten beiden Tage zurechtgelegt hatte.

Floarea hielt mitten im Schritt inne. Daran hatte sie nicht gedacht.

»Wollt Ihr Eure Freundin dafür büßen lassen, dass Ihr mir grollt?«, fragte Marzio. Er stellte sich Floarea in den Weg und legte die Hand auf die Brust. »Ich schwöre bei allem, was mir heilig ist, dass ich Euch nie wieder belästigen werde. Bitte vergebt mir und beraubt mich nicht Eurer Gegenwart.« Er senkte den Kopf. »Das würde mein Herz nicht aushalten.«

Obwohl sich Floarea geschworen hatte, nie wieder mit ihm zu reden, berührte sie seine Abbitte. War er aufrichtig? Da sie die Königin nicht im Stich lassen konnte, beschloss sie, ihm eine letzte Chance einzuräumen. Sollte er jedoch wieder einen Versuch wagen, sich ihr aufzudrängen, würde sie nicht zögern, diesen Verstoß gegen die Sitten und den Anstand der Hofmeisterin zu melden. Dennoch wollte sie es ihm nicht zu leicht machen.

»Ich werde darüber nachdenken«, sagte sie und ließ ihn ohne ein weiteres Wort stehen. Um zu verhindern, dass er ihr folgte, begab sie sich in den Flügel der Königin und versteckte sich in der Bibliothek.

Die Stille und die Gegenwart der vielen Bücher beruhigten sie ein wenig. Wie hatte sie nur vergessen können, dass die Königin auf sie zählte? In ein oder zwei Tagen würde Katharina einen Blick in die Nachttöpfe werfen und feststellen, ob sie die Schuld an der Kinderlosigkeit ihrer Ehe trug. Mit jeder Nacht, die ohne die Gegenwart ihres Gemahls verstrich, wurde sie unruhiger, bleicher und reizbarer. Erst gestern hatte sie sich mit Ilona Szilágyi gestritten – wegen der fortdauernden Anwesenheit von Vlad Draculea.

»Er ist mein Bräutigam«, hatte sich Ilona gegen die Vorwürfe der Königin gewehrt.

»Er ist ein Verräter, der meinem Gemahl nach dem Leben trachtet!«, war Katharinas zornige Antwort gewesen.

»Wenn der König ihn fortschicken will, warum tut er es dann nicht?«, hatte Ilona mit einem hämischen Unterton gefragt.

»Weil er sich von dir dazu hat überreden lassen, diesen Teufel hierher zu holen!«

»Er ist kein Teufel!«

»Du bist ein verblendetes dummes Kind!« Katharina war aufgesprungen und aus dem Raum gestürmt, ohne Floarea zu beachten, die wie vom Donner gerührt auf der Schwelle gestanden hatte.

Ilona hatte ihr einen triumphierenden Blick zugeworfen und war dann ebenfalls aus dem Zimmer gerauscht.

Der Streit zwischen den beiden Frauen hatte Katharina noch unruhiger gemacht. Und selbst die Geschichte, die Floarea ihr vor dem Zubettgehen vorlas, hatte sie nicht beruhigt. Wenn die Königin nicht bald erfuhr, warum sie kein Kind empfangen konnte, fürchtete Floarea um ihre geistige und körperliche Gesundheit. Mit einem Seufzen trat sie an eines der Regale und suchte nach einer Geschichte, die sie auf andere Gedanken bringen würde.

Bis zum Mittag blieb sie in der Bibliothek und versuchte, sich mit der Lektüre einiger neuer Bücher abzulenken. Allerdings schweiften ihre Gedanken immer wieder zu Katharina, Marzio, Ilona und Vlad Draculea ab. Wenn sie Ilona doch nur zu einem Liebestrank überreden könnte! Was nutzten ihr Tollkirschen und Bilsenkraut, wenn sie niemanden hatte, der sie Vlad Draculea verabreichte? Sie ließ das Buch, in dem sie gelesen hatte, sinken und biss sich auf die Lippe. Brauchte sie Ilona überhaupt? Der Gedanke war so verwegen, dass sie vor ihrem eigenen Mut erschrak. Was, wenn er sie wiedererkannte?

Sie war froh, als die Turmuhr zwölf schlug und sie daran erinnerte, dass sie an diesem Tag mit einer Gruppe Hofdamen den Markt in der Stadt besuchen wollte. Der neue Einfall sorgte dafür, dass sie vor Ungeduld zitterte, doch sie zwang sich zur Ruhe. Es brachte nichts, die Dinge zu überstürzen. Stellte sie es falsch an, würde man sie hinrichten, ohne dass sie ihr Ziel erreicht hatte. Und das durfte sie auf keinen Fall zulassen.

Geistesabwesend stellte sie die Bücher zurück an ihren Platz und verließ die Bibliothek. Die anderen Frauen hatten sich bereits vor der Kirche versammelt und warteten auf die Träger, die sie begleiten sollten. Floarea wollte sich ihnen gerade anschließen, als ihr Blick auf ihre Tante fiel, die über den Hof auf sie zukam.

»Da bist du ja, Kind«, keuchte sie, als sie Floarea erreichte. »Ich habe überall nach dir gesucht. Wie geht es dir? Ich habe mir Sorgen gemacht, weil ich nichts von dir gehört habe.« Ihr Gesicht war gerötet und ihre Augen tasteten Floarea von oben bis unten ab.

»Mir geht es gut«, gab Floarea zurück und kämpfte gegen die Wut an, die in ihr aufsteigen wollte. Sie verdankte Cosmina ihr Leben.

»Kommst du, Floarea?«, rief Julianna ihr zu.

Floarea schüttelte den Kopf. »Geht ohne mich.«

»Ich habe gehört, dass du eine der engsten Vertrauten der Königin sein sollst«, sagte Cosmina. Stolz schwang in ihrer Stimme mit.

Floarea nickte. Sie ließ sich von Cosmina am Arm nehmen und in einen der Blumengärten ziehen.

»Erzähl mir, wie es dir ergangen ist.« Cosminas Augen leuchteten.

Floarea sah sie mit gerunzelter Stirn an. War es möglich, dass ihre Tante so gut heucheln konnte? Oder hatte sie ihr Unrecht getan? »Hast du gewusst, dass Vlad Draculea noch am Leben ist?«, fragte sie unvermittelt.

»Was?«, Cosmina riss erstaunt die Augen auf.

Floarea nickte. »Er ist hier. Am Hof.«

»Oh, mein Gott!« Cosmina schlug ein Kreuz vor der Brust. »Das ist entsetzlich!« Sie sah sich ängstlich um, als erwarte sie, dass er hinter einem der Rosenbüsche hervorkommen und sich auf sie stürzen könnte. »Wie ist das möglich?«

»Hast du es gewusst?«, fragte Floarea ein weiteres Mal.

Cosmina schlug die Hand vor den Mund. »Du denkst, ich hätte dich hierher kommen lassen, wenn ich ...« Sie brach den Satz ab und wandte Floarea den Rücken zu. »Wie kannst du so etwas von mir denken?«, murmelte sie.

Floarea betrachtete sie forschend. Das Entsetzen ihrer Tante schien nicht geheuchelt zu sein.

Als sich Cosmina ihr wieder zuwandte, glänzten ihre Augen feucht. »Möchtest du fort aus Buda?«, fragte sie.

Floarea schüttelte den Kopf. »Ich werde hier bleiben«, sagte sie bestimmt. »Und ich werde ihn töten.«

Cosmina gab einen erstickten Laut von sich. »Bist du von Sinnen?«, flüsterte sie.

»Ich war in meinem ganzen Leben noch nie bei klarerem Verstand«, war Floareas Antwort.

Kapitel 28

Ein Wald in der Nähe von Thorenburg, April 1463

Carols Zähne schlugen vor Kälte aufeinander. Hände und Füße waren taub von den Stricken, mit denen die Wegelagerer ihn gefesselt hatten. Er lag auf dem harten Steinboden der Höhle – die Arme über dem Kopf, an einen Haken in der Felswand gebunden. Seit über zwei Tagen hielten ihn die Räuber nun schon gefangen und noch immer hatte sich keine Möglichkeit zur Flucht aufgetan. In regelmäßigen Abständen kam der, den sie Janos nannten, um nach ihm zu sehen und die immer gleichen Fragen zu stellen.

»Wer bist du?«, hatte er es vor ein oder zwei Stunden erneut versucht. »Wenn du mir deinen Namen nennst, bekommst du etwas zu essen.«

Carol hatte ihn lediglich verächtlich angesehen und geschwiegen. Seitdem war niemand mehr in der kleinen Höhle gewesen, in der es von Ungeziefer nur so wimmelte. Direkt gegenüber von ihm saß eine fette Spinne in einem Netz, das sie zwischen zwei Felsvorsprüngen gesponnen hatte. In der Nacht waren Ratten gekommen und hatten versucht, sich durch Carols Kleider zu nagen. Wenn er nicht bald hier weg kam, würden sie ihn bei lebendigem Leib auffressen. Er stöhnte und versuchte, sich aufzurichten.

»Wie ein Wurm am Haken.«

Carol zuckte zusammen. Er hatte Janos nicht kommen hören.

Der Anführer der Diebesbande baute sich vor ihm auf und sah mit einem Grinsen auf ihn hinab. »Wer hätte gedacht, dass ich auch mal Glück haben würde? Diese Idioten haben tatsächlich einen dicken Fisch an Land gezogen.« Er lachte.

Carol blinzelte, das Aufsehen zu Janos war anstrengend. »Wovon redest du?«, fragte er heiser. Sein Mund fühlte sich an, als habe er mit Sand gegurgelt.

»Von dir, mein Freund«, gab Janos zurück. »Sag nur, du wusstest nicht, dass du die stolze Summe von eintausend Gulden wert bist?«

Carol glaubte, nicht richtig gehört zu haben.

»Du kamst mir gleich bekannt vor«, fuhr Janos im Plauderton fort. »Allerdings hätte ich nicht gedacht, dass ich einmal dem Sohn von Vlad Draculea meine Gastfreundschaft anbieten würde.«

Carol stöhnte. Das Kopfgeld!

Janos schien seine Gedanken zu lesen. »Du musst den Sultan mächtig verärgert haben, dass er ein solches Kopfgeld auf dich ausgesetzt hat. Was hast du getan? Man sagt, du seiest ein Mann von Radu dem Schönen. Und der ....« Er machte eine anzügliche Handbewegung.

»Das geht dich nichts an!«, fauchte Carol. »Wenn du mich noch lange hier draußen lässt, hast du bald keinen Gefangenen mehr, für den du eintausend Gulden kassieren kannst.« Sollte Janos ihn losbinden, bot sich vielleicht eine Gelegenheit zur Flucht.

Der Wegelagerer kniff die Augen zusammen. »Was erwartet dich bei den Osmanen?«, fragte er. »Der Henker?«

Carol schnaubte. »Was interessiert es dich?«

»Ich kann diese Muselmänner nicht ausstehen«, gab Janos zurück, zog ein Messer und beugte sich zu Carol hinunter. »Aber Geld ist Geld.« Er durchtrennte die Stricke.

Carol sackte in sich zusammen wie eine Gliederpuppe, der man die Fäden durchgeschnitten hatte.

»Steh auf«, forderte Janos ihn auf. »Dann bringe ich dich in meine Hütte und gebe dir etwas zu essen. Sonst fällst du mir unterwegs vom Pferd.«

Es dauerte einige Minuten, bis Carols Beine genug durchblutet waren, dass er sich aufrappeln konnte. Gestützt von dem Wegelagerer humpelte er über den Waldboden zu der Kate, in der Janos ihn wie einen Sack auf eine Bank fallen ließ.

Carols Blick zuckte zur Tür.

»Denk nicht mal daran«, sagte Janos. »Meine Männer hätten dich schneller wieder eingefangen als ein lahmendes Pferd.« Er ging zu einem Kessel, der über einem offenen Feuer hing, und schaufelte etwas mit einer Kelle in eine Holzschale. Die stellte er vor Carol auf den Tisch und hielt ihm einen Löffel hin. »Iss.«

Obwohl der Brei nicht gerade appetitlich aussah, riss Carol ihm den Löffel aus der Hand und schlang die dampfende Masse gierig in sich hinein. Als die Schale leer war, füllte Janos sie ein weiteres Mal.

»Wenn du mich gehen lässt«, sagte Carol zwischen zwei Löffeln, »werde ich dich fürstlich belohnen.«

»Mit eintausend Gulden?« Janos lächelte mitleidig. »Woher willst du so viel Geld nehmen, wenn dir der Sultan auf den Fersen ist?«

Carol zuckte mit den Achseln. »Ich werde es aufbringen.« Er überlegte einen Augenblick. »Mein Hengst.«

Janos lachte. »Dein Hengst gehört mir ohnehin schon. Warum sollte ich mich mit etwas bezahlen lassen, das längst in meinem Besitz ist?«

»Ich könnte ...«

»Iss auf, wir müssen aufbrechen«, unterbrach ihn Janos. Sein Gesicht, das vorher beinahe gutmütig gewirkt hatte, verhärtete sich. »Ich kann mir kein Mitleid leisten.«

Carol öffnete den Mund, um etwas zu erwidern.

Aber Janos schnitt ihm mit einer herrischen Geste das Wort ab. »Steh auf«, befahl er.

Als Carol gehorchte, griff er nach einem Strick und trat hinter ihn. »Wenn du dich wehrst, wird es schmerzhaft«, warnte er.

Da ein Fluchtversuch ohnehin aussichtslos war, ließ sich Carol von ihm die Hände auf den Rücken binden. »Darf ich wenigstens auf meinem Pferd reiten?«, fragte Carol. »Danach gehört es dir.«

»Meinetwegen«, brummte Janos und führte Carol ins Freie.

Dort wartete bereits ein halbes Dutzend seiner Männer auf sie.

»Holt seinen Hengst«, trug Janos ihnen auf und half Carol in den Sattel, sobald das Tier auf die Lichtung geführt worden war. »Mach keine Dummheiten«, warnte er ihn erneut, dann stieß er einen Pfiff aus.

Daraufhin setzte sich die Gruppe in Bewegung.

Während sie sich auf engen Pfaden unter tief hängenden Zweigen durch den Wald kämpften, überlegte Carol fieberhaft, wie ihm die Flucht gelingen könnte. Vor ihm und hinter ihm ritten je drei Männer. Janos bildete die Vorhut. An ein seitliches Ausbrechen war nicht zu denken, da links und rechts des Pfades dichte Dornenbüsche wuchsen. Außerdem war er immer noch so schwach, dass er mehr als einmal fast aus dem Sattel gerutscht wäre. Deshalb blieb ihm nichts anderes übrig, als Janos und seinen Männern zu folgen wie ein Lamm auf dem Weg zur Schlachtbank. Von Mehmed war keine Gnade zu erwarten, das wusste er. Selbst Radu fürchtete sich vor dem Zorn des Sultans, den er mehr als einmal herausgefordert hatte. Wenn Janos ihn an Radus Soldaten auslieferte, konnte nur noch Gott ihn retten.

Viel zu schnell tauchte der Waldrand vor ihnen auf. In einiger Entfernung waren die strohgedeckten Dächer eines Dorfes zu sehen, auf das Janos zielstrebig zusteuerte. Von den Bewohnern war an diesem windigen Aprilnachmittag weit und breit nichts zu sehen, nicht einmal die Bauern waren auf den Feldern. Vermutlich versteckten sich die Menschen in ihren Häusern, um nicht die Aufmerksamkeit der Männer auf sich zu ziehen, die sich um die Dorfschenke versammelt hatten. Über zwanzig Soldaten zählte Carol – allesamt in den Farben seines Onkels Radu. Den Anführer erkannte er als einen Bojaren aus der Nähe von Bukarest, dessen Tochter ihm bei Hof aufgefallen war. Sie war ein stilles, hellblondes Mädchen, das sich vor jedem Geräusch zu fürchten schien. Ihre ängstlichen Blicke hatten ihn an seine eigene Furcht am Hof seines Vaters erinnert.

»Hier ist der Gefangene«, sagte Janos, sprang aus dem Sattel und ging auf die Soldaten zu. »Ich habe Wort gehalten. Jetzt bezahlt mich.«

Der Bojar machte eine Geldkatze von seinem Gürtel los und warf sie dem Wegelagerer zu. »Die Hälfte jetzt. Die andere Hälfte bekommst du, sobald der Sultan den Gefangenen gesehen hat.«

»Moment!«, protestierte Janos. »So war das aber nicht abgesprochen. Ihr habt gesagt, auf ihn sei ein Kopfgeld von eintausend Gulden ausgesetzt. Ich habe meinen Teil der Abmachung erfüllt. Bezahlt!«

Der Bojar sah ihn mitleidig an. »Denkst du im Ernst, du kannst mit dem Sultan feilschen?«

»Nicht mit dem Sultan«, schoss Janos zurück. »Mit Euch. Außerdem feilsche ich nicht, ich will nur für das bezahlt werden, was ich Euch liefere.«

Carol bemerkte den Blick, den sich die Soldaten zuwarfen. Folglich überraschte es ihn nicht, als die Männer unvermittelt die Schwerter zogen und Janos und seine Begleiter umzingelten. Alles ging so schnell vonstatten, dass die Wegelagerer nicht rechtzeitig reagieren konnten. Einer der Soldaten griff nach dem Zügel von Carols Hengst und zog ihn aus dem Kreis der Reiter.

»Pass auf ihn auf«, befahl ihm der Bojar. An Janos gewandt sagte er: »Gier vernebelt das Gehirn. Gib mir die Geldkatze zurück und zieh ab. Dann kommt ihr mit dem Leben davon.«

»Ihr hattet von vornherein vor, mich zu betrügen«, knurrte Janos.

»Du scheinst klüger zu sein als du aussiehst«, höhnte der Bojar. »Also?« Er hielt fordernd die Hand auf.

Mit einer Verwünschung warf ihm Janos das Säckchen mit den Münzen zu. »Der Teufel soll Euch holen!«, zischte er.

»Verschwinde lieber, bevor er dich holt«, gab der Bojar ungerührt zurück. Er machte seinen Männern ein Zeichen, woraufhin diese den Kreis um die Wegelagerer wieder öffneten.

Unter gotteslästerlichen Flüchen wendeten Janos und seine Männer ihre Pferde und preschten so schnell sie konnten davon.

Kapitel 29

Ein Dorf in der Nähe von Thorenburg, April 1463

Dachtet Ihr wirklich, Ihr könntet dem Sultan entkommen?«, fragte der Bojar, als die Reiter um eine Wegbiegung verschwunden waren. »In Eurer Haut möchte ich wahrlich nicht stecken.« Er bedachte Carol mit einem verächtlichen Blick. »Wolltet Ihr zu Eurem Vater nach Ungarn?«

Carol schwieg. Die Demütigung war auch so groß genug.

»Mut habt Ihr«, gestand der Bojar widerwillig ein. »Aber Mut allein reicht nicht aus.«

»Sollen wir gleich aufbrechen?«, fragte einer seiner Männer.

»Worauf willst du warten?«, gab der Anführer zurück. »Auf besseres Wetter?«

Der Soldat senkte gescholten den Blick.

»Nimm seine Zügel«, befahl der Bojar. »Und sei auf der Hut.« An Carol gewandt sagte er: »Glaubt nicht, dass wir nicht auf Euch schießen, wenn Ihr einen Fluchtversuch unternehmt. Der Sultan würde es zwar vorziehen, Euch lebendig ausgeliefert zu bekommen, aber das Kopfgeld gilt, wie der Name schon sagt, auch nur für Euren Kopf.« Die Drohung war deutlich.

Da seine augenblickliche Lage noch aussichtsloser war als die im Wald, fügte sich Carol. Was blieb ihm sonst übrig. Wie es aussah, war sein Plan gescheitert. Offenbar hatte Gott anderes mit ihm vor. Aus den Augenwinkeln sah er, wie sich die Türen der umstehenden Häuser öffneten und die ersten Unerschrockenen die Köpfe ins Freie steckten. Sie schienen begriffen zu haben, dass der Einfall der Bewaffneten nicht ihnen galt und dass sie in Sicherheit waren.

Der Bojar warf einen Blick zum Himmel. »In zwei Stunden wird es dunkel, wir sollten uns beeilen.«

Der Ritt war anstrengender als Carol gedacht hatte. Die Gefangenschaft in der Höhle hatte ihn geschwächt und mehr als einmal mussten die Reiter anhalten, weil er sich nicht mehr im Sattel halten konnte. Als die Sonne hinter dem Horizont versank und eine kleine Ansiedlung in Sicht kam, fiel Carol beinahe vom Rücken seines Hengstes.

»Schafft ihn in den Stall und bewacht ihn«, trug der Bojar seinen Männern auf. Er selbst steuerte auf das größte Haus im Ort zu und hieb mit dem Schwertknauf gegen die Tür. »Aufmachen!«, hörte Carol ihn rufen.

»Vorwärts«, sagte einer der Bewaffneten. Mit Hilfe eines zweiten Soldaten fasste er Carol bei den Armen und zog ihn auf ein Stallgebäude zu, in dem es nach altem Kuhmist stank. Vier Ochsen standen in einem Teil, der andere beherbergte ein Zugpferd und ein paar Schweine.

»Da rein.« Die Männer stießen Carol in Richtung eines winzigen Verschlags neben den Schweinen. »Das ist der richtige Platz für einen Verräter.« Sie lachten. Nachdem sie Carol an einen Balken gefesselt hatten, ließen sie sich auf zwei Strohballen nieder und fingen an, leise miteinander zu reden.

Carol, der vor Erschöpfung kaum mehr die Augen aufhalten konnte, lehnte den Hinterkopf an den Balken und wünschte sich, sie würden ihn an Ort und Stelle töten. Mit jeder Meile, die sie zurückgelegt hatten, war die Angst größer geworden, genau wie die Gewissheit, einen furchtbaren Tod zu sterben.

»Trinkt das«, riss ihn nach einiger Zeit die Stimme eines der Bewaffneten aus den düsteren Gedanken. Er hielt ihm einen Becher verdünnten Wein an die Lippen. Nachdem sie ihm etwas Suppe eingeflößt hatten, ließen sie Carol wieder allein in dem Verschlag.

Stunden vergingen, ohne dass Carol Schlaf finden konnte. Obwohl er todmüde war, kam sein Geist nicht zur Ruhe. Als die beiden Wachen irgendwann anfingen zu schnarchen, versuchte er, so leise wie möglich, seine Fesseln zu lösen. Allerdings ohne Erfolg. Je heftiger er an den Stricken zerrte, desto tiefer gruben sie sich in sein Fleisch und schon nach kurzer Zeit spürte er die Wärme von Blut auf der Haut. Trotzdem gab er nicht auf und bewegte die gefesselten Hände immer wieder auf und ab – in der Hoffnung, das raue Holz würde irgendwann die einzelnen Fasern durchtrennen. Er war so verbissen darauf konzentriert, dass er den Rauch erst roch, als die Tiere neben ihm unruhig wurden. Das Pferd stieß ein schrilles Wiehern aus, die Ochsen traten mit den Hufen gegen die Stallwand.

Und dann sah Carol den Feuerschein.

Die beiden Wachen schraken aus dem Schlaf hoch und sprangen von dem Strohballen auf.

»Was ist das?«, hörte Carol einen von ihnen fragen.

»Feuer! Es brennt!«

Den Geräuschen nach zu urteilen, rannten sie auf das Stalltor zu, entriegelten es und stießen es auf. Augenblicklich wurde der Rauchgestank stärker und das Knistern der Flammen war deutlich vernehmbar.

Panik ergriff Carol. »Heda!«, rief er. »Bindet mich los!«

Aber die Männer waren bereits im Freien.

»Dort drüben ist ein Bach«, brüllte draußen jemand. »Holt Wasser! Schnell!«

Das Wiehern des Pferdes wurde immer lauter und auch die Schweine wurden zusehends unruhiger. Einer der Ochsen rammte immer wieder die Hörner gegen die Tür seines Stalls, bis das Holz splitterte.

Der Bojar würde ihn nicht einfach verbrennen lassen, versuchte sich Carol zu beruhigen. Eintausend Gulden Kopfgeld würde er gewiss vor dem Feuertod retten. Tatsächlich näherten sich kurz darauf Schritte und die Tür des Verschlages, in den man ihn gesperrt hatte, wurde geöffnet.

Allerdings war es nicht das Gesicht des Bojaren, das ihm entgegenblickte.

»Janos?«, fragte Carol ungläubig.

Der Wegelagerer grinste. Nach einem kurzen Blick über die Schulter kam er auf Carol zu, kniete sich ins Stroh und zerschnitt die Fesseln. »Ich kann es nicht leiden, wenn man mich um mein Geld prellt«, sagte er. »Wenn jemand in dieser Gegend stiehlt, bin ich das.« Er half Carol auf die Beine. »Dein Pferd ist hinter dem Stall«, sagte er. »Meine Männer warten dort auf uns.«

»Habt Ihr das Feuer gelegt?«, wollte Carol wissen.

Janos zog ihn auf ein Loch in der Wand des Stalls zu. Dort hatten er und seine Leute offenbar zwei Bretter gelockert. »Was dachtest du denn?«, fragte er. »Schnell! Sie werden bald vom Bach zurückkehren.« Er schob Carol durch die Lücke, folgte ihm und huschte geduckt zu einer Reihe von Haselsträuchern. In einem kleinen Graben dahinter erwarteten ihn seine Männer. Carols Hengst gab ein leises Schnauben von sich, als er seinen Herrn witterte.

Carol nahm die Zügel entgegen und ließ sich in den Sattel helfen. Eine Hälfte des Stalls stand inzwischen lichterloh in Flammen. Immer wieder stiegen Funken in die Höhe. Wenn es nicht bald gelang, den Brand zu löschen, würde er auf die angrenzenden Gebäude übergreifen.

»Die sind eine Weile beschäftigt«, sagte Janos mit einem Grinsen. »Bis sie deine Flucht bemerken, sind wir längst über alle Berge.« Er schnalzte mit der Zunge, wendete sein Pferd und gab ihm die Sporen.

Carol und die anderen folgten und preschten durch die vom Feuerschein erhellte Nacht. Erst nach mehreren Meilen scharfen Ritts zügelte Janos sein Pferd und wandte sich zu Carol um. Dank der sternenklaren Nacht und des Vollmonds war die Sicht gut. »Bist du immer noch bereit, dich freizukaufen?«, fragte er.

Carol nickte. »Wenn du mich ziehen lässt, werde ich das Geld aufbringen«, sagte er.

»Woher weiß ich, dass du Wort hältst?«, wollte Janos wissen.

»Das weißt du nicht«, erwiderte Carol. »Ich könnte dir meinen Hengst geben. Aber dann wird es noch länger dauern, bis ich in Buda bin und dich bezahlen kann.«

Janos schnitt eine Grimasse.

»Warum kommst du nicht mit mir?«, fragte Carol. »Dann kann ich dich schneller bezahlen und du verlierst mich nicht aus den Augen.« Er hoffte, Janos würde den Vorschlag annehmen, denn in Begleitung des Räubers lief er weniger Gefahr, noch einmal überfallen zu werden. In Buda würde er den Kerl an die Männer des Königs ausliefern, die ihn hoffentlich am höchsten Galgen des Landes aufhängen würden. Janos hatte ihm zwar das Leben gerettet, aber ohne ihn wäre er nie in diese Lage geraten. »Ich habe keine Waffen mehr. Was hast du schon von mir zu befürchten?«

»Also gut«, gab Janos schließlich zurück. »Ich begleite dich.« Er zeigte auf zwei seiner Männer. »Ihr auch.« Zu Carol gewandt sagte er: »Wenn du auf irgendwelche dummen Gedanken kommst, töte ich dich eigenhändig. Oder ich schenke dich dem ersten hergelaufenen Ziegenhirt, der dich an den Sultan ausliefern kann, wenn er will. Hast du verstanden?«

Carol nickte. »Du wirst deine Entscheidung nicht bereuen«, sagte er.

Kapitel 30

Buda, April 1463

Wann werdet Ihr konvertieren?« Ilona Szilágyis Augen lagen fragend auf Vlad. Seit ihrem letzten Treffen hatte sie das Gefühl, dass er ihr aus dem Weg ging. Zweimal hatte er sich entschuldigen lassen, hatte Unwohlsein oder Müdig-

keit vorgeschoben. Hatte er das Interesse an ihr verloren?
»Wollt Ihr nicht auch so bald wie möglich Hochzeit feiern?«

Vlad legte ihr die Hände auf die Schultern und sah ihr tief
in die Augen. »Ilona, ich verehre Euch«, sagte er.

Ilonas Puls machte einen Satz.

»Aber die Entscheidung, meinen Glauben aufzugeben,
kann ich nicht über Nacht fällen.«

»Ihr überlegt doch schon fast eine Woche«, unterbrach sie
ihn.

Ein seltsamer Ausdruck huschte über sein Gesicht, dann
schenkte er ihr ein Lächeln. »Ohne den Rat eines Priesters
...«, sagte er und machte eine vage Handbewegung.

»Liebt Ihr Euren Glauben mehr als mich?« Ilona spürte
den Stachel der Eifersucht.

Vlad lachte. »Ilona, seid nicht töricht«, sagte er sanft. »Ihr
wisst, dass ich nichts lieber tun würde, als Euch zu heiraten.«

»Dann tut es doch endlich!« Sie stampfte mit dem Fuß auf.
Seine Hinhaltetaktik trieb sie in den Wahnsinn. Hätte sie doch
den Mund gehalten und nicht vor all den anderen Hofdamen
damit geprahlt, dass sie bald seine Gemahlin sein würde! Jetzt
beäugten sie alle mit schlecht verhohlener Häme. Außerdem
hatte sie sich seinetwegen mit der Königin gestritten, weil
Matthias Corvinus Vlad nicht wieder vom Hof verbannen
wollte. Katharina nahm an, dass Ilona dahinter steckte, obwohl sie nichts damit zu tun hatte.

»Habt Geduld«, sagte Vlad. Unwille schwang in seiner
Stimme mit.

Ilona beschloss, seinen Entschluss zu beschleunigen. Sie
nahm seine Hand von ihrer Schulter und legte sie auf ihre
Brust. »Spürt Ihr, wie mein Herz schlägt?«, fragte sie. »Es
schlägt für Euch, meinen zukünftigen Gemahl.« Sie sah, wie
er trocken schluckte, weshalb sie seine Hand noch etwas weiter nach unten führte, sodass sie ihre Brust umfasste.

»Ilona«, warnte Vlad.

Aber sie hatte genug vom Warten. Sie wollte endlich seine Frau werden. Wenn er sie noch länger hinhielt, würde man sie bald bei Tisch auslachen. Sie machte einen Schritt auf ihn zu und presste ihren Körper an den seinen. Seine Erregung war deutlich zu spüren.

»Ilona, hört auf damit«, sagte er und brachte Abstand zwischen sie und sich. »Ich werde Euch nicht entehren.«

»Ehre, Ehre, Ehre!«, rief sie unwillig aus. »Das letzte Mal habt Ihr gesagt, wenn wir schon verheiratet wären, könnten wir uns küssen, ohne dass Ihr meine Ehre beschmutzt. Jetzt hat mein Vetter der Vermählung zugestimmt, aber Ihr könnt Euch nicht dazu entscheiden, zu konvertieren.« Ein Schluchzen stieg in ihr auf. Es war alles so entsetzlich demütigend! Plötzlich fühlte sie sich wie eine faulige Frucht, die man fallen ließ, um darauf herumzutrampeln. »Warum ist Euch dieser dumme Glaube nur so wichtig?«

Vlad versteifte sich. »Es ist der Glaube, in dem ich erzogen wurde«, sagte er.

»Gott ist es gewiss egal, ob Ihr Eurem oder unserem Glauben folgt.« Sie wischte sich mit einer ärgerlichen Geste eine Träne von der Wange. »Es ist doch derselbe Gott.«

»Nehmt Vernunft an«, bat er.

»Ich will aber keine Vernunft annehmen!«, brauste sie auf. »Ich habe auf mein Herz gehört und den König gebeten, Euch an den Hof zu holen. Und jetzt ...« Ein Schluckauf unterbrach sie.

Vlad seufzte. »Ich kann verstehen, dass es schwierig für Euch ist.«

»Könnt Ihr das?«, fragte sie. »Könnt Ihr das wirklich?« Sie verschränkte die Arme vor der Brust. »Ich glaube nicht, dass Ihr wisst, wie ich mich fühle.« Sie kehrte ihm abrupt den Rücken zu und floh in Richtung Tür. Wenn sie noch länger blieb, würde sie sich völlig zur Närrin machen.

»Ilona!«, rief er ihr hinterher.

Aber sie musste so schnell wie möglich an die frische Luft. Die Enttäuschung schnürte ihr die Kehle zu.

Vlad widerstand nur schwer dem Drang, ihr nachzusetzen und ihr klarzumachen, dass er solche Szenen nicht duldete. Seit er wusste, wie viele Unterstützer er bei Hof hatte, war der Wunsch, seinem Gefängnis endlich zu entfliehen, noch größer als zuvor. Die Worte des ungarischen Königs hallten jeden Tag in seinen Gedanken nach.

»Wenn Ihr auf meiner Seite wärt ...«, hatte Corvinus gesagt. Außerdem hatte er ihm mehr oder weniger versprochen, gegen Radu ziehen zu dürfen, wenn er zum römischen Glauben übertrat.

Das Zuschlagen der Tür ließ ihn die Lippen aufeinanderpressen. Sobald Ilona seine Frau war, würde er ihr zeigen müssen, dass sie ihm zu gehorchen hatte. Bis dahin musste er sie bei Laune halten und sich endlich entscheiden, was ihm wichtiger war: sein Glaube oder die Rache an Radu und Mehmed.

Eigentlich war die Antwort einfach. Dennoch gelang es ihm nicht, die Entscheidung zu treffen, die nötig war. Er holte tief Luft. War er zu schwach? Hatten der Verrat seiner Verbündeten und die Gefangenschaft seinen Willen gebrochen? Oder lag es daran, dass ihn sein Glaube die schlimmsten Augenblicke seines Lebens hatte überstehen lassen? Ohne ihn wäre er am Sultanshof an Mehmeds Grausamkeiten zugrunde gegangen. Ohne ihn hätte Zehras Tod ... Er zwang sich, die Gedanken wieder auf Ilona zu lenken.

Sie war wie ein Vollblutpferd. Temperamentvoll, schön und kapriziös. Allerdings war sie auch unberechenbar, weshalb er zusehen musste, dass er sie bei Laune hielt. Ohne seine Dame würde er das Schachspiel verlieren.

Kapitel 31

Buda, April 1463

*D*ie Leute behaupten, o König, dass in China, in der Stadt Kaschgar, einmal ein Schneider lebte. Er hatte eine freundliche Lebensgefährtin, die gut zu ihm passte und ihm stets zur Seite stand. Eines Tages widerfuhr den beiden das Folgende: Sie gingen aus, um sich in einem öffentlichen Garten zu vergnügen. Den ganzen Tag verbrachten sie mit Spiel und Spaß. Erst als der Tag zu Ende ging, kehrten sie in ihr Haus zurück. Auf dem Nachhauseweg begegneten sie einem Menschen mit einem Buckel. Er bot einen komischen und lustigen Anblick: Er trug einen Mantel mit kegelförmig weiter werdenden Ärmeln und ägyptischem Kragen und Saum, ein Schleiertuch und eine Suhriyya über einem kaukasischen Kaftan. Auf dem Kopf trug er eine grüne Kappe aus Klöppelspitze. Gelbe Seide war um die Kappe geknotet und der Turban war mit Amber besteckt.«*

Floarea sah von dem Buch auf. Katharina schien eingeschlafen zu sein, da sie ruhig und gleichmäßig atmete. Der kleine Hund lag zusammengerollt an ihrer Seite und die Königin wirkte mehr denn je wie ein Kind. Noch drei Tage musste sie warten, bis ihr der Blick in die Nachttöpfe Klarheit verschaffte. Und mit jeder Stunde, die in Ungewissheit verstrich, wurde sie antriebsloser und niedergedrückter. Floarea nahm an, dass auch dieser Mittagsschlaf länger als eine Stunde dauern würde, weshalb sie sich erhob und auf Zehenspitzen die Kammer verließ.

»Schläft sie?«, fragte eine ihrer Zofen.

Floarea nickte.

»Die arme Seele«, sagte die Zofe. »Sie wirkt so traurig in letzter Zeit.« Sie sah Floarea neugierig an – in der Hoffnung auf Klatsch. »Wisst Ihr, was sie bedrückt?«

Floarea ging nicht auf die Frage ein, da sie in Gedanken

längst bei der gefährlichen Aufgabe war, die sie sich vorgenommen hatte. Sie schüttelte lediglich den Kopf und ließ die Zofe stehen. Wenn sie ihr Vorhaben in die Tat umsetzen wollte, war jetzt der richtige Zeitpunkt dafür.

»Bist du von Sinnen, Kind?«, hörte sie die Stimme ihrer Tante Cosmina in ihren Gedanken nachhallen. »Komm zurück nach Hause«, hatte sie gefleht. »Wenn ich gewusst hätte, dass dieses Ungeheuer am Hof ist ...«

Floarea verbannte Cosmina aus ihrem Kopf und eilte zu ihrer Kammer. Dort schlüpfte sie in ein einfaches schwarzes Kleid, verbarg ihr Haar unter einer Haube und griff nach der kleinen Flasche, in der sie das Gift angesetzt hatte. Die Aufregung war so gewaltig, dass sie sie beinahe hätte fallen lassen. Beruhige dich!, schärfte sie sich ein. Wenn sie zitternd wie Espenlaub vor Vlad Draculea trat, würde er sofort bemerken, dass etwas nicht stimmte. Sie verbarg die Flasche in dem Beutel an ihrem Gürtel und wischte sich die feuchten Handflächen an ihrem Rock ab. Dann trat sie vor den Spiegel und betrachtete sich kritisch. Würde er sie wiedererkennen? Hatte sie noch Ähnlichkeit mit dem verängstigten Kind, das in den Diensten seiner Gemahlin gestanden hatte? Sie nahm einen Kohlestift aus einer kleinen Truhe auf dem Tisch und verstärkte ihre Augenbrauen. Zusammen mit der strengen Haube und dem einfachen Kleid sollte diese Veränderung genügen, um ihn zu täuschen. Vermutlich hatte er in Tirgoviste ohnehin keine Augen für die Zofen seiner Braut gehabt. Und schon gar nicht für die hilflosen Frauen und Kinder der Bojaren, die er in eine tödliche Falle gelockt hatte. Welcher Wolf interessierte sich für die Lämmer, die er zerfetzte?

Sie presste die flache Hand auf ihren Brustkorb. Ihr Herz dröhnte wie eine Kesselpauke. Ihre Wangen glühten und sie spürte Schweiß auf ihrer Oberlippe prickeln. Nachdem sie noch eine Weile in den Spiegel gestarrt hatte, straffte sie die Schultern und holte tief Luft. Es war Zeit. Auf unsicheren Beinen verließ sie ihre Kammer und begab sich ins Freie, um den Hof zu überqueren und eines der Wirtschaftsgebäude zu betreten. Dort fand sie nach einigem Suchen die Küche, in der ein wahrer Schwarm von Köchinnen und Gehilfen herumschwirrte.

»Was willst du?«, blaffte eine dürre Frau mit harten Falten um den Mund. »Steh hier nicht im Weg!«

Zuerst begriff Floarea nicht, dass sie mit ihr sprach. Erst als sich die Frau ihre mehligen Hände an der Schürze abwischte und auf sie zustürmte wie ein Racheengel, verstand sie, dass sie gemeint war.

»Nimm ein Tablett und bring es in den Sitzungssaal«, herrschte die Frau sie an. Sie deutete mit dem Kinn auf einen Tisch, auf dem sich allerlei Gebäck türmte.

»Es tut mir leid«, stammelte Floarea. Mit einer solchen Begrüßung hatte sie nicht gerechnet. Insgeheim hatte sie gehofft, dass sie sich unbemerkt in die Küche und wieder hinaus stehlen konnte.

»Wenn du nicht gleich tust, was ich sage, gebe ich dir einen Grund dafür«, brummte die Köchin.

Floarea hob abwehrend die Hand, da es aussah, als wolle die Frau sie ohrfeigen. »Die Wache schickt mich«, log sie. »Ich soll einen Krug Wein zu einem Gefangenen bringen.«

Die Köchin hielt mitten in der Bewegung inne. »Warum sagst du das nicht gleich?« Sie winkte einen Knaben herbei und trug ihm auf, zum Kellerer zu laufen. Dann ließ sie Floarea stehen, um einen Burschen anzuweisen, frische Brotlaibe aus einem riesigen Ofen zu holen.

Während sie auf den Wein wartete, suchte Floarea sich eine Nische, in der sie nicht im Weg war, und verfolgte das emsige Treiben. Derweil die Köchin mit strenger Miene verfolgte, wie Brotlaib um Brotlaib auf einem großen Gitter abgelegt wurden, zerteilten mehrere Mägde Schweine- und Rinderhälften. Eine Handvoll Knaben kniete vor einem riesigen Bottich und putzte Gemüse. Dieses wurde von jungen Mädchen geschnitten und zusammen mit Brotbrocken in die Bäuche von Gänsen, Hühnern und Enten gestopft. Wieder andere hackten Kräuter oder kneteten Teig, aus dem Zöpfe und Fladen geformt wurden.

»Der Wein.«

Floarea schrak zusammen. Sie hatte nicht bemerkt, dass der Junge mit einem Krug vor ihr stand.

Er drückte ihr das Gewünschte in die Hand und stob davon.

Einige Atemzüge lang rang Floarea mit sich, ob sie den nächsten Schritt wirklich wagen sollte. Noch war Zeit, den Wein einfach mitzunehmen und irgendwo abzustellen. Doch dann gab sie sich einen Ruck, presste das Gefäß an die Brust und floh so schnell sie konnte aus der Küche. Im Freien angekommen sah sie sich ängstlich um. Ahnte jemand, was sie vorhatte? Sei keine Närrin, schalt sie sich selbst. Woher sollten die Männer des Königs wissen, dass sie vorhatte, Vlad Draculea zu töten? Nachdem sie einige Augenblicke gegen die Angst angekämpft hatte, machte sie sich auf den Weg zu dem Gebäude, in dem der ehemalige Woiwode festgehalten wurde. Unterwegs wählte sie einen unbeobachteten Moment, um die Flasche aus der Tasche zu holen und den Inhalt in den Krug zu schütten. Dann betrat sie eines der Wohngebäude und huschte lautlos die Korridore entlang. Hinter einer hohen Doppeltür lag ein weiterer Gang, an dessen Ende eine Treppe in ein Zwischengeschoss führte. Dort waren die Mauern und Säulen dicker, die Wände ohne Schmuck. Es dauerte nicht lange, bis die Soldaten vor Floarea auftauchten, die Vlad Draculeas Gefängnis bewachten.

»Halt!«, gebot einer von ihnen, trat vor und legte drohend die Hand an den Schwertknauf. »Was willst du?«

Floarea spürte, wie Panik nach ihrem Herzen griff. Der Anblick der Waffe brachte die schlimmsten Erinnerungen zurück. Plötzlich fühlte sie sich wieder so klein und hilflos wie auf der Burg Poenari.

»Ich habe dich etwas gefragt«, fuhr der Bewaffnete sie an.

»Ich ...«, hob Floarea an. Doch die Worte blieben ihr vor Angst im Hals stecken, als der Mann das Schwert zog.

Kapitel 32

Buda, April 1463

ntworte!« Auch der zweite Wächter griff nach seinem Schwert und kam auf sie zu.

Als der Mann, der zuerst gesprochen hatte, Anstalten machte, sie am Arm zu packen, ließ Floarea den Krug fallen, machte auf dem Absatz kehrt und rannte davon, so schnell sie konnte.

Das Geräusch des zerberstenden Tons hallte gespenstisch von den Wänden wider.

»Halte sie auf!«, hörte sie einen der Soldaten rufen.

Doch niemand folgte ihr. Offenbar war es dem anderen Wächter wichtiger, auf seinem Posten zu bleiben, als einer Magd hinterher zu jagen, die einen Krug Wein zerschlagen hatte.

Mit rasendem Puls rannte Floarea den Korridor entlang, vorbei an Säulen, Türen und offenen Durchgängen. Sie wagte erst anzuhalten und um Atem zu ringen, als sie das Zwischengeschoss verlassen hatte und sich wieder im neueren Teil des Gebäudes befand. Keuchend sah sie sich um. »Oh, Gott!«, stöhnte sie und versuchte, das Stechen in ihren Seiten zu ignorieren. Sie durfte nicht lange verschnaufen! Vielleicht hatten es sich die Soldaten anders überlegt und suchten jetzt nach ihr. Auf Beinen, die sich anfühlten, als seien sie aus Gummi, stürmte sie zurück ins Freie und wäre um ein Haar mit einer Gruppe Höflinge zusammengestoßen.

»Warum so eilig?«, fragte einer von ihnen.

»Ist der Leibhaftige hinter dir her?«, scherzte ein anderer.

»Bleib doch bei uns, schönes Kind.«

Floarea hörte sie kaum. Ohne auf die verwunderten Blicke der Gecken zu achten, raffte sie die Röcke und eilte zurück zu ihrer Kammer, wo sie die Tür hinter sich verriegelte. »Heilige Mutter Gottes«, murmelte sie und lehnte sich gegen das Holz. Als ihr die Knie weich wurden, ließ sie sich mit dem Rücken an der Tür nach unten gleiten und kauerte sich auf den Boden. Tränen des Zorns stiegen ihr in die Augen. Warum hatte sie den Wächtern nicht die Stirn geboten und ihnen eine Lüge aufgetischt? Was hätten sie schon tun sollen? Eine harmlose Magd mit einem Krug Wein erschlagen? Am Hof des Königs? Sie schlang die Arme um die Knie und vergrub das Gesicht darin. Sie war erstarrt wie ein Kaninchen im Angesicht einer Schlange. Was war sie nur für ein Feigling! Lange Zeit saß sie regungslos da und haderte mit sich. Wut, Furcht und Hass hielten Widerstreit in ihrem Inneren, bis schließlich der Hass die Oberhand gewann. Energisch wischte sie sich die Tränen aus den Augen und kam zurück auf die Beine. Sie würde nicht aufgeben, nur weil der erste Versuch gescheitert war. Wenn es einen Gott gab, musste doch auch er wollen, dass dieser Teufel endlich zur Hölle fuhr!

Ihre Hände zitterten immer noch, als sie sich die Haube vom Kopf zog und aus dem schwarzen Kleid schlüpfte. Mit einem Tuch und etwas Seife beseitigte sie den Kohlestift und tauchte danach die Hände in kaltes Wasser. Nachdem sie sich das erhitzte Gesicht gewaschen hatte, kämmte sie ihr Haar, flocht einen Zopf und zog ein feineres Gewand an. Sie war gerade dabei, einen Seidenschleier an einem Reif zu befestigen, als es an der Tür klopfte.

»Floarea!«, erklang eine gedämpfte Frauenstimme, ehe jemand am Knauf rüttelte.

Floarea erschrak so heftig, dass sie beinahe die Wasch-schüssel umgestoßen hätte. Hatten die Soldaten sie erkannt? Holte man sie, um sie zu befragen, was sie bei Vlad Draculea gewollt hatte? Hatte jemand das Gift in dem verschütteten Wein entdeckt?

»Floarea! Bist du da?« Die Stimme klang aufgeregt.

Einige Augenblicke überlegte Floarea, ob sie die Tür öffnen sollte oder nicht. Dann entschied sie sich dazu, den Riegel zurückzuschieben. Wenn man sie gesehen hatte, brachte alles Verstecken nichts.

»Gott sei Dank, du bist da!«

Floarea machte einen erstaunten Schritt zurück. Jede hätte sie vor ihrer Tür erwartet, aber nicht die Frau, die ihr mit flehenden Augen entgegensah.

»Ilona«, sagte sie verwundert. »Was führt Euch zu mir?«

»Du musst mir helfen.« Ohne auf eine Einladung zu warten, drängte sich Ilona an ihr vorbei in den Raum. »Ich .... Du .... Kannst du wirklich Liebestränke brauen?«, platzte es aus ihr heraus.

Floarea glaubte, ihren Ohren nicht zu trauen. War so etwas möglich? Hatte Gott sie doch nicht verlassen? Sie legte unbewusst die Hand auf die Bleitäfelchen unter ihrer Fucke und nickte.

»Dann musst du mir auf der Stelle solch einen Trank geben!«, befahl Ilona.

»Das kann ich nicht«, gab Floarea zurück.

»Wieso nicht?«, brauste Ilona auf. »Du hast doch behauptet ...«

»Ich muss ihn erst zubereiten«, unterbrach sie Floarea.

Ilonas Augen funkelten, als sie sie anstarrte. Ihr Gesicht glühte, und erst jetzt sah Floarea, dass ihr Haar unordentlich war – als habe sie es sich aus irgendeinem Grund gerauft. Hatte Vlad Draculea sie zurückgewiesen? War das der Grund für ihren plötzlichen Sinneswandel?

›Das wird nicht nötig sein‹, hatte sie gesagt. ›Er ist auch ohne die Hilfe eines Trankes ganz verrückt nach mir.‹

Offenbar war etwas vorgefallen, durch das sich diese Einschätzung als falsch erwiesen hatte.

»Wie lange wird das dauern?«, fragte Ilona.

»Ein paar Tage«, erwiderte Floarea. Sie musste sich erst neues Gift besorgen, da sie ihren gesamten Vorrat an Tollkirsche und Bilsenkraut in dem verschütteten Wein aufgelöst hatte.

»Warum so lange?«, wollte Ilona wissen.

»Weil einige der Zutaten eine gewisse Zeit lang angesetzt werden müssen«, log Floarea.

Ilona machte einen Schritt auf sie zu und griff nach ihrer Hand. »Ich brauche den Trank so schnell wie möglich«, drängte sie. »Mach ihn so stark, dass er selbst bei einem Ochsen wirken würde.« Ihre Unterlippe bebte.

Auch wenn Floarea die Frage nach Vlad Draculea auf der Zunge brannte, schluckte sie sie und nickte. »Ihr könnt Euch auf mich verlassen«, versprach sie. Ich mich hoffentlich auch darauf, dass Ihr ihm den Trank einflößt, setzte sie in Gedanken hinzu.

»Sag niemandem etwas.« Ilona drückte ihre Hand so kräftig, dass Floarea zusammenzuckte. »Keiner darf davon erfahren. Vor allem nicht die Königin. Schwöre, dass du es für dich behältst!«

Floarea hatte Mühe, nicht zu lachen. Dachte Ilona wirklich, dass sie durch den Palast spazieren und allen erzählen würde, dass sie für die Base des Königs einen Liebestrank braute, damit diese sich Vlad Draculea gefügig machen konnte? Selbst wenn sie nicht vorgehabt hätte, ihn damit zu vergiften, wäre ihr die Aufmerksamkeit, die sie damit auf sich zog, mehr als unangenehm gewesen.

»Schwöre!«, drängte Ilona.

Floarea befreite ihre Hand und legte sie aufs Herz. »Ich

154

schwöre bei allem, was mir heilig ist, dass ich es keiner Menschenseele verraten werde.«

»Auch nicht dem Italiener.«

»Auch nicht Marzio.«

Ilona atmete erleichtert auf. »Ich danke dir«, sagte sie. Einen Moment lang sah es aus, als ob sie noch etwas hinzufügen wollte. Doch dann verabschiedete sie sich und stürmte aus der Kammer.

Floarea sah nachdenklich auf das Kruzifix an der Wand. Hatte Gott ihr Ilona geschickt? Wollte er ihr damit klar machen, dass er sie nicht verlassen hatte? Sie senkte den Blick und schüttelte den Kopf. Auf Gott hatte sie schon so lange Zeit nicht mehr vertraut ... Sie seufzte. Marzio würde frohlocken, wenn sie ihn bat, ihr einen Liebestrank zu brauen. Vermutlich würde er annehmen, der Trank sei für sie. Doch darüber konnte und wollte sie im Augenblick nicht nachdenken. Alles, was zählte, war, dass es ihr erneut gelang, Gift aus der Arzneiküche zu stehlen.

Kapitel 33

Zwischen Schäßburg und Buda, April 1463

Fünf Tage waren verstrichen, seit Janos und seine Männer Carol aus dem Stall befreit hatten. Und mit jeder Meile, die sie sich ihrem Ziel näherten, nahm Carols Groll auf den Wegelagerer zu. Der gebärdete sich zusehends großmäuliger und gab mit Raubzügen an, für die ihm Carol einen Henker an den Hals wünschte.

»Du hättest die alte Hexe sehen sollen«, prustete Janos. »Als ihr klar wurde, dass wir es nicht auf ihre Jungfräulichkeit abgesehen hatten, war sie fast enttäuscht. Es hat mir beinahe leid getan, ihr den faltigen Hals umzudrehen.«

Carol verkniff sich eine Antwort. Ein paar Tage noch, dachte er, dann würde Janos seine gerechte Strafe bekommen.

»Was schaust du so sauertöpfisch aus der Wäsche?«, polterte der Räuber. Er warf Carol einen schiefen Blick zu. »Du hättest wohl Mitleid gehabt mit der Alten?«

Carol zuckte mit den Achseln. Er hatte keine Lust auf einen Streit.

»Mitleid kann ich mir nicht leisten«, sagte Janos. »Mit mir und meinen Männern hatte auch niemand Mitleid, als sie uns in die Salzminen verbannt haben. Hätten wir uns nicht selbst befreit, wären wir da unten elendig verreckt.«

Einer der anderen Wegelagerer lachte freudlos.

»Weißt du, wie alt ich war, als man mich dorthin gebracht hat?«, fragte Janos.

Carol schüttelte den Kopf.

»Fünf Jahre«, gab Janos zurück.

»Warum hat man dich in die Minen verbannt?«, wollte Carol wissen.

Janos schnaubte. »Weil ich ein Huhn gestohlen habe. Er«, er zeigte auf den kleineren der beiden anderen, »ist dabei erwischt worden, wie er in einen Stall eingebrochen ist. Er war sechs und hat nach einem warmen Platz zum Schlafen gesucht.« Seine Wut war nicht zu überhören.

Carol seufzte. Was den Männern widerfahren war, war schlimm. Nichtsdestotrotz waren sie Gesetzlose, die sicher mehr als einen Menschen aus reiner Habgier ermordet hatten. Er durfte sich nicht von ihren Geschichten beeinflussen lassen.

»Die Feiglinge haben auf Knien um ihr Leben gefleht, als ihnen klar wurde, dass ihr letztes Stündlein geschlagen hat«, schnaubte Janos.

Carol nahm an, dass er von den Wächtern in der Salzmine sprach.

»Jeden Tag mussten wir von Sonnenaufgang bis Sonnenuntergang schuften. Wer nicht schnell genug war, auf den haben sie gnadenlos eingeprügelt. Viele haben das erste Jahr nicht überlebt.«

Die Worte erinnerten Carol schmerzhaft an das, was er auf der Burg Poenari gesehen hatte. Er wünschte, Janos würde den Mund halten und einfach weiterreiten.

Allerdings schien der Wegelagerer in Plauderstimmung zu sein. »Ich habe irgendwann aufgehört zu zählen, wie oft sie mich ausgepeitscht haben«, fuhr er fort. »Aber eines Tages haben wir sie in einen alten Teil der Miene gelockt und ihnen die Schädel eingeschlagen. Kein einziger hat überlebt. Sie hätten uns keine Hacken geben sollen«, setzte er bitter hinzu.

Obwohl Carol versuchte, die Gedanken zu unterdrücken, gelang es ihm nicht. Wie so oft tauchte Floareas Gesicht vor ihm auf.

»Was ist?«, hörte er Janos fragen. »Berührt dich meine Geschichte so, dass du anfängst zu flennen?« Er lachte.

Carol hatte Mühe, den Klumpen in seinem Hals zu schlucken.

»Wer hätte gedacht, dass der Sohn von Vlad Draculea eine solche Heulsuse ist?«, höhnte Janos. »Hat dich dein Vater zu den Weibern gesteckt?«

Carol ignorierte ihn und grub seinem Hengst die Fersen in die Flanken, um etwas Abstand zwischen sich und den Wegelagerern zu bringen. Allerdings zog er damit deren Zorn auf sich.

»Was denkst du dir?«, zischte Janos, ritt an seine Seite und zückte seinen Dolch. »Mach so etwas noch mal und ich schneide dir die Kehle durch, werfe dich in den Graben und gebe mich mit deinem Pferd zufrieden.«

Carol hob beschwichtigend die Hände. »Ich habe dir mein Wort gegeben, dass ich nicht fliehen werde«, sagte er. »Darauf kannst du dich verlassen.«

Janos schüttelte den Kopf. »Dein Wort. In meiner Welt zählen nur Taten, nicht Worte.«

Die nächsten Stunden ritten sie schweigend nebeneinander her. Nur ab und zu machte Janos eine Bemerkung, die Carol einsilbig zur Kenntnis nahm. Die Landschaft, durch die sie trabten, wurde zusehends bergiger und zerklüfteter, weshalb sie alle Aufmerksamkeit auf die schlechte Straße richteten. Zu Carols Erleichterung hatten sich die dicken Wolken am Horizont verzogen und einen seltsam farblosen Himmel zurückgelassen. Je höher sie kamen, desto stärker wurde der Wind, der den Geruch von Tannennadeln herantrug. Irgendwo zu ihrer Linken brannte ein Feuer. Über den Wipfeln der Bäume stieg eine dunkle Rauchsäule auf.

»Es wird dunkel«, sagte Janos. »Wenn wir nicht bald in ein Dorf kommen, müssen wir im Freien übernachten.«

Carol sah sich unbehaglich um. Der Wald war dicht, das Unterholz wirkte undurchdringlich. So weit das Auge reichte, war nichts als Ödnis am Horizont zu entdecken. Vermutlich waren sie meilenweit von der nächsten Ansiedlung entfernt und das Feuer im Wald war von einem Wilderer entfacht worden. Carol war nicht einmal mehr sicher, ob sie sich auf dem richtigen Weg befanden. Vielleicht hatten sie sich verirrt.

Janos schien seine Gedanken zu lesen. »Mach dir keine Sorgen. Wir kommen schon nach Buda.«

Carol warf ihm einen skeptischen Blick zu. »Dein Wort in Gottes Ohr«, murmelte er und wünschte nicht das erste Mal während des langen Rittes, dass er eine Waffe am Gürtel hätte.

Kapitel 34

Buda, April 1463

Das schmeckt scheußlich!« Katharina von Podiebrad setzte schaudernd den Becher ab, den Floarea ihr gereicht hatte.

»Aber es wird Euch helfen«, gab Floarea mit einem Lächeln zurück.

Die Königin war wie ausgewechselt, seit sie vor zwei Tagen die Deckel von den Nachttöpfen genommen und gesehen hatte, dass weder in ihrem Topf noch im Topf ihres Gemahls Würmer wimmelten. Seitdem war die Farbe in ihre Wangen zurückgekehrt und sie ging ihrem Gemahl nicht mehr aus dem Weg. »Wie lange wird es dauern, bis ich empfange?«, fragte sie.

Floarea wiegte den Kopf hin und her. »Das hängt davon ab, ob Ihr den König dazu überreden könnt, ebenfalls einen der Tränke zu sich zu nehmen.«

Katharina schnitt eine Grimasse. »Wenn ich das tue, müsste ich ihm sagen, warum ich sein Bett gemieden habe. Außerdem könnte er denken, ich würde ihm die Schuld geben ...« Sie schüttelte den Kopf. »Es muss ausreichen, dass ich die Arznei schlucke.« Sie rümpfte die Nase und leerte den Becher bis zur Neige. Dann drückte sie ihn Floarea in die Hand. Seit sie wusste, dass sie nicht unfruchtbar war, schien ihr alles andere egal zu sein. Nicht einmal mehr an den Geschichten aus Tausendundeine Nacht hatte sie Interesse. Ihr ganzes Denken und Handeln drehte sich um den lang ersehnten Thronfolger.

Floarea war froh, dass Katharina den Streit mit Ilona offenbar vergessen hatte. Vlad Draculeas Anwesenheit war nie wieder angesprochen worden, wofür Floarea dankbar war. Jetzt, wo Marzio ihr dabei half, einen Liebestrank anzusetzen, wollte sie nicht riskieren, dass Katharina den König doch noch überredete, den Gefangenen wieder nach Visegrád bringen zu lassen.

»Lass mich allein«, bat Katharina. »Ich muss beten.«

Floarea verneigte sich und verließ Katharinas Gemächer. Ob das stundenlange Auf-den-Knien-Liegen etwas nützen würde, wagte sie zu bezweifeln. Dennoch konnte sie verstehen, dass die junge Königin alles versuchte, um ihr Ziel zu erreichen.

Mit dem leeren Becher in der Hand machte sie sich zurück auf den Weg in die Arzneiküche, um nachzusehen, wie weit Marzio mit dem Trank für Ilona Szilágyi war.

Marzios Eifer war beinahe mitleiderregend gewesen. Obwohl das Herstellen eines Liebestranks eine Sünde darstellte, hatte er ohne zu zögern eingewilligt. Kein einziges Mal war er Floarea seitdem zu nahe gekommen. Allerdings hatte sich leider auch noch keine Gelegenheit geboten, nochmals etwas von dem Bilsenkraut oder der Tollkirsche zu stehlen. Irgendwie musste sie es zustande bringen, ihn erneut aus dem Häuschen zu locken.

Als sie die Arzneiküche betrat, sah er von einem Tiegel auf, in dem er einige Senfkörner zerstoßen hatte. »Es dauert noch etwas, bis der Trank fertig ist«, begrüßte er sie. »Ich habe noch immer kein Herz einer Fledermaus auftreiben können.«

Floarea versuchte, ihre Ungeduld zu verbergen. Wie schwer konnte es sein, eines dieser Tiere zu töten? Flatterten sie nicht Nacht für Nacht um die Zinnen der Burg? Alle anderen Zutaten waren bereits mit Wein vermengt worden und köchelten auf der Feuerstelle vor sich hin. Männertreu und Liebstöckel, Zimt, Alraune, Hauswurz und Stinkmorcheln hatte Marzio in den Topf gegeben. Dazu Krötenpulver, Bibergeil, ein Haar von Ilonas Kopf, Unschlitt und Galle vom Ziegenbock und eine geweihte Hostie. Fehlte nur noch das Fledermausherz. Und das Gift, setzte sie in Gedanken hinzu.

»Wie geht es Eurer Freundin?«, fragte Marzio.

Floarea stellte den Becher auf den Tisch. »Sie hat wieder Hoffnung geschöpft«, erwiderte sie.

»Soll ich wirklich keinen Trank für den Kö- ...?« Er brach mitten im Satz ab.

»Woher wisst Ihr das?«, fragte Floarea misstrauisch. »Habt Ihr mir nachspioniert?«

Marzio schüttelte den Kopf. »Nein!«, rief er aus. »Aber die Annahme lag auf der Hand. Der ganze Hof weiß, dass der König auf einen Thronfolger wartet. Und Ihr seid die Vertraute der Königin.«

»Es hätte für jede andere Hofdame sein können«, wandte Floarea ein.

Marzio zuckte mit den Achseln. »Dann hättet Ihr nicht so vehement reagiert, als die Sprache auf den Gemahl der Patientin kam.«

Floarea schalt sich eine dumme Gans. Jetzt wusste Marzio von Katharinas Problemen. »Ihr dürft dem König nichts davon sagen«, drängte sie.

»Seid unbesorgt«, gab Marzio zurück. »Ich werde schweigen wie ein Grab.« Er schenkte Floarea eines dieser öligen Lächeln, das ihr regelmäßig Gänsehaut bereitete. »Verratet Ihr mir im Gegenzug, für wen der Liebestrank ist?«

Floarea schüttelte den Kopf. »Das kann ich nicht.«

Er sah sie an und seine Augen verweilten einen Moment zu lange auf ihrem Gesicht.

Floarea spürte, wie sie errötete.

Schließlich senkte Marzio den Blick wieder und fuhr mit seiner Arbeit fort. »Das ist schade«, sagte er. »Wenn ich wüsste, für wen der Trank ist, könnte ich dafür sorgen, dass er noch besser wirkt.«

Floarea wollte etwas erwidern, wurde jedoch von einem Knaben unterbrochen, der aufgeregt in die Arzneiküche gerannt kam.

»Herr! Herr! Ihr müsst sofort kommen«, keuchte er. »Einer der Neuen hat eine Alraune ausgegraben und hineingebissen.«

Marzio ließ den Stößel fallen, murmelte eine Verwünschung und griff nach einer Flasche mit einer durchsichtigen Flüssigkeit. »Gebt Acht, dass der Trank nicht zu sehr einkocht«, bat er Floarea. Dann stürmte er aus dem Raum.

Floarea konnte ihr Glück kaum fassen. Ein weiteres Mal spielte das Schicksal ihr in die Hand. Ohne lange zu überlegen, eilte sie zum Regal, suchte die entsprechenden Gefäße und stahl erneut Bilsenkraut und Tollkirsche. Um sicherzugehen, nahm sie auch etwas von dem Schlangenpulver, vor dem Marzio sie gewarnt hatte. Angeblich löste es augenblicklich Krämpfe aus, wenn man es zu sich nahm, und war hochgiftig.

Als der Italiener zurückkehrte, stand sie vor der Feuerstelle und beobachtete den köchelnden Wein. »Wie geht es dem Jungen?«, fragte sie.

»Er wird überleben«, gab Marzio zurück. »Aber ob er jemals wieder sprechen kann ...« Er schüttelte den Kopf. »Wie weit ist der Trank?«, wechselte er das Thema.

Floarea trat von der Feuerstelle zurück, damit Marzio das Gebräu begutachten konnte. »Hm«, brummte er, griff nach einem dünnen Stöckchen und rührte damit in der Flüssigkeit herum. Dann griff er nach zwei Tüchern und hob den Topf von der Feuerstelle. »Das genügt erst einmal.«

Floarea versuchte, ihre Ungeduld zu unterdrücken. »Wie lange denkt Ihr, dauert es, bis Ihr das Herz der Fledermaus bekommt?«

»Der Falkner hatte es mir bereits gestern versprochen«, erwiderte Marzio. »Ich lasse es Euch wissen.« Er schien noch etwas hinzusetzen zu wollen, entschied sich aber dagegen.

Da Floarea seine Gegenwart nach dem Vorfall im Garten unangenehm war, verabschiedete sie sich so schnell wie möglich und ging zurück zum Hauptgebäude. Dort erwartete sie ihre Tante Cosmina. »Ich muss mit dir reden«, sagte sie. Ihr Gesicht war sorgenvoll. »Ich möchte, dass du wieder zu mir kommst«, sagte sie.

Floarea zog sie von einer Gruppe Geistlicher fort, die unter einem der Vordächer die Köpfe zusammensteckten.

»Ich habe Angst um dich«, sagte Cosmina.

»Das brauchst du nicht.« Floarea drückte ihre Hand. »Ich

kann nicht mit dir kommen, das habe ich dir doch schon gesagt.«

»Du darfst deine Seele nicht in Gefahr bringen!« Cosmina senkte die Stimme, als einige Mitglieder der Schwarzen Legion an ihnen vorbei marschierten. »Es ist eine Todsünde!«

»Es war auch eine Todsünde, all die unschuldigen Menschen abzuschlachten«, gab Floarea leise zurück. »Du kannst mich nicht umstimmen.«

»Dann werde ich der Königin sagen, was du vorhast!« Cosminas Stimme klang heiser. »Irgendjemand muss dich zur Vernunft bringen.« Ihre Entschlossenheit machte Floarea Angst. Was, wenn sie Katharina tatsächlich verriet, dass sie Vlad Draculea töten wollte? Würde die Königin ihr glauben?

»Er hat meinen Vater umgebracht«, sagte sie tonlos. »Nicht nur umgebracht, sondern zu Tode gequält. Er ist kein Mensch!«

»Aber ich kann nicht zulassen, dass du seinetwegen für immer verdammt wirst.« Eine Träne rann über Cosminas Wange. »Du bist alles, was ich noch habe. Alle anderen sind tot.«

Floarea schlang die Arme um sie und drückte sie an sich. »Wenn du mich liebst, lässt du mich tun, was getan werden muss«, sagte sie. »Bitte.«

Eine Zeitlang schwieg Cosmina und klammerte sich an Floarea wie eine Ertrinkende. Schließlich machte sie sich von ihr los und trocknete sich die Augen. »Ich werde einen Priester um Rat fragen«, sagte sie. Als Floarea protestieren wollte, setzte sie hinzu: »Egal, was ich ihm sage, *er* darf es nicht weitergeben.« Sie legte Floarea die Hand auf die Wange. »Ich liebe dich wie meine eigene Tochter. Wirf dein Leben nicht achtlos fort.«

Kapitel 35

Buda, April 1463

ie lange wollt Ihr Ilona noch hinhalten?«, fragte Matthias Corvinus. Er hatte Vlad zu sich bringen lassen, um zu erfahren, wie er sich entschieden hatte. »Konvertiert Ihr nun oder nicht?«

Vlad verschränkte die Arme vor der Brust. »Seinen Glauben zu verraten, ist keine einfache Entscheidung«, gab er zurück.

»Das habt Ihr schon bei unserem letzten Gespräch gesagt«, gab der König unbeeindruckt zurück. »Aber meine Geduld ist endlich. Ich habe wahrlich anderes zu tun, als mich um das Eheglück meiner Base zu kümmern.«

Täuschte sich Vlad oder klang er verbittert?

»Hört zu«, fuhr Corvinus fort, »wenn Ihr Euch bis zum nächsten Sonntag nicht entschieden habt, den römischen Glauben anzunehmen, könnt Ihr die Verlobung als gelöst betrachten.«

Vlad schnaubte. Verträge einzuhalten, war nicht gerade Corvinus' Stärke.

»Hat Euch der Pfaffe davon abgeraten?«, fragte der König.

Vlad schüttelte den Kopf. Wenn Matthias Corvinus wüsste, was er mit dem fetten Kirchenmann besprochen hatte ... Insgeheim hatte er schon längst beschlossen, zu tun, was der Ungar von ihm verlangte. Allerdings wollte er Ilona noch ein wenig zappeln lassen. Dadurch wurde sie immer mehr zu Wachs in seiner Hand und würde aus Dankbarkeit alles tun, was er verlangte. Wenn er erst einmal mit ihr in einem Stadthaus wohnte, konnte er ohne den habgierigen Pfaffen als Mittelsmann mit seinen Verbündeten kommunizieren.

»Wie auch immer«, sagte Corvinus. »Ich habe keine Zeit, mich ständig um diese Angelegenheit zu kümmern. Tut, was

Ihr für richtig haltet. Aber denkt daran, dass Ihr die Konsequenzen tragen müsst.« Mit diesen Worten entließ er Vlad.

Die beiden Wächter brachten ihn zurück zu seinem Gefängnis. Sobald sie die Tür hinter ihm geschlossen hatten, legte er seinen Mantel ab und schob einen Sessel unter einen der Stützbalken, die die Decke trugen. Dann streifte er die Stiefel ab und zog sich an dem Balken in die Höhe, bis er ihn mit dem Kinn berührte. Im Anschluss daran ließ er sich hängen und atmete mehrmals tief ein und aus, ehe er sich erneut in die Höhe zog. Er wiederholte die Übung so oft, bis die Muskeln in seinen Armen und Schultern brannten. Schweißgebadet und außer Atem sprang er schließlich wieder auf den Boden, rollte sich ab und kam federnd auf die Beine. Ohne sich Zeit zum Ausruhen zu gönnen, ging er zur Feuerstelle, um sich auf dem Bärenfell davor auf dem Rücken auszustrecken. Obwohl sein Körper schneller ermüdete als vor seiner Gefangennahme, verbrachte er die nächsten zwei Stunden damit, sich bis an die Grenze seiner Leistungsfähigkeit zu treiben. Als er schließlich ermattet auf dem Bärenfell liegen blieb, dröhnte der Herzschlag in seinen Ohren. Er wusste, dass er es morgen bereuen würde, sich nicht mehr geschont zu haben. Aber die Zeit des Schonens war vorbei.

Während er darauf wartete, dass der Schweiß auf seiner Haut trocknete, starrte er an die Decke und dachte an die Zeit zurück, die er als Geisel am Sultanshof in Edirne verbracht hatte. Nachdem er einige Zeit als Stallbursche hatte schuften müssen, hatte ihn ein Ağa zum Sipahi-Burschen ernannt und ihn und die anderen Knaben bis aufs Blut geschunden. Er erinnerte sich daran, wie ihm der Ağa ein knielanges Panzerhemd vor die Füße geworfen hatte mit den Worten: »Zieh das an, lass dir einen Bogen geben und sattle ein Pferd. Wenn das *Boru* ertönt und du nicht bei den anderen bist, wirst du ausgepeitscht und bleibst zwei weitere Monate Bursche.«

Wie im Traum hatte sich Vlad das Kettenhemd über den

Kopf gezogen und war zur Waffenkammer gerannt, um sich Bogen und Köcher zu holen. Dann hatte er in Windeseile einen Rappen gesattelt und war in dem Moment, in dem der Borubläser das Horn an die Lippen gesetzt hatte, in der hintersten Reihe der Reiter zum Stehen gekommen. Wenig später war er mit den übrigen zukünftigen Sipahi durch die engen Gassen der Stadt getrabt, bis sie die mächtigen Schutzmauern hinter sich gelassen hatten. Auf dem Übungsplatz vor den Toren der Stadt stellten bereits die ersten Reiter ihre Fertigkeiten zur Schau, als Vlad und die anderen Burschen eintrafen. Er erinnerte sich noch lebhaft an den frischen Wind, der den Duft von feuchtem Gras aus dem Flachland herangetragen hatte. Dieser hatte sich mit den eigentümlichen Gerüchen des Meriç-Deltas vermischt. Das abgesteckte Gelände schmiegte sich ans Ufer des breiten Flusses, der, von zahllosen kleineren und größeren Brücken überspannt, auch die Stadt Edirne durchschnitt. Stundenlang hatten Vlad und die anderen Knaben mit Pfeil und Bogen auf hölzerne Säulen gezielt, während der Ağa mit einem glockenbesetzten Stab den Takt der Schüsse vorgab. Obwohl seine Unterarme irgendwann grün und blau waren von der zurückschnellenden Bogensehne, hatte er die Erschöpfung niedergekämpft. Der Ağa war an diesem Tag so von ihm beeindruckt gewesen, dass er ihn schon bald zu einem Panzerreiter befördert hatte. Und dann war er nach Albanien gezogen.

Er richtete sich mit einem Prusten auf und schüttelte die Gedanken an die Vergangenheit ab. Die Zukunft war zum Greifen nah. Und wenn er zu seiner alten Stärke und Disziplin zurückfand, würde sein Bruder Radu schon bald vor ihm auf den Knien liegen und um sein Leben winseln.

Während sich Vlad Draculea ausmalte, wie er Radus Verrat rächen würde, war Floareas Tante Cosmina so aufgeregt, dass ihr die Beine kaum gehorchten. Seit dem letzten Gespräch mit ihrer Nichte hatte sie so gut wie kein Auge zugetan, weil die schrecklichsten Gedanken durch ihren Kopf spukten. Warum wollte Floarea keine Vernunft annehmen? Sah sie denn nicht, wie töricht und gefährlich ihr Plan war? Ihr junges Leben war zu wertvoll, um es für ein Ungeheuer wie Vlad Draculea achtlos fortzuwerfen. Daher hatte Cosmina an diesem Morgen beschlossen, endlich zu tun, was sie vorgehabt hatte: zur Beichte zu gehen und sich den Rat eines Kirchenmannes einzuholen. Natürlich würde sie keine Namen nennen. Aber sie brauchte Gottes Rat. Vielleicht gelang es ihr danach, Floarea davon zu überzeugen, zu ihr zurückzukommen und mit ihr die Stadt zu verlassen. Das Geschäft ihres Mannes zu verkaufen, würde sie zwar schmerzen, doch sie konnte in jeder anderen Stadt ebenso Fuß fassen, dessen war sie sich sicher.

Sie betrat die kleine Kirche am Fuß des Burgberges, beugte das Knie vor dem Altar und sprach ein kurzes Gebet. Dann begab sie sich zu einem der Beichtstühle und öffnete mit zitternden Händen den Vorhang. Im Inneren kniete sie nieder, schlug ein Kreuz vor der Brust und wartete auf die Ankunft des Paters. Einige Zeit verharrte sie reglos im Halbdunkel, bis das Knarren von Holz und das Quietschen eines Scharniers die Anwesenheit des Priesters verrieten. »Vater, vergib mir, denn ich habe gesündigt«, sagte sie leise.

»Meine Tochter, ich höre deine Worte. Gestehe, bereue und tue Buße, dann werden dir deine Sünden vergeben«, erklang es jenseits des dünnen Holzgitters.

Cosmina rang um Worte. Plötzlich schien ihr Kopf leer, ihr Ansinnen töricht. Wie sollte sie einem Mann Gottes erklären, woher all der Hass kam, der in ihrer Nichte wohnte? Würde er Floarea nicht sofort verurteilen?

»Meine Tochter?«, fragte der Priester. »Was sind deine Sünden? Du bist doch hier, um die Beichte abzulegen, oder?«

167

Cosmina nickte. Da der Priester sie nicht sehen konnte, hauchte sie ein »Ja«.

»Dann öffne dein Herz und vertraue dich der Barmherzigkeit Gottes an«, drängte der Kirchenmann. »Was bedrückt dich?«

»Es geht nicht um mich«, hob Cosmina an.

»Beginne deine Beichte nicht mit einer Lüge«, mahnte der Pater.

»Es ist keine Lüge, Vater«, erwiderte Cosmina. »Ich habe Kenntnis davon, dass jemand eine Todsünde plant.«

»Dann musst du versuchen, ihn aufzuhalten«, gab der Priester ohne zu zögern zurück. »Um was für eine Todsünde handelt es sich?«

»Die schlimmste aller Sünden«, wisperte Cosmina.

»Du hast Kenntnis von einem geplanten Mord?«, hakte der Kirchenmann nach.

»Ja.« Es war kaum mehr als ein Flüstern.

»Du weißt, dass ich als Mann Gottes an das Beichtgeheimnis gebunden bin?«

»Das ist mir klar.« Cosmina wünschte sich meilenweit fort. In ihrer Vorstellung hatte es so einfach geklungen. Und jetzt ...

»Dann sage mir, wer getötet werden soll«, forderte der Priester Cosmina auf.

»Vlad Draculea.«

Einige Sekunden lang herrschte Schweigen, ehe der Priester sich räusperte und fragte: »Wer will ihn töten?«

»Das kann ich Euch nicht sagen«, presste Cosmina hervor. Plötzlich fürchtete sie, schon zu viel verraten zu haben. »Was soll ich nur tun?« Sie erschrak, als von der anderen Seite des Gitters das Rascheln von Stoff erklang. Wollte der Priester sie festhalten, um Genaueres herauszufinden? So schnell ihre weichen Knie es zuließen, kam sie zurück auf die Beine, fegte den Vorhang zur Seite und verließ den Beichtstuhl. Sie war schon fast beim Ausgang der Kirche angekommen, als sie den Pater rufen hörte.

»Warte, meine Tochter! Du musst mir sagen ...«

Mehr hörte sie nicht mehr, da sie durch die Tür hinaus ins Freie floh.

Kapitel 36

Buda, April 1463

Wollt Ihr mir wirklich nicht sagen, für wen der Trank ist?« Galeotto Marzio hielt die Flasche mit der tiefroten Flüssigkeit gegen das Licht der Sonne, das durch ein Fenster der Arzneiküche fiel. In dem Gebräu schwamm die letzte Zutat, das winzige Herz einer Fledermaus.

»Es tut mir leid, ich kann nicht«, gab Floarea zurück. Die Tage des Wartens hatten sie beinahe um den Verstand gebracht – vor allem, weil Ilona Szilágyi sie immer wieder nach dem Mittel fragte. Mit jedem Tag, der verstrich, schien die Base des Königs ungeduldiger zu werden und erst gestern hatte sie eine schlimme Verwünschung ausgestoßen.

»Ich wünschte, ich könnte Euer Vertrauen zurückgewinnen«, seufzte Marzio. Er bedachte Floarea mit einem verletzten Blick.

Dann hättet Ihr Euch nicht an meiner Ehre vergreifen sollen, dachte Floarea. Laut sagte sie: »Ich habe es versprochen. Wenn ich Euch einen Namen nenne, würde ich mein Wort brechen.«

Marzio reichte ihr die Flasche und achtete dabei darauf, dass seine Fingerspitzen die ihren nicht berührten. »Werdet Ihr mir wenigstens sagen, ob das Mittel gewirkt hat?«, wollte er wissen.

Floarea nickte. »Das werde ich«, log sie. Dann verabschiedete sie sich von Marzio, verbarg die Flasche in den Fal-

169

ten ihres Kleides und eilte zu ihrer Kammer. Dort mischte sie einen Teil des Schlangengiftes, das Bilsenkraut und die Tollkirschen in den Wein und schüttelte alles gut durch. Sobald sich die Zutaten wieder gesetzt hatten, machte sie sich auf die Suche nach Ilona. Sie traf sie in einem der Rosengärten an, wo sie mit sehnsüchtigem Blick auf die Stadt hinabsah.

Als sie Floarea kommen hörte, wirbelte die junge Frau herum. »Hast du den Trank?«, fragte sie, nachdem sie sich verstohlen umgesehen hatte.

Floarea nickte. Sie zog die Flasche hervor und reichte sie Ilona. »Gebt so viel wie möglich davon in seinen Wein«, sagte sie. »Je mehr er trinkt, desto schneller tritt die Wirkung ein.«

Ilona betrachtete die Flüssigkeit mit glänzenden Augen. »Was ist das?«, fragte sie, als sie das Fledermausherz entdeckte.

Floarea erklärte es ihr. »Ihr solltet zusehen, dass es so lange wie möglich in der Flasche verbleibt. Je länger es seine Kraft in den Trank abgeben kann, desto mächtiger wird seine Wirkung.«

Ilona steckte die Flasche hastig ein. »Wird er denn nicht bemerken, dass sein Wein anders schmeckt als sonst?«, fragte sie.

Floarea zuckte mit den Achseln. »Nicht, wenn Ihr Zimt und Honig dazu gebt. Das überspielt die Bitterkeit.«

»Wie lange wird es dauern, bis er ...?« Ilona machte eine vage Handbewegung.

»Das kommt darauf an, wie viel Ihr ihm einflößen könnt«, sagte Floarea. Die Base des Königs tat ihr beinahe leid. Die Augen der jungen Frau glänzten und auf ihren Wangenknochen erschienen rote Flecken. Das arme Ding hatte keine Ahnung, wovor Floarea sie bewahrte.

»Und er wird dann wirklich endlich ganz mir gehören?«, fragte Ilona.

»Er wird sich gewiss niemals für eine andere entscheiden«, wich Floarea aus.

»Ich danke dir«, sagte Ilona. »Wenn ich jemals etwas für dich tun kann, lass es mich wissen.« Sie drückte Floarea die Hand, ehe sie durch den Rosengarten davoneilte.

Floarea sah ihr nach, bis sie durch einen umrankten Durchgang verschwand.

Ilonas Ungeduld war so gewaltig, dass es sich anfühlte, als würden Ameisen über ihre Haut krabbeln. Jede Faser ihres Körpers schien zu vibrieren und in ihrer Magengrube summte ein Hornissenschwarm. Bald würde ihr Bräutigam ihr mit Haut und Haar verfallen, sodass sie endlich Hochzeit feiern konnten. Nicht mehr lange und sie würde an seinem Arm hocherhobenen Hauptes durch die Stadt stolzieren, während die anderen Hofdamen sie neidisch begafften. Wenn es doch nur schon so weit wäre! Sie unterdrückte ein Stöhnen. Wie es sich anfühlen würde, wenn seine Hände sie an den geheimsten Stellen ihres Körpers berührten? Als ihre Vorstellungskraft mit ihr durchgehen wollte, zwang sie sich zur Besonnenheit und betrat das Haupthaus. Ein kühler Kopf war jetzt wichtiger denn je. Sollte irgendjemand Verdacht schöpfen, würde ihr Vetter sie mit Sicherheit bestrafen. Vermutlich würde er dann nicht nur die Verlobung mit Vlad Draculea lösen, sondern sie einem hässlichen alten Mann zur Frau geben, der nach ranzigem Fett stank. Schaudernd drückte sie die Flasche fester an sich und hielt Ausschau nach einer Magd. »Lauf in die Küche und bring mir einen Krug Würzwein mit Honig«, trug sie dem ersten Mädchen auf, das ihren Weg kreuzte. »Und ein paar Datteln.« Sollte Vlad Draculea den Wein nicht trinken wollen, würde sie dafür sorgen, dass er wenigstens ein paar eingelegte Datteln aß. Ein Lächeln huschte über ihr Gesicht. Man sagte den Früchten gewiss nicht umsonst nach, dass sie die Lust steigerten.

Als das Mädchen wenig später mit dem Gewünschten zurückkehrte, begab sich Ilona damit in ihre Gemächer. Adél hatte sie an diesem Tag zum Tucher geschickt, um Stoff für neue Kleider zu kaufen. Sie stellte die Flasche auf einem kleinen Tischchen ab, entkorkte sie und hielt sie sich an die Nase. Der Geruch war scharf und süß. Mit zitternden Händen träufelte sie die Hälfte des Tranks in den Wein und gab ein paar Tropfen auf die Datteln. Den Rest des Gebräus würde sie aufbewahren, falls der erste Versuch, ihren Bräutigam gefügig zu machen, scheiterte.

Sie warf einen Blick in den Spiegel. Sah sie betörend genug aus für das, was sie vorhatte? Ihr mohnfarbenes Gewand war mit Silberstickereien verziert, die gelben Ärmel bauschig und aus feinster Seide. Ihr Haar wurde von einem Goldreif zusammengehalten und fiel in wilden Locken bis auf ihre Hüften hinab. Die seitlichen Aussparungen des Kleides betonten ihre schlanke Mitte und gaben den Blick frei auf den dunkelblauen Stoff darunter. Sie strich die Röcke glatt und drehte sich einmal um die eigene Achse. Dann ging sie in die angrenzende Kammer und kramte ein kleines Säckchen aus einer Truhe hervor. Darin befand sich ein Pulver aus Nelken, Galgantwurzel und Muskat, das sie in ihr Haar streute und in die Kopfhaut einmassierte. Dann befeuchtete sie die Fingerkuppe, strich ihre Augenbrauen glatt und kniff sich in die Wangen.

»Schön wie der Vollmond«, hätte Adél zweifelsohne gesagt.

Doch an Adél wollte Ilona keinen Gedanken verschwenden. Nachdem sie sich noch ein Minzblatt in den Mund gesteckt hatte, nahm sie den Wein und die Datteln vom Tisch und machte sich auf den Weg zu Vlad Draculeas Gefängnis.

Die Wachen warfen ihr einen fragenden Blick zu, wagten aber nicht, ihr den Einlass zu verwehren.

»Ilona«, begrüßte sie ihr Bräutigam, als sie den Raum betrat. Er wirkte kühler und abweisender als sonst.

Sie stellte den Wein und die Datteln ab und trat vor ihn. »Vergebt mir«, sagte sie. »Ich habe mich bei meinem letzten Besuch nicht richtig verhalten.« Sie senkte den Kopf und wartete darauf, dass er sie berührte.

Es dauerte nicht lange, bis er ihre Hand in die seine nahm und mit der anderen ihr Kinn hob. »Ihr müsst mir vergeben«, sagte er. »Ich ...« Er schien nach Worten zu suchen.

Ilona kam ihm zuvor. »Bitte nehmt als Zeichen meiner Reue dieses kleine Geschenk an.« Sie zeigte auf den Weinkrug. »Es ist nicht viel, aber es kommt von Herzen.« Sie drückte seine Hand auf dieselbe Stelle wie bei ihrem letzten Besuch. »Mein Herz gehört nur Euch.«

Dieses Mal zog er die Hand nicht sofort zurück, sondern ließ sie eine Weile auf ihrer Brust liegen.

Es war ein Gefühl, als ob seine Wärme ein Loch in ihr Gewand brennen würde. Sie sah zu ihm auf. Brauchte sie den Trank überhaupt noch? Sei keine Närrin, schalt sie sich. Was, wenn er es sich wieder anders überlegte? Sie durfte kein Risiko eingehen. Deshalb löste sie sich widerwillig von ihm und ging zum Tisch, um ihm etwas von dem Wein in einen Becher zu gießen. Außerdem nahm sie eine Dattel zwischen Daumen und Zeigefinger und hielt sie ihm an die Lippen. »Man sagte mir, sie seien so süß wie die Sünde«, lockte sie ihn.

Es schien ihm zu gefallen, wie sie bei ihm um Vergebung bat. Mit einem Lächeln öffnete er den Mund und ließ sich die Dattel zwischen die Zähne schieben. Als er die Frucht geschluckt hatte, setzte er den Becher an die Lippen und nahm einen tiefen Schluck.

Ilona wollte ihm gerade eine weitere Dattel reichen, als laute Stimmen an ihr Ohr drangen.

Kurz darauf flog die Tür auf und ein fetter Kirchenmann stolperte über die Schwelle. Sein Blick zuckte von Ilona zu dem Becher in Vlad Draculeas Hand. »Halt!«, rief er. »Trinkt das nicht! Man will Euch töten!«

Kapitel 37

Im Umland von Buda, April 1463

Carol konnte es kaum glauben, als endlich die ersten Weinberge vor ihnen auftauchten. Die letzten Tage waren ihm endlos erschienen, obwohl Janos mit seinen Geschichten für reichlich Unterhaltung gesorgt hatte. Allerdings war es eine Art von Unterhaltung gewesen, auf die Carol hätte verzichten können.

Auch jetzt prahlte der Wegelagerer mit einer Heldentat. »Wer sich in Gefahr begibt, kommt darin um«, sagte er mit einem Grinsen. »Wäre ich ihr Vater gewesen, hätte ich die jungen Dinger nicht nur in Begleitung eines Knechts auf die Reise geschickt. Mit dem Burschen haben wir kurzen Prozess gemacht.« Er lachte.

Carol wollte nicht wissen, was aus den Mädchen geworden war.

Janos sagte es ihm trotzdem. »Eine Woche lang hatten wir unseren Spaß mit ihnen. Dann haben wir sie an einen Sklavenhändler verkauft. Dem war egal, ob sie noch unschuldig sind oder nicht.«

Carol ballte die Fäuste. Geduld, schärfte er sich ein. Die Stadt lag keine zwei Meilen vor ihnen. Sobald sie in Buda ankamen, würde er dafür sorgen, dass Janos nie wieder irgendjemanden bestehlen konnte. Die Einfalt des Räubers überraschte ihn. Offensichtlich war er so von sich eingenommen, dass es ihm gar nicht in den Sinn kam, dass Carol ihn hintergehen könnte.

»Leider mussten wir sie knebeln«, fuhr Janos im Plauderton fort. »Sonst hätten ihre Schreie die Männer ihres Vaters zu uns geführt.«

Carol fragte sich, was der Vater der Mädchen wohl dafür geben würde, Hand an Janos und seine Diebesbande zu legen.

Er konnte sich nicht einmal vorstellen, wie groß die Verzweiflung des Mannes sein musste. Nicht zu wissen, was mit einem geliebten Menschen geschehen war ...

Er ließ den Blick über die Landschaft schweifen. Weinberge soweit das Auge reichte. Überall waren Bauernkinder damit beschäftigt, Unkraut zu jäten, während die Erwachsenen Wasser zu den Weinstöcken schleppten. In der Ferne glitzerte die Donau. Wenn Carol die Augen zusammenkniff, konnte er die Zinnen des Königspalasts erkennen, der hoch über der Stadt thronte.

»Sobald wir da sind, besorgst du das Geld«, sagte Janos. »Dein Pferd bleibt als Pfand bei uns, damit du nicht auf dumme Gedanken kommst.«

Ganz so arglos war er also doch nicht, dachte Carol. Allerdings täuschte sich der Kerl gewaltig, wenn er meinte, dass Carol die Angst um sein Pferd davon abhalten würde, Janos an die Soldaten des Königs zu übergeben.

»Hast du mich verstanden?«

Carol nickte. »Es wird ein paar Stunden dauern«, sagte er. »Ich muss einen Bancherius finden, der mir eine solch gewaltige Summe auszahlt«, log er.

»Das ist mir gleich«, gab Janos zurück. »Ich gebe dir einen Tag. Führst du mich hinters Licht, werde ich dich eigenhändig töten, dessen kannst du sicher sein.«

Carol hätte ihm beinahe ins Gesicht gelacht. Wie willst du das anstellen, wenn du am höchsten Galgen über der Stadt hängst, hätte er am liebsten gefragt. Stattdessen gab er vor, von der Drohung beeindruckt zu sein und schwieg.

Je näher sie der Stadt kamen, desto mehr Menschen trafen sie: Händler, Reisende, Bauern. Sogar eine Prozession von Kirchenmännern war unterwegs, die Carol zuerst für die Abordnung hielt, die er bei Thorenburg verlassen hatte. Allerdings stellte es sich beim Näherkommen heraus, dass die Mönche keine Reliquie, sondern ein großes Fass mit sich führten.

»Ihr habt wohl Angst, dass Euch unterwegs der Wein ausgeht«, rief Janos ihnen zu.

Die Heiligen Brüder bedachten ihn lediglich mit einem tadelnden Blick.

»Am liebsten würde ich den Pfaffen das Fass abnehmen«, brummte Janos.

»Und damit die Aufmerksamkeit aller auf dich ziehen?«, fragte Carol.

»Was schert es dich?«, gab Janos barsch zurück, schien sich aber eines besseren zu besinnen, da er an den Mönchen vorbeitrabte, ohne sie weiter zu belästigen.

Wenig später erreichten sie die Stadttore. Auf die Frage des Wächters, was ihr Anliegen sei, antwortete Janos: »Geschäfte.«

Nachdem sie den Torzoll entrichtet hatten, trabten sie durch die belebten Gassen, bis sie einen kleinen Marktplatz bei einer Kirche erreichten. Etwas weiter östlich, dicht am Ufer der Donau, befanden sich mehrere Gasthäuser. Janos suchte nicht lange. Vor einem zweistöckigen Holzhaus mit dem Schild »Zum Schwan« saß er ab, nahm die Zügel von Carols Hengst und sagte: »Wir warten hier auf dich. Aber denk daran, wenn du mich hintergehst, finde ich dich und reiße dir das Herz aus der Brust.«

Carol ersparte sich eine Antwort. Er sah an sich hinab. »Gibst du mir wenigstens meinen Dolch zurück?«, fragte er. »Unbewaffnet in der Stadt unterwegs zu sein, ist wie eine Einladung für Diebesgesindel.« Er versuchte, Janos bei diesen Worten nicht direkt anzusehen.

»Meinetwegen«, knurrte der Wegelagerer nach kurzem Überlegen und händigte Carol den Dolch aus. »Mit diesem Zahnstocher wirst du nicht viel ausrichten.«

Das brauche ich auch nicht, dachte Carol.

»Denk nur an das Geld«, schickte Janos ihm hinterher, als er Anstalten machte, sich zu entfernen.

Carol widerstand nur mühsam der Versuchung, die Waffe zu ziehen und Janos damit anzugreifen. Gegen ihn allein hätte er vielleicht eine Chance gehabt, aber mit allen dreien konnte er es beim besten Willen nicht aufnehmen. Wortlos kehrte er dem Gasthof den Rücken und ging in Richtung Innenstadt davon. Die schlimme Lage, in der er sich befand, hatte alles geändert. Eigentlich hatte er sofort nach seiner Ankunft beim König vorsprechen und ihm seine Dienste anbieten wollen. Doch jetzt musste er zuerst die Stadtwache aufsuchen. Er hielt Ausschau nach einem Wachhäuschen. Als er schließlich eines direkt neben dem Rathaus entdeckte, atmete er erleichtert auf.

»Ich brauche eure Hilfe«, sagte er, sobald er die Stube betreten hatte.

Vier Soldaten saßen an einem Tisch und würfelten. Einer, offenbar der Anführer, sah auf und musterte Carol von Kopf bis Fuß. Was er sah, schien ihn nicht sonderlich zu beeindrucken. »Wollt Ihr ein Verbrechen anzeigen?«, fragte er gelangweilt. Sein Blick verweilte einen Moment auf Carols Gesicht, ehe er seine Aufmerksamkeit wieder auf die Würfel richtete.

Carol spürte Wut in sich aufsteigen. So hatte er sich das nicht vorgestellt. »Ich komme von weit her, um den König zu sprechen«, sagte er so hochmütig er konnte. »Ich habe wichtige Nachrichten für ihn.«

Der Wächter sah erneut gelangweilt auf. »Warum kommt Ihr dann zu uns?«, wollte er wissen.

»Weil ich unterwegs von Wegelagerern überfallen worden bin.«

»Da können wir Euch nicht helfen«, gab der Mann zurück.

»Das könnt ihr sehr wohl«, hielt Carol entgegen. »Die Diebe haben mich in die Stadt begleitet und warten darauf, dass ich das Lösegeld, das sie verlangen, von einem Bancherius besorge. Außerdem haben sie meinen Hengst gestohlen.«

Jetzt erhob sich der Stadtwächter und kam auf ihn zu. »Habt Ihr Zeugen für Eure Anschuldigung?«, fragte er.

»Nein.«

»Wer seid Ihr?«

Carol überlegte einen Augenblick. »Ich bin ein walachischer Adeliger mit Nachrichten für den König.«

»Kennt Euch jemand bei Hof?«

Carol zuckte mit den Achseln. »Das weiß ich nicht. Ich bin gerade erst angekommen und hatte gehofft, mit Eurer Hilfe mein Eigentum wiederzubekommen. Außer dem König kenne ich niemanden, der Euch bestätigen könnte, wer ich bin.« Selbst das war riskant, da er sich nur auf die Ähnlichkeit mit seinem Vater und Onkel verlassen konnte. Wenn Matthias Corvinus ihn nicht empfing ...

Der Wächter schwieg. Er schien zu überlegen, ob er Carol glauben konnte. Schließlich gab er sich einen Ruck, nahm seinen Helm von einem Haken bei der Tür und sagte: »Dann werden wir die Männer, die Ihr beschuldigt, befragen müssen.«

Carol wusste, was das bedeutete. Sobald Janos und seine Spießgesellen gefangen genommen waren, würde man ein Geständnis aus ihnen herausfoltern. »Sie haben mir von zahllosen Opfern erzählt«, sagte er, während die Männer ihre Waffen gürteten.

»Das könnt Ihr im Prozess aussagen«, gab der Wachmann zurück. Er machte seinen Männern ein Zeichen, woraufhin diese ihm ins Freie folgten. »Führt uns zu ihnen«, bat er Carol.

»Sie sind zu dritt«, gab Carol zurück. »Und kampferprobt. Wollt Ihr Verstärkung mitnehmen?«

Der Anführer lachte. »Keine Sorge, mit Wegelagerern nehmen wir es ohne Probleme auf.«

Carol hoffte, dass er Recht hatte und ging voran in Richtung Donau. Als der Gasthof in Sicht kam, zeigte er auf das Gebäude. »Dort wollten sie sich einmieten.«

Der Wächter überlegte nicht lange. »Könnt Ihr heraus-finden, wo sie sich im Moment aufhalten?«, fragte er Carol.

Der nickte.

»Wenn möglich, lockt sie mit irgendeiner Lüge ins Freie.«

Kapitel 38

Buda, April 1463

Carol fand Janos und seine Begleiter in der Schankstube vor. Sie hatten sich vom Wirt einen Krug Bier und etwas zu essen bringen lassen und sahen ihm erwartungsvoll entgegen. »Das ging schnell«, stellte Janos kauend fest. »Ich dachte, es würde länger dauern, das Geld aufzutreiben.« Er wischte sich mit dem Ärmel über den Mund und streckte die Hand aus. »Her damit.«

Carol schüttelte den Kopf. »Ich habe es noch nicht«, sagte er. »Der Bancherius braucht eine Sicherheit.« Die Lüge war ihm auf dem Weg in die Schankstube eingefallen.

»Was für eine Sicherheit? Willst du mich zum Narren hal-ten?« Janos schob seinen Teller zurück und kam auf die Beine. Das Messer in seiner Hand zeigte auf Carols Brust. »Ich hatte dich gewarnt. Keine Spielchen.«

»Das ist kein Spielchen.« Carol hob abwehrend die Hände. »Er will meinen Hengst. Sonst zahlt er mir keine tau-send Gulden aus.«

»Deinen Hengst?« Janos schien zu überlegen.

»Du wolltest ihn mir ohnehin zurückgeben«, sagte Carol, obwohl er davon ausging, dass Janos ihn genauso hintergehen wollte, wie er es gerade tat.

Janos brummte etwas Unverständliches. Dann nickte er einem seiner Männer zu. »Hol den Gaul.« Er betrachtete Carol mit zusammengekniffenen Augen. »Du und ich unter-halten uns mit dem Geldsack.«

Carol hatte Mühe, sich seine Zufriedenheit nicht anmerken zu lassen. Janos war ihm so leicht ins Netz gegangen wie ein argloser Singvogel. Darauf bedacht, nicht zu eifrig zu wirken, ging er nach draußen. Die beiden Diebe folgten ihm.

»Wo ist er?«, fragte Janos und sah sich um.

Die Stadtwachen hatten sich hinter einem abgestellten Fuhrwerk verborgen. Ehe Janos und der andere Wegelagerer begriffen, was geschah, sprangen sie aus der Deckung.

»Was zum Henker ...?«, fluchte Janos. Es gelang ihm gerade noch, sein Schwert zu ziehen, bevor der Anführer der Wache ihn mit einem gewaltigen Hieb niederstrecken konnte. »Du verdammter Mistkerl!«, fauchte er.«

»Ergebt euch! Auf der Stelle!«, herrschte der Wächter ihn und seinen Spießgesellen an. »Ihr seid verhaftet.«

»Einen Teufel werde ich tun«, zischte Janos, parierte die nächsten Schläge und stieß einen Pfiff durch die Zähne aus.

Mit gewaltiger Kraft setzte er sich gegen den Anführer der Wache und einen seiner Männer zur Wehr, während sein Begleiter versuchte, den anderen beiden auszuweichen. Als der dritte Wegelagerer aus dem Hof der Schenke gerannt kam, erfasste er die Lage sofort und kam Janos zu Hilfe.

»Ergebt Euch, dann kommt Ihr vielleicht mit dem Leben davon«, stieß der Stadtwächter hervor.

Doch Janos dachte nicht daran.

Da er außer dem Dolch keine Waffe besaß, blieb Carol nichts weiter übrig, als sich an die Hauswand zurückzuziehen und dem Kampf tatenlos zuzusehen. Es dauerte nicht lange, bis die Wächter den ersten Räuber entwaffnet und überwältigt hatten. Janos und der Dritte leisteten jedoch weiter heftig Widerstand. Mit einem gut gezielten Streich gelang es Janos, den Anführer am Arm zu verwunden und ihn mit einem Tritt in die Kniekehlen zu Boden zu strecken. Während sein Kamerad versuchte, sich die anderen Wachen vom Hals zu halten, wich Janos zurück und sah sich blitzschnell um. Für den Bruchteil eines Augenblicks bohrte sich sein Blick in Carols Augen. Als Carol den Hass darin sah, griff er unweigerlich nach seinem Dolch. Doch Janos wandte sich ab und suchte Hals über Kopf das Weite.

»Hinterher!«, brüllte der Anführer der Wache. »Lasst ihn nicht entkommen!« Er rappelte sich auf. Mit neu entfachter Wut drosch er auf den letzten Diebsgesellen ein und trieb ihn in die Enge. »Gib auf«, knurrte er und setzte ihm das Schwert auf die Brust.

Ohne lange zu überlegen, ließ der Besiegte die Waffe fallen und sank auf die Knie.

»Ich denke, jetzt könnt Ihr Euren Hengst wieder an Euch nehmen«, sagte der Wächter trocken. »Von diesem Gesindel habt Ihr nichts mehr zu befürchten.« Er hatte offensichtlich keine Zweifel mehr an Carols Aussage. Er packte den vor ihm Knienden grob am Kragen und zog ihn in die Höhe. »Schaff sie ins Loch«, trug er dem Mann auf, der bei dem dritten Räuber geblieben war. »Der Henker wird sie zum Reden bringen.«

»Hört zu ...«, hob einer der Gefangenen an.

»Spart Euch Euren Atem für das Verhör«, schnitt ihm der Stadtwächter das Wort ab. »Glaubt mir, schon bald singt Ihr schöner als jede Nachtigall.« Er feixte. Dann riss er ein Stück Stoff von seinem Hemd ab und verband sich die blutende Wunde am Arm. »Wo werdet Ihr wohnen?«, fragte er an Carol gewandt.

Darüber hatte er noch gar nicht nachgedacht. Er zuckte mit den Achseln. »Hier?«

»Sollte das Gesindel nicht gestehen, wird Eure Zeugenaussage vonnöten sein«, sagte der Wächter.

Carol nickte. Damit hatte er kein Problem. Wenn Janos und seine Männer dadurch ihrer gerechten Strafe zugeführt wurden, würde er seine Aussage sogar schriftlich aufsetzen. »Was ist mit Janos, dem Anführer?«, fragte er.

»Den werden meine Männer noch vor Einbruch der Nacht gefasst haben«, war die zuversichtliche Antwort. »Seid unbesorgt.« Mit diesen Worten kehrte er Carol den Rücken zu und machte sich auf in Richtung Rathaus.

Als sie um die Straßenbiegung verschwunden waren, atmete Carol erleichtert auf. Zwar besaß er nicht einmal mehr ein Schwert, aber dank der Soldaten hatte er wenigstens noch sein Pferd und sein Leben. Er sah die Straße entlang und fragte sich, ob die Männer Janos wirklich fassen würden. Vielleicht war es sicherer, nach einem anderen Gasthof für die Nacht Ausschau zu halten. Sollte Janos den Wächtern entkommen, würde er gewiss nach Carol suchen, um sich für den Verrat zu rächen. Ohne lange zu überlegen, ging er in den Hof, ließ sich von einem Burschen seinen Hengst satteln und saß auf. Dann trabte er davon und beschloss, sich nach einer Unterkunft in der inneren Stadt umzusehen.

Die Suche dauerte nicht lange. Sobald er sich in einer kleinen, aber ordentlichen Schenke in der Olaszgasse eingemietet hatte, fragte er sich zu einem Bancherius durch. Er hatte Janos zwar angelogen, aber ganz aus der Luft gegriffen war die Lüge nicht gewesen. Bevor er beim König um eine Audienz bitten konnte, musste er sich neue Kleider und Waffen besorgen. Wie ein Bettler konnte er unmöglich vor Matthias Corvinus treten. Da Janos ihm alles abgenommen hatte, blieb ihm nichts anderes übrig, als seinen Hengst zu beleihen. Als er schließlich am Kontor des Bancherius ankam, übergab er sein Pferd einem Stallburschen und ließ sich von einer Magd in den ersten Stock des Hauses führen. Dort empfing ihn ein dunkelhaariger Mann mit einem jungenhaften Gesicht in einem Raum, der vollgestopft war mit Büchern, Schriftrollen, Schubladenschränken und Säcken in allen Größen. Das einzige Fenster war vergittert, vor der Tür hielt ein bewaffneter Knecht Wache.

»Was kann ich für Euch tun?«, fragte der Mann.

»Ich brauche Geld«, gab Carol zurück.

Sein Gegenüber lächelte. »Das brauchen die meisten, die zu mir kommen.« Er betrachtete Carol forschend. »Ihr kommt mir bekannt vor. Kann es sein, dass wir uns schon einmal begegnet sind?«

Carol schüttelte den Kopf. »Ich bin heute erst in Buda angekommen.«

»Hm«, brummte der Bancherius. »Ich hätte schwören können, dass ich Euch bei Hof getroffen habe.«

Carol bemühte sich um eine ausdruckslose Miene.

»Nehmt Platz«, lud ihn der Geldverleiher ein. »An welche Summe hattet Ihr gedacht?«

Kapitel 39

Buda, April 1463

Vlad hatte das Gefühl, von innen zu verbrennen. Seine Eingeweide schienen in Flammen zu stehen und mit jeder Sekunde, die verstrich, fiel ihm das Atmen schwerer. Sein Mund war so trocken, dass er nicht mehr schlucken konnte, sein Herz raste. Die Gesichter der Menschen, die sich über ihn beugten, verschwammen – verwischten zu teuflischen Fratzen, die ihn mit Panik erfüllten. Geht weg, wollte er rufen. Aber er brachte nicht mehr zustande als ein heiseres Krächzen.

Oh, mein Gott, was habe ich getan?«, hörte er Ilona wie aus weiter Ferne schluchzen.

»Ihr habt ihn vergiftet!«, gab ein anderer zurück.

»Nein! Ich wollte doch nur, dass er mich für immer liebt.«

»Es ist kein Gift«, mischte sich eine tiefere Stimme ein. »Lasst mich mit ihm allein.«

»Ich bleibe bei ihm, falls er die Beichte ablegen will«, protestierte der andere.

Er klang wie der fette Kirchenmann. Allerdings war Vlad nicht sicher. Das Tosen des Blutes in seinen Ohren drohte alles andere zu übertönen.

»Es war gut, dass Ihr nach mir geschickt habt«, sagte der Mann mit der tiefen Stimme. »Wenn der Barmherzige es will, kann ich sein Leben retten. Hebt ihn auf und legt ihn aufs Bett.«

Vlad spürte, wie ihn starke Hände unter den Achseln und an den Beinen fassten. Dann erhob er sich in die Lüfte wie ein Vogel und schwebte auf unsichtbaren Schwingen durch den Raum. Alles drehte sich. Unvermittelt schienen überall um ihn herum Pfähle aus dem Boden zu schießen, auf denen Gemarterte um ihr Leben flehten. Allerdings verwandelte sich das Flehen kurz darauf in einen unheimlichen Chor. »Fahr zur Hölle, fahr zur Hölle, fahr zur Hölle«, riefen sie wie aus einem Mund, während Blut aus ihren Augen und Ohren quoll. Plötzlich stiegen sie von ihren Pfählen herunter und kamen mit ausgestreckten Armen auf ihn zu – als wollten sie ihn mit sich hinab in den Abgrund reißen, der sich vor ihnen auftat. Flammen züngelten aus dem tiefen Schlund, aus dem ihn Tausende von Augen anglotzten. Er stöhnte.

»Legt ihn vorsichtig hin und zieht ihn aus«, hörte er die immer leiser werdende Stimme.

»Fahr zur Hölle!«, übertönte der Chor die weiteren Anweisungen.

Als Hände nach ihm griffen, versuchte er, sich zu wehren. Stöhnend trat er nach den Angreifern, doch seine Kraft war nicht einmal mehr die eines Kindes. Es war, als ob ihn jemand mit unsichtbaren Ketten gefesselt hätte. Lasst mich in Ruhe, schrie es in seinem Kopf. Geht weg! Allerdings kamen die Toten immer näher. Er versuchte, vor ihnen zurückzuweichen, war jedoch wie auf der Stelle festgenagelt. Als aus einem Gepfählten zwei wurden, die sich wiederum verdoppelten, erfasste ihn unbeschreibliches Grauen. Flucht! Das war alles, woran er denken konnte. Doch dafür war es zu spät. Sie hatten ihn erreicht.

Ilona Szilágyi sah entsetzt auf ihren Verlobten hinab. Das Gesicht war gerötet, die Pupillen so weit, dass die Augen schwarz wirkten. Der Atem kam stoßweise und er murmelte wirres Zeug. Immer wieder versuchte er, sich gegen die Männer zu wehren, die ihn ausziehen wollten. Doch er schien zu schwach zu sein. Was hatte sie nur getan? Lag es an dem Liebestrank, dass er plötzlich zusammengebrochen war? Und warum hatte der Kirchenmann behauptet, dass ihn jemand töten wollte? Außer ihr und Floarea hatte doch niemand etwas von dem Trank gewusst! Sie schrak zusammen, als Galeotto Marzio sie beim Arm nahm und vom Bett weg führte.

»Ihr müsst gehen«, sagte er. Sein Blick fiel auf den zerbrochenen Becher und die Datteln. Während die Wachen weiter versuchten, Vlad zu entkleiden, ging er zum Tisch und sah in den Weinkrug. »Für Euch war er also«, murmelte er. »Habt Ihr ihm außer diesem Trank noch etwas gegeben?«, wollte er wissen.

Ilona schüttelte den Kopf. Dann fielen ihr die Datteln ein. »Nur ein paar Datteln«, sagte sie kleinlaut. »Ist er deshalb krank?«

»Euch trifft keine Schuld«, versuchte Marzio, sie zu beruhigen. »Aber Ihr müsst mich jetzt mit ihm allein lassen. So Gott will, kann ich ihm das Leben retten.«

Ilona schlug die Hand vor den Mund. »Das Leben retten?«, hauchte sie. »War es Gift?«

Marzio schüttelte den Kopf und fischte das Herz der Fledermaus aus der restlichen Flüssigkeit. »Ihr tragt keine Schuld an dem, was passiert ist«, sagte er noch mal. »Und jetzt geht.«

Ilona gehorchte widerstrebend. Sie konnte ihn doch jetzt nicht allein lassen! Nach einem letzten Blick über die Schulter verließ sie den Raum und beschloss, Floarea zur Rede zu stellen. Zwar behauptete Marzio, dass Vlads Zusammenbruch nichts mit dem Liebestrank zu tun hatte, aber wie sollte sie sich den Vorfall sonst erklären? Außerdem hatte der Pater behauptet, eine Frau habe gebeichtet, dass jemand einen Anschlag auf Vlads Leben verüben wolle. Hatte Floarea sie benutzt? Die Angst um ihren Bräutigam wich der Wut. Wenn dieses Bauernmädchen aus der Walachei dachte, sie könne sie, Ilona Szilágyi, die Base des Königs, hinters Licht führen, irrte es sich gewaltig. Sie stürmte den Säulengang entlang zum Flügel der Hofdamen, wo sie Floarea in der Bibliothek fand. »Was hast du getan?«, fragte sie ohne lange Vorrede.

Floarea ließ vor Schreck fast das Buch fallen, in dem sie geblättert hatte. »Ilona, Ihr ...«, stammelte sie. Alle Farbe wich aus ihren Wangen.

Diese Reaktion deutete Ilona als ein Eingeständnis der Schuld. »Du hast Gift in den Trank gemischt!«, fauchte sie, stürmte auf Floarea zu und versetzte ihr eine schallende Ohrfeige. »Du Mörderin! Dafür wirst du büßen.«

Floarea erstarrte. Auf ihrer Wange zeichneten sich rote Flecken ab.

Ilona überlegte nicht lange. Ein Blick in Floareas Augen sagte ihr, dass sie Recht hatte mit ihrer Vermutung. Bebend vor Zorn eilte sie zur Tür und rief zwei Wachen herbei. »Bringt sie zum König!«, befahl sie. »Sie hat versucht, Vlad Draculea zu ermorden.«

Die Männer sahen sich unschlüssig an.

»Tut, was ich sage!«, herrschte Ilona sie an und stampfte mit dem Fuß auf. »Sofort!«

Die beiden Soldaten wagten nicht zu widersprechen, nahmen Floarea zwischen sich und führten sie in das Gebäude, in dem für gewöhnlich die königliche Kanzlei tagte. An diesem Tag war Matthias Corvinus jedoch damit beschäftigt, sich mit Baumeistern zu besprechen, die in seinem Auftrag eine *Acade-*

mia Corvina planen sollten. Sie trafen ihn und die Männer in einem lichtdurchfluteten Raum an, in dem ein gewaltiges Holzmodell auf einem Tisch aufgebaut worden war.

»Ich bin beschäftigt«, sagte der König barsch, als seine Leibwache die Frauen hereinführte.

»Majestät.« Ilona machte einen tiefen Knicks. »Es ist wichtig. Sonst würde ich es nicht wagen, Euch zu stören.«

Der König schnaubte.

Ilona zeigte auf Floarea, die ebenfalls zu Boden gesunken war. »Diese Frau hat versucht, meinen Bräutigam zu vergiften.«

Der König horchte auf. Plötzlich schien er das Interesse an den geschnitzten Gebäuden verloren zu haben. Er entließ die Baumeister mit einer Handbewegung. »Was behauptest du da?«, fragte er, sobald sie den Raum verlassen hatten.

»Vlad Draculea ist vergiftet worden«, platzte es aus Ilona heraus. »Vielleicht stirbt er!«

»Wann? Warum erfahre ich erst jetzt davon?«, donnerte Matthias Corvinus.

Die Wachen hinter Ilona fuhren zusammen.

»Bring mich zu ihm. Sofort«, herrschte Corvinus Ilona an. »Du kommst auch mit«, befahl er Floarea. Er bedeutete seinen Wachen, sie zu packen, dann stürmte er aus dem Raum.

Ilona hatte Mühe, Schritt mit ihm zu halten.

Auf halbem Weg kam ihnen einer der Soldaten entgegen, die Vlad Draculea bewachten. »Majestät«, keuchte er. »Der Gefangene ...«

»Ich weiß«, schnitt ihm Corvinus das Wort ab. »Was ist passiert?«

»Er ist zusammengebrochen, als Eure Base ihn besucht hat«, erwiderte der Wachmann mit einem Blick auf Ilona. »Ein Priester und der italienische Arzt sind bei ihm. Der Priester hat behauptet, jemand hätte gebeichtet, von einem Mordanschlag auf den Gefangenen zu wissen.«

»Wer?«

»Das weiß er nicht. Die Frau ist davongelaufen, bevor er sie erkennen konnte.«

Corvinus stieß eine Verwünschung aus und eilte weiter. Als sie Vlads Gemächer erreichten, befahl er den Wachen, mit Ilona und Floarea im Zimmer mit der Feuerstelle zu bleiben, während er die Schlafkammer betrat. Er schloss die Tür hinter sich.

Obwohl Ilona das Ohr ans Holz presste, um zu hören, was gesprochen wurde, verstand sie kein einziges Wort. Beinahe zehn Minuten blieb der König in der Kammer, ehe er mit Galeotto Marzio zurückkehrte.

»Ist das der Trank, den du ihm gebracht hast, Ilona?«, fragte Matthias Corvinus. Er trat an den Tisch und sah in den Weinkrug. »Was ist das?«, fragte er angewidert und deutete auf etwas, das neben dem Krug lag.

»Das Herz einer Fledermaus«, erklärte Marzio.

Ilona sah, dass er Floarea einen Blick zuwarf, den die junge Frau jedoch nicht erwiderte.

»Enthielt dieser Krug Gift?«, forderte der König zu wissen.

Zu Ilonas Empörung schüttelte der Italiener den Kopf. »Es war ein Liebestrank, nach dem Eure Base verlangt hat«, sagte er. »Vollkommen harmlos.«

»Es muss noch etwas in dem Krug sein«, rief Ilona. »Sie soll es trinken!« Sie zeigte auf Floarea.

Corvinus fuhr zu ihr herum. »Schweig! Von einem Liebestrank hast du nichts erwähnt«, stellte er gefährlich ruhig fest.

Ilona wagte nicht, etwas darauf zu erwidern. In den Augen des Königs glomm mühsam unterdrückter Zorn.

»Der Zusammenbruch rührt daher, dass er zu viel davon zu sich genommen hat«, fuhr Marzio fort. »Ein Fledermausherz kann dunkle Kräfte bergen, die in zu hoher Dosierung zu einer solchen Reaktion führen.« Er hob entschuldigend die Hände. »Hätte ich gewusst, für wen der Trank ist ...«

»Das ist mir egal!«, brauste der König auf. »Wird er wieder gesund?«

»Wenn Ihr sie«, er zeigte auf Floarea, »freilasst, damit sie mir zur Hand gehen kann, ist er bald wieder auf den Beinen.«

»Warum sie?«, wollte Corvinus wissen.

»Weil sie seit einiger Zeit meine Schülerin ist«, erwiderte Marzio. »Mit Erlaubnis Eurer Gemahlin«, setzte er hastig hinzu.

Der König gab seinen Männern ein Zeichen, Floarea loszulassen. Dann bedachte er Ilona mit einem vernichtenden Blick. »Das nächste Mal solltest du besser nachdenken, bevor du andere einer solch ungeheuerlichen Tat bezichtigst«, knurrte er. »Und Ihr«, sagte er an Marzio gewandt, »tut besser daran, mir in Zukunft davon zu berichten, wenn Ihr solche Mittel zubereiten sollt.«

Beschämt senkte Ilona den Blick und wünschte sich, sie hätte nicht so überstürzt gehandelt. Jetzt war ihr Vetter wütend auf sie. Wenn sie ihn noch einmal reizte, würde er ihre Verlobung vielleicht doch noch lösen.

Kapitel 40

Buda, April 1463

Floarea wusste nicht, wie ihr geschah. Fassungslos hatte sie verfolgt, wie Marzio dem König eine Lüge nach der anderen aufgetischt hatte, um ihr das Leben zu retten. Ihm musste klar sein, dass Ilonas Anschuldigung nicht unberechtigt war, dass Floarea tatsächlich versucht hatte, Vlad Draculea zu vergiften. Dennoch tat er so, als ob nichts weiter geschehen sei als ein Fehler in der Dosierung des Liebestranks. Seine Handlungsweise hatte sie vollkommen überrumpelt. In Gedanken hatte sie sich bereits darauf vorbereitet, die Tat zu gestehen und der Strafe dafür tapfer ins Auge zu sehen. Mit solch einer Wendung hatte sie nicht gerechnet.

Nachdem der König, seine Base und die Soldaten den Raum verlassen hatten, bat Marzio auch den Priester zu gehen. »Ich lasse nach Euch schicken, wenn sich sein Zustand wieder verschlechtert«, sagte er. »Aber jetzt braucht er absolute Ruhe.«

Floarea stand wie angewurzelt auf der Stelle und sah dem Kirchenmann nach, bis sich die Tür hinter ihm schloss. Dann wartete sie darauf, dass Marzio das Wort ergriff.

Einige Augenblicke musterte er sie schweigend. Dann schüttelte er den Kopf. »Das war sehr, sehr töricht von Euch«, sagte er.

Floarea schluckte.

»Zum Glück ist mir vor einiger Zeit aufgefallen, dass Bilsenkraut, Tollkirschen und Schlangengift verschwunden sind«, fügte er im Plauderton hinzu. »Zuerst hatte ich einen der Jungen im Verdacht. Aber als man seinetwegen«, er zeigte auf die Tür der Schlafkammer, »nach mir geschickt hat, war mir klar, was geschehen ist.« Er nahm den Weinkrug vom Tisch und drehte ihn um. Außer einigen Tropfen war er vollkommen leer. »Ich habe den Rest ins Feuer gegossen, damit Euch niemand den Anschlag nachweisen kann«, sagte er.

Floarea wusste nicht, was sie sagen sollte. Einerseits hatte er sie damit vor dem Henker bewahrt, andererseits fürchtete sie, dass er Vlad Draculea das Leben retten würde.

»Ihr erinnert Euch gewiss daran, dass ich Euch gesagt habe, dass es für jedes Gift ein Alexipharmakon, ein Gegengift, gibt«, fuhr er fort. »Jeder verantwortungsvolle Arzt besitzt eines für die gefährlichsten Substanzen in seiner Arzneiküche.« Er zog drei Säckchen aus der Tasche. »Da ich annehmen musste, dass alle drei Gifte verwendet worden sind, habe ich ebenso viele Alexipharmaka mitgebracht. Hatte ich Recht?« Sein Blick bohrte sich in ihre Augen.

Floarea wich ihm aus. Was sollte sie sagen? Wenn sie alles zugab, hatte er sie in der Hand. Es brachte nichts, zu leugnen; er wusste ohnehin alles.

»Sagt Ihr mir, warum Ihr ihn töten wolltet?«, fragte Marzio. Er machte einen Schritt auf Floarea zu.

Sie wich vor ihm zurück.

»Keine Angst«, beruhigte er sie. »Ich werde Euch nichts tun.« Er schenkte ihr eines dieser öligen Lächeln, die sie so hasste. »Im Gegenteil. Ich habe vor, mich sehr gut um Euch zu kümmern.«

Floarea runzelte die Stirn. »Was wollt Ihr von mir?«, fragte sie. Ihre Stimme klang belegt.

»Dass Ihr meine Frau werdet.«

Die Antwort traf sie unerwartet. »Was?«, keuchte sie.

»Ihr habt richtig gehört.« Er machte einen weiteren Schritt auf sie zu und fasste sie bei den Schultern. Nicht hart, aber fest genug, dass sie sich nicht einfach befreien konnte. »Ich liebe Euch, bin Euch mit Haut und Haaren verfallen«, flüsterte er. »Ihr seid so schön wie die Venus, klug und mutig.« Sein rundes Gesicht glühte.

Floarea sah schaudernd zu ihm auf. Die Augen, die ihr bei ihrer ersten Begegnung gütig erschienen waren, wirkten in diesem Moment wie tiefe Abgründe.

»Wenn Ihr meine Frau werdet, nehme ich Euer Geheimnis mit ins Grab«, versprach Marzio. Er ließ ihre Schultern los und nahm ihr Gesicht in die Hände. Seine Handflächen waren feucht.

»Ich kann nicht«, presste Floarea schließlich hervor. »Ich ...«

Marzio legte ihr den Zeigefinger auf den Mund, um sie zum Schweigen zu bringen. »Ich verspreche Euch, dass ich gut zu Euch sein werde«, sagte er. Sein Blick war ernst. »Ihr müsst mir glauben. Ich liebe Euch wirklich. Noch niemals zuvor habe ich so für eine Frau empfunden.« Er wies mit dem Kinn auf den Liebestrank. »Ich war selbst versucht, einen Trank zu brauen, um Euer Herz zu gewinnen. Aber ich wollte, dass Ihr meine Liebe erwidert.« Sein Lächeln wurde traurig. »Da ich inzwischen weiß, dass das niemals geschehen wird, biete ich Euch mein Schweigen im Tausch gegen ein Leben in Eurer Gesellschaft.«

Floarea schloss resigniert die Augen. Was blieb ihr anderes übrig? Ihr Plan war gescheitert. Wenn Marzio Vlad Draculea die Gegengifte verabreicht hatte, würde er sicher wieder genesen. Einen dritten Versuch konnte sie unmöglich selbst unternehmen. Wenn sie sich jedoch Marzios Willen beugte und seine Frau wurde, gelang es ihr vielleicht, ihn dazu überreden, zu Ende zu bringen, woran sie gescheitert war. Was konnte schon passieren, wenn sie ihm nachgab? Er schien sie wirklich zu lieben. Kein anderer hätte sein eigenes Leben aufs Spiel gesetzt, um das ihre zu retten. Sie seufzte und sah ihn an. »Er hat meine Familie getötet«, sagte sie. »Vor meinen Augen.«

Ein Ausdruck des Entsetzens huschte über Marzios Gesicht.

»Mich hat er zu Zwangsarbeit verurteilt«, fuhr Floarea tonlos fort. Wenn sie Marzio dazu bringen wollte, dieses Ungeheuer für sie zu töten, musste er alles wissen. »Ich war noch nicht einmal zehn Jahre alt«, setzte sie hinzu. »Seht her.« Sie machte sich von ihm los und zog den Ärmel ihrer Fucke so weit nach oben, dass eine der vielen Narben sichtbar wurde. »Sie haben uns bis aufs Blut geschunden. Wenn ich mich nicht, um zu fliehen, unter einem Berg von Leichen versteckt hätte, läge ich jetzt in einem Massengrab.« Sie funkelte ihn herausfordernd an. »Wollt Ihr mich immer noch zur Frau?«

Einige Augenblicke fehlten ihm die Worte. Dann ging sein Blick zur Schlafkammer. Eine Falte grub sich zwischen seine Brauen. »Darum wolltet Ihr ihn vergiften«, sagte er schließlich.

»Ja.«

Marzio schüttelte den Kopf. »Die Grausamkeiten, die man ihm nachsagt, sind unvorstellbar. Ich dachte, der Dichter hätte übertrieben. Aber das, was er Euch angetan hat ...«

Floarea hatte Mühe, die Erinnerungen nicht wieder die Gewalt über sie gewinnen zu lassen. Noch war nicht alles verloren. Marzios Reaktion war genau so, wie sie gehofft hatte. Die Empörung war deutlich in seinem Blick zu lesen.

»Ich werde sein Leben retten, gleichgültig, was er getan hat«, sagte er schließlich. »Wenn er stirbt, büßt eine Unschuldige für eine Tat, die Ihr begangen habt.«

»Ich hätte niemals zugelassen, dass man die Base des Königs für die Tat verantwortlich macht«, gab Floarea zurück.

»Jetzt ist sie es in den Augen des Königs«, sagte Marzio. »Daran ist nichts mehr zu ändern.«

Floarea zog den Stoff wieder über ihren Arm, um die Narbe zu verbergen.

»Das ändert nichts daran, dass ich Euch liebe«, sagte Marzio. »Ihr seid nicht nur schön und klug, Ihr seid auch tapfer und mutig.« Er fasste Floarea wieder bei den Schultern. »Werdet meine Frau. Vielleicht könnt Ihr mich auch irgendwann lieben.«

Floarea zögerte einen Moment, ehe sie nickte.

»Dann werde ich so schnell wie möglich bei der Königin um Eure Hand anhalten«, sagte Marzio mit einem Strahlen.

Kapitel 41

Buda, April 1463

Carol versuchte, etwas in dem blinden Spiegel des Gasthofes zu erkennen, in dem er sich betrachtete. Die stolze Summe, die der Bancherius ihm geliehen hatte, steckte in neuen Kleidern und Waffen, einer zweifarbigen Kappe und einem Haarschnitt. Seinen Hengst durfte er zwar noch reiten, allerdings musste er dem Geldverleiher dafür jede Woche etwas zahlen.

»Ich gebe Euch Zeit bis zum Johannistag«, hatte der Bancherius gesagt. »Wenn Ihr bis dahin die erste Rate für den Kredit nicht zurückgezahlt habt, gehört Euer Pferd mir.«

Da Carol keine andere Wahl blieb, hatte er zugestimmt. Auch wenn er damit ein schlechtes Geschäft machte. Zerlumpt und abgerissen konnte er unmöglich vor Matthias Corvinus treten. Er gab den Versuch, etwas in dem Spiegel zu erkennen, auf und gürtete sein Schwert. Dann verließ er die Kammer und ließ sich sein Pferd bringen. Er saß auf, trabte aus dem Hof der Schenke und machte sich auf den Weg zum Königspalast. Trotz der frühen Stunde waren die Straßen bereits voller Menschen und er schien nicht der einzige zu sein, dessen Ziel der Palast war. Vor ihm plagten sich vier Träger mit einer Sänfte ab, in der offenbar eine hochgestellte Dame saß. Ihre Begleiter, ein halbes Dutzend Bewaffneter, beäugten Carol misstrauisch, als er an ihnen vorbeiritt. Der Tag war warm und frühlingshaft, die sonnenbeschienenen Gebäude wirkten einladend. Vorbei an zwei Klöstern, einem halben Dutzend Kirchen, dem Rathaus, dem Heiligen Johannestor und dem Judentor führte der ansteigende Weg Carol schließlich vor die schwer bewachten Tore der Burg.

»Wer seid Ihr?«, fragte ihn ein Wächter.

Ein zweiter Bewaffneter musterte ihn mit zusammengezogenen Brauen an.

»Ich habe Neuigkeiten für den König«, sagte Carol. »Aus der Walachei.«

Die Wachen tauschten einen Blick. »Wie ist Euer Name?«

»Carol, Sohn des Vlad Draculea, Neffe des Woiwoden Radu«, erwiderte Carol und hoffte, dass man ihn nicht sofort vom Pferd zerren und gefangen nehmen würde. Als die Soldaten nach kurzem Zögern zwei weitere Wachen aus einem kleinen Wachhäuschen zu sich winkten, fürchtete er das Schlimmste.

»Steigt ab«, befahl der Ranghöchste.

Carol tat wie ihm geheißen. Nur unter Aufbietung all seiner Selbstbeherrschung hielt er sich davon ab, nach seinem Schwert zu greifen. Mit trockenem Mund verfolgte er, wie die Soldaten auf ihn zukamen.

»Die Männer führen Euch in den Palast.«

Carol ließ den angehaltenen Atem aus den Lungen entweichen.

»Euer Pferd wird von einem Burschen zu den Stallungen gebracht«, fügte der Wachmann hinzu. Dann verabschiedete er sich mit einem knappen Nicken und kehrte zurück auf seinen Posten.

»Hier entlang.« Die Männer gingen voran über die Zugbrücke.

Nachdem Carol über Trockengräben durch mehrere Vorhöfe mit Wohn- und Wirtschaftsgebäuden geleitet worden war, machten sie nach etwa einer Viertelmeile vor einem prächtigen Bau mit zahllosen spitzen Türmen Halt.

»Wartet hier«, sagte einer der Männer knapp und ließ Carol mit dem anderen Soldaten allein.

Er sah sich um. Die Festungsanlage war beeindruckend: meterdicke Zwingermauern, Wachtürme, Schießscharten und riesige Kornspeicher. Wenn nötig, konnte die Burg einer monatelangen Belagerung widerstehen, schätzte er. In den Höfen wimmelte es von Höflingen, Bewaffneten und Gesinde, und hie und da erhaschte Carol einen Blick auf das bunte Gewand einer Dame. Auf den Zinnen flatterte weithin sichtbar das Banner des Königs im Wind. Während er den Blick schweifen ließ, tauchte am anderen Ende des Hofes ein Bursche mit seinem Pferd auf und führte es zu einer Reihe flacher Stallgebäude. Die Sonne fing sich im Zaumzeug des Hengstes, der nervös den Kopf warf. Vermutlich war ihm genauso mulmig zumute wie ihm.

Beinahe eine halbe Stunde stand er sich die Beine in den Bauch, bis der Soldat endlich wieder auftauchte.

»Kommt«, sagte er knapp. »Der König wird Euch empfangen.«

Carols Puls machte einen Satz. Er hatte zwar inständig gehofft, dass Matthias Corvinus ihm eine Audienz gewähren würde, aber seit dem Verlassen des Gasthofes hatten die Zweifel zugenommen.

»Gebt mir Euer Schwert«, forderte der Wächter.

Widerstrebend folgte Carol der Aufforderung und fühlte sich plötzlich wieder so nackt und hilflos wie im Lager von Janos und seinen Spießgesellen. Für den Bruchteil eines Augenblickes schweifte er zu dem Wegelagerer ab. Ob die Stadtwache ihn gefasst hatte? Als die Soldaten ihn auf eine hohe Pforte zuführten, wischte er den Gedanken beiseite und betrat mit einem seltsamen Gefühl im Magen das Gebäude. Er wurde einen Kreuzgang entlang geführt, vorbei an farbenprächtigen Fresken, bis sie einen kleinen Innenhof erreichten, der einen Garten umschloss. In diesem Garten befand sich eine Marmorstatue, die noch nicht fertiggestellt zu sein schien, da ein Bildhauer sie mit Hammer und Meißel bearbeitete.

Der Mann, der ihm dabei zusah, musste der König sein. Als er Carol kommen sah, sagte er etwas zu dem Bildhauer, kehrte ihm den Rücken und kam auf Carol zu. Vier Leibwächter lauerten im Hintergrund.

»Majestät.« Carol ließ sich auf ein Knie sinken.

»Steht auf«, forderte ihn Matthias Corvinus auf. Sobald Carol sich erhoben hatte, musterte er ihn mit unverhohlenem Interesse. »Zuerst dachte ich, jemand wolle sich einen Scherz erlauben«, sagte er. »Aber Ihr scheint tatsächlich der zu sein, der Ihr behauptet zu sein. Ihr seid Eurem Vater wie aus dem Gesicht geschnitten.«

Carol schluckte den Protest, der ihm auf der Zunge lag.

»Wollt Ihr um die Freilassung Eures Vaters ersuchen?«, fragte der König. Sein Blick verhärtete sich.

Carol schüttelte den Kopf. »Nein«, erwiderte er. »Ich will in Eure Dienste treten. Ich habe wichtige Informationen über meinen Onkel Radu und den Sultan.«

Damit schien Matthias Corvinus nicht gerechnet zu haben. »Was für Informationen?«, fragte er.

»Der Sultan rüstet zum Krieg gegen Stjepan Tomašević in Bosnien«, sagte Carol. »Er will ihn noch in diesem Sommer besiegen.«

Der König zog die Brauen hoch. »Ist das alles?«, wollte er wissen.

Carol blinzelte. Reichte das nicht?

»Das sind keine Neuigkeiten«, setzte Corvinus hinzu. »Darüber haben mir meine Spione längst berichtet. Wisst Ihr etwas über die Stärke der Truppen? Die Strategie? Wie der Sultan vorgehen will? Was sein nächstes Ziel ist?«

Carol schüttelte den Kopf.

»Was ist mit Eurem Onkel? Welche Rolle spielt er?«

»Radu bleibt in der Walachei zurück«, sagte Carol. »Er stellt dem Sultan Truppen.«

»Auch das weiß ich bereits«, brummte Corvinus.

»Radu verwandelt die Walachei in eine osmanische Provinz!«, platzte es aus Carol heraus. »Überall haben sich Mehmeds Männer eingenistet.«

»Auch das ist nichts Neues«, sagte der König zu Carols Enttäuschung. »Viele Bojaren sind an meinen Hof geflohen.« Er zuckte die Achseln. »Ein Jammer. Ich dachte, Ihr hättet wertvollere Informationen.« Er machte Anstalten, sich abzuwenden.

So hatte sich Carol das Gespräch nicht vorgestellt. »Werdet Ihr mich in Eure Dienste aufnehmen?«, fragte er.

Corvinus wiegte den Kopf hin und her. »Wie steht Ihr zu Eurem Vater?«

Diese Frage überraschte Carol.

»Würdet Ihr ihn unterstützen, wenn er gegen Euren Onkel ziehen würde?«, verdeutlichte Corvinus seine Frage.

Carol wusste nicht, ob der König es ernst meinte. »Er ist Euer Gefangener, Majestät«, wich er aus.

»Wenn er nicht mehr mein Gefangener wäre, würdet Ihr ihn dann unterstützen?«

Carol überlegte fieberhaft. Was wollte der König hören? »Ich würde *Euch* jederzeit im Kampf gegen Eure Feinde und die Feinde der Christenheit unterstützen«, erwiderte er schließlich.

Corvinus lächelte dünn. »Eine kluge Antwort«, sagte er. »Aber sie genügt mir nicht. Lasst mich deutlicher werden. Wenn ich Euren Vater gegen Euren Onkel ins Feld schicken würde, auf wessen Seite würdet Ihr dann kämpfen?«

Carol glaubte, seinen Ohren nicht zu trauen. Hatte Corvinus vor, Vlad Draculea aus der Gefangenschaft zu entlassen? Er mied den Blick des Königs. »Ich würde auf Eurer Seite kämpfen«, sagte er. »Ganz gleich, wer die Truppe befehligt.«

Die Antwort schien Corvinus zu befriedigen. »Dann lasst Euch vom Hauptmann der Palasttruppen ein Quartier zuweisen«, sagte er, kehrte Carol den Rücken und richtete seine Aufmerksamkeit wieder auf den Bildhauer und sein Werk.

Verwirrt sah Carol ihm einen Augenblick hinterher, ehe er der Aufforderung der Wache Folge leistete.

Kapitel 42

Buda, April 1463

Vlad fühlte sich, als habe ihn eine Horde Wildpferde überrannt. Seit beinahe einer Woche lag er nun schon in diesem verdammten Bett und allmählich wurde es Zeit, dass er wieder auf die Beine kam. Der Italiener sah immer noch zwei Mal am Tag nach ihm, aber das Mädchen an seiner Seite war verschwunden. In der Zeit des Fiebers hatte sie ihn vage an ein Gesicht aus der Vergangenheit erinnert. Doch diese Erinnerung war vermutlich nichts weiter als ein Gespinst seiner Einbildung. Sein Magen war immer noch so schwach, dass er kaum feste Nahrung bei sich behalten konnte. Aber wenigstens verursachte ihm die Suppe inzwischen keine Krämpfe mehr. Obwohl Galeotto Marzio behauptete, die Vergiftung würde von dem Liebestrank herrühren, war Vlad sicher, dass Ilona keine Schuld traf. Jemand hatte es auf sein Leben abgesehen. Deshalb hatte er den Priester beauftragt, die Frau ausfindig zu machen, die bei ihm zur Beichte gewesen war.

»Was hast du herausgefunden?«, fragte er, als der fette Kirchenmann eine Stunde später an sein Bett trat.

»Einer der Novizen aus dem Dominikanerkloster hat an dem besagten Tag eine Frau aus der Kirche laufen sehen«, erwiderte dieser.

»Hat er sie gekannt?«

»Nein. Aber er hat sie mir so gut beschrieben, dass ich inzwischen weiß, um wen es sich handelt.«

»Dann lass es mich auch wissen, verflucht!«, brauste Vlad auf.

»Keine gotteslästerlichen Worte«, mahnte der Pfaffe.

Vlad richtete sich wütend in den Kissen auf. Wäre er nicht zu geschwächt, würde er dem Kerl die Faust ins Gesicht rammen. »Wenn du mich noch länger auf die Folter spannst, schwöre ich bei Gott ...«

»Schwört nicht«, unterbrach ihn der Priester. »Bei der bußfertigen Sünderin handelt es sich um die Witwe eines transsylvanischen Händlers. Eine ziemlich unscheinbare Frau ...«

»Diese vermaledeiten Nattern!«, fiel Vlad ihm ins Wort. »Nachdem die gefälschten Briefe an den Sultan mich nicht den Kopf gekostet haben, versuchen sie es jetzt auf diese Art und Weise. Und schicken ein Weib, um die Drecksarbeit zu erledigen.« Er schnaubte. »Wie ist ihr Name?«

»Cosmina Fronius.«

»Cosmina Fronius?« Vlad hatte den Namen noch nie gehört. »War ihr Gemahl ein Mitglied des Magistrats von Kronstadt oder Hermannstadt?«

Der Kirchenmann zuckte mit den Achseln. »Sie stammt aus Kronstadt. Das ist alles, was ich bisher herausfinden konnte.«

»Dann sieh zu, dass du mehr über sie in Erfahrung bringst! Wenn diese Verräter mir nach dem Leben trachten, werden sie es nicht bei diesem Versuch bewenden lassen. Ich muss wissen, wer dahinter steckt!«

»Soll ich eine Nachricht an einen Eurer Getreuen übermitteln?«, fragte der Pfaffe.

Vlad überlegte einen Augenblick. »Noch nicht. Ich will sie selbst befragen. Du kannst etwas anderes tun. Sag dem König, dass ich bereit bin zu konvertieren.« Wenn er herausfinden wollte, wer seinen Tod wünschte, musste er endlich aus diesem Gefängnis kommen. Da der Verrat an seinem Glauben der einzige Weg zu sein schien, musste es eben so sein. Gott würde ihm gewiss vergeben, wenn er dadurch das Abendland vor dem Einfall der osmanischen Teufel bewahren konnte.

Ilona Szilágyi starrte mit leerem Blick auf die Donau hinab und wünschte sich ein anderes Leben. All ihre Träume hatten sich in Luft aufgelöst – verschuldet durch ihre eigene Torheit. Warum hatte sie nicht auf Adél gehört, die sie immer und immer wieder ermahnt hatte, geduldig zu sein? Wieso hatte sie nicht auf ihre Reize vertraut, anstatt auf diesen dummen Liebestrank? Nach dem, was geschehen war, würde Vlad Draculea sie ganz bestimmt nicht mehr zur Frau wollen. Ihr Vetter zürnte ihr und die anderen Hofdamen beäugten sie mit

Hohn im Blick. Wussten inzwischen alle, was passiert war? Hatte Floarea der Königin von Ilonas falscher Beschuldigung erzählt? Würde Katharina den König dazu überreden, Ilona vom Hof zu verbannen? Sie seufzte und wandte dem Ausblick den Rücken zu. Wie sehr sie sich inzwischen wegen des Fehlers schämte, den sie begangen hatte. Floarea schien ihr die Anschuldigung und die Ohrfeige vergeben zu haben, doch ihre Blicke und ihr Lächeln waren kühl.

Kein Wunder, dachte Ilona. Hätte man sie grundlos einer solch ungeheuerlichen Tat bezichtigt, wäre sie vermutlich nicht so duldsam gewesen wie Floarea. Ihr und Marzio verdankte ihr Verlobter, dass er noch am Leben war. Die Vorstellung, dass der Arzt Vlad Draculea gesagt haben könnte, wer die Schuld an seiner Krankheit trug, bereitete ihr jeden Tag größere Übelkeit. Obwohl sich alles in ihr gegen diesen Schritt sträubte, beschloss sie, die Königin um Hilfe zu bitten. Seit einiger Zeit wirkte Katharina von Podiebrad heiterer und lebenslustiger als noch vor Kurzem, was Ilona vermuten ließ, dass sie endlich ein Kind empfangen hatte. Wenn jemand den König beschwichtigen konnte, war es seine Gemahlin. Obwohl Ilona angst und bange war vor dem König, hoffte sie, dass auch Matthias Corvinus ihr vergeben würde.

Niedergedrückt machte sie sich auf den Weg zurück ins Hauptgebäude, um ihren Plan in die Tat umzusetzen, ehe der Mut sie wieder verließ. Als sie den Flügel der Königin betrat, fand sie Katharina mit einem Stickrahmen am Fenster des größten der vielen Räume vor. Außer ihr waren die Hofmeisterin und etwa drei Dutzend Frauen anwesend, außerdem eine Gruppe Musikanten, die eine traurige Melodie spielten.

»Ilona«, begrüßte Katharina sie mit einem Lächeln. Sie schien den hässlichen Streit um Vlad Draculeas Anwesenheit bei Hof vergessen zu haben.

»Majestät.« Ilona verneigte sich tief. »Wie geht es Euch? Ihr seht strahlend schön aus«, schmeichelte sie.

Katharina ließ den Stickrahmen sinken. Die Hofdamen verfolgten den Austausch tuschelnd. In einer Ecke in der Nähe des Kachelofens entdeckte Ilona Floarea.

Die Königin folgte ihrem Blick. »Bist du gekommen, um Floarea zu gratulieren?«, wollte sie wissen.

Ilona hob erstaunt die Brauen. »Gratulieren?«, fragte sie. »Wozu?«

»Zu ihrer Verlobung mit Galeotto Marzio«, gab Katharina zurück. Sie zeigte auf den Stickrahmen. »Das wird ein Geschenk für sie.«

Ilona wusste nicht, was sie sagen sollte. Mit allem hatte sie gerechnet, aber nicht mit der Verkündung einer Verlobung zwischen dem berühmten Arzt und dem Mädchen, das nicht einmal tanzen konnte, wie man sich erzählte.

Katharina schien ihr die Verwunderung anzusehen. »Es hat wohl alle gleichermaßen überrascht«, sagte sie. »Ich lasse für ihr Glück beten.«

»Majestät«, hob Ilona an, bevor sich ihr Mut verflüchtigte. »Ich bin nicht wegen Floarea hier.«

»Weshalb dann?«

»Ich ...« Es fiel Ilona schwer, die richtigen Worte zu finden. »Ich hatte gehofft, dass Ihr vielleicht bei Eurem Gemahl ...«

»... ein gutes Wort für dich einlege?«, beendete die Königin den Satz.

Ilona nickte.

Katharina schüttelte den Kopf. »Das brauche ich nicht. Er ist nicht böse auf dich. Marzio sagt, es war nicht deine Schuld. Der Trank hat unerwartet heftige Wirkung gezeigt.«

Ilona hatte das Gefühl, Bedauern in Katharinas Stimme zu hören. Vermutlich wäre es der Königin nicht unrecht gewesen, wenn Vlad Draculea nicht überlebt hätte.

»Ich kann nur nicht verstehen, warum du so erpicht darauf bist, diesen Mann zu heiraten«, setzte Katharina hinzu.

»Es gibt so viele nette königstreue Männer, die dir ein guter Gemahl sein könnten.«

Ilona wollte die Diskussion nicht schon wieder führen. Sie senkte scheinbar beschämt den Blick. »Ich liebe ihn«, murmelte sie.

Katharina gab einen Laut von sich, der halb Lachen, halb Seufzen war. »Und dagegen scheint kein Kraut gewachsen zu sein«, stellte sie trocken fest.

Ilona hob den Kopf. »Will der König mich immer noch mit ihm vermählen?«

Katharina nickte. »Sobald er zum rechten Glauben übertritt, steht einer Hochzeit nichts mehr im Weg.«

Kapitel 43

Buda, April 1463

Floarea beobachtete den Austausch zwischen der Königin und Ilona Szilágyi aus der Ferne. Noch immer konnte sie kaum glauben, dass sie so glimpflich davongekommen war. Auch wenn es bedeutete, dass sie in Kürze Marzios Frau werden würde. Sowohl Katharina als auch der König hatten einer Vermählung zugestimmt und Floarea fragte sich, was ihre Tante Cosmina wohl sagen würde, wenn sie davon erfuhr. Bisher hatte Floarea nicht die Kraft aufgebracht, ihr gegenüberzutreten. Denn sie zweifelte keine Sekunde daran, dass es Cosmina gewesen war, die gebeichtet hatte, dass jemand einen Mordanschlag auf Vlad Draculea plane. Gott sei Dank hatte sie dem Priester keinen Namen genannt, da Floarea sonst sicher sofort hingerichtet worden wäre. Sie ballte die Hände zu Fäusten. Dank Cosmina und ihrer eigenen Dummheit war sie Marzio auf Gedeih und Verderb ausgeliefert. Sollte sie ihr Versprechen brechen, würde er sie ohne zu zögern ans Messer liefern. Sie war so wütend, dass sie am liebsten Hals über Kopf den Palast verlassen hätte, um so weit wegzulaufen, wie sie nur konnte.

Doch wohin sollte sie laufen? Außer Cosmina kannte sie niemanden, hatte keine Menschenseele mehr auf der Welt. Marzio war zwar alt und fett und erpresste sie mit seinem Wissen, aber es schien ihm wirklich etwas an ihr zu liegen. Vermutlich würde sie es gut haben bei ihm, besser als manche junge Frau, die gegen ihren Willen verheiratet wurde. Wenigstens konnte sie von Marzio etwas lernen und würde vielleicht irgendwann ebenso heilkundig sein wie er. Daran, was er sonst noch von ihr verlangen würde, wollte sie nicht denken.

Sie gab das Grübeln auf, als sie sah, dass sich Ilona von der Königin verabschiedete und auf sie zusteuerte. Da sie keine Lust auf eine Unterhaltung mit der Base des Königs hatte, senkte sie den Blick und gab vor, in die Lektüre des Buches auf ihrem Schoß vertieft zu sein. Seit ein paar Tagen verlangte die Königin wieder nach Geschichten, weshalb Floarea nach Textpassagen suchte, die Katharina nicht aufwühlen würden.

»Floarea?«

Sie hob widerwillig den Kopf. Offenbar hatte Ilona den Wink nicht verstanden.

Die junge Frau stand vor ihr wie ein gescholtenes Kind – die Wangen gerötet, die Finger ineinander verschlungen. Allerdings leuchteten ihre Augen, als habe sie von der Königin etwas erfahren, das sie in Hochstimmung versetzt hatte.

Floarea nahm an, dass Katharina ihr mitgeteilt hatte, dass Vlad Draculea überleben würde.

»Ich habe von deiner Verlobung gehört«, sagte Ilona. »Ich wünsche euch viel Glück.« Es klang hölzern.

Floarea sah sie kühl an. »Danke«, erwiderte sie. Dann lenkte sie ihre Aufmerksamkeit zurück auf das Buch. Ihr war klar, wie unhöflich ihr Verhalten war, aber nach allem, was vorgefallen war, hatte sie wenigstens ein Wort der Entschuldigung von der Base des Königs erwartet.

»Ich ...«, hob Ilona an, brach den Satz dann jedoch ab. »Viel Glück«, murmelte sie erneut und machte auf dem Absatz kehrt, um so schnell wie möglich aus dem Raum zu fliehen.

»Die hatte es aber eilig.«

Ohne dass Floarea es gemerkt hatte, standen Julianna und zwei weitere Hofdamen neben ihr. Vermutlich hatten sie das Gespräch belauscht, um ihre Neugier zu befriedigen.

»Bist du denn noch gar nicht aufgeregt?«, wollte Julianna wissen. »Hatte ich dir nicht gesagt, dass der Italiener dir den Hof macht?«, fragte sie triumphierend. »Ich hatte recht«.

Ihre beiden Begleiterinnen kicherten.

»Ja, du hattest recht«, gab Floarea mit einem Seufzen zurück. Und jetzt lasst mich in Ruhe, setzte sie in Gedanken hinzu.

Doch Julianna und ihre Freundinnen dachten nicht im Traum daran. »Weißt du, warum Ilona so gestrahlt hat?«, fragte die junge Frau verschwörerisch.

Floarea schüttelte den Kopf. Es war ihr auch egal. Alles, was sie wollte, war alleine dazusitzen, um nachzudenken.

»Weil die Königin ihr gesagt hat, dass sie bald diesen schrecklichen Vlad Draculea heiraten wird«, plapperte Julianna weiter.

»Ich habe gehört, dass er vielleicht stirbt«, mischte sich eines der anderen Mädchen ein.

Julianna winkte ab. »Ach was, das war nur Gerede, glaube ich.«

»Wer würde denn so ein Gerücht verbreiten?«, fragte die andere Begleiterin.

Julianna zuckte mit den Achseln. »Das interessiert mich nicht. Aber ich frage mich, was Ilona an diesem furchtbaren Menschen findet? Sie scheint vollkommen vernarrt in ihn zu sein.« Sie warf Floarea einen neugierigen Blick zu. »Weißt du es?«

Floarea hätte sie beinahe laut ausgelacht. Stattdessen schüttelte sie den Kopf.

»Nun, du bist sicher voll und ganz mit deiner eigenen Hochzeit beschäftigt«, bemerkte eines der Mädchen spitz.

Floarea verkniff sich eine Antwort und erhob sich. »Entschuldigt mich«, sagte sie. »Ich muss in die Bibliothek, um der Königin eine andere Geschichte auszusuchen. Diese hier ist zu grausam.« Mit diesen Worten ließ sie die drei Klatschbasen stehen und verließ den Raum. Auf dem Korridor wandte sie sich nach links, um den Folianten an seinen Platz zurückzustellen. Die Geschichte für die Königin hatte sie bereits gefunden. Allerdings hatte es ihr diese Notlüge ermöglicht, Julianna und ihre Begleiterinnen stehen zu lassen.

Wenn es stimmte, was Julianna behauptet hatte, würden Ilona und Vlad bald in ein Stadthaus umziehen. Damit löste sich jede Möglichkeit eines erneuten Anschlags auf sein Leben in Luft auf. Floarea betrat die Bibliothek und zog den Duft der Bücher ein. Es war merkwürdig. Dieser Raum verlieh ihr selbst in den Augenblicken des größten Zweifels und der größten Unsicherheit ein Gefühl der Ruhe. Die Weisheit der Bücher schien sich aus ihnen zu befreien und sich wie ein beruhigender Mantel um ihre Schultern zu legen, sobald sie den Geruch von Leder, Pergament und Holz einatmete.

Was sollte sie nur tun? Wie konnte sie ihren Plan doch noch in die Tat umsetzen? Würde Marzio ihr helfen, wenn sie ihm von den Gräueltaten erzählte, die Vlad Draculea an ihrer Familie und seinem Volk begangen hatte? In der Hochzeitsnacht würde er ohnehin sehen, was die Wachen auf der Festung Poenari ihr angetan hatten. Nicht nur ihr gesamter Rücken war mit Narben übersät. Auch ihre Arme und Beine trugen für immer die Spuren der Qualen, die sie in der Gefangenschaft hatte erdulden müssen. Als sich die Erinnerungen aus dem Kämmerlein ihres Verstandes befreien wollten, in die sie sie verbannt hatte, stieß sie eine Verwünschung aus. Wann würde sie endlich frei sein von den Grauen, die sie tagein, tagaus verfolgten?

Kapitel 44

Buda, April 1463

»Hier hinein.« Der Quartiermeister, der Carol über den Hof geführt hatte, öffnete eine Tür und forderte ihn mit einem Kopfnicken auf, einzutreten.

Obwohl es in dem Gebäude neben den Stallungen nach kaltem Rauch und Pferdemist roch, war der Raum erstaunlich gemütlich, wenn auch winzig. Die Einrichtung bestand aus einem Bett, einer Truhe, einem Tisch und einem Stuhl sowie einem hölzernen Kruzifix neben einem Fenster. Die Matratze war zwar nicht besonders dick, dafür schien die Bettdecke mit Daunen gestopft zu sein. Auf dem Tisch stand eine Waschschüssel, auf dem Boden ein Nachttopf. Da er nicht viel Geld für eine Unterkunft verschwenden wollte, hatte Carol beschlossen, sich mit einem einfachen Quartier zu begnügen – anders als die meisten hochgestellten Mitglieder der Armee des ungarischen Königs.

Entsprechend groß war die Verwunderung des Quartiermeisters, der Carol immer wieder aus dem Augenwinkel betrachtete. Schließlich schien er seine Neugier nicht mehr im Zaum halten zu können. »Seid Ihr aus der Walachei?«, fragte er.

»Wie kommt Ihr darauf?« Carol stellte sich dumm.

»Weil Ihr dem Gefangenen des Königs, diesem Vlad Draculea, wie aus dem Gesicht geschnitten seid«, war die Antwort.

Carol sah ihn verwundert an. »Kennt Ihr ihn?«

Der Quartiermeister schüttelte den Kopf.

»Woher wisst Ihr dann, wie er aussieht?«, fragte Carol.

»Weil ich ihn beim letzten Bankett gesehen habe«, erwiderte der Quartiermeister.

»Hier?«

»Ja. Angeblich soll er bald die Base des Königs heiraten. Man sagt aber auch, dass jemand versucht haben soll, ihn zu vergiften.«

Carol horchte auf. Vlad Draculea war hier in Buda? Damit hatte er nicht gerechnet, weil ihm auf dem Weg in die ungarische Hauptstadt zu Ohren gekommen war, dass man ihn auf einer Festung außerhalb der Stadt festhielt. Allerdings hatten ihn die Fragen des Königs schon vermuten lassen, dass sein Vater nicht mehr ganz so in Ungnade war, wie Carol gehofft hatte. Warum hätte er ihn sonst fragen sollen, auf welcher Seite er kämpfen würde, wenn Corvinus Vlad gegen Radu ins Feld schicken würde? Offenbar hatte Vlad ihn davon überzeugt, dass er nicht der Feind war, für den der König ihn hielt.

»Er darf sich frei bewegen?«, fragte er.

Der Quartiermeister hob eine Schulter. »Ja, innerhalb der Festung. Man hat ihn aber seit einigen Tagen nicht mehr gesehen. Vielleicht ist etwas dran an dem Gerücht, dass man ihn töten wollte.«

Carol hoffte inständig, dass ihm niemand zuvor kam. Vlad Draculeas Kopf gehörte ihm! Er versuchte, sich die Aufregung nicht anmerken zu lassen. Wenn sein Vater tatsächlich so nah war ...

»Seid Ihr hier, um seine Freilassung zu erwirken?«, steckte der Quartiermeister weiter seine Nase in Dinge, die ihn nichts angingen.

»Nein«, gab Carol knapp zurück. »Ganz gewiss nicht.« Er ignorierte den verwunderten Blick des Soldaten und schloss die Tür hinter ihm, als er ihn endlich allein gelassen hatte. Dann verstaute er seine Habseligkeiten in der Truhe und überlegte, was er als Nächstes tun sollte. Vielleicht gelang es ihm herauszufinden, wo man seinen Vater gefangen hielt. Da der

König ihn keinem Befehlshaber zugeteilt hatte, nahm er an, dass er selbst ein Regiment führen würde, wenn es zum Krieg gegen den Sultan oder Radu kam. Vermutlich unterstellte Matthias Corvinus ihm dann eine Einheit der Fekete Sereg, der Schwarzen Legion, die für ihre Grausamkeit bekannt war. Er gürtete das Schwert, das man ihm nach der Audienz bei Corvinus wieder ausgehändigt hatte, und verließ den schäbigen Bau. Dieser befand sich am westlichen Ende des östlichen Innenhofes, der direkt an den Zwinger angrenzte. Links von ihm erhob sich eine Mauer mit einem Wehrgang, auf dem Armbrustschützen Wache standen. Gegenüber befand sich ein Innenhof mit mehreren überlebensgroßen Bronzestatuen, in denen sich das Sonnenlicht fing. Eine Gruppe einfacher Soldaten warf ihm fragende Blicke zu, ehe sie in demselben Bau verschwand, den Carol gerade verlassen hatte. Offenbar teilte er sich das Quartier mit dem Fußvolk – eine Tatsache, die ihn nicht im Geringsten störte. Lieber schlief er unter einem Dach mit den Fußsoldaten als sich das Gebäude mit einem Ungeheuer wie Vlad Draculea zu teilen.

Er sah sich um. Wo sollte er mit der Suche beginnen? Vermutlich hielt man seinen Vater irgendwo am anderen Ende des Palastes gefangen, in einem der älteren Gebäude. Dort waren die Mauern dicker und eine Flucht noch aussichtsloser als aus einem der Prunkbauten. Zwar wimmelte es im Palast nur so von Wachen, aber einem Mann wie Vlad Draculea war alles zuzutrauen. Da er nicht wusste, wo er anfangen sollte zu suchen, beschloss er, sein Glück in einem der gegenüberliegenden Gärten zu versuchen. Dort hielt sich Gesinde auf, nahm er an. Und aus Erfahrung wusste er, dass Mägde, Knechte oder Stallburschen am besten über die Dinge Bescheid wussten, die sich an einem Königs- oder Sultanshof abspielten. Als er den Hof überquerte, hoffte er, dass man ihm seine Aufregung nicht ansah. Die Aussicht, früher mit seinem Vater zusammenzutreffen als er gedacht hatte, brachte sein Innerstes zum Brodeln. An die Folgen seines Vorhabens verschwendete er nicht einen einzigen Gedanken. In den vielen Nächten, die er wach gelegen und um Floarea getrauert hatte, war ihm klar geworden, dass er keine Wahl hatte. Manchmal hatte er das Gefühl, dass Gott zu ihm sprach, ihn als Werkzeug für seine Rache bestimmt hatte. Solange Vlad Draculea noch lebte, würde er keinen Frieden finden. Erst mit seinem Tod würde all das Böse vom Erdboden verschwinden. Er war so in Gedanken vertieft, dass er beinahe unter die Räder eines Fuhrwerkes gekommen wäre.

»Gebt Acht!«, rief ihm der Lenker im letzten Moment zu. Direkt darauf polterte das Gefährt an Carol vorbei, der sich mit einem Sprung in Sicherheit gebracht hatte.

»Heiliger Vater ...«, murmelte er.

»Das hätte übel ausgehen können«, hörte er jemanden hinter sich sagen.

Er drehte sich um und sah in das Gesicht eines rundlichen Mannes. Der lange Tabbard und die hohe Kappe deuteten darauf hin, dass es sich um einen Geistlichen oder Gelehrten handelte. Auf den ersten Blick schätzte Carol ihn auf Mitte Zwanzig. Doch bei genauerem Hinsehen verrieten die silbernen Strähnen in dem dunklen Haar, dass er vermutlich eher Ende Dreißig war.

Als sich Carol ihm zuwandte, runzelte der Mann die Stirn. »Seid Ihr neu am Hof?«, fragte er.

Carol nickte. »Ich bin heute erst angekommen.«

»Seid Ihr ein Mann des Königs?«, wollte sein Gegenüber wissen.

»Ja«, gab Carol zurück.

Einen Augenblick lang sah es so aus, als ob der andere noch etwas fragen wollte. Doch dann besann er sich eines Besseren und neigte den Kopf. »Gott sei mit Euch«, sagte er zum Abschied und eilte in dieselbe Richtung davon, die Carol eingeschlagen hatte.

»Merkwürdiger Kauz«, murmelte Carol. Es war nicht schwer gewesen, die Neugier im Blick des anderen zu erkennen. Vermutlich würde ihn bald der halbe Hof anstarren, weil alle die Ähnlichkeit mit seinem Vater erkannten. Carol seufzte und setzte den Weg in den Garten fort. Als er den rosenumrankten Durchgang erreicht hatte, ließ er den Blick schweifen. Viele der Büsche und Stauden standen in voller Blüte. Die Farbenpracht war überwältigend. Dutzende von Knaben knieten vor sauber angelegten Beeten, jäteten, zupften, pflückten und harkten. Zwei Mägde schnitten Zierblumen und ordneten sie zu prächtigen Sträußen, die sie in Körben ablegten. Am entferntesten Ende des Gartens befand sich eine Hütte, in der soeben der Mann mit dem Tabbard verschwand. Da außer den Knaben und den beiden Mägden niemand zu entdecken war, beschloss Carol, die Mägde zu befragen. Er wollte sie gerade ansprechen, als der Mann mit dem Tabbard wieder aus der Hütte auftauchte – in Begleitung einer jungen Frau.

Etwas an der Art, wie sie sich bewegte, weckte Carols Aufmerksamkeit. Selbst aus der Ferne war zu erkennen, dass sie noch sehr jung war. Ihr schwarzes Haar war unter einem feinen Schleier zu einem Zopf geflochten, der bis auf ihre Hüfte fiel. Ihr rotes Kleid leuchtete im Sonnenlicht und als sie sich umdrehte, stieß Carol einen heiseren Laut aus. »Floarea?«, wisperte er. Wie gebannt starrte er in ihre Richtung, sah, wie sie den Kopf warf, als der Mann etwas sagte, und die Arme vor der Brust verschränkte. Es war unmöglich! Floarea war tot! Und doch ... Carol stand wie festgenagelt da. Während der Mann und das Mädchen offenbar hitzig miteinander diskutierten, versuchte er, ihre Gesichtszüge zu erkennen. Allerdings war aus dieser Entfernung nicht viel zu erkennen. Auch wenn er nicht wusste, was er sagen sollte, wenn er vor ihr stand, zog sie ihn an wie Licht eine Motte. Ohne darüber nachzudenken, dass er sich vermutlich zum Narren machen würde, steuerte er auf die beiden zu, die sich jedoch just in diesem Augenblick von ihm abwandten.

»Das dürft Ihr nicht!«, hörte er die junge Frau sagen. Dann stürmte sie davon und verschwand kurz darauf in einem der Gebäude.

Er war wie vom Donner gerührt. Einen Moment lang erwog er, ihr hinterherzulaufen, um zu sehen, ob seine Augen ihn trogen. Doch dann schüttelte er über sich selbst den Kopf und schalt sich einen Narren. Egal wie sehr er sich wünschte, dass Floarea noch am Leben war, sein Wunsch würde sie nicht von den Toten erwecken. Er hatte selbst gesehen, was aus den Gefangenen auf der Festung Poenari geworden war. Warum konnte er nicht aufhören, sich zu quälen? Wenn er so weitermachte, würde er irgendwann den Verstand verlieren.

Kapitel 45

Buda, April 1463

Cosmina Fronius fühlte sich scheußlich. Mit jedem neuen Tag, der ohne Nachricht von Floarea verstrich, machte sie sich mehr Sorgen um ihre Nichte. Nach der missglückten Beichte hatte sie mit sich gerungen, ob sie eine andere Kirche aufsuchen sollte. Doch der Schreck saß ihr viel zu tief in den Gliedern. Eine erneute Beichte war unmöglich, weil sie fürchtete, dass der Priester sie dazu bringen würde, Floareas Namen preiszugeben. Sie musste mit Floarea reden! Zwar hatte sich ihre Nichte bei Cosminas letztem Besuch im Palast verleugnen lassen, doch ein zweites Mal würde sie ihre Tante nicht unverrichteter Dinge gehen lassen. Jedenfalls hoffte Cosmina das inständig. Vielleicht gelang es ihr, Floarea doch noch zur Vernunft zu bringen und mit ihr die Stadt zu verlassen. Für ihr Geschäft gab es bereits mehrere Interessenten, die einen angemessenen Preis bezahlen würden. Da das Warten und die Unsicherheit drohten, sie um den Verstand zu bringen, trug Cosmina ihrem Verwalter auf, sich um alles zu kümmern, und warf sich einen leichten Mantel über die Schultern. Dann verließ sie das Kontor und begab sich zu Fuß auf den Weg den Burgberg hinauf.

Bereits nach wenigen Schritten geriet sie ins Schwitzen. Anders als in den letzten Tagen und Wochen, blies kein kühler Wind aus Osten, sodass die Temperaturen beinahe sommerlich waren. Außerdem war Cosmina es nicht mehr gewohnt, zu Fuß zu gehen. Doch all ihre Kutscher und Fuhrleute waren damit beschäftigt, Waren auszuliefern. Schnaufend erklomm sie den Anstieg zur Burg und hielt alle paar Schritte an, um Atem zu schöpfen. Als sie eine ausladende Linde erreichte, ruhte sie sich einige Augenblicke im Schatten aus und trocknete sich die Stirn.

»Seid Ihr auf dem Weg zum Palast?« Ein Einspänner hatte neben ihr gehalten. Der Kutscher auf dem Bock lächelte sie an.

Cosmina nickte.

»Soll ich Euch mitnehmen?«

Cosmina wollte dankend ablehnen, als sich die Tür der Kutsche öffnete und zwei Männer heraussprangen. Einer kam auf sie zu, packte sie wortlos bei den Armen, während der andere einen Strick aus der Tasche zog. Eine schwielige Hand legte sich auf ihren Mund.

»Wenn Ihr schreit, seid Ihr tot«, zischte er dicht an ihrem Ohr. Dann zerrte er sie grob zum Einspänner, stieß sie hinein und kletterte hinterher.

Alles ging so schnell, dass niemand den Überfall bemerkte. Die Tür wurde zugeschlagen und das grobe Seil um Cosminas Handgelenke geschlungen.

»Wer seid Ihr?«, keuchte sie. »Was wollt Ihr von mir?« Sie versuchte, sich aus dem eisernen Griff zu befreien.

»Schweig!«

Als Cosmina laut um Hilfe rufen wollte, stopfte ihr einer der Männer einen Stofffetzen in den Mund. Dann setzte er ihr einen Dolch an die Kehle. »Ich hatte gesagt, wenn Ihr schreit, seid Ihr tot«, knurrte er. »Hört auf, Euch zu wehren, dann geschieht Euch nichts.«

Cosmina erstarrte. Ihr Herz schlug so schnell, dass es sich anfühlte wie ein Vogel, der aus ihrer Brust fliehen wollte. Wer waren die Männer? Warum hatten sie ihr aufgelauert? Wollten sie sie berauben? Sie töten? Ihr Atem beschleunigte sich, aber sie bekam kaum Luft durch die Nase. Die Panik ließ sie die Klinge an ihrem Hals vergessen. »Mmm«, stöhnte sie und versuchte, mit den gefesselten Händen am Knebel zu zerren.

»Ihr wollt es nicht anders«, hörte sie den Mann sagen, der ihr gegenüber saß.

Sekunden später traf sie ein Schlag am Kopf, der ihr die Besinnung raubte.

Als sie wieder zu sich kam, befand sie sich in totaler Finsternis. Sie lag auf etwas Hartem. Ihre Hände waren immer noch gefesselt, aber der Knebel war verschwunden. Ihr Kopf schmerzte bei jeder Bewegung, dennoch setzte sie sich mühsam auf und versuchte, etwas in der Dunkelheit zu erkennen. Nachdem sie ein paarmal geblinzelt hatte, traten allmählich schemenhafte Umrisse aus der Finsternis hervor. Durch ein winziges Fenster unter der Decke fiel ein Streifen fahles Licht herein, das Cosmina vermuten ließ, dass es inzwischen Nacht war. Wie lange war sie ohnmächtig gewesen? Wo war sie? Sie stöhnte, als ein stechender Schmerz in ihre Schläfe fuhr – dort, wo sie die Faust des Entführers getroffen hatte. Was wollten die Kerle von ihr? Dachten sie etwa, jemand würde Lösegeld für sie bezahlen? Sie versuchte aufzustehen, allerdings fehlte ihr die Kraft. Mit jedem weiteren Versuch wurde ihr schwindeliger und sie hatte das Gefühl, sich wild im Raum zu drehen.

»Hilfe!« Ihr Mund war so trocken, dass es kaum mehr war als ein Flüstern.

Dennoch schien sie jemand gehört zu haben, da sich kurz darauf Schritte näherten. Ein Schlüssel wurde ins Schloss gesteckt, dann schwang die Tür auf.

»Hilfe!«, krächzte Cosmina erneut.

Der Mann, der im Türrahmen auftauchte, lachte. »Hier könnt Ihr um Hilfe rufen, so viel Ihr wollt«, sagte er. »Niemand wird Euch hören.«

Cosmina blinzelte, das Licht seiner Lampe blendete sie. »Was wollt Ihr von mir? Bitte, lasst mich gehen.«

Der Mann bedachte sie mit einem schwer zu deutenden Blick. Dann stellte er etwas vor ihr auf den Boden und machte Anstalten, sie wieder allein zu lassen.

»Lasst die Lampe da«, flehte Cosmina. »Bitte.« Sie schluchzte. Die Vorstellung, wieder allein in der Finsternis zurückgelassen zu werden, machte ihr die Kehle eng.

Einen Augenblick sah es so aus, als wolle er sie ignorieren, doch dann brummte ihr Bewacher etwas Unverständliches, stellte die Öllampe ab und verließ Cosminas Gefängnis.

»Wer seid Ihr?«, rief sie ihm hinterher. Doch die Tür war bereits ins Schloss gefallen. Leise weinend ließ sich Cosmina von der harten Pritsche auf den Boden fallen und kroch zur Lampe. Das Licht spendete wenigstens etwas Trost, hielt die Furcht in Zaum, die drohte, ihr den Verstand zu rauben. Warum hatte man sie hier eingesperrt? Ein Verdacht keimte in ihr auf, der ihr das Blut in den Adern gefrieren ließ. Hatte der Priester jemandem von ihrer Beichte erzählt? War es Floarea gelungen, Vlad Draculea zu töten? Wollte man von ihr erfahren, wer den Anschlag ausgeführt hatte? Sie stöhnte. »Oh, Gott«, murmelte sie. Wie hatte sie nur so dumm sein können, Floareas Leben in Gefahr zu bringen? Wenn man sie folterte, würde sie gewiss nicht schweigen können. Dazu war sie nicht stark genug. »Allmächtiger, steh mir bei«, flüsterte sie, schlug die gefesselten Hände vors Gesicht und fing an, haltlos zu schluchzen.

Kapitel 46

Buda, April 1463

Vlad stand mit steinerner Miene vor dem Altar der kleinen Kapelle und versuchte, nicht daran zu denken, wie es das letzte Mal gewesen war, als er vor einen Priester getreten war. Die Zukunft barg auch ohne die Schatten der Vergangenheit genügend Herausforderungen. Er presste die Zähne aufeinander und starrte auf das Kruzifix am Hals des Priesters. Ohne Gottes Hilfe und Marzios Heilkünste wäre er jetzt vermutlich nicht hier. Über eine Woche hatte es gedauert, bis er sich von der Vergiftung erholt hatte. Immer wieder hatte der Italiener ihm die stinkenden Arzneien eingeflößt, bis sein Magen nicht mehr dagegen rebelliert hatte. Zwar behauptete der Arzt steif und fest, Ilona trüge keine Schuld an dem »Unfall«, wie er es nannte; dennoch würde er als Erstes nach dem Vollzug der Ehe Ilona klar machen, was in Zukunft passieren würde, wenn sie nicht gehorchte.

Sie stand neben ihm, ganz in Weiß mit einem glücklichen Lächeln im Gesicht, und konnte es kaum erwarten, dass der Priester endlich zum Ende kam.

»Hiermit erkläre ich Euch zu Mann und Frau.«

Die Worte waren wie eine Erlösung. Auf Vlads Wunsch hatte Matthias Corvinus auf eine große Zeremonie verzichtet, auch wenn Ilona lautstark protestiert hatte. Es würde kein Bankett und keine Feierlichkeiten geben, nur die Heimführung der Braut. Etwa zwei Dutzend Zeugen waren in der Kapelle anwesend – darunter der König und seine Leibwache.

»Im Hof steht eine Kutsche für Euch bereit«, sagte Corvinus, als Vlad und Ilona vom Altar zurücktraten. »Denkt daran, dass Ihr die Stadt nicht ohne meine Genehmigung verlassen dürft«, schärfte er Vlad zum wiederholten Mal ein. »Die Torwachen haben Anweisung, Euch nicht passieren zu lassen.«

Vlad schnitt eine Grimasse. »Wo sollte ich denn hin?«, fragte er. »Jetzt, wo ich Eure Base zur Frau habe, solltet Ihr mir vertrauen.«

Corvinus lachte. »Ich vertraue nicht einmal meinen engsten Beratern«, sagte er. »Ich lasse nach Euch schicken, wenn ich Euch brauche.« Damit machte er kehrt und verließ das bescheidene Gotteshaus.

»Komm«, sagte Vlad und fasste Ilona bei der Hand. Er zog sie ins Freie, half ihr in die wartende Kutsche und ließ sich neben ihr auf die Bank fallen.

»Jetzt dürfen wir uns endlich küssen«, hauchte sie, sobald der Kutscher die Tür geschlossen hatte. »Als Mann und Frau.« Sie strahlte ihn an.

Obwohl Vlad vorgehabt hatte, ihr zuerst die nötige Lektion zu erteilen, drohte ihre unschuldige Freude, sein Herz zu erweichen. Ihre Augen leuchteten und ihre Wangen waren mit einer leichten Röte überzogen. Die geöffneten Lippen luden dazu ein, sich zu ihr hinüberzubeugen und sie zu küssen. Er spürte, wie sich seine Männlichkeit regte. »Nicht hier«, brummte er und wandte den Blick ab.

»Warum nicht?«, fragte Ilona verwundert. »Grollst du mir noch wegen des Liebestranks?« Sie schlug beschämt die Augen nieder.

Vlad schnaubte.

»Ich hatte Angst, dass du deinen Glauben mehr liebst als mich«, gestand Ilona kleinlaut. »Bitte vergib mir.«

Vlads Erregung fiel in sich zusammen, als die Wut wieder in ihm aufstieg. Seiner Gemahlin schien nicht klar zu sein, wie gewaltig ihr Vergehen war. Sie hatte ihn überlisten, ihn hintergehen wollen. Das durfte nie wieder vorkommen. Daher zwang er sich, sein Herz gegen ihre Reize zu verhärten und sah sie kalt an. »Vergeben kann dir nur Gott. Ich werde dich für dein Verhalten bestrafen, sobald wir in unserem Haus angekommen sind.«

Ilona wich erschrocken vor ihm zurück. »Aber ...«, hob sie an.

Vlad schnitt ihr mit einer Geste das Wort ab. »Widersprich mir nicht«, knurrte er. »Niemals. Das solltest du dir merken.« Er sah, wie sie mühsam schluckte. Die Angst in ihrem Blick erregte ihn beinahe mehr als ihre Schönheit.

Ilona gehorchte und saß den Rest des Weges stocksteif neben ihm. Als sie vor dem Stadthaus ankamen, das der König ihnen geschenkt hatte, stieg Vlad aus und half ihr aus der Kutsche. Dann packte er sie am Arm und zog sie auf den Eingang zu. »Ich will nicht gestört werden«, blaffte er einen der Bediensteten an, die zum Haus gehörten.

»Ja, Herr«, sagte der junge Mann und gab zwei Burschen den Auftrag, das Gepäck aus der Kutsche zu holen.

»Du tust mir weh«, protestierte Ilona, als Vlad sie die Treppe hinauf zerrte.

Oben angekommen, öffnete er nacheinander alle Türen, die von dem breiten Korridor abgingen, bis er die geräumige Schlafkammer am Ende des Ganges fand. Dort hatte ein guter Geist Rosenblätter auf dem Boden verteilt und das Bett mit seidenen Laken bezogen. Im Kachelofen brannte ein Feuer, auf dem Tisch standen ein Krug Wein und Naschereien. »Zieh dich aus«, befahl Vlad heiser.

Ilona erstarrte. »Was hast du vor?«

Vlad machte seinen Gürtel los und faltete ihn in der Mitte. »Eine Ehefrau hat ihrem Gemahl zu gehorchen. Immer. Das solltest du besser sofort lernen.«

Ilonas Blick zuckte von seinem Gesicht zu dem Gürtel in seiner Hand. Sie runzelte die Stirn. Die Angst in ihrem Blick wich Fassungslosigkeit. »Du willst mich schlagen? Wie eine

Magd?« Sie verschränkte die Arme vor der Brust. »Ich bin die Base des Königs!«, rief sie empört.

»Und ich bin Vlad Draculea«, erwiderte er tonlos.

Ilonas Miene verhärtete sich. Alle Furcht schien vergessen im Angesicht der schändlichen Behandlung, die Vlad ihr androhte. Offenbar hatte sie mit einer anderen Art der Bestrafung gerechnet. »Wenn du mir auch nur ein Haar krümmst«, sagte sie, »werde ich meinem Vetter sagen, dass wir die Ehe nicht vollzogen haben.« Sie schob kampflustig den Unterkiefer vor.

Vlad glaubte, nicht richtig gehört zu haben. Dieses hilflose Mädchen wagte es, sich ihm zu widersetzen? Ihm? Dem Mann, der den Sultan das Fürchten gelehrt hatte? Er machte einen drohenden Schritt auf sie zu, doch sie wich keinen Zoll zurück. Stattdessen funkelte sie ihn wütend an. Etwas an der Art, wie sie das Kinn reckte und ihm furchtlos in die Augen starrte, erinnerte ihn an Zehra und ließ seinen Zorn verpuffen. Zweifelsohne konnte er sie mit nur einer Hand zerbrechen wie einen dürren Ast. Aber plötzlich wollte er, dass sie sich ihm freiwillig fügte. Er ließ die Hand mit dem Gürtel sinken.

Ilona blitzte ihn immer noch trotzig an.

»Du hast Mut«, brummte er. »Wie eine Wildkatze.«

»Eine Wildkatze hat Krallen«, gab Ilona zurück. »Vergiss das nicht.«

Vlad lachte. In ihrer Wut war sie noch reizender als sonst. Plötzlich wurde ihm klar, dass sie eine gefährliche Frau war. Kaum jemandem war es bis jetzt gelungen, seinen Zorn zu besänftigen und ihn von etwas abzubringen, das er sich vorgenommen hatte. Nicht einmal seinem Sohn hatte er Gnade gewährt. Warum konnte er jetzt nicht tun, was nötig war?

Sie schien seinen Sinneswandel zu spüren. »Warum streiten wir uns an unserem Hochzeitstag?«, fragte sie. »Weißt du nicht, dass das ein schlechtes Omen ist?« Sie griff nach dem Schleier auf ihrem Haar und ließ ihn zu Boden segeln. Dann löste sie die Schnürungen ihres Kleides, streifte es ab und stand nur noch mit ihrem durchsichtigen Untergewand bekleidet vor ihm. »Lass uns den Bund der Ehe besiegeln«, sagte sie. Ihr war anzusehen, dass sie der Streit erregt hatte.

Auch Vlads Erregung kehrte beim Anblick ihres makellosen Körpers zurück. Sie war geschmeidig und üppig zugleich, ihre Brüste gerade so groß, dass sie in seine Hände passten. Ihr lockiges Haar war wie ein Vorhang aus feinstem Stoff, der sie umschmeichelte. Das dünne Untergewand ließ ihre Scham erkennen und ohne lange nachzudenken, ließ Vlad den Gürtel fallen. So schnell wie möglich befreite auch er sich von seinen Kleidern.

Ilona verfolgte jede seiner Bewegungen. Als er die leinene Bruch abstreifte und sie einen Blick auf seine Männlichkeit erhaschte, zog sie hörbar die Luft ein.

Vlad trat auf sie zu, sah einen Augenblick auf sie hinab und öffnete die Schnürung ihres Untergewands. Es fiel mit einem leisen Rascheln zu Boden und Ilona stand vollkommen unbekleidet vor ihm. Ohne lange zu zögern, hob er sie hoch und trug sie zum Bett.

Kapitel 47

Buda, April 1463

Ilonas Herz schlug so heftig, dass sie es in ihrer Halsgrube spüren konnte. Der Streit mit Vlad hatte sie erregt. Das Verlangen war beinahe schmerzhaft. Die Härte in seinem Blick, die lodernde Wut waren, als ob jemand Öl in das Feuer ihrer Leidenschaft gegossen hätte. Einen Augenblick lang war der furchtbare Krieger, vor dem selbst der Sultan erzitterte, zu Tage getreten. Doch plötzlich hatte sich Ilona nicht mehr vor ihm gefürchtet, sondern nur noch das Bedürfnis verspürt, ihn sich gefügig zu machen.

Der Anblick seines Körpers war überwältigend. Seine gewaltigen Muskeln spielten bei jeder Bewegung und als er sie hochgehoben hatte, schien sie nicht mehr zu wiegen als eine Feder. Mühelos trug er sie zum Bett und sah mit einem Ausdruck in den Augen auf sie hinab, der sie schwindelig machte.

»Du bist wunderschön«, sagte er. Seine Stimme klang heiser. Er legte sich neben sie, stützte seinen Kopf auf der Hand ab und begann mit der anderen Hand, die Konturen ihres Körpers nachzuzeichnen.

Schon bei der ersten Berührung durchrieselte sie ein Schauer der Lust. Sie spürte, wie sich ihre Brüste verhärteten. Als er sich über sie beugte und ihre Lippen mit den seinen verschloss, stieß sie einen leisen Laut der Wonne aus. Zuerst küsste er sie sanft und zärtlich, zupfte mit seinen Lippen an den ihren. Doch dann wurde der Kuss hungriger, wilder und Ilona schlang die Arme um ihn, um ihn näher an sich zu ziehen. Plötzlich vollführten ihre Zungen einen wilden Tanz. Währenddessen wanderte Vlads Hand an ihrer Mitte entlang zu ihrer Scham, die er neckend umspielte.

»Oh«, hauchte sie, als er ihre geheimste Stelle berührte. Ein Gefühl unbeschreiblicher Lust durchzuckte sie und sie verspürte nur noch einen Wunsch. »Hör nicht auf«, flüsterte sie, als er die Hand zurückzog, um ihre Brüste zu liebkosen.

»Ich habe doch noch gar nicht richtig angefangen«, sagte er so dicht an ihrem Ohr, dass sein Atem sie kitzelte. Dann begann er, Brüste und Bauch mit Küssen zu bedecken und wanderte weiter, bis er zwischen ihren Beinen anlangte.

Ilona schloss die Augen und stöhnte. Als seine Zunge zu der Stelle zurückkehrte, die seine Hand erst vor Kurzem verlassen hatte, war ihr, als ob sie vor Lust zerspringen würde. Als er wenig später in ihre Feuchtigkeit eintauchte, wimmerte sie leise. Sie griff mit der Hand nach seinem Schopf und grub die Finger hinein. Nach einiger Zeit tauchte er wieder auf, stemmte die Hände neben ihrem Kopf in die Matratze und senkte sich auf sie. Dann drang er vorsichtig in sie ein und begann, sich langsam zu bewegen.

Als sie ein stechender Schmerz durchfuhr, zog Ilona zischend die Luft ein. Doch es dauerte nicht lange, bis sich der Schmerz in etwas anderes verwandelte, das ihr gänzlich die Sinne raubte. Während Vlads Bewegungen immer schneller wurden, grub sie die Hände in seine Hinterbacken und ließ sich von dem Strudel der Lust davontragen. Je härter er in sie stieß, desto weiter steigerte sich das unbeschreibliche Gefühl, bis es sich schließlich in einem gewaltigen Höhepunkt auflöste.

Als Vlad keuchend auf ihr zusammensackte, schloss sie die Augen und versuchte, die Empfindung festzuhalten. Sie fühlte sich erfüllt und ermattet zugleich, erschöpft und dennoch in Hochstimmung. Sein Herz dröhnte an ihrer Brust, während sich ihr Schweiß mit dem seinen vermischte. Sie spürte, dass er zitterte.

Einige Zeitlang lagen sie schweigend ineinander verschlungen da, ehe sich Vlad von ihr rollte und besitzergreifend die Hand auf ihre Mitte legte.

»Das war ...«, hob Ilona an, fand jedoch nicht die richtigen Worte.

Vlad legte ihr den Finger auf den Mund und fasste sie am Kinn, um ihren Kopf so zu drehen, dass sie ihn ansah.

Etwas, das Ilona nicht bestimmen konnte, glomm in seinen Augen.

Er griff nach einer Strähne ihres Haars, wickelte sie sich um den Finger und roch daran. »Du duftest wie eine Rosenblüte«, murmelte er. Dann zog er ihren Kopf auf seine Brust und schlang den Arm um sie.

Wie stark er war! Ilona schmiegte sich an seine Schulter und genoss das Gefühl der Kraft, die von ihm ausging. Er hätte sich gewiss mit weniger Rücksicht nehmen können, was ihm zustand; aber er hatte gewollt, dass auch sie Lust empfand. Sie hatte den Drachen gezähmt. Dieser Gedanke war so süß und befriedigend, dass sie ein weiterer Schauer durchrieselte.

»Ist dir kalt?«, fragte Vlad.

Ilona schüttelte den Kopf. »Nein«, murmelte sie, schloss die Augen und ließ sich von der Erschöpfung übermannen.

Es dauerte nicht lange, bis Ilona einschlief. Eine Weile genoss Vlad das Gefühl ihres warmen, geschmeidigen Körpers, ehe er sich widerstrebend von ihr löste und sich aus dem Bett stahl. Die roten Flecken auf dem Laken ließen keinen Zweifel zu, dass sie jungfräulich in die Ehe gegangen war. Nach dem Liebesspiel mit ihr fühlte er sich, als ob ein Damm in ihm gebrochen wäre. Sie schien wie für ihn gemacht und allein der Gedanke an das nächste Mal sorgte dafür, dass seine Männlichkeit wieder zuckte.

Nicht jetzt, schalt er sich. Er hatte Wichtigeres zu tun. Der fette Kirchenmann hatte ihm Nachricht zukommen lassen, dass seine Unterstützer Cosmina Fronius in ihre Macht gebracht hatten. Kurz vor der Trauungszeremonie hatte er dem Pfaffen den Auftrag gegeben, die Frau in sein Stadthaus schaffen zu lassen, sobald er mit seiner Braut eingezogen war. Als er im Erdgeschoss ankam, rief er einen der Bediensteten zu sich und gab ihm den Auftrag, den Kirchenmann aufzusuchen.

»Sag ihm, er soll meine Einkäufe hierher bringen lassen«, trug er ihm auf. Da er das Gesinde nicht persönlich ausgesucht hatte, traute er dem Mann nicht. Sobald die Gefangene im Haus war, würde er nach und nach alle Knechte und Mägde durch Leute ersetzen, die ihm treu ergeben waren. Er sah dem Kerl nach, dann machte er sich auf den Weg in den Keller. Dieser bestand aus einem Gewirr von Gängen und Gewölben, in denen Wein, Kornvorräte und allerhand Gerätschaften lagerten. Am Ende eines der Gänge befand sich ein kleiner Raum mit leeren Säcken und einem zerbrochenen Regal.

Sonst war nichts darin. Die Tür war mit einem Riegel versehen, ein Fenster gab es nicht. Wie geschaffen für sein Vorhaben. Er versicherte sich, dass es unmöglich war, aus dem Gefängnis zu fliehen, ehe er zurück ins Erdgeschoss ging und der Köchin und ihren Mägden auftrug: »Bereitet das Essen zu. Dann verschwindet aus dem Haus.«

Sie wohnten zusammen mit den Knechten in einer Holzkate neben dem Stall, von dem aus es keinen Zugang zum Haupthaus gab. Wenn Vlad die Tür von innen verriegelte, kam niemand herein, den er nicht persönlich einließ.

Die Frauen tauschten einen erstaunten Blick, wagten aber nicht, zu widersprechen. Während sie zu ihren Kochtöpfen zurückkehrten, machte sich Vlad mit dem Rest des Gebäudes vertraut, suchte nach Ein- und Ausgängen für den Fall, dass ihn jemand angreifen sollte.

Der Bau und der weitläufige Hof waren von einer übermannshohen Mauer umgeben, die mit eisernen Spitzen gespickt war. Östlich der Gesindekate befanden sich die Stallungen, ein Waschhaus, ein Abort und mehrere Holzschuppen. Einen Brunnen gab es zu Vlads Verdruss nicht, dafür eine Handvoll großer Regentonnen. Neben den Stallungen schlossen Obst- und Gemüsegärten an, auf einem kleinen Stück Wiese grasten vier Ziegen. Als Mitgift für Ilona hatte Vlad – unter anderem – zwei prachtvolle Pferde erhalten, die gerade von einem jungen Burschen gestriegelt und getränkt wurden. Auch Waffen befanden sich wieder in seinem Besitz, zudem eine Rüstung und ein kostbarer Mantel mit seinem Wappen.

Matthias Corvinus schien sein Versprechen wahr machen zu wollen, Vlad zum Anführer der Fekete Sereg zu ernennen. Sobald er ein stehendes Heers und eine Infanterie von achttausend Mann aufgebaut hatte, würde der Ungar zweifelsohne gegen den Sultan ziehen. Ob mit oder ohne die Unterstützung der Venezianer, die er mehrfach um Hilfe gebeten hatte. Wenn die Nachrichten stimmten, die Vlad während seiner Krankheit erreicht hatten, musste Matthias Corvinus seinem bosnischen Verbündeten gegen Mehmeds Truppen zur Seite stehen. Außerdem hieß es, dass Ömer Beğ, einer von Mehmeds fähigsten Befehlshabern, die venezianische Festung Argos erstürmt hatte, weshalb sich die Italiener offenbar auf einen Krieg gegen die Osmanen vorbereiteten. Sollten sie sich endlich dazu entscheiden, Matthias Corvinus im Kampf gegen Mehmed beizustehen, stand ein Feldzug unmittelbar bevor.

Er verließ das Gebäude und machte einen Rundgang durch den Hof. Als er sicher war, dass sich keine Schlupflöcher in der Mauer befanden und niemand über einen Baum auf das Gelände klettern konnte, lehnte er sich gegen eine Eiche und wartete. Es dauerte beinahe eine Stunde, bis endlich das Hoftor geöffnet wurde und ein Einspänner hindurch rollte. Der Knecht, den er zu dem Pfaffen geschickt hatte, lief neben der Kutsche her.

»Verschwinde«, brummte Vlad. Er nickte dem Kutscher zu, woraufhin dieser vom Bock sprang und die Tür des Einspänners öffnete. Zwei Männer stiegen aus.

»Vodă«, begrüßten sie Vlad respektvoll. Sie verneigten sich tief. »Ein Zeichen der Treue unseres Herrn«, sagte einer von ihnen und zeigte auf eine große Holzkiste im Inneren der Kutsche.

Vlad zog mit einem Blick auf die Truhe fragend die Brauen hoch.

»Eure ›Einkäufe‹«, sagte der Größere der beiden.

Vlad begriff. Sie hatten die Frau in die Kiste gesteckt, damit niemand sehen konnte, wie sie sie fortschafften. »Bringt sie ins Haus«, trug er ihnen auf. Dann ging er voran ins Gebäude, um sicherzugehen, dass die Luft rein war.

Die Männer folgten ihm mit der Truhe, schnauften die Treppen hinab und stellten sie schließlich in dem kleinen Kellerraum ab.

»Hat euer Herr sie schon befragt?«

»Nein, Vodă. Das wollte er Euch überlassen«, war die zufriedenstellende Antwort.

Vlad lächelte kalt. »Sehr gut«, knurrte er. Es würde ihm ein Vergnügen sein, selbst herauszufinden, wer ihm nach dem Leben trachtete!

Kapitel 48

Buda, April 1463

Was sagst du da?« Floarea starrte den Verwalter ihrer Tante fassungslos an. »Sie ist seit Tagen verschwunden?«
Der Mann, der ihr die Tür geöffnet hatte, nickte.

Nach langem Ringen hatte sich Floarea an diesem Morgen dazu entschieden, Cosmina aufzusuchen, um ihr von der Verlobung mit Marzio zu erzählen. Außerdem wollte sie versuchen, herauszufinden, was genau ihre Tante dem Priester gebeichtet hatte.

Doch jetzt verpuffte die Wut auf Cosmina.

»Sie wollte zu Euch in den Palast«, sagte der Verwalter. »Deshalb habe ich mir keine Sorgen gemacht.«

»Sie ist nie dort angekommen«, gab Floarea zurück. Furcht breitete sich in ihr aus. Was war mit ihrer Tante geschehen? Hatten ihr Diebe aufgelauert? Lag sie irgendwo mit aufgeschlitzter Kehle in einem Graben? Sie biss sich auf die Lippe. Konnte es ein Zufall sein, dass Cosmina ausgerechnet jetzt verschwand? Oder war es ihre Schuld?

»Das ist unmöglich«, riss sie der Verwalter aus ihren Gedanken. »Wenn sie nicht im Palast angekommen ist, wo sollte sie sonst hingegangen sein?«

Floarea verkniff sich ein Stöhnen. »Wir müssen zur Wache«, erwiderte sie. »Cosmina muss etwas zugestoßen sein.« Sie versuchte, sich zu beruhigen. Auf keinen Fall durfte sie jetzt die Fassung verlieren.

»Was sollen wir denen sagen?«, wollte der Verwalter wissen.

»Was schon?«, brauste Floarea auf. »Dass meine Tante spurlos verschwunden ist!«

»Aber es gibt keinerlei Hinweis auf ein Verbrechen«, wandte der Mann ein.

»Dann sollen sie einen finden!« Floarea schüttelte den Kopf. »Wenn du nicht willst, gehe ich allein.«

»Nein, nein«, beeilte sich der Verwalter zu sagen. »Ich komme mit. Ich mache mir ebenso Sorgen wie Ihr.«

Floarea kniff die Augen zusammen. Tat er das wirklich? Oder war er froh, dass seine Herrin aus dem Haus war? Ein schlimmer Verdacht keimte in ihr auf. Hatte er Cosminas Verschwinden zu verantworten? Wusste er von der Beichte und nutzte die Situation als Vorwand, um Cosminas Vermögen in seinen Besitz zu bringen?

Der Verwalter rief einen Knecht und trug ihm auf, sich um die wartenden Träger und Fuhrleute zu kümmern. »Ich bin bald wieder zurück«, versprach er. Dann trat er ins Freie und lud Floarea mit einer Geste ein, voranzugehen.

»Hat sie die Kutsche genommen?«, wollte Floarea wissen.

»Nein. Sie ist zu Fuß gegangen.«

Dann konnte ihr alles Mögliche zugestoßen sein. Warum hatte sie nur so lange gewartet, ihre Tante aufzusuchen? Floarea haderte mit sich. Wenn sie früher zu ihr gegangen wäre... Was dann, fragte sie sich. Wenn der Verwalter hinter Cosminas Verschwinden steckte, log er sie vermutlich an. Vielleicht hatte er ihre Tante – aus Versehen oder mit Absicht – getötet und irgendwo im Garten verscharrt. Ihre Einbildungskraft gaukelte ihr die furchtbarsten Szenarien vor. Immer wieder warf sie dem Mann misstrauische Blicke zu. Doch er wirkte nicht wie ein Mörder. Verdächtigte sie ihn, um sich von ihrem eigenen schlechten Gewissen abzulenken? War es einfacher, ihm die Schuld zu geben, als sich einzugestehen, dass sie Cosmina niemals von ihrem Plan hätte erzählen dürfen? Was hatte sie denn erwartet? Dass ihre Tante tatenlos dabei zusah, wie sie ihr Leben wegwarf? Sie wischte sich ärgerlich eine Träne aus dem Augenwinkel. Schwäche würde Cosmina nicht zurückbringen!

Als sie nach einigen Minuten endlich ein Wachhäuschen erreichten, zwang sie sich zur Ruhe. Wenn die Männer sie für hysterisch hielten, würden sie gewiss nicht nach Cosmina suchen. Sie atmete tief ein, hielt die Luft einige Sekunden an und ließ sie dann langsam wieder durch die geschürzten Lippen entweichen. Dann betrat sie die Stube.

Vier Wächter saßen an einem Tisch und sahen neugierig auf, als sie und der Verwalter durch die Tür traten. In einem Nebenraum schienen sich weitere Männer zu befinden, da von dort laute Stimmen in die Stube drangen.

»Er ist entkommen«, hörte Floarea jemanden mit einer tiefen Stimme sagen.

»Wie ist das möglich?«, fragte ein anderer.

Etwas an der Art, wie er sprach, kam Floarea bekannt vor. Vermutlich ein Höfling, dachte sie und lenkte ihre Aufmerksamkeit auf die Wächter. »Meine Tante, Cosmina Fronius, ist verschwunden«, kam sie ohne Umschweife zur Sache.

Die Männer tauschten gelangweilte Blicke. Einer erhob sich. »Seit wann vermisst Ihr sie?«, fragte er.

»Seit Montag«, gab der Verwalter zurück. »Sie wollte an den Hof, ist aber nie dort angekommen.«

»An den Hof?«

»Ich stehe im Dienst der Königin«, sagte Floarea. Sie versuchte, so hochmütig wie möglich zu klingen. Vielleicht strengten sich die Kerle mehr an, wenn sie wussten, dass es sich um die Tante einer Vertrauten der Königin handelte.

Tatsächlich schien etwas mehr Leben in die Männer zu kommen.

»Wo habt Ihr sie das letzte Mal gesehen?«

»In ihrem Haus«, gab der Verwalter zurück. »Sie hat mir noch Anweisungen gegeben, bevor sie sich auf den Weg gemacht hat.«

»Und am Hof ist sie nicht angekommen?«

Floarea schüttelte den Kopf. »Ich wusste bis heute nicht, dass sie verschwunden ist.«

Der Wachmann runzelte die Stirn. »Warum habt Ihr die Sache nicht schon früher gemeldet?«, wandte er sich an den Verwalter.

Der hob entschuldigend die Schultern. »Ich dachte, sie würde ein paar Tage im Palast bleiben«, gab er zurück. »Wäre sie«, er zeigte auf Floarea, »nicht aufgetaucht und hätte sie sprechen wollen ...«

»Habt Ihr die Palastwache gefragt, ob sie sie eingelassen hat?«, erkundigte sich ein zweiter Wächter.

Floarea schüttelte den Kopf. »Wir sind direkt hierher gekommen. Ihr müsst sie suchen!«

Der Mann, bei dem es sich um den Ranghöchsten zu handeln schien, wiegte den Kopf hin und her. »Viel können wir nicht tun«, sagte er. »Wenn Ihr keinen Hinweis auf ein Verbrechen habt ...«

»Ihr muss etwas zugestoßen sein!«, unterbrach ihn Floarea. »Sie würde niemals einfach so verschwinden.«

»Es tut mir leid«, war die Antwort, die Floarea wütend die Lippen aufeinanderpressen ließ. »Warum fragt Ihr nicht erst einmal bei der Palastwache nach?«

»Und Ihr unternehmt derweil gar nichts?«, fragte Floarea fassungslos.

Der Stadtwächter verzog entschuldigend das Gesicht. »Wie gesagt, ohne Anzeichen eines Verbrechens sind uns die Hände gebunden. Es ist nicht einmal sicher, dass Eurer Tante etwas zugestoßen ist. In den letzten Tagen ist keine weibliche Tote innerhalb der Stadtmauern gefunden worden. Ohne Opfer ...« Er hob die Hände. »Ist sie verheiratet?«

Floarea schluckte die Verwünschung, die ihr auf der Zunge lag, herunter. »Sie hat keinen Liebhaber, falls Ihr das andeuten wollt«, sagte sie gepresst. Dann machte sie auf dem Absatz kehrt und stürmte aus der Wachstube.

»Was wollt Ihr jetzt tun?«, fragte der Verwalter, als er sie einholte. »Zur Palastwache gehen?«

»Was denn sonst?«, brauste Floarea auf. »Diese Kerle unternehmen doch nichts!« Sie spürte erneut, wie ihr Tränen in die Augen schossen.

»Ich komme mit Euch«, sagte der Verwalter. »Ich kann nicht glauben, dass sie sich so lange nicht meldet. Es muss etwas Schlimmes passiert sein.«

Floareas Verdacht gegen ihn löste sich in Luft auf. Sollte er seine Hände im Spiel haben, würde er gewiss nicht das Risiko eingehen, von den Palastwächtern verhört zu werden. Cosminas Verschwinden musste etwas mit ihrer Beichte zu tun haben! Floareas Magen zog sich zusammen. Bitte lass sie am Leben sein, flehte sie und schlug ein Kreuz vor der Brust.

Kapitel 49

Buda, April 1463

Carol war nicht besonders erbaut über die Auskunft, die er vom Anführer der Stadtwache erhalten hatte. Die Langeweile im Palast hatte ihm nach einigen Tagen so zugesetzt, dass er beschlossen hatte, herauszufinden, wann der Prozess gegen die Wegelagerer stattfinden würde. Deshalb hatte er die Wachstube aufgesucht; und in der Hoffnung, das gestohlene Geld von Janos zurückfordern zu können. Die Schulden beim Bancherius bereiteten ihm täglich größere Sorgen, da er nicht wusste, wie er sie zurückzahlen sollte.

»Er ist entkommen«, hatte der Wächter geantwortet, als sich Carol nach Janos erkundigt hatte.

»Wie ist das möglich?«, wollte er wissen.

Der Anführer schnaubte. »Wisst Ihr, wie viel Gesindel sich in der Stadt herumtreibt? Am Hafen unterzutauchen ist so leicht wie einem Kind die Rassel zu stehlen.«

»Das heißt, Ihr lasst ihn ungestraft laufen?« Carol wollte nicht glauben, was er hörte.

»Ungestraft gewiss nicht«, gab der Anführer zurück. »Sollte er versuchen, durch eines der Stadttore zu entkommen, wird er augenblicklich verhaftet.«

»Und was ist, wenn er sich auf einem Boot oder einem Floß versteckt?«

Der Stadtwächter bedachte ihn mit einem Blick, der Carol wenig Hoffnung machte. »Das werden wir zu verhindern suchen«, sagte er, was in Carols Ohren jedoch wenig glaubwürdig klang.

»Glaubt mir, wir haben ein ebenso großes Interesse daran, ihn dingfest zu machen wie Ihr«, setzte der Anführer hinzu. »Die anderen haben unter der Folter Morde an über drei Dutzend Reisenden gestanden.«

Carol schnaubte.

In der angrenzenden Stube schien jemand ebenso wenig erbaut über die Wachen zu sein wie er. Eine empörte weibliche Stimme drang an sein Ohr. Kurz darauf fiel die Tür der Wachstube krachend ins Schloss.

»Wir lassen es Euch wissen, wenn Eure Aussage benötigt wird«, fuhr der Wächter fort. »So wie die Dinge im Moment stehen, wird allerdings kein Zeuge nötig sein. Für die Taten, die die Männer bereits gestanden haben, könnten wir sie zigmal hängen.«

Carol hatte Mühe, sich den Entschluss, den er soeben gefasst hatte, nicht anmerken zu lassen. Wenn die Stadtwache unfähig war, einen Dieb und Mörder wie Janos dingfest zu machen, musste er es eben auf eigene Faust versuchen! »Bei der Hinrichtung werde ich ganz sicher anwesend sein«, brummte er, nickte dem Mann zum Abschied zu und verließ das Wachhaus durch die angrenzende Stube. Im Freien angekommen, wollte er sich gerade auf den Weg zur Donau machen, als sein Blick auf eine Frau und einen Mann fiel, die in eine heftige Diskussion verstrickt zu sein schienen.

Die junge Frau war dieselbe, die ihm bereits im Palast aufgefallen war. Sie war schlank mit rabenschwarzem Haar und dunklen Augen. Sie gestikulierte aufgebracht in der Luft herum und warf ungehalten den Kopf in den Nacken. Auch heute trug sie ein rotes Kleid, dessen Stoff im Sonnenlicht leuchtete. Als sie ein Kreuz vor der Brust schlug, wandte sie den Kopf in Carols Richtung.

Es war, als würde ihm jemand mit einem gewaltigen Schlag die Luft aus den Lungen treiben.

Er hatte sich nicht geirrt! Sie war es. Die dichten Brauen, die beinahe schwarzen Augen, aber vor allem die Art und Weise, wie sie ihr Kinn nach vorn reckte, ließen keinen Zweifel zu. »Floarea?«, rief er.

Sie wirbelte mit einer steilen Falte auf der Stirn, zu ihm herum und stieß einen spitzen Schrei aus. Alle Farbe wich aus ihrem Gesicht.

Als er sich ihr näherte, wich sie vor ihm zurück.

»Wer seid Ihr?«, fragte der Mann, der bei ihr war.

Carol ignorierte ihn. »Floarea?«, fragte er erneut. Er erkannte seine eigene Stimme kaum. »Ich ... Ich dachte, du ...« Er konnte es nicht aussprechen. Ihr Anblick war wie ein Schock. Je länger er sie ansah, desto sicherer war er, dass er sich nicht täuschte.

Er suchte ihren Blick.

Deutlich war die Furcht darin zu lesen. Sie sah ihn an wie ein gehetztes Tier.

»Ich bin es, Carol«, sagte er. »Erkennst du mich nicht?«

Sie schüttelte heftig den Kopf. »Das ist unmöglich«, hauchte sie.

Carol machte einen weiteren Schritt auf sie zu.

Ihr Begleiter vertrat ihm den Weg. »Soll ich die Wache rufen?«, fragte er Floarea. »Belästigt Euch dieser Mann?«

Floarea schien ihn nicht zu hören, da sie Carol anstarrte wie einen Geist. »Du bist tot«, brachte sie schließlich mühsam hervor.

Carol schüttelte den Kopf. Er spürte kaum, dass ihm Tränen die Wangen hinab liefen. »Das dachte ich auch von dir«, sagte er. »Ich habe überall nach dir gesucht. Auf der Festung Poenari hat man mir gesagt, du seiest vor langer Zeit gestorben.«

»Ihr macht ihr Angst«, mischte sich der Verwalter ein und versuchte, Carol davon abzuhalten, Floarea zu nahe zu kommen.

Carol schob ihn zur Seite und streckte die Hand aus, um Floarea am Arm zu berühren. Er musste sich einfach versichern, dass sie kein Trugbild war.

»Herrin?«, fragte der Verwalter unsicher.

Sie gab ihm mit einer Handbewegung zu verstehen, dass sie keine Hilfe benötigte. »Wer seid Ihr?«, fragte sie Carol. Die Furcht in ihren Augen wich Misstrauen. »Carol ist tot!« Sie trat zwei Schritte zurück, um Abstand zwischen sich und Carol zu bringen. Dann musterte sie ihn von unten bis oben. Ihr Blick blieb an seinem Gesicht haften.

Carol sah Hass aufblitzen.

Ihre Miene verhärtete sich. »Ihr seid ein Betrüger«, zischte sie.

»Floarea«, flehte er. »Du musst mich doch erkennen.«

Sie starrte einige Sekunden lang in sein Gesicht, dann schüttelte sie erneut den Kopf. »Nein!«, stieß sie zwischen zusammengebissenen Zähnen hervor. »Carol ist tot! Lasst mich in Ruhe!« Mit diesen Worten kehrte sie ihm den Rücken und stürmte davon in Richtung Palast.

Carol war wie vom Donner gerührt. Floarea war am Leben. Sie lag nicht in einem Massengrab in der Walachei. Auch wenn sie sich weigerte, ihn zu erkennen, war sein Herz plötzlich so leicht wie schon lange nicht mehr. Er sah ihr hinterher, bis sie in einer Gasse verschwand, dann machte er sich auf, um ihr zu folgen. Von jetzt an würde er sie nicht mehr aus den Augen lassen.

Floareas Herz raste. Gedankenverloren drängte sie sich zwischen den Menschen hindurch, die aus dem Palast in die Stadt strömten. Alles schien sich um sie zu drehen. Ihr Kopf schien zu platzen. Der Mann vor der Wachstube konnte unmöglich Carol sein! Carol war tot. Von seinem eigenen Vater grausam hingerichtet. Hatte man sich das nicht auf der Festung Poenari erzählt? Niemals würde sie die Worte vergessen. Für seinen Ungehorsam, seine Flucht, hatte Vlad Draculea ihn zusammen mit Verrätern aus den eigenen Reihen bei lebendigem Leib pfählen lassen. Tagelang hatte er mit dem Tod gerungen. Das hatten jedenfalls die anderen Gefangenen behauptet.

Floarea hörte den Verwalter hinter sich keuchen, doch mit ihren Gedanken war sie weit weg.

Plötzlich kauerte sie wieder im Hof des Fürstenpalastes von Tirgoviste – zusammen mit ihrer Mutter und den anderen Gefangenen. Mit Schlägen und Tritten hatten sie Vlad Draculeas Soldaten zu Boden gezwungen, ihr Flehen und Schluchzen grausam erstickt. Über zweihundert Frauen und Kinder waren schließlich vor dem Woiwoden im Schmutz gelegen und hatten um ihr Leben gebettelt. Floarea würde niemals Carols Gesicht vergessen, als er sie inmitten der wehrlosen Gefangenen entdeckt hatte.

»Floarea!«, hatte er gerufen und damit nicht nur die Aufmerksamkeit seines Vaters auf sich gezogen.

Als geschähe es in diesem Augenblick, sah Floarea Vlad Draculea einem Bewaffneten einen Wink geben. Daraufhin riss dieser sie an den Haaren in die Höhe und versetzte ihr einen brutalen Hieb, der sie zu Boden streckte. Das letzte, das sie sah, bevor sie die Besinnung verloren hatte, war, wie sich Vlad Draculeas Hand um Carols Hals schloss.

Er war tot! Sie schüttelte die furchtbaren Erinnerungen ab und fuhr sich mit dem Ärmel über das Gesicht. Wer auch immer der Mann war, der vorgab, Carol zu sein, er war ein Lügner! Sie durfte sich nicht durch ihn von dem ablenken lassen, was wichtig war: Cosmina zu finden.

Kapitel 50

Buda, April 1463

Cosmina stöhnte, als ihr bei dem Versuch, sich zu bewegen, ein stechender Schmerz in den Rücken fuhr. Sie hatte keine Ahnung, wo sie war. Es war eng und dunkel, ganz anders als in der Zelle, in die sie zunächst gebracht worden war. Ihr Kopf dröhnte von dem erneuten Schlag, den man ihr versetzt hatte. Sie wusste nicht, wie lange sie ohne Bewusstsein gewesen war. Aber je mehr Gefühl in ihren Körper zurückkehrte, desto stärker wurde ihre Panik. Als sie mit dem Kopf gegen Holz stieß, entfuhr ihr ein erstickter Schrei. Hatte man sie lebendig begraben? Lag sie in einem Sarg? Sie versuchte, die Beine auszustrecken, stieß jedoch nach wenigen Zoll gegen eine Wand. Entsetzt versuchte sie, etwas in der Dunkelheit zu erkennen. Sie wollte gerade mit den gefesselten Händen das Holz abtasten, als sie hörte, wie sich jemand näherte. Ein Lichtstreif fiel durch einen Spalt im Holz und ließ sie hoffen.

»Ich bin hier drin«, rief sie. »Holt mich hier raus!« Zu ihrer Erleichterung schien man sie gehört zu haben. Metall klirrte, bevor sich der Deckel ihres beengten Gefängnisses hob. Das Licht ließ sie blinzeln. In der plötzlichen Helligkeit erkannte sie eine hochgewachsene Gestalt. »Helft mir«, flehte sie schwach.

Einige Augenblicke geschah gar nichts. Dann beugte sich der Mann zu ihr hinab, packte sie brutal an den Haaren und zog sie aus der Kiste. »Helfen?« Er lachte.

Cosmina keuchte vor Schmerz. »Wenn Ihr Lösegeld wollt ...«, hob sie an.

Der Mann brachte sie mit einem harten Griff an den Hals zum Schweigen. »Ich habe kein Interesse an Lösegeld«, zischte er und zwang sie, ihn anzusehen.

Cosmina wimmerte. »Ihr?«

»Du kennst mich also«, stellte er mit einem kalten Lächeln fest. »Dann wirst du mir sicher verraten, wer du bist.« Er stieß Cosmina von sich.

Sie taumelte mit dem Rücken gegen die Wand, verlor den Halt und fiel zu Boden. »Ich bin ein niemand. Bitte lasst mich gehen«, flehte sie, als sie Vlad Draculea zurück auf die Beine zog.

»Dein Name ist Cosmina Fronius«, sagte Vlad kalt. »Du bist die Witwe eines transsylvanischen Händlers und wolltest einen Mordanschlag auf mich beichten.«

Cosmina fing an, unkontrolliert zu zittern.

»Du wirst mir jetzt auf der Stelle sagen, wer mir nach dem Leben trachtet«, knurrte Vlad. »Sind es die Kronstädter? Oder die Hermannstädter? Ich will Namen!« Er packte sie erneut beim Hals und bugsierte sie auf einen Haken in der Decke zu. Dann hob er sie mühelos auf und hängte sie an den gefesselten Händen daran auf. »In etwa fünf Minuten wirst du das Gefühl haben, dass dir jemand die Arme aus den Schultern reißt«, sagte er. »Wenn ich wiederkomme, sagst du mir, wer mich tot sehen will. Oder ich mache noch viel schlimmere Dinge mit dir.«

Cosmina schluchzte auf. »Ich weiß doch nichts«, wisperte sie. »Ich kann Euch nichts sagen.«

Vlad lachte freudlos. »Wir werden sehen.« Damit kehrte er ihr den Rücken zu, verließ den Raum und schlug die Tür hinter sich zu.

Sobald sie allein war, versuchte Cosmina, sich zu befreien. Allerdings fehlte ihr die Kraft und je mehr sie sich bewegte, desto schlimmer wurde der Schmerz in ihren Schultergelenken. Wie sollte sie nur jemals aus dieser schlimmen Lage entkommen? Der Schmerz trieb ihr die Tränen in die Augen. Lange würde sie diese Qual nicht aushalten. Sie biss die Zähne aufeinander und stöhnte. Was würde geschehen, wenn sie Floarea verriet? Würde Vlad Draculea sie ebenfalls entführen lassen, um sie langsam zu Tode zu foltern? Die Vorstellung, dass sie ihre Nichte in solche Gefahr bringen könnte, gab ihr Kraft. Obwohl die Qualen immer unerträglicher wurden, fasste sie einen Entschluss. Sie würde stark bleiben, so lange sie konnte. Gott würde ihr beistehen. Auf keinen Fall durfte sie Floarea an dieses Ungeheuer verraten. Eher wollte sie sterben!

Kapitel 51

Buda, April 1463

Als Floarea den Palast erreichte, war sie völlig außer Atem. Der Verwalter konnte kaum Schritt halten und keuchte einen Steinwurf hinter ihr den steilen Abhang hinauf. Ihre Gedanken überschlugen sich und je länger sie über die Begegnung nachdachte, desto mehr zweifelte sie an sich. War es möglich, dass Carol überlebt hatte? Waren die Geschichten nichts als Lügen gewesen? War er seinem Vater entkommen? Die Augen des jungen Mannes, der sie vor der Wachstube angesprochen hatte, ließen eigentlich keinen Zweifel zu. Wie oft hatte sie als Kind in diese Augen geblickt und den grenzenlosen Schmerz darin gesehen. Sie war bei seinem Anblick erschrocken, weil er seinem Vater ähnlich sah. Sein Kinn war kantiger als früher, das Gesicht nicht mehr so rund. Die dichten Brauen und der dunkle Bartschatten erinnerten sie so sehr an Vlad Draculea, dass ihr ein Schauer über den Rücken lief. Wenn es sich bei dem Mann um Carol handelte, was wollte er dann hier in Buda? Wieso war er in Ungarn? Wollte er für seinen Vater bitten? Sie schob die Fragen beiseite; sie hatten die Zugbrücke erreicht. Anstatt, wie sonst, nach Angabe ihres Namens so schnell wie möglich an der Palastwache vorbeizueilen, winkte sie dieses Mal einen der Männer zu sich. »Ich brauche Eure Hilfe«, sagte sie und erklärte ihm, wer sie war. »Meine Tante Cosmina wollte vor einigen Tagen an den Hof kommen. Habt Ihr sie gesehen?« Sie beschrieb sie ihm.

Der Mann schüttelte den Kopf. »Ich kann den Hauptmann fragen. Wenn sie hier war, steht sie im Buch.«

»Ihr führt Buch?«, fragte Floarea.

»Wie sollten wir sonst wissen, wer sich am Hof aufhält?«, erwiderte der Mann. Er warf dem Verwalter einen fragenden Blick zu.

»Er gehört zu mir«, erklärte Floarea.

»Wartet hier«, befahl der Soldat und verschwand im Inneren des Rundturms. Wenig später tauchte er in Begleitung wieder auf.

Der andere trug ein schweres Buch unter dem Arm. »Wann sagtet Ihr war Eure Tante hier?«, fragte er.

»Am Montag«, mischte sich der Verwalter ein.

»Wie ist ihr Name?«

»Cosmina Fronius«, sagte Floarea.

Der Soldat blätterte im Buch und schüttelte schließlich den Kopf. »Ich habe hier weder einen Eintrag für den Montag noch für einen der darauffolgenden Tage.« Er klappte das Buch wieder zu. »Eure Tante hat das Tor nicht passiert.«

Floarea spürte, wie ihr die Beine schwach wurden. »Dann muss ihr etwas zugestoßen sein«, murmelte sie.

»Jetzt wird die Stadtwache etwas unternehmen«, sagte der Verwalter.

»Wird sie nicht«, gab Floarea entmutigt zurück. »Solange wir nicht wissen, wo und wie sie verschwunden ist, wird der Hauptmann uns wieder fortschicken.«

»Was sollen wir jetzt tun?«, wollte der Verwalter wissen.

Floarea überlegte fieberhaft. Inzwischen war sie sicher, dass Vlad Draculea etwas mit Cosminas Verschwinden zu tun hatte. Niemand sonst konnte ein Interesse daran haben. Ihren Verdacht gegen den Verwalter hatte sie längst verworfen. Vermutlich hatte der Priester, bei dem Cosmina gebeichtet hatte, herausgefunden, wer sie war. Sie verkniff sich eine Verwünschung. »Wir müssen nach Zeugen suchen«, sagte sie. »Irgendjemand hat gewiss etwas gesehen.«

Der Verwalter kratzte sich am Kopf. »Sollte nicht die Stadtwache ...?«

»Du kannst dein Glück gern noch mal bei ihnen versuchen«, gab Floarea wütend zurück. »Ich suche nach Augenzeugen.« Sie ließ den Mann stehen, machte kehrt und stürmte den Abhang wieder hinab.

Als sie einem Fuhrwerk ausweichen musste, stieß sie mit jemandem zusammen, der sie mit einem Griff an den Arm vor einem Sturz bewahrte.

Carol.

Floarea befreite sich hastig von ihm.

»Floarea ...«, stammelte er.

Sie wollte etwas Abweisendes sagen und weitereilen, doch sein Blick brachte die Erinnerung an den furchtbaren Tag zurück, an dem seine Mutter ermordet worden war. Vor ihrem geistigen Auge sah sie Carol in die Kammer im Palast von Tirgoviste stürmen. Sie erinnerte sich an den entsetzlichen Anblick ihrer toten Herrin. Sie und die anderen Zofen hatten Zehra von Katzenstein entdeckt. Carol war wie zur Salzsäule erstarrt, auf der Stelle verharrt, und hatte auf die Tote gestarrt. Er hatte Floarea so leid getan, dass sie seine Hand ergriffen und fest umklammert hatte. Dann war Vlad Draculea zwischen die anderen Zofen gefahren und hatte der ihm am nächsten stehenden Frau mit einem Streich den Kopf abgeschlagen. Floarea erinnerte sich an die panische Angst, mit der sie hatte zusehen müssen, wie eine zweite Hofdame wie eine abgeschlagene Blume zu Boden sackte. Wäre sie nicht so dicht bei Carol gestanden, hätte sein Vater sie vermutlich auch getötet.

»Floarea«, versuchte Carol es ein weiteres Mal. »Bitte, glaube mir ...«

»Ich glaube dir«, unterbrach sie ihn.

Seine Augen weiteten sich.

»Warum bist du in Buda?«, fragte sie. Sie durfte sich nicht von den Gefühlen überwältigen lassen, die plötzlich zurückkehrten und drohten, ihre Vernunft auszuschalten. Sie waren beide keine Kinder mehr. Was auch immer sie früher verbunden hatte, existierte nicht mehr. Sie hatte keine Ahnung, ob sie ihm vertrauen konnte. Vielleicht waren die Geschichten über seine Flucht genauso erfunden gewesen wie die über seinen angeblichen Tod.

»Ich habe mich der Armee von Matthias Corvinus angeschlossen«, erwiderte Carol.

Floarea hob die Brauen. »Wieso?«

»Weil sich am Hof meines Onkels die Osmanen eingenistet haben«, erklärte Carol. Sie wussten beide kaum, was sie sagen sollten. »Wie ...? Was tust *du* hier?«, fragte Carol schließlich.

»Ich bin die Vorleserin der Königin«, erwiderte Floarea. Mehr brauchte er nicht zu wissen. Obwohl ein Teil von ihr sich danach sehnte, sich ihm anzuvertrauen, ihn um Hilfe zu bitten und den Hass auf seinen Vater zu teilen, wagte sie es nicht. Wie konnte sie sicher sein, dass er sich nicht verändert hatte in all den Jahren? Wenn sie ihm gestand, dass sie versucht hatte, Vlad Draculea zu töten, besiegelte sie damit vielleicht ihr Schicksal und das ihrer Tante.

»Wie bist du entkommen?«, unterbrach er ihre Gedanken. »Ich war auf der Festung Poenari, bevor ich nach Edirne geflohen bin. Aber man hat mir gesagt, du seiest vor langer Zeit gestorben.« Er sah sie mit einem Ausdruck in den Augen an, den sie nicht zu deuten vermochte. »Bevor ich hierher aufgebrochen bin, war ich noch mal dort«, fuhr er fort. »Niemand konnte sich erinnern. Sie wollten mir ein Massengrab zeigen ...« Er brach ab.

Seine Worte beschworen Erinnerungen herauf, die Floarea frösteln ließen. Am liebsten hätte sie die Hände auf die Ohren gepresst und wäre davongelaufen. Sie wollte den Namen Poenari nie wieder hören! Wenn sie doch nur endlich alles, was sie an diese furchtbare Zeit erinnerte, aus ihren Gedanken streichen könnte! »Ich habe jetzt keine Zeit«, gab sie gepresst zurück und machte Anstalten, weiterzueilen.

»Bitte lauf nicht wieder weg«, rief er.

Just in diesem Moment holte Cosminas Verwalter sie ein. Er bedachte Carol mit einem grimmigen Blick, ehe er an Floarea gewandt sagte: »Ich gehe zurück zur Wache. Ich halte es für keinen guten Einfall, auf eigene Faust zu suchen.«

Floarea sah ihn fassungslos an. Was für ein Feigling! »Tu, was du für richtig hältst«, gab sie kühl zurück. »Ich werde mich selbst umhören.«

»Was ist passiert?«, wollte Carol wissen, sobald ihnen der Mann den Rücken gekehrt hatte. »Kann ich dir helfen? Warum warst du bei der Stadtwache?«

Die Versuchung, ihm wie früher ihr Herz auszuschütten, war gewaltig. Doch ihr Misstrauen war zu groß. Wenn er seinem Vater nicht so ähnlich sehen würde ... Sie biss sich auf die

Lippe. »Ich muss gehen.« Bevor er sie davon abhalten konnte, floh sie den Abhang hinab und versuchte, die aufsteigenden Tränen zu unterdrücken.

Sein plötzliches Auftauchen hatte alte Wunden aufgerissen. Längst vergessen geglaubte Bilder tobten durch ihren Kopf: der Gutshof, auf dem sie ihre Kindheit verbracht hatte; die vielen Stunden, die sie mit Carol im Pferdestall zugebracht hatte; die Wärme und Liebe ihres Vaters, der ihr nichts hatte abschlagen können; die Reise an den Hof in Tirgoviste und das plötzliche Ende all ihrer Träume. Ihre ganze Welt war am Tag des Osterfestes vor vier Jahren zusammengebrochen. Was seitdem geschehen war, würde sie nie wieder vergessen können. Allerdings brachte Carol unvermittelt die Erinnerungen an eine Zeit zurück, in der alles gut gewesen war. Sie wusste nicht, was mehr schmerzte. Sein Anblick, die Ähnlichkeit mit seinem Vater oder die Tatsache, dass sie nicht sicher war, was sie für ihn empfinden sollte – oder durfte. Er war ihr bester Freund gewesen, jemand, zu dem sie in ihrer kindlichen Unschuld aufgeschaut hatte. Und dann war er zu einem Teil der Katastrophe geworden, aus der es so entsetzlich lange kein Entrinnen gegeben hatte.

Sie stolperte eilig über das Kopfsteinpflaster, als könne sie so ihm und ihrer Vergangenheit entrinnen. Schließlich langte sie atemlos beim Haus ihrer Tante an und zwang sich, alles andere wenigstens eine Zeitlang zu vergessen.

Wo sollte sie anfangen, zu suchen?

Du weißt, wo Cosmina ist, flüsterte eine Stimme in ihrem Kopf. Aber wie sollte sie das beweisen? Sie konnte schließlich nicht einfach zum Stadthaus spazieren, in das Vlad Draculea und Ilona Szilágyi gezogen waren. Einen Augenblick lang überlegte sie, ob sie die Königin um Hilfe bitten konnte. Doch was sollte sie ihr sagen? Dass sie versucht hatte, Vlad Draculea zu töten? Dass ihre Tante in Gefahr war, weil sie sie nicht von diesem Irrsinn hatte abhalten können?

Kapitel 52

Buda, April 1463

Carol wusste nicht, ob es Tränen der Freude oder der Enttäuschung waren, die ihm in die Augen schossen, als Floarea ihn ein weiteres Mal stehen ließ. Die Erleichterung darüber, dass sie wohlauf war, machte ihn schwindelig. Das nagende Gefühl der Schuld, das ihn beinahe zerfressen hatte, wurde von einer übermütigen Freude verdrängt. Sie lebte! Die Bilder des kahlgeschorenen, ausgemergelten Mädchens in einer Grube voller Leichen lösten sich in Luft auf. Aus dem unbeholfenen Kind war eine wunderschöne Frau geworden. Das Gefühl der überschäumenden Erleichterung wurde allerdings durch ihr Verhalten getrübt, durch ihre Kälte und Ablehnung.

Er seufzte.

Konnte er es ihr verdenken? Es fiel ihm nicht schwer, sich in ihre Lage zu versetzen. Wie hätte er wohl reagiert, wenn er plötzlich jemandem gegenübergestanden hätte, der seinem schlimmsten Peiniger wie aus dem Gesicht geschnitten war? Vermied er nicht selbst oft genug den Blick in den Spiegel? Was musste es für ein Schock gewesen sein, ihn plötzlich vor sich zu sehen? Vermutlich hatte sie ihn aus der Ferne zuerst für seinen Vater gehalten. Da sie im Dienst der Königin stand, musste sie wissen, dass sich Vlad Draculea ebenfalls in Buda aufhielt. Er wollte sich nicht vorstellen, was diese Tatsache für sie bedeutete.

Das Vorhaben, Janos im Hafen ausfindig zu machen, war vergessen. Auf keinen Fall würde er Floarea ein weiteres Mal aus den Augen verlieren. Während sich die Gedanken in seinem Kopf überschlugen, fragte er sich, wie sie aus der Walachei entkommen war. Hatte einer der Männer auf der Festung Poenari Mitleid mit ihr gehabt? Oder war ihr die Flucht auf eigene Faust gelungen? Und wie, um alles in der Welt, war sie

243

nach Ungarn gelangt? Er setzte ihr nach wie ein Jäger seiner Beute und holte sie ein, als sie ein großes Haus erreichte, vor dem reger Verkehr herrschte. Ratlos sah sie sich um.

Carol beschloss, das Risiko einer erneuten Abfuhr auf sich zu nehmen und trat auf sie zu.

»Bist du mir gefolgt?«, fragte sie, als sie ihn sah.

Er nickte. »Ich will dir helfen«, sagte er. »Du scheinst Probleme zu haben.«

»Es sind meine Probleme«, gab sie kühl zurück. »Ich brauche keine Hilfe.«

»Floarea ...«, hob er an.

»Lass mich in Ruhe!«, brauste sie auf, doch es klang halbherzig.

»Das werde ich nicht tun«, gab Carol so ruhig wie möglich zurück. »Bitte lass mich dir helfen.«

»Wo warst du, als ich deine Hilfe gebraucht hätte?«, fragte sie unvermittelt. Sie funkelte ihn an. Tränen schwammen in ihren Augen und verliehen ihr einen zornigen und zugleich verletzten Ausdruck.

Carol schwieg einen Augenblick, dann gab er leise zurück: »Ich habe versucht, dich zu finden, glaube mir. Tagelang. Ich bin davongelaufen, sobald ich konnte, doch es war zu spät. Als ich endlich auf der Festung Poenari ankam, hat man mir gesagt, du seiest tot. Verstehst du? Ich dachte, sie hätten dich zu Tode geschunden.« Die Erinnerung an die Trauer, die er bei der Nachricht empfunden hatte, schnitt ihm ins Herz. Er schluckte den Kloß hinunter, der in seinem Hals aufsteigen wollte. »Danach bin ich an den Hof des Sultans geflohen, um meinen Onkel um Hilfe zu bitten.«

»Sie haben alle behauptet, dein Vater hätte dich hinrichten lassen«, erwiderte Floarea. »Ich habe nächtelang um dich geweint.«

»Oh, Gott«, flüsterte Carol. »Wenn du wüsstest, wie groß meine Trauer war. Ich habe geschworen, meinen Vater eines Tages für das, was er dir angetan hat, büßen zu lassen. Mein Onkel hat mir versprochen, mir Männer zu geben, um nach dir zu suchen.« Er verzog abfällig das Gesicht. »Leider hat er das Versprechen in dem Moment vergessen, in dem der Sultan in Bukarest aufgetaucht ist. Deshalb habe ich seinen Palast verlassen, um alleine herauszufinden, was mit dir geschehen ist. Ich konnte einfach nicht glauben, dass du nicht mehr am Leben bist.« Er legte die Hand auf die Brust. »Ich habe gespürt, dass du nicht tot bist. Aber als ich vor ein paar Wochen noch mal auf der Burg Poenari war, hat man mir ein Massengrab gezeigt, in dem du angeblich verscharrt worden warst.« Seine Stimme erstickte, als er daran zurückdachte.

»Warum bist du hier?«, fragte Floarea. Auch ihre Stimme klang belegt.

»Weil der Sultan ein Kopfgeld auf mich ausgesetzt hat. Und weil ich meinen Vater töten will«, setzte er leise hinzu.

»Was?«, keuchte Floarea. »Ist das dein Ernst?«

Carol nickte. »Nur deshalb bin ich in den Dienst des Königs getreten. Ich wusste, dass mein Vater sein Gefangener ist. Aber bisher habe ich ihn noch nicht einmal zu Gesicht bekommen.«

Floarea wusste nicht, ob sie Carol glauben durfte. Was, wenn er sie nur zum Narren hielt? Bestand nicht die Gefahr, dass auch in ihm der Teufel wohnte? Sie musterte ihn forschend. Hatte sein Vater ihn beauftragt, sie mit einer Lüge gefügig zu machen?

Um was zu erreichen, fragte sie sich.

Warum hätte Vlad Draculea Cosmina entführen sollen? Wenn er wusste, dass Floarea hinter dem Anschlag auf ihn steckte, was wollte er dann mit Cosmina? Sie runzelte die

Stirn. Oder irrte sie sich und jemand anderer trug die Schuld an Cosminas Verschwinden?

»Was ist los?«, fragte Carol. »Warum warst du bei der Wache?« Er schien froh zu sein, das Thema wieder auf Floareas Problem lenken zu können.

Sie überlegte fieberhaft. Sie musste sich entscheiden. Konnte sie es wagen, ihm zu vertrauen? Sie sah zu ihm auf.

Als ob er ihre Gedanken lesen könnte, griff er nach ihrer Hand und nahm sie in die seine. »Floarea, was ist los? Sag es mir.« Die blauen Augen wirkten nicht mehr scheu und wissbegierig wie früher, sondern energisch.

Floarea biss sich auf die Lippe. Sie hatte keine andere Wahl. »Auch ich wollte deinen Vater töten«, wisperte sie.

Carols Augen weiteten sich.

»Es ist fehlgeschlagen«, setzte Floarea noch leiser hinzu.

»Was ist passiert?«, wollte Carol wissen.

Floarea berichtete ihm von dem vereitelten Vergiftungsversuch.

»Das war unglaublich mutig von dir«, sagte er. »Aber auch unglaublich dumm. Was, wenn der König seiner Base geglaubt hätte?«

»Galeotto Marzio hat sein Wort gegeben, dass es nicht an dem Trank lag«, erwiderte Floarea. Den Preis dafür verschwieg sie.

»Und jetzt fürchtest du, dass mein Vater deine Tante hat entführen lassen, um herauszufinden, wer ihn töten wollte?«

»Ja.«

»Dann müssen wir versuchen, sie zu befreien.« Er warf einen Blick auf das Haus, vor dem sie standen. »Erzähl mir, was du weißt.«

Floarea kam der Aufforderung nach. Plötzlich fühlte sie sich in Carols Gegenwart wieder so sicher wie früher. Die Sorge in seinem Blick war genauso echt wie der Hass auf Vlad Draculea, der beinahe greifbar war. Ihr Misstrauen verflog mit jeder Minute mehr. Wie hatte sie nur an ihm zweifeln können nach dem, was Vlad Draculea ihm angetan hatte? War sie nicht Zeugin gewesen, wie ihr eigener Vater ihn auf Befehl des Woiwoden eine Woche lang jeden Tag bis aufs Blut gegeißelt hatte, weil er davongelaufen war?

»Es gibt nur einen Weg«, sagte Carol. »Wir müssen uns Zugang zu seinem Haus verschaffen und deine Tante befreien.«

Floarea holte erschrocken Luft. »Das ist unmöglich! Wie willst du das bewerkstelligen? Es wird sicher bewacht!«

Carol verzog den Mund zu einem freudlosen Lächeln. »Ich werde an der Vordertür anklopfen und um ein Gespräch mit meinem Vater bitten«, gab er zurück. »Und wenn sich eine Gelegenheit bietet, werde ich zu Ende bringen, was dir nicht gelungen ist.«

Kapitel 53

Buda, April 1463

Ilona Szilágyi drehte stolz den großen Eisenring in den Händen und zählte die Schlüssel daran. Beinahe zwei Dutzend, große und kleine, dicke und dünne, klimperten leise vor sich hin. Seit diesem Tag war sie offiziell die Herrin des Hauses, hatte die Gewalt über die Speisekammer, die Stube und alle anderen Räume. Noch immer prickelte ihre Haut von dem berauschenden Liebesspiel mit Vlad und sie wünschte, er wäre noch an ihrer Seite gewesen, als sie am Nachmittag aufgewacht war.

Vermutlich hatte er jedoch allerhand zu tun, jetzt, da sie Mann und Frau waren. Ein Lächeln huschte über ihr Gesicht. Wie sie gehofft hatte, war er stark und sanft zugleich. Die Kraft in seinen Bewegungen war beeindruckend, doch er hatte sich zurückgehalten, um ihr nicht wehzutun. Das unbeschreibliche Gefühl des Höhepunktes ließ sie wünschen, es wäre bereits Abend und sie könnte ihn erneut in ihrem Schoß gefangen nehmen. Allein der Gedanke an seine Berührung, an das, was er mit seinen Händen und seiner Zunge getan hatte, sandte einen Schauer der Lust durch ihren Körper.

Was die ganzen dummen Gänse bei Hof jetzt wohl sagen würden? Wenn sie wüssten, was für ein wundervoller Liebhaber Vlad war, würden ihnen die gehässigen Worte ganz gewiss im Hals stecken bleiben. Sie trat vor den Spiegel in ihrem Gemach und verstaute ihr Haar unter der Haube, die sie als verheiratete Frau auswies. Dann zupfte sie ihre Kleidung zurecht, befestigte den Eisenring an ihrem Gürtel und beschloss, das Haus zu erkunden. Schließlich musste sie als Hausherrin wissen, welcher Schlüssel zu welchem Schloss passte und wo solche Dinge wie Bettleinen, Vorräte und Feuerholz aufbewahrt wurden. Außerdem wollte sie der Köchin eine Liste mit Zutaten geben, die sie bei ihrem nächsten Marktbesuch besorgen sollte.

Nach einem letzten Blick auf die zerwühlten Laken trat sie auf den Korridor hinaus und sah sich um. Die geweißten Wände und die frisch gewachsten Dielen zeugten vom Fleiß des Gesindes, genau wie die auf Hochglanz polierten bunten Glasscheiben des Fensters am Ende des Korridors. Gegenüber der Treppe führte eine Tür in die Stube, die Ilona neugierig betrat. Durch drei zweiflügelige Fenster mit runden Butzenscheiben fiel Sonnenlicht auf den Boden, auf dessen Tonfliesen zwei orientalische Läufer lagen. An der Decke hing ein zwölfarmiger Silberleuchter, für Wärme sorgte ein gewaltiger Kachelofen gegenüber der Fensterfront. Links neben der Tür stand ein Wandschrank mit einer Einbuchtung, in der sich ein kannenförmiges Wassergefäß befand. Direkt darunter stand eine Schüssel, auf einer Rolle rechts davon hing ein Handtuch. Neben dem Kachelofen stand eine riesige Truhe, über der eine

kostbare Damastdecke lag. Auf der Truhe hopsten zwei Dros-
seln in einem Vogelkäfig auf und ab und beobachteten Ilona
mit wachen Augen. Zwei Bänke, mehrere Schemel und Falt-
stühle boten Platz an einem großen Tisch mit einer seidenen
Tischdecke. Geistesabwesend betastete Ilona eines der dicken
Kissen, die auf den Bänken lagen. Die Einrichtung war bei
weitem nicht so aufwändig wie bei Hof, aber gespart hatte ihr
Vetter nicht.

Sie verließ die Stube wieder und machte sich auf ins Erdgeschoss. Dort wollte sie gerade nach dem Weg zur Küche suchen, als ein Knecht ins Haus gestürmt kam.

»Wo ist der Herr?«, fragte er ohne Gruß.

Ilona zog die Brauen hoch. »Warum?«, wollte sie wissen.

»Es ist jemand am Tor, der ihn sprechen will«, gab der
Mann zurück. Er wirkte verwirrt.

»Wer ist es?«

»Er behauptet, er sei sein Sohn«.

Ilona wurde stutzig. »Sein Sohn?« Weder Vlad Draculea
noch der König hatten ihr etwas von einem Sohn erzählt. Sie
spürte, wie sich ein Stachel in ihr aufrichtete. Vertrauten sie
ihr nicht? Sie hatte Mühe, sich ihre Gedanken nicht anmerken
zu lassen.

Der Knecht nickte. »Er ist ihm wie aus dem Gesicht geschnitten.« Er trat unschlüssig von einem Fuß auf den anderen, ehe er hinzufügte: »Wisst Ihr, wo ich Euren Gemahl
finden kann?«

Ilona überlegte nicht lange. »Nein. Führ mich zum Tor«,
befahl sie.

»Aber ...«, hob der Mann an.

Ilona schnitt ihm mit einer herrischen Geste das Wort ab.
»Tu, was ich sage!« Sie folgte dem Knecht über den Hof zum
großen Tor, in dem sich eine Tür mit einem vergitterten
Guckloch befand. Ilona musste sich auf die Zehenspitzen stellen, um hindurch zu sehen. Als sie den jungen Mann auf der

Straße erblickte, wich sie mit einem Keuchen zurück. Er sah tatsächlich aus wie Vlad! »Heilige Mutter Gottes«, murmelte sie.

»Ich habe es Euch gesagt«, versetzte der Knecht mit einem Achselzucken. »Soll ich nicht doch den Herrn holen?«

Da es offensichtlich war, dass der Besucher die Wahrheit sagte, wagte Ilona nicht, ihn fortzuschicken. »Ich werde meinen Gemahl selbst davon in Kenntnis setzen, dass er Besuch hat«, sagte sie nach einigen Augenblicken des Nachdenkens. »Bring den jungen Mann in die Stube.« Sie ließ den Knecht stehen und eilte zurück zum Haus. Es war unhöflich, dessen war sie sich bewusst, aber sie wollte sich zuerst mit Vlad unterhalten, ehe sie seinem Sohn gegenübertrat. Wie hatte er ihr so etwas Wichtiges verschweigen können? Sie spürte Unmut in sich aufsteigen. Ein Erstgeborener konnte ihrem eigenen Nachwuchs gefährlich werden. Sie hatte ein Recht darauf, zu erfahren, wer der Bursche war! Ein Gedanke ließ sie stutzen. Oder war er ein Bastard, von dem Vlad nichts wusste? Bildete sich der Kerl ein, er könne Profit daraus schlagen, dass sein Vater mit ihr verheiratet war?

Sie schluckte den Ärger, der in ihr aufsteigen wollte, und eilte zu den Stallungen. Nachdem sie Vlad dort nicht gefunden hatte, suchte sie die Wirtschaftsgebäude nach ihm ab und ging schließlich zurück zum Haus. Allerdings war er auch dort nirgends zu finden. Sie wollte gerade die Suche aufgeben und den jungen Mann bitten, am folgenden Tag wiederzukommen, als ihr Blick auf die Kellertür fiel. Vielleicht hatte er dort unten etwas zu erledigen. Obwohl sie sich nicht vorstellen konnte, was Vlad in den Keller geführt haben sollte, öffnete sie die Tür und stieg die steile Stiege hinab.

Am Fußende der Treppe brannten Öllampen, was ihre Vermutung bestätigte. Sie nahm eine davon aus der Nische, in der sie stand, und drang mit einem mulmigen Gefühl im Bauch in die Gewölbe unter dem Haus vor. Es war unheimlich hier unten. Überall hingen Spinnweben und sie war sicher, dass es von Ratten nur so wimmelte. Der Keller bestand aus einem Gewirr von Gängen und Räumen, in denen Vorräte und Gerümpel lagerten. Jedenfalls sah es im schwachen Schein der Lampe für Ilona nach Gerümpel aus. Einige Zeit lang irrte sie von Gewölbe zu Gewölbe, bis plötzlich ein Schrei an ihr Ohr drang, der sie zusammenzucken ließ. Dem ersten Schrei folgte ein zweiter, dann ertönte etwas, das klang wie ein Schlag.

Ilona spürte, wie sich Gänsehaut auf ihren Armen ausbreitete. Was ging hier unten vor? War Vlad hier? Wurde jemand gefoltert? Die furchtbaren Geschichten, die man sich am Hof über ihn erzählt hatte, fielen ihr wieder ein. Das flaue Gefühl verwandelte sich in Übelkeit. Auf Zehenspitzen folgte sie den Geräuschen und hätte um ein Haar die Lampe fallen lassen, als ein weiterer spitzer Schrei durch die Gänge gellte. Als sie schließlich eine Tür mit einem Riegel am Ende eines der Korridore erreichte, blieb sie unschlüssig stehen. Unter der Tür fiel ein Lichtstreifen auf den Boden. Mit heftig klopfendem Herzen presste sie ihr Ohr an das raue Holz.

»Du wirst mir sagen, was ich wissen will«, hörte sie Vlad drohen.

Ein Stöhnen war die Antwort.

Das Geräusch eines weiteren Schlags ließ Ilona erneut zusammenfahren.

»Bitte, Herr, ich weiß nicht, was Ihr von mir wollt«, flehte eine Frauenstimme.

Das Entsetzen in Ilona breitete sich aus. Mit plötzlich staubtrockenem Mund beugte sie sich zum Schlüsselloch hinab und lugte hindurch. Was sie sah, machte sie fassungslos. Eine Frau mittleren Alters hing mit gefesselten Händen von der Decke. Ihr Kleid war zerrissen, ihr Rücken mit blutigen Wunden übersät.

Vlad stand hinter ihr mit einem dicken Stock in der Hand. Sein Gesicht war wutverzerrt. »Wenn du mir die Namen der

Magistrate nennst, die mir nach dem Leben trachten, hat die Qual ein Ende«, knurrte er.

»Aber ich habe es Euch doch schon gesagt«, wimmerte die Frau. »Meine Nichte ...«

Vlad holte aus und schlug mit so viel Kraft zu, dass die Frau an dem Haken hin und her schaukelte.

Der Schrei ließ Ilona das Blut in den Adern gefrieren.

»Du denkst allen Ernstes, dass ich so dumm bin, dir zu glauben, dass deine Nichte mir nach dem Leben trachtet? Für wie einfältig hältst du mich?«

»Es ist keine Lüge«, schluchzte die Frau. »Bitte, glaubt mir doch!«

Als Vlad ein weiteres Mal den Stock hob, um seine Gefangene zu schlagen, machte Ilona auf dem Absatz kehrt und floh, so schnell sie konnte, aus dem Keller. Wieder im Erdgeschoss angekommen, rang sie um Atem und versuchte, ihren rasenden Herzschlag unter Kontrolle zu bringen. Wer war die Frau? Warum folterte Vlad sie im Keller ihres Hauses? Wusste der König davon? »Oh, Gott«, flüsterte sie. Hatten die bösen Zungen recht? War er doch ein solches Ungeheuer wie man sich erzählte? Was sollte sie jetzt nur tun?

Kapitel 54

Buda, April 1463

Vlad sah auf die Gefangene, die schlaff in ihren Fesseln hing. Sie war schweißgebadet und würde vermutlich nicht mehr lange bei Bewusstsein bleiben. Dass sie trotz aller Qualen auf einer offensichtlichen Lüge beharrte, verwunderte ihn. Dachte sie wirklich, er würde ihr glauben, dass ein *Mädchen* es wagte, es mit ihm aufzunehmen? Für wie einfältig hielt sie ihn? Die wirre Geschichte, dass es sich um eine ehemalige Gefangene der Festung Poenari handelte, nahm er ihr keine Sekunde lang ab. Niemand war je von der Festung Poenari entkommen. Das Märchen, das die Frau ihm auftischte, war eindeutig der Versuch, von den wahren Hintermännern abzulenken. »Ich frage dich noch einmal«, zischte er. »Wer steckt hinter dem Anschlag auf mich?«

Die Frau gab einen Laut von sich, der wie das Winseln eines Hundes klang. »Bitte«, wisperte sie. Ihre Augenlieder flatterten, ehe sie völlig erschlaffte.

Vlad stieß einen Fluch aus, holte mit dem Prügel aus und drosch wutentbrannt so lange auf sie ein, bis ihm der Arm weh tat. Dann schleuderte er den Stock in eine Ecke und versuchte, sich zu beruhigen. Es nutzte nichts, wenn er sie tot schlug. Wollte er etwas Sinnvolles aus ihr herausbringen, musste er das anwenden, was er am osmanischen Hof über das Foltern gelernt hatte. Nicht der eigentliche Akt der Gewalt war das Wichtigste, sondern die Pausen zwischen den Peinigungen. Hatte er das als Geisel des Sultans nicht am eigenen Leib erfahren?

Carol hörte eine Tür im Erdgeschoss schlagen und huschte so leise wie möglich zurück zur Stube. Da der Knecht ihn alleine gelassen hatte, hatte er nicht untätig herumgesessen, sondern jede Kammer in diesem Stockwerk nach Cosmina durchsucht. Sie schien jedoch weder hier noch unter dem Dach festgehalten zu werden, weshalb er annahm, dass sein Vater sie entweder im Keller oder in einem der anderen Gebäude gefangen hielt.

Die Aussicht darauf, in Kürze dem Mann gegenüberzustehen, den er mehr hasste als den Teufel, ließ sein Herz schneller schlagen. Seine Hand umklammerte den Schwertgriff und als sich wenig später der Türknauf bewegte, spannten sich alle

Muskeln in seinem Körper. Würde er tun können, was nötig war? Er spürte, wie ihm der Schweiß aus den Poren trat. Seit er den Entschluss gefasst hatte, Vlad Draculea zu töten, verfolgte ihn sein Vater wieder bis in seine Träume. Wie oft hatte er ihn schon vor sich gesehen – blutüberströmt, von Carols eigener Waffe niedergestreckt. Und wie oft hatte er Gott nach solch einem Traum um Vergebung für die Todsünde angefleht, die er begehen musste. Er wollte gerade das Schwert ziehen, als eine junge Frau auf der Schwelle erschien.

Sie war kreideweiß im Gesicht und wirkte durcheinander. Floareas Beschreibung zufolge musste es sich um Ilona Szilágyi handeln.

Carol nahm die Hand vom Schwertknauf. »Wo ist mein Vater?«, fragte er ohne Umschweife.

Die Frau starrte ihn wortlos an, als habe sie einen Geist gesehen. Erst nach einigen Atemzügen fasste sie sich und fand ihre Stimme. »Er ist nicht da«, sagte sie so leise, dass Carol sie kaum hören konnte. »Ihr müsst morgen wiederkommen.« Einen Augenblick lang wirkte es, als wollte sie noch etwas hinzusetzen, doch dann schüttelte sie bedauernd den Kopf und ließ sich auf einen der gepolsterten Schemel sinken. »Bitte geht«, sagte sie, als Carol sie verwundert musterte.

Er runzelte die Stirn. Log sie ihn an? Nichts an ihrer Körperhaltung ließ darauf schließen. Vielmehr schien sie irgend etwas so schockiert zu haben, das sie die Regeln der Höflichkeit vergessen ließ.

»Ihr findet den Weg zum Tor gewiss allein«, sagte sie, als er sich nicht vom Fleck bewegte. »Vergebt mir, ich fühle mich nicht wohl.« Die Entschuldigung klang hilflos. Sie saß einfach nur da und starrte auf den Boden, während die Hände den Stoff ihres Kleides kneteten. Irgendetwas musste vorgefallen sein, das ihr die Fassung geraubt hatte. Obwohl Carol darauf brannte, zu erfahren, was in diesem Haus vor sich ging, hielt er sich zurück, mit Fragen in sie zu dringen. Als er sich schließlich rührte, machte sie keinerlei Anstalten, sich von ihrem Stuhl zu erheben.

War diese Situation ein Wink des Schicksals, fragte sich Carol. Ein Zeichen Gottes, dass er seinen Racheplänen gewogen war? Oder hatte der Teufel seine Hände im Spiel und harrte darauf, dass Carol endlich seine Seele an ihn verlor? Welche Macht auch immer am Werk war, diese Gelegenheit durfte er nicht ungenutzt verstreichen lassen. Er murmelte eine Verabschiedung, verließ den Raum und stahl sich so leise wie möglich ins Erdgeschoss. Dort herrschte Totenstille, weit und breit war kein Gesinde zu sehen. Nachdem sich Carol versichert hatte, dass ihm Ilona nicht folgte, ging er zur Haustür und lugte vorsichtig hinaus.

Auch der Hof lag mehr oder weniger verwaist da. Lediglich eine Handvoll Burschen und Knechte hantierte bei den Stallungen mit Sätteln und Zaumzeug. Alles wirkte verlassen, nicht einmal die Vögel in den Wipfeln der Bäume zwitscherten. Er wollte gerade hinaus ins Freie schlüpfen, als er schwere Tritte vernahm, die aus Richtung einer Eichentür an sein Ohr drangen. Diese war nur angelehnt und schien in den Keller zu führen. Er sah sich hastig um und duckte sich im letzten Augenblick hinter eine große Kiste, auf der zwei Heiligenbilder standen. Der Mann, den er erspähte, als er vorsichtig um die Ecke sah, war kein anderer als Vlad Draculea. Obwohl Carol diese Begegnung oft in Gedanken vor sich gesehen hatte, war er nicht auf die gewaltige Woge des Hasses vorbereitet, die unvermittelt über ihm zusammenschlug und ihn in einen bodenlosen Abgrund zu reißen drohte. Der Anblick des Mannes, der ihm die Mutter gestohlen und ihm unvorstellbare Seelenpein bereitet hatte, war so überwältigend, dass es sich anfühlte, als habe ihm jemand mit einem Schlag die Luft aus den Lungen getrieben. Wie gelähmt verfolgte er, wie sein Vater die Kellertür von außen verriegelte und sich dem Ausgang zuwandte. Bevor sich Carol so weit erholt hatte, dass er sich rühren konnte, war Vlad im Hof verschwunden. Unter Aufbietung aller Willenskraft zwang er sich, ruhig zu bleiben, anstatt seinem Vater nachzusetzen und ihn augenblicklich zu erschlagen. Zuerst musste er Floareas Tante befreien. Dann konnte er sich darum kümmern, all die unschuldigen Seelen zu rächen, die durch Vlad Draculea qualvoll den Tod gefunden hatten. Er fuhr sich mit den Handflächen übers Gesicht, als könne er so die Erinnerungen auslöschen. Er musste einen kühlen Kopf bewahren, wenn er keinen Fehler begehen wollte. Vermutlich befand sich Floareas Tante in einem der Kellerräume.

Ein Gedanke schoss ihm in den Kopf und ließ ihn zögern. Was, wenn Cosmina geredet hatte und Vlad sich auf dem Weg an den Hof befand, um Floarea zu bestrafen? Würde er solch einen Schritt wagen? Direkt vor den Augen des Königs? Carol wünschte, er hätte sie nicht zurück in den Palast geschickt. Auf unsicheren Beinen verließ er sein Versteck und beschloss, erst sicherzugehen, dass Vlad das Gelände nicht verließ. Sollte er ein Pferd satteln lassen, würde Carol ihm folgen und in der Nacht versuchen, erneut ins Haus einzudringen.

Ein Blick ins Freie vertrieb seine Ängste, da Vlad den Rock abgelegt hatte und mit seinem Schwert auf einen Pfosten einhieb. Am Hof in Tirgoviste hatte Carol ihn oft auf diese Art und Weise für den Kampf trainieren sehen, doch ganz offenbar war sein Vater aus der Übung. Er verschwendete keine Zeit, drückte die Tür wieder ins Schloss und machte sich auf den Weg in den Keller. Dort folgte er den brennenden Öllampen und gelangte wenig später an eine von außen verriegelte Tür.

Kapitel 54

Buda, 1463

Floarea machte sich mit jeder Sekunde, die verstrich, größere Sorgen um Carol und Cosmina. Sie hätte ihn nicht allein zum Haus seines Vaters gehen lassen dürfen!

»Pack alles Nötige zusammen und warte im Haus deiner Tante auf mich«, hatte er gesagt, als sie sich getrennt hatten.

»Wenn es mir gelingt, Cosmina zu befreien und meinen Vater zu töten, gibt es nur eine Möglichkeit für uns. Die Flucht.«

»Aber wie willst du es allein bewerkstelligen, dort einzudringen?«, hatte Floarea gefragt.

»Ich habe keine Ahnung«, war die wenig ermutigende Antwort. »Aber ich werde auf keinen Fall zulassen, dass er ihr oder dir etwas antut.«

»Was soll ich der Königin sagen?«

»Gar nichts.«

»Ich kann doch nicht einfach fortlaufen«, protestierte Floarea.

Er fasste sie bei den Schultern. »Dir bleibt keine andere Wahl. Die Tatsache, dass der König meinen Vater mit seiner Base vermählt hat, bedeutet, dass er ihm wieder gewogen ist. Vermutlich wird es nicht lange dauern, bis er ihn gegen meinen Onkel oder den Sultan ins Feld schickt. Den Versuch, ihn zu töten, wird er als Hochverrat werten. Und du weißt, welche Strafe auf Hochverrat steht.«

»Ich bin bereit, dafür zu sterben«, gab Floarea trotzig zurück.

»Ich bin aber nicht bereit, dich noch mal zu verlieren.«

Seine Worte trieben ihr die Tränen in die Augen.

»Sei vernünftig, Floarea«, bat er. »Tu, was ich sage. Bete meinetwegen zu Gott, dass unser Plan gelingt, aber warte im Haus deiner Tante auf mich.«

Die Sorge in seinem Blick schnitt ihr ins Herz. Wie hatte sie nur an ihm zweifeln können? Ein weiteres Mal war er bereit, für sie alles aufzugeben. Auch wenn es nicht mehr viel war, wie er ihr gestanden hatte.

»Lass meinen Hengst von einem der Burschen satteln und zu Cosminas Haus bringen«, setzte er hinzu. »Und jetzt geh.«

Wenn ihm nur nichts zustieß! Mit sorgenschwerem Herzen packte sie ihre Habseligkeiten in eine Kiste und rief eine Magd zu sich. »Trag einem Knecht auf, die Truhe zum Kontor meiner Tante zu schaffen«, sagte sie und nannte ihr die Adresse. Dann warf sie einen letzten Blick in ihre Kammer, ehe sie sich auf den Weg nach draußen machte. Im Hof angekommen, versicherte sie sich, dass weder die Hofmeisterin noch Julianna oder eine der anderen Zofen in der Nähe waren. Auf keinen Fall wollte sie neugierige Fragen beantworten, die Carol oder ihre Tante in noch größere Gefahr bringen konnten. Obwohl es nicht kühl war, zog sie die Kapuze ihres Mantels über den Kopf und eilte vom Prachthof über den Trockengraben zum Sigismund-Hof. Der Weg zu den Stallungen führte an den Gärten vorbei, doch zu ihrer Erleichterung war von Marzio weit und breit keine Spur zu entdecken. Sobald sie eines der Stallgebäude erreicht hatte, trug sie einem der Burschen auf, worum Carol sie gebeten hatte.

Obwohl der Knabe sie verwundert ansah, tat er wie ihm geheißen und führte wenig später einen prachtvollen Fuchshengst ins Freie.

»Wollt Ihr ausreiten?«

Die Frage ließ Floarea erschrocken herumwirbeln.

Marzio kam mit einem Stirnrunzeln auf sie zu. Sein Blick zuckte zu dem Hengst, der schnaubend den Kopf warf.

»Nein, ich ...«, stammelte Floarea. Auf die Schnelle fiel ihr keine passende Lüge ein. Verdammt, dachte sie. Warum musste er ausgerechnet jetzt hier auftauchen?

Marzios Augen verengten sich, als der Stallknecht einen

Männersattel auf den Rücken des Fuchses hievte. »Wessen Pferd ist das?«, fragte er.

Floarea überlegte fieberhaft. Wenn er Verdacht schöpfte, konnte er ihre Flucht nicht nur vereiteln, er konnte ihr Leben gefährden. »Die Königin hat mich gebeten ...«, sagte sie und machte eine vage Handbewegung. Gegen die Königin würde Marzio sicher nichts einzuwenden haben.

»Die Königin will im Herrensitz ausreiten?«, fragte er ungläubig.

»Nein.« Floarea bemühte sich um ein unbeschwertes Lächeln. »Der König und einige seiner Gefolgsleute wollen zur Jagd.«

»Und Ihr lasst das Pferd für einen davon satteln?«

Floarea schluckte den Fluch, der ihr auf der Zunge lag, herunter. Egal, was sie sagte, er würde es ihr nicht glauben. Daher trat sie die Flucht nach vorne an. »Bitte vergebt mir«, sagte sie und senkte scheinbar beschämt den Kopf. »Das Pferd ist ein Geschenk für meine Tante. Ich lasse es zu ihrem Verwalter bringen, damit er abwägen kann, ob es zahm genug ist für sie.«

»Ihr vertraut mir nicht genug, um mir die Wahrheit zu sagen?« Er klang enttäuscht.

Floarea hätte beinahe laut gelacht. Dachte er wirklich, sie würde jemandem vertrauen, der sie dazu erpresste, seine Frau zu werden? Verkannte er denn völlig die Lage? Hatte er sich inzwischen eingeredet, dass sie ihn mochte? Oder gar liebte? Sie hob den Blick und sah ihm in die Augen. »Es sollte eine Überraschung sein«, sagte sie kühl. »Und jetzt entschuldigt mich, ich muss zum Kontor meiner Tante.«

Marzio zögerte keine Sekunde. »Ich begleite Euch.« Er warf dem Hengst einen Blick zu. »Wolltet Ihr das Tier mitnehmen?«

Floarea schüttelte den Kopf. »Der Junge bringt es zum Haus.«

»*Ich* werde es für Euch führen«, sagte Marzio bestimmt. Sein Tonfall duldete keinen Widerspruch.

Floarea presste die Lippen aufeinander. Das hatte ihr gerade noch gefehlt! »Ich habe meiner Tante noch nichts von unserer Verlobung erzählt«, versuchte sie, ihn von seinem Vorhaben abzuhalten. »Sie weiß nicht, wer Ihr seid.«

Marzio plusterte sich auf wie ein Vogel. »Dann wird es höchste Zeit, dass Ihr mich der Dame vorstellt«, erwiderte er kühl.

»Sie ist keine Hofdame«, versuchte Floarea ihren letzten Trumpf zu spielen. »Sie ist die Witwe eines Händlers und führt das Geschäft meines Onkels.«

»Sie ist Eure Tante und Ihr seid meine Braut«, gab Marzio ungerührt zurück. »Ich komme mit Euch.«

Da Floarea ihn nicht gegen sich aufbringen wollte, willigte sie notgedrungen ein. Sie hatte zwar keine Ahnung, wie sie ihn wieder loswerden sollte, aber ihr würde schon etwas einfallen.

Kapitel 55

Buda, April 1463

Ilona wusste nicht, wie lange sie in der Stube gesessen und vor sich hingestarrt hatte, bis das lähmende Entsetzen von ihr abfiel. Inzwischen warfen die Bäume vor den Fenstern lange Schatten und raubten der Stube das Sonnenlicht, das sie am Morgen durchflutet hatte. Was sie gesehen hatte, erschien ihr wie ein Alptraum. Der Mann, der im Keller auf die hilflose Gefangene eingeprügelt hatte, war nicht der Mann, mit dem sie noch vor kurzem das Bett geteilt hatte. Wut und Hass hatten sein Gesicht zu einer Fratze entstellt, die Ilona Angst machte.

Was sollte sie tun? Wie würde Vlad reagieren, wenn sie ihn auf die Gefangene ansprach? Würde er zornig werden, weil sie ihm nachspioniert hatte? Oder würde er ihr erklären, warum er die Frau in ihrem Keller folterte? All diese Fragen raubten ihr fast den Verstand, weshalb sie schließlich beschloss, sich auf die Suche nach ihrem Gemahl zu machen. Vielleicht gab es eine ganz einfache Erklärung für das, was dort unten vorgefallen war. Vielleicht handelte es sich bei der Frau um eine Diebin oder eine Magd, die bestraft werden musste. Warum sollte er als Hausherr diese Aufgabe nicht selbst übernehmen?

Weil es dafür Knechte gibt, schien ihr eine Stimme ins Ohr zu flüstern.

Sie wusste, dass nur wegen der furchtbaren Geschichten, die man sich bei Hof erzählte, Zweifel an ihr nagten. War es nicht ihre Aufgabe als Ehefrau, stets hinter ihrem Gemahl zu stehen? Ihn zu unterstützen und ihm bei allem, was er tat, zu vertrauen? Anstatt dem Geschmiere von irgendwelchen Dichtern Glauben zu schenken und Vlad für ein Ungeheuer zu halten? Sie erinnerte sich an die Verse, die sie am meisten entsetzt hatten.

»Da ließ der Dracula, der böse Gesell',
sie allesamt bringen zu ihm.

Das waren vierhundert oder mehr,
an deren grausig' Tod lag ihm sehr,
diesem Wüterich, dem Unreinen.

Alle ließ er sie verbrennen
und sprach: ›Ich will nicht haben, dass sie
Kundschaft verbreiten, die nie
mein Feind soll kennen!‹

Sein Regiment führte er mit Graus,
ein ganzes Geschlecht rottete er aus,
verbrennen und ganz auslöschen.

Spießen und das Haupt trennen von dem Leib,
alt und jung, groß und klein, Mann und Weib,
vom Unbedeutendsten bis zum Höchsten.

Und obendrein und überall,
Bruder und Schwester, dazu das Kind,
Neffen und Nichten, wie sie da sind,
viele waren's an der Zahl.«

Diese Strophe ging Ilona immer und immer wieder im Kopf herum. Hatte die Gefangene nicht irgendetwas von einer Nichte gesagt? Sie stöhnte. Es nutzte nichts, sich etwas vorzumachen. Sie war keine Magd, die bestraft werden musste. Sie war jemand, der wusste, wer Vlads Feinde waren. Obwohl sich der Druck in ihrem Magen immer mehr verstärkte, erhob sie sich und verließ die Stube. Nur ein Gespräch mit Vlad konnte Gewissheit bringen.

Auf schwachen Beinen ging sie ins Erdgeschoss und schielte zur Kellertür. Ob er immer noch dort unten war? Sie öffnete die Tür und lauschte in die Tiefe. Nichts. Keine Schreie. Erleichtert kehrte sie dem Keller den Rücken und beschloss, im Freien nach ihrem Gemahl zu suchen. Vielleicht würde die frische Luft ihr auch dabei helfen, einen klareren Kopf zu bekommen. Sie trat in den Hof hinaus und erschrak, als sie Vlad erblickte.

Er drosch mit seinem Schwert auf einen Pfosten ein, der unter jedem Hieb nachgab. Überall lagen Holzsplitter; außer ihm war kein Mensch zu sehen. Vermutlich hatte sich das Gesinde irgendwo versteckt – aus Angst, seine Wut könnte sich ein anderes Ziel suchen. Sein Kopf war puterrot, das Hemd nass vom Schweiß. Selbst aus einigen Schritten Entfernung konnte Ilona sehen, dass die Adern an seinen Armen deutlich hervortraten. Er war so furchterregend in seinem Zorn, dass sie es nicht wagte, sich ihm zu nähern. Wie festgenagelt stand sie da und sah zu, wie er so lange auf den Pfosten einschlug, bis er entzweibrach. Als er mit einem Keuchen sein Schwert zu Boden schleuderte und nach dem Stumpf trat, fiel sein Blick auf sie.

Nur mit Mühe konnte sich Ilona beherrschen, kehrtzumachen und zurück ins Haus zu laufen. Der Mann, der sie heftig atmend anstarrte, war ein vollkommen Fremder.

»Ilona«, sagte er nach einigen Augenblicken heiser.

Sie sah ihn unsicher an.

»Bring mir Wein«, befahl er, als ob er eine Magd vor sich hätte. Als sie keine Anstalten machte, sich zu rühren, setzte er harsch hinzu: »Sofort.«

Da sie sich vor ihm fürchtete, wagte sie nicht, zu zögern. So schnell sie konnte, lief sie in die Küche, füllte einen Krug und brachte ihn zu Vlad. Ohne ein Wort des Dankes riss er ihn ihr aus der Hand und leerte ihn in wenigen gierigen Zügen. Dann trocknete er sich mit dem Ärmel den Mund und hob sein Schwert auf.

»Vlad?«, fragte sie schüchtern. Ihre Stimme zitterte.

»Was ist?«, brummte er.

Ihr Blick wurde wie magisch von dem glänzenden Stahl in seiner Hand angezogen. Plötzlich verließ sie der Mut. »Kann ich dir noch etwas bringen?«, fragte sie kleinlaut.

Er schüttelte den Kopf. »Geh ins Haus.« Sein Brustkorb hob und senkte sich heftig. Mit einer energischen Bewegung steckte er das Schwert in die Scheide und hob seinen Rock vom Boden auf.

Ilona wusste, dass es klüger war, zu gehorchen. Allerdings kehrten die Zweifel zurück und drängten die Angst in den Hintergrund. »Vlad?«, hob sie erneut an.

»Ich sagte, du sollst ins Haus gehen!«, herrschte er sie an.

»Wer ist die Frau im Keller?« Es war heraus, bevor sich Ilona auf die Zunge beißen konnte.

Er erstarrte mitten in der Bewegung. Dann drehte er sich

langsam zu ihr um und musterte sie mit einem Blick, der sie wünschen ließ, der Boden würde sich unter ihr auftun und sie verschlucken. »Was hattest du im Keller zu suchen?«, fragte er gefährlich ruhig. Auf seiner Stirn pulsierte eine Ader.

»Ich wollte sehen, welcher Schlüssel zu welcher Tür passt«, erwiderte Ilona mit zitternder Stimme und zeigte auf den Eisenring an ihrem Gürtel. »Und da habe ich ...« Sie brach den Satz ab, da Vlad einen Schritt auf sie zu machte.

Der Schlag war so brutal, dass er sie nach hinten taumeln ließ.

»Ich habe dir schon einmal gesagt, dass eine Ehefrau ihrem Gemahl zu gehorchen hat«, zischte er. »Immer. Anscheinend hast du das nicht begriffen.« Er packte sie beim Arm und zog sie auf das Wohnhaus zu, wo er sie die Treppen hinaufstieß. In ihrer Schlafkammer machte er seinen Gürtel los und begann, wütend auf sie einzuprügeln.

Kapitel 56

Buda, April 1463

Carol sah entsetzt auf die Frau, die schlaff in den Fesseln hing. Ihr Kleid war zerrissen, ihr gesamter Rücken mit blutigen Striemen und Platzwunden übersät. Auch die Haut über einer ihrer Augenbrauen war aufgeplatzt, ihr Gesicht blutüberströmt. Auf dem Boden unter ihr hatte sich eine Lache gebildet. Es stank nach Schweiß und Urin, der rasselnde Atem der Gefangenen war deutlich zu hören. Wenn man sie nicht bald losband, würde sie vermutlich ersticken, weil der Druck auf ihre Lunge zu groß wurde.

»Cosmina.« Er trat zu ihr, zog seinen Dolch und durchtrennte die Fesseln.

Sie sackte in sich zusammen wie eine Gliederpuppe.

Vorsichtig befreite er sie von den restlichen Fesseln und sah sich nach etwas um, mit dem er ihre Blöße bedecken konnte. Allerdings gab es in dem Raum nichts außer einem zerbrochenen Regal und ein paar leeren Säcken. Ohne zu zögern, schlüpfte er aus seiner Schecke und zog sein Hemd aus. »Cosmina«, sagte er erneut und tätschelte ihre Wange. »Hört Ihr mich?«

Sie gab ein leises Stöhnen von sich.

Er brauchte Wasser. Sie hatte einiges an Blut verloren und war vermutlich in einem Zustand, an den Carol sich nur zu gut erinnern konnte. Er wusste, wie es sich anfühlte, von Vlad Draculea bis aufs Blut gegeißelt zu werden. Nachdem er sie vorsichtig auf den Säcken abgelegt hatte, rannte er aus dem Kellerraum und war kurz darauf zurück im Erdgeschoss des Gebäudes. Irgendwo musste sich eine Küche befinden. Vorsichtig schlich er von Tür zu Tür, bis er fand, wonach er suchte. Er hatte die Schwelle gerade übertreten, als es über ihm polterte. Ein Schrei folgte, dann heftige Schläge. Offenbar hatte Vlads Gemahlin ebenfalls seinen Zorn auf sich gezogen und spürte jetzt, wozu er fähig war.

Die junge Frau tat Carol leid. Vermutlich war sie nicht mehr als eine Spielfigur für den König, der Vlad irgendwie an sich binden musste. Was aus dem Mädchen wurde, interessierte ihn sicher nicht im Geringsten.

»Bitte, Vlad, hör auf!«, hörte er die Frau rufen. Offenbar versuchte sie, aus ihrer Kammer zu fliehen.

Carol hörte etwas durch die Luft zischen, dann folgte ein Klatschen und ein weiterer Schrei. Die Tür, die die junge Frau bei ihrem Fluchtversuch geöffnet haben musste, wurde mit einem Tritt wieder geschlossen.

»Bitte nicht!«, drang ihr Flehen gedämpft nach draußen.

Carol überlegte nicht lange. Er füllte einen Becher mit Wasser, eilte damit zurück zu Cosmina und flößte ihn ihr ein. »Wartet hier auf mich«, sagte er, als sie versuchte, sich aufzusetzen. »Ich bin gleich zurück. Dann bringe ich Euch zu Floarea.« Ohne eine Antwort abzuwarten, rannte er die Treppen wieder hinauf und platzte kurz darauf in die Schlafkammer seines Vaters. Was er dort vorfand, ließ den Hass in ihm mit voller Gewalt aufflammen.

Eine junge Frau lag zusammengekrümmt am Boden und hielt sich die Hände schützend vors Gesicht. Vlad stand über ihr und drosch mit dem schweren Ende eines Gürtels auf sie ein. Ihr Kleid war bereits an mehreren Stellen zerfetzt, der Stoff blutig.

Als Vlad die Tür aufspringen hörte, fuhr er wie ein Rasender herum und starrte Carol heftig atmend an. Zuerst schien er nicht zu verstehen, was geschehen war. Dann schien er zu begreifen, denn sein Blick änderte sich und er verzog abfällig den Mund. »Du steckst also dahinter«, zischte er. »Das hätte ich mir denken können.«

Carol hatte keine Ahnung, wovon er sprach. Es war ihm auch egal. Beim Anblick des Mannes, den er seit seiner ersten Begegnung in dem Karpatenkloster gefürchtet und gehasst hatte, zog er ohne zu zögern das Schwert.

Vlad warf den Gürtel neben die Frau auf den Boden und bleckte ebenfalls die Klinge. »Hat Radu dich geschickt?«, fragte er.

Carol schüttelte den Kopf. »Radu ist nicht besser als du.«

»Er ist ein Verräter«, knurrte Vlad. »Genau wie mein eigener Sohn. Allerdings hätte ich nicht gedacht, dass du Feigling es wagst, hier einzudringen. Wo sind die anderen?« Er machte einen Schritt auf Carol zu und hieb mit der Waffe nach ihm.

Carol parierte den Streich mühelos. »Welche anderen?«, fragte er. »Es gibt keine anderen. Und der einzige Verräter, den ich kenne, bist du. Wer sonst schlachtet sein eigenes Volk ab?«

Vlad holte erneut aus, verfehlte Carol jedoch um mehrere Zoll. »Was weißt du schon?«, fragte er verächtlich. »Ich bin der einzige, der diese Brut des Teufels aufhalten kann, mit der dein Onkel ins Bett steigt.«

»Indem du Frauen und Kinder ermorden lässt?« Die Erinnerung an das Osterfest, an Floareas Leid, Toader und all die anderen Unschuldigen fachte Carols Wut weiter an. »Du«, er führte einen mächtigen Streich auf Vlads Arm, »bist der Teufel.« Ein weiterer Hieb folgte, der Vlad zwang, nach hinten auszuweichen.

Den nächsten Schlag wehrte er jedoch ab, machte einen unerwarteten Schritt auf Carol zu und rammte ihm den Schwertknauf unters Kinn.

Schmerz explodierte in Carols Kopf und einen Augenblick sah er nichts als tanzende Sterne.

Diesen Moment nutzte Vlad aus, um mit der Waffe auszuholen und zu einem tödlichen Streich anzusetzen.

Hätte sich Carol nicht in letzter Sekunde zur Seite geworfen, wäre die Klinge direkt in sein Herz eingedrungen. So zerschnitt sie nur den Stoff seiner Schecke und verletzte seine Haut. Er spürte die Wärme des Blutes, das aus der Wunde quoll. Immer noch benommen, wich er einem weiteren Stich nach seinem Brustkorb aus, schüttelte den Schwindel ab und parierte den nächsten Hieb. Erbittert setzte er sich gegen den Kämpfer zur Wehr, der der gesamten osmanischen Armee das Fürchten gelehrt hatte. Obwohl Vlad aus der Übung zu sein schien, brachte er Carol mehr und mehr in Bedrängnis. Wenn ihm nicht bald der entscheidende Streich gelang, würde er verlieren! Diese Erkenntnis raubte Carol für einen Augenblick die Kraft. Diesen Moment der Schwäche nutzte Vlad, um ihm mit einer Kombination von Hieben die Waffe aus der Hand zu schlagen.

»Gib auf«, keuchte er.

Carol dachte nicht im Traum daran. Obwohl er ohne Schwert kaum eine Chance gegen seinen Vater hatte, zückte er seinen Dolch, fasste ihn bei der Klinge und schleuderte ihn auf Vlad.

Das Messer traf ihn im Oberschenkel. Mit einem Wutschrei brach Vlad in die Knie. Blitzschnell war Carol bei ihm,
entwand ihm das Schwert und zog den Dolch aus der Wunde.

Vlad biss die Zähne aufeinander. Hasserfüllt funkelte er
Carol an, als dieser den Dolch hob und an seine Kehle setzte.

Cosmina stöhnte. Immer wieder hatte sie versucht, sich aufzusetzen – ohne Erfolg. Jeder Knochen in ihrem Leib
schmerzte. Wenn sie ihre Arme bewegte, fuhren ihr Tausende
von Nadelstichen in die Schultern. Das Wasser hatte ein paar
ihrer Lebensgeister zurückgebracht, aber sie wusste nicht, ob
sie jemals wieder aus eigener Kraft würde gehen können.

Die vergangenen Stunden waren die Hölle gewesen. Obwohl sie geschrien, gebettelt, geflucht und gefleht hatte, hatte
ihr Peiniger ihr nicht geglaubt. Dutzende Male hatte sie ihm
gesagt, dass es ihre Nichte war, die ihm nach dem Leben trachtete. Doch offensichtlich hatte er eine andere Antwort erwartet.

Sie fühlte sich nicht nur körperlich zerschlagen, auch ihre
Seele hatte einen Riss, vor allem, weil sie nicht stark genug gewesen war, um Floarea zu schützen. Was wäre geschehen,
wenn Vlad Draculea ihr geglaubt hätte? Wäre Floareas Leben
dann überhaupt noch einen Pfifferling wert? Sie versuchte ein
weiteres Mal, sich in eine sitzende Position zu schieben. Und
dieses Mal gelang es ihr. Zwar waren die Schmerzen so furchtbar, dass sie beinahe erneut die Kontrolle über ihre Blase verlor, doch sie gab nicht auf. Sie musste aus diesem Loch fliehen!
Sie wusste weder, wer der junge Mann war, der sie losgebun-
den hatte, noch ob er zurückkommen würde. Wenn sie hier
wartete, bis Vlad Draculea zurückkehrte ... Allein die Vorstellung ließ ihre Kraft wieder schwinden.

Kapitel 57

Buda, April 1463

Der Verwalter sah Floarea sofort, als sie den Hof ihrer Tante betrat.

Er stand über einen Gewürzsack gebeugt, dessen Inhalt er misstrauisch unter die Lupe nahm. Die Schale, mit der er etwas von dem schwarzen Pulver herausgeschöpft hatte, ließ er sofort fallen und eilte auf sie zu. »Eure Tante ist immer noch nicht wieder aufgetaucht«, keuchte er. »Die Wache ...«

»Ruf einen Stallburschen«, fiel Floarea ihm ins Wort. »Er soll diesen Hengst füttern und tränken.«

Der Verwalter sah erst sie, dann Carols Fuchs verwundert an. Schließlich wanderte sein Blick zu Marzio.

»Was ist mit Eurer Tante?«, wollte der Italiener wissen.

»Nichts«, sagte Floarea, ehe der Verwalter sich verplappern konnte. Auf keinen Fall wollte sie, dass Marzio von der Entführung ihrer Tante erfuhr.

»Und wegen nichts geht Ihr zur Wache?«, fragte Marzio. Ihm war anzusehen, dass er ihr kein Wort glaubte.

»Kommt mit ins Kontor, dann erkläre ich Euch alles«, log Floarea.

»Braucht Ihr meine Hilfe?« Der Verwalter schien zu spüren, dass Floarea Marzios Anwesenheit unangenehm war.

Allerdings konnte Floarea ihn nicht brauchen, weil er sie mit seiner Aufregung ansteckte. Sie musste Zeit gewinnen, um in Ruhe über einen Ausweg aus der Notlage nachzudenken. »Nein«, erwiderte sie und gab Marzio mit einem Nicken zu verstehen, ihr ins Haus zu folgen. Wortlos führte sie ihn ins erste Geschoss hinauf, in die Schreibstube ihrer Tante, wo sie ihn einlud, auf einem Klappstuhl Platz zu nehmen.

»Wollt Ihr mir jetzt sagen, warum der Mann bei der Stadtwache war?«, fragte er und sah sich im Kontor um.

Auf dem Arbeitstisch, der direkt neben einem großen Fenster stand, befand sich ein verstellbares Pult zum Auflegen von Büchern. Ein niedrigeres Pult zum Schreiben teilte sich den restlichen Platz mit mehreren Büchern, einem Federhalter und zwei Tintenfässern. Zahlreiche Briefe warteten darauf, von Cosminas Läufern abgeholt zu werden. Ein Kachelofen sorgte in der kalten Jahreszeit für Wärme.

»Was ist mit Eurer Tante?«, hakte Marzio nach, als Floarea nicht sofort antwortete.

Sie überlegte fieberhaft. Auf keinen Fall durfte sie ihm die Wahrheit sagen. Allerdings wusste sie nicht, welche Lüge sie ihm auftischen konnte. Auf die Schnelle fiel ihr einfach nichts Glaubhaftes ein. »Meine Tante hatte einen bösen Streit mit einem Konkurrenten«, sagte sie hilflos.

Marzio zog die Brauen hoch. »Und deshalb beschwert Ihr Euch bei der Wache?«

Floarea schüttelte den Kopf. »Nein, so ist es nicht«, stammelte sie. Sie biss sich auf die Lippe und sah sich um. Als ihr Blick auf die Tür des kleinen Raumes fiel, in dem ihre Tante ihre alte Korrespondenz aufbewahrte, schoss ihr ein Gedanke durch den Kopf. »Kommt, ich zeige Euch, wo das Problem liegt«, sagte sie, ging zur Tür der Kammer und zog sie auf. Mit der Hand tastete sie nach dem Schlüssel. Erleichtert stellte sie fest, dass er im Schloss steckte.

»Dort drin liegt das Problem?« Marzios Verwunderung war schon beinahe komisch. Er folgte Floarea zur Kammer und steckte neugierig den Kopf hinein. »Ich kann nichts sehen.«

Floarea versetzte ihm einen so kräftigen Stoß, dass er nach vorn taumelte. Dann schlug sie die Tür hinter ihm zu und drehte den Schlüssel im Schloss.

»Was soll das?«, protestierte Marzio. Das Holz dämpfte seine Stimme. »Seid Ihr von Sinnen? Floarea! Lasst mich sofort wieder hier raus!« Er hämmerte wütend gegen die Tür.

»Entschuldigt«, murmelte Floarea. Allerdings hielt sich ihr Mitleid in Grenzen. Hätte er seine Nase nicht in ihre Angelegenheiten gesteckt, wäre es nie so weit gekommen. Wut stieg in ihr auf. Sie konnte sich kein Mitgefühl leisten. Nicht jetzt. Hatte er nicht ihre Notlage ausgenutzt, um sie dazu zu zwingen, seine Frau zu werden? Die Wut verstärkte sich. Sollte er doch in der Kammer verrotten! Sie verschloss ihre Ohren vor seinen Schimpftiraden, steckte den Schlüssel ein und verließ das Kontor. Auch diese Tür schloss sie von außen ab, damit nicht einer der Knechte Marzio befreite. Dann machte sie sich daran, das Notwendigste für Cosmina zusammenzupacken und in mehreren Truhen zu verstauen.

»Bring das zur Kutsche«, trug sie einem der Knechte auf und folgte ihm zurück in den Hof.

»Wollt Ihr jetzt verreisen?«, fragte der Verwalter, als sie dem Knecht Anweisungen gab. »Wisst Ihr etwas, das ich nicht weiß? Wo ist Euer Begleiter?« Er konnte sein Misstrauen kaum mehr verbergen.

Floarea verkniff sich ein Stöhnen. »Hör zu«, sagte sie. »Ich habe herausgefunden, wo sich meine Tante befindet. So Gott will, wird sie bald wieder hier sein. Aber dann müssen wir so schnell wie möglich die Stadt verlassen.«

Der Verwalter erbleichte. »Ist sie in etwas Ungesetzliches verwickelt?«

Floarea schüttelte den Kopf. Sie beschloss, ihm so viel von der Wahrheit anzuvertrauen, wie nötig war, um sich seine Unterstützung zu sichern. »Ich habe mir bei Hof einen mächtigen Feind gemacht«, erklärte sie. »Und dieser Mann hat Cosmina in seiner Gewalt.«

»Kann denn die Wache nichts unternehmen?«

»Die Wache ist gegen diesen Mann machtlos«, seufzte sie. »Ist der andere ...?«

»Er ist ein Italienischer Gelehrter«, unterbrach ihn Floarea. »Gänzlich harmlos, aber seine Neugier könnte Cosmina in noch größere Gefahr bringen. Ich habe ihn im Kontor eingesperrt.«

Die Augen des Verwalters weiteten sich.

»Keine Angst«, beschwichtigte ihn Floarea. »Sobald wir fort sind, kannst du ihn frei lassen. Er wird zwar furchtbar wütend sein, dir aber keine Schuld geben.« Sie hoffte, dass sie mit dieser Vermutung recht behielt.

Der Verwalter wollte gerade den Mund öffnen, um etwas zu erwidern, als der Bursche mit ihren Habseligkeiten aus dem Palast den Hof betrat.

»Stell es hier ab«, befahl Floarea. Dann bat sie den Knecht ihrer Tante, auch diese Kiste in der Kutsche unterzubringen.

»Wann werdet Ihr wiederkommen?«, fragte der Verwalter.

Floarea zuckte mit den Achseln. »Ich habe keine Ahnung«, gab sie leise zurück. Wenn Carol gelang, was ihr missglückt war, würden sie das Königreich nie wieder betreten können. Denn ganz sicher würde Matthias Corvinus den Mord am Gemahl seiner Base nicht ungesühnt lassen. Sie unterdrückte ein Seufzen. Hoffentlich war es noch nicht zu spät für Cosmina.

Kapitel 58

Buda, April 1463

Das Tosen des Blutes in Carols Ohren übertönte jedes andere Geräusch im Raum. Er hörte weder das Weinen der jungen Frau noch die Worte, die sein Vater durch zusammengepressten Zähne hervorstieß. Alles, was er hörte, waren die Schreie der Gefolterten in seiner Erinnerung. Die Hand, mit der er den Dolch an Vlad Draculeas Hals presste, zitterte. Seine Muskeln waren bis zum Zerreißen gespannt. Obwohl er sich so lange Zeit nichts sehnlicher gewünscht hatte, als all das Leid, all die Ungerechtigkeit und all den Schmerz zu rächen, wollte seine Hand ihm nicht gehorchen. Nur eine Bewegung war nötig, um das Böse vom Erdboden zu tilgen. Ein Schnitt durch die Kehle. Mehr nicht. Doch es war, als ob ihn eine unsichtbare Macht davon abhielt. Das Tosen in seinen Ohren ebbte ab.

»Was ist?«, spuckte Vlad verächtlich aus. »Bist du immer noch nicht Manns genug?« Er zuckte mit keiner Wimper, als Carol den Druck der Waffe verstärkte. Hass und Verachtung lagen in seinen Augen.

Wie bei ihrer ersten Begegnung im Karpatenkloster, dachte Carol. »Was hat meine Mutter nur in dir gesehen?«, fragte er.

Die Worte hatten eine Wirkung, mit der er nicht gerechnet hatte. Ein Muskel in der Wange seines Vaters zuckte und seine Augen verdunkelten sich. Die Verachtung wich einem Ausdruck der grenzenlosen Trauer. Es war nur kurz, dann verhärteten sich Vlads Züge wieder und der Hass kehrte zurück. »Mach schon, töte mich«, knurrte er.

Carol wurde in diesem Moment bewusst, dass er nicht tun konnte, wovon er so lange geträumt hatte. Die Rache, die er sich so süß vorgestellt hatte, schien plötzlich gallenbitter. Die Tat würde ihn in einen Abgrund reißen, an dessen Boden er niemals wieder das Licht erblicken würde. Anstatt ihm Befriedigung zu geben, würde der Mord an seinem Vater ihm die Seele rauben und ihn zu dem machen, was er am meisten verachtete: zu einem Geschöpf Vlad Draculeas.

Sein Vater musste die Erkenntnis in seinem Blick gesehen haben, da er sich unvermittelt aufbäumte, Carol zur Seite schleuderte und versuchte, sein Schwert zu erreichen. Allerdings behinderte ihn die Wunde am Oberschenkel und Carol war schneller. Ohne zu zögern, rammte er ihm den Dolch auch in das andere Bein.

Vlad stieß einen kehligen Schrei aus.

»Ich werde dich nicht töten«, zischte Carol. »Aber verfolgen wirst du mich auch nicht.« Als Vlad etwas erwidern wollte, versetzte er ihm einen gewaltigen Fausthieb gegen die Schläfe. »Kümmere dich um ihn«, wies er die immer noch weinende Frau an. »Sonst verblutet er.« Nach einem letzten Blick auf seinen Vater hob er sein Schwert auf und stürmte aus der Kammer. Der Aufruhr in seinem Inneren war gewaltig. Aber wichtiger als seine Gefühle war jetzt, Floareas Tante aus dem Haus zu schaffen und von einem Arzt versorgen zu lassen. So schnell er konnte, rannte er die Kellertreppen hinab und wäre an deren Absatz beinahe mit Cosmina zusammengestoßen. Kreidebleich und schweißgebadet hangelte sie sich an der Wand entlang auf den Ausgang zu.

»Gütiger Himmel«, rief Carol, als er sie sah. »Warum habt Ihr nicht auf mich gewartet?«

»Ich wusste nicht, ob Ihr wiederkommt«, war die schwache Antwort.

Carol trat zu ihr, legte seinen Arm um ihre Taille und ihren über seine Schulter.

Sie zog scharf die Luft ein.

»Könnt Ihr noch ein Stück gehen, wenn ich Euch stütze?«, fragte er.

Sie nickte.

»Dann nichts wie fort von hier. Floarea wartet in Eurem Haus auf Euch.«

»Floarea?«, hauchte sie.

»Wir müssen Euch aus der Stadt bringen«, fuhr Carol fort. »Erst dann seid Ihr wirklich in Sicherheit.«

Es dauerte eine gefühlte Ewigkeit, Cosmina die Treppen hinauf und in den Hof zu schaffen. Dort fackelte Carol nicht lange, lief in den Stall und befahl einem der verdutzten Burschen, einen Einspänner fertig zu machen. Wie immer half die Ähnlichkeit mit seinem Vater – niemand wagte zu widersprechen. Wenig später half er Cosmina auf den Bock.

Ilona kniete schluchzend über Vlad und betrachtete die heftig blutenden Wunden. Ihr ganzer Körper schmerzte von den Schlägen. Aber es war ihr Wille, den er gebrochen hatte. Die Illusion, dass sie ihn zähmen und sich gefügig machen konnte, dass er ihr gegenüber sanft sein würde wie ein Kätzchen, war zerplatzt. Die anderen Hofdamen hatten recht gehabt. Er war ein Ungeheuer. Wie sie weiter mit ihm unter einem Dach leben sollte, wusste sie nicht. Doch das, was er ihr eingeprügelt hatte, hallte in ihrem Kopf nach.

»Ich bin dein vor Gott angetrauter Ehemann. Und deinem Ehemann hast du zu gehorchen. Du bist nichts ohne mich. Nichts.« Er hatte jedes Wort mit einem Schlag unterstrichen, damit sie niemals wieder vergessen würde, wo ihr Platz war.

Ein furchtbarer Gedanke bemächtigte sich ihrer. Was, wenn sie ihn einfach hier liegen ließ? Würde er dann tatsächlich verbluten?

Sie schluckte, als ihr klar wurde, dass ihr dazu der Mut fehlte. Sie war seine Gemahlin. Und als seine Gemahlin war es ihre Pflicht, sich um ihn zu kümmern. Sie kam unsicher auf die Beine, holte zwei Handtücher vom Waschgestell in der Ecke und verband die Stichwunden an Vlads Beinen. Dann zog sie ihr zerfetztes Kleid aus und schlüpfte in ein anderes. Als der Stoff die blutigen Striemen auf ihrem Rücken berührte, zuckte sie zusammen. Die Misshandlung würde Narben hinterlassen, eine davon an ihrer Schläfe. Das Blut war zwar inzwischen getrocknet, aber der Riss, der bis zu ihrer Augenbraue reichte, war tief. Sie trat vor den Spiegel und tupfte sich das Gesicht mit einem Tuch ab. Ihre Hände zitterten so heftig, dass sie mehrere Versuche benötigte, um sich wenigstens so weit zu säubern, dass man sie nicht anstarren würde. Ehe sie die Kammer verließ, sah sie noch einmal auf den Mann hinunter, den sie noch vor wenigen Stunden für den sanftesten Liebhaber der Welt gehalten hatte. Die notdürftigen Verbände hatten sich in Windeseile mit Blut vollgesaugt. Wenn sie nicht so schnell wie möglich nach einem Arzt schickte, würde er den nächsten Tag nicht erleben.

Kapitel 59

Buda, April 1463

Der Weg durch die Stadt kam Carol unendlich lang vor. Cosmina stöhnte bei jeder Unebenheit vor Schmerz auf und er fürchtete, dass sie nicht mehr lange bei Bewusstsein bleiben würde. Sie hatte offenbar mehr Blut verloren, als er gedacht hatte, und schien sich einige Rippen gebrochen zu haben. Auf ihrer Haut glänzten Schweißperlen und ihre Zähne schlugen heftig aufeinander. »Wir sind gleich da«, versuchte er, sie zu ermutigen.

Allerdings zeigte sie keine Reaktion.

Er drehte sich zum wiederholten Mal auf dem Bock um. Niemand folgte ihnen. Wenn sein Plan aufging, würde Vlad Draculea für einige Zeit außer Gefecht sein – lange genug, um mit Floarea und Cosmina aus der Stadt zu fliehen. Vermutlich war es das Beste, wenn sie versuchten, sich auf einem der großen Handelsschiffe einzukaufen. So liefen sie keine Gefahr, auf der Reise von Wegelagerern überfallen oder an der Grenze von den Soldaten des Königs aufgehalten zu werden. Für Geld verbargen die Kapitäne fast jeden.

Bisher hatte er keine Vorstellung davon gehabt, wohin sie fliehen sollten. Aber als er Vlad gefragt hatte, was seine Mutter in ihm gesehen hatte, war es ihm plötzlich eingefallen. Welcher Ort wäre geeigneter für einen Neuanfang als die Heimatstadt der Frau, die er immer noch so sehr vermisste, dass es weh tat? Wie oft hatte sie ihm an trüben Winterabenden von Ulm erzählt? Von dem sagenhaften Kirchenbau, den die

Menschen dort errichteten? Von den Sommern, die so launisch waren wie ein Vollblut und den Wintern, in denen es niemals so kalt wurde wie in den Karpaten? Wie es aussah, hatte die Erinnerung an sie ihn davon abgehalten, eine Sünde zu begehen, die er für immer bereut hätte. Ohne ihre Liebe wäre er vermutlich ein ebensolches Ungeheuer geworden wie sein Vater.

Er schob die Gedanken an Zehra von Katzenstein beiseite, als Cosminas Haus vor ihnen auftauchte. Obwohl es bereits spät am Nachmittag war, herrschte auf den Straßen und Gassen noch reger Betrieb. Allerdings war Cosminas Hoftor geschlossen. Carol zügelte das Pferd, sprang zu Boden und klopfte an das Tor.

»Wer ist da?«, rief eine tiefe Stimme.

»Macht auf! Eure Herrin braucht Hilfe.«

In Windeseile öffnete der Mann, den Carol mit Floarea vor der Wachstube gesehen hatte. Er blickte Cosmina an und schlug entsetzt die Hand vor den Mund.

»Hilf mir«, drängte Carol. »Nimm die Zügel.« Er selbst eilte voraus in den Hof, wo ihm Floarea entgegenstürmte.

»Dem Himmel sei Dank!«, keuchte sie. »Du bist am Leben.« Sie flog auf ihn zu und schlang die Arme um ihn. »Ich habe mir solche Sorgen gemacht. Hast du Cosmina gefunden?«

Carol nickte.

Floarea machte sich von ihm los und stieß einen Schrei aus, als der Verwalter das Zugpferd hereinführte. »Cosmina! Oh, mein Gott!« Sobald der Einspänner zum Stehen gekommen war, sprang sie auf den Bock und beugte sich über ihre Tante. »Heilige Mutter Gottes«, hörte Carol sie murmeln. »Was hat er dir angetan?«

»Lass mich ihr herunter helfen«, sagte Carol. Er fasste Floarea bei der Hand und zog sie auf den Boden. Dann stieg er auf den Bock, hob Cosmina vorsichtig hoch und kletterte mit ihr im Arm von der Kutsche.

»So kann sie unmöglich die Reise antreten«, hauchte Floarea. »Die Wunden müssen gereinigt werden und sie braucht Arzneien, damit sich keine Fäulnis in ihrem Blut ausbreitet.« Sie biss sich auf die Lippe. »Wir werden Marzios Hilfe benötigen.«

»Wer ist Marzio?«, fragte Carol.

Floarea verzog das Gesicht. »Mein Bräutigam.«

»Du hast einen Bräutigam?«, fragte Carol fassungslos.

Floarea winkte ab. »Es ist eine lange Geschichte. Ich erzähle sie dir, sobald wir in Sicherheit sind. Ich habe ihn im Haus eingesperrt, weil er mir auf Schritt und Tritt gefolgt ist.« Sie erklärte Carol, was passiert war.

»Und er ist Arzt?«

Floarea nickte.

»Dann muss er ihr helfen!« Er folgte Floarea mit Cosmina auf dem Arm ins Haus und betrat wenig später mit ihr das Kontor.

»Leg sie dort hin«, bat Floarea. Sie zeigte auf eine gepolsterte Sitztruhe in der Ecke.

Carol tat wie ihm geheißen, während Floarea die Tür zu einer angrenzenden Kammer aufschloss.

Der Mann, der daraus hervorstürmte und nach Luft schnappte, war etwas kleiner als Carol, ziemlich fett und hatte bereits graue Strähnen im Haar. Seine Wangen waren gerötet und die Augen funkelten vor Empörung. »Was erlaubt Ihr Euch?«, fuhr er Floarea an. »Behandelt man so seinen zukünftigen Gemahl?« Er verstummte, als er die anderen im Raum bemerkte.

»Seid Ihr der Arzt?«, fragte Carol ohne Umschweife.

Der Italiener sah mit kampflustig hervorgestrecktem Kinn zu ihm auf. »Ihr? Was tut Ihr hier? Ich habe Euch im Palast gesehen.«

»Das tut nichts zur Sache«, gab Carol kühl zurück. »Ihr müsst ihre Wunden versorgen. Sofort.« Er zeigte auf Cosmina, die sich mit einem leisen Stöhnen bewegte.

»Was soll das alles?«, fragte Marzio an Floarea gewandt. »Warum habt Ihr mich eingesperrt? Ist das Eure Tante? Sagt mir endlich, was hier vorgeht!« Seine Stimme überschlug sich beinahe.

Floarea seufzte. »Es tut mir leid, Marzio. Ich wusste keinen anderen Ausweg. Bitte seht nach meiner Tante.«

»Wer ist dieser Mann?«, fragte Marzio, ohne auf Floareas Bitte einzugehen. Er fasste Carol forschend ins Auge.

»Ein Freund«, gab Carol ruhig zurück. »Behandelt Ihr sie jetzt?« Er legte drohend die Hand auf den Schwertknauf.

Marzio machte erschrocken einen Schritt zurück. »Droht Ihr mir?«

Carol nickte. »Wenn es nötig ist ...«

»Bitte Marzio«, flehte Floarea. »Seht Ihr denn nicht, dass es ihr nicht gut geht?«

Er starrte Carol noch einen Augenblick an, dann seufzte der Italiener und trat an die Sitztruhe. Er beugte sich über Cosmina, um vorsichtig ihr Gesicht und ihre Rippen zu betasten. Als er sie auf die Seite drehte, schrie sie vor Schmerz auf.

»Barmherziger«, murmelte Marzio. »Sie ist gefoltert worden.« Es war eine Feststellung, keine Frage. Er hob den Stoff von Carols Hemd an, das sich inzwischen vollständig mit Blut vollgesogen hatte, und schüttelte den Kopf. »Ohne Arzneien kann ich gar nichts ausrichten«, sagte er schließlich. »Ich benötige *Unguentum aureum*, Goldene Wundsalbe, *Kyphi* und *Populeon*.«

»Ich besorge Euch alles, was Ihr braucht«, gab Carol zurück.

Marzio sah zu ihm auf. »Ich muss die Mittel selbst holen«, war die Antwort. »Sie sind in meiner Arzneiküche im Palast.«

Carol glaubte, nicht richtig gehört zu haben. »Ihr wollt in den Palast?« Er schnaubte. »Für wie dumm haltet Ihr uns?«

Marzio richtete sich zu seiner vollen Größe auf und verschränkte die Arme vor der Brust. »Wenn ich ihr helfen soll, brauche ich diese Arzneien. Ohne sie werden sich die Wunden entzünden und sie wird Fieber bekommen. Wenn das Fleisch dann von der Fäulnis befallen wird, kann ihr nur noch Gott beistehen.« Er hob eine Schulter.

»Geh mit ihm«, drängte Floarea. »Bitte, Carol.«

Ihre Verzweiflung schnitt Carol ins Herz. Er sah Marzio drohend an. »Wenn Ihr irgendetwas versucht ...«

»Marzio«, fiel ihm Floarea ins Wort. Sie legte dem Italiener die Hände auf die Arme und sah ihn flehend an. »Sie ist meine Tante. Es tut mir leid, dass ich Euch eingesperrt habe. Bitte, holt die Arzneien und kommt so schnell wie möglich wieder.«

»Werdet Ihr mir dann erklären, was passiert ist?«, fragte Marzio.

Floarea nickte. »Das schwöre ich bei allem, was mir heilig ist.«

Kapitel 60

Buda, April 1463

Carol verkniff sich nur mit Mühe einen Fluch. Das hatte ihnen gerade noch gefehlt! Wenn sie so trödelten, würden sie nicht weit kommen, bis Vlads Häscher oder die Männer des Königs sie einholten. Er hatte gehofft, Cosminas Wunden könnten sofort versorgt werden. Dass er mit diesem Italiener – Floareas Bräutigam! – noch einmal in den Palast zurück musste, gefiel ihm ganz und gar nicht. Trotzdem blieb ihm nichts anderes übrig, als sich mit den Gegebenheiten abzufinden. »Beeilt Euch«, drängte er. Den giftigen Blick des Arztes ignorierte er geflissentlich.

So schnell der untersetzte Italiener konnte, eilten sie den Anstieg zum Palast hinauf und passierten das Tor. Zu Carols Erleichterung schien noch niemand nach ihm zu suchen. Dennoch war er froh, als sie wenig später die Arzneiküche mit den Salben und Tränken wieder verließen und den Wachposten erneut passierten. In Cosminas Haus angekommen, überließ er Marzio die Behandlung der Verwundeten und zog Floarea auf den Flur hinaus.

»Ich hatte nicht damit gerechnet, dass er mir hierher folgt«, sagte sie, bevor Carol die Frage stellen konnte, die ihm auf der Zunge lag.

»Wird er mit uns kommen?«

Floarea schüttelte den Kopf. »Bloß nicht!«

Carol zog verwundert die Brauen hoch. »Ich dachte, er sei dein Bräutigam.«

»Das ist er auch«, gab Floarea zurück. »Aber nur, weil er mich sonst an den König verraten hätte.« Sie berichtete ihm, wie es dazu gekommen war.

Es kostete Carol all seine Selbstbeherrschung, nicht ins Kontor zu stürmen und Marzio eine Tracht Prügel zu verabreichen, die er nie wieder vergessen würde. Sie brauchten ihn noch. Allerdings hatte sich die Frage, ob Floarea den Kerl mochte, geklärt. Trotz der schlimmen Lage breitete sich eine Leichtigkeit in ihm aus.

»Wohin sollen wir gehen?«, fragte Floarea. »Man wird uns im ganzen Königreich suchen, weil du Vlad Draculea getötet hast.«

Carol biss sich auf die Lippe. Früher oder später würde er ihr beichten müssen, dass er nicht zu Ende gebracht hatte, was er vorgehabt hatte. »Ich habe ihn nicht getötet«, gestand er leise.

»Was?« Floarea sah erstaunt zu ihm auf.

»Ich konnte es nicht tun.«

»Warum nicht?«

Er schüttelte den Kopf. Wie sollte er die richtigen Worte finden? Stammelnd versuchte er, ihr zu erklären, was ihn davon abgehalten hatte, zum Vatermörder zu werden.

Einen Moment lang herrschte Schweigen. »Du hattest die Möglichkeit und hast sie nicht genutzt?«, fragte Floarea schließlich fassungslos. »Dann war alles umsonst!« Tränen der Wut schossen ihr in die Augen.

»Es war nicht umsonst«, versuchte Carol, sie zu beschwichtigen. »Ich habe deine Tante befreit.«

Seine Worte beruhigten Floarea ein wenig. Dennoch konnte sie kaum glauben, was Carol gesagt hatte. Anscheinend hatte Vlad Draculea so viele Leben wie eine Katze. Vermutlich hielt der Teufel schützend seine Hand über ihn – anders konnte sie sich nicht erklären, was geschehen war.

»Glaub mir, ich wollte ihn genauso töten wie du«, sagte Carol.

»Aber du hast es nicht getan«, gab Floarea tonlos zurück. Sie presste die Lippen aufeinander und starrte auf den Boden. Ein Teil von ihr hasste ihn für das, was er ihr gestanden hatte, doch ein anderer Teil wusste, dass er recht hatte. Cosmina war am Leben und nicht mehr in der Gewalt des Mannes, dem ein Menschenleben weniger bedeutete als das einer Fliege. Wie leicht hätte Carol bei dem Versuch, sie zu retten, selbst getötet werden können. Was wäre gewesen, wenn er seinem Vater im Kampf unterlegen wäre?

Sie spürte Scham in sich aufsteigen. *Sie* trug die Schuld daran, dass Cosmina überhaupt in Gefahr geraten war. Und jetzt stritt sie sich mit dem einzigen Menschen, dem sie noch vertrauen konnte. Vielleicht war es ein Zeichen Gottes, nicht des Teufels, dass keiner von ihnen seine Seele geopfert hatte.

»Wir müssen trotzdem fliehen«, unterbrach Carol ihre Gedanken. »Er wird sich nicht nur an mir rächen, sondern auch deine Tante wieder in seine Gewalt bringen wollen.«

»Aber wohin sollen wir gehen?«, fragte Floarea. »Es gibt keinen Ort, an dem wir vor ihm sicher wären.«

Carol griff nach ihrer Hand. »Doch, den gibt es«, erwiderte er. »Die Heimatstadt meiner Mutter, Ulm.«

Bevor Floarea antworten konnte, streckte Marzio den Kopf durch die Tür des Kontors. »Es geht ihr jetzt besser. Aber die Verbände müssen jeden Tag gewechselt werden. Ich werde morgen früh wiederkommen, um nach ihr zu sehen.« Er musterte Floarea fordernd. »Und jetzt möchte ich wissen, was hier vor sich geht und warum Ihr mich in diese Kammer gesperrt habt.«

»Es ...«, hob Floarea an.

Doch Carol ließ sie nicht ausreden. Er packte Marzio bei den Schultern, drehte ihn um und bugsierte ihn zurück ins Kontor. Seinen Protest ignorierend, nahm er ihm die Tasche mit den Arzneien ab und schob ihn wieder in die Kammer, deren Tür er mit einem Fußtritt schloss. »Den Schlüssel«, bat er Floarea.

»Was soll das?«, protestierte Marzio. »Lasst mich sofort hier raus!« Er klang noch wütender als vorher.

Floarea schnitt eine Grimasse, reichte Carol jedoch ohne Widerrede den Schlüssel. »Sobald wir fort sind, kann der Verwalter deiner Tante ihn befreien«, sagte er. »Und jetzt müssen wir so schnell wie möglich weg von hier.« Er half Cosmina, sich aufzusetzen. »Geht es Euch besser?«

Sie nickte schwach.

»Ich hole dir ein neues Kleid.« Mit diesen Worten eilte Floarea davon und kehrte kurz darauf mit einer schwarzen Fucke und einem Hemd für Carol zurück. »Warte im Hof auf uns«, sagte sie zu ihm.

»Bist du sicher?« Er blickte auf die Tür zur Kammer. Marzio tobte immer heftiger, hämmerte mit den Fäusten gegen das Holz und versuchte, die Tür mit Tritten zu öffnen.

»Ja«, gab Floarea zurück. Sobald Carol den Raum verlassen hatte, half sie Cosmina beim Aus- und Anziehen.

»Es tut mir so entsetzlich leid, Kind«, sagte Cosmina mit tränenerstickter Stimme. »Wenn ich nur nicht so dumm gewesen wäre!«

»Du warst nicht dumm«, entgegnete Floarea. »Du wolltest beichten. Wenn jemand die Schuld an all dem trägt, bin ich es.«

»Sag so etwas nicht.« Cosmina schüttelte den Kopf. »Dieser Mann ist schlimmer als der Teufel.« Ein Schauer ließ sie frösteln. »Ich ...« Sie senkte den Blick.

»Was?«, hakte Floarea nach.

»Ich war nicht stark genug«, flüsterte Cosmina. »Die Schmerzen ...« Ein Schluchzen machte ihr die Kehle eng und hinderte sie am Weitersprechen.

Floarea legte ihr die Hand auf die Wange. Ihre Tante so zu sehen, so ... zerbrochen, schnitt ihr tief ins Herz. »Wir müssen aus Buda fliehen«, sagte sie.

Ihre Tante hob den Kopf und wischte sich die Tränen aus dem Gesicht.

»Hier sind wir nicht mehr sicher«, setzte Floarea hinzu.

Cosmina lächelte schwach. »Dazu wollte ich dich überreden, als man mich entführt hat.«

»Nimm so viel Geld mit wie du brauchst, den Rest soll der Verwalter regeln«, sagte Floarea. »Und jetzt komm. Wir müssen uns beeilen.«

Kapitel 61

Buda, April 1463

Vlad Draculea stieß einen Wutschrei aus, der den Arzt erschrocken zurückweichen ließ. Der war – zusammen mit einem halben Dutzend königlicher Soldaten – in seinem Haus eingetroffen, kurz nachdem er die Besinnung wiedererlangt hatte. Angeblich war Matthias Corvinus selbst auf dem Weg, um herauszufinden, was vorgefallen war.

»Verbinde endlich die Wunden und hilf mir auf!«, knurrte Vlad.

Der Arzt bedachte ihn mit einem fassungslosen Blick. »Ihr müsst die nächsten Tage strenge Bettruhe halten«, sagte er. »Die Verletzungen sind tief, sie könnten brandig werden.«

»Einen Teufel werde ich tun!«, tobte Vlad. Er stemmte sich auf die Ellenbogen und versuchte, die Beine zu bewegen. Der Schmerz ließ ihn die Luft einziehen. Die Männer hatten ihn aufs Bett gelegt, dessen Laken mit seinem Blut besudelt waren.

»Bleibt liegen«, sagte der Arzt mit mehr Nachdruck. »Ich bin noch nicht fertig.«

»Dann seht, verdammt noch mal zu, dass Ihr fertig werdet!«

»Wie ich höre, seid Ihr noch am Leben«, erklang eine Stimme vom Eingang der Kammer.

Augenblicklich sanken die Soldaten auf die Knie, der Arzt verneigte sich tief.

Vlad warf Matthias Corvinus einen grimmigen Blick zu. »Wenn Ihr hier seid, um mich davon abzuhalten, diesen kleinen Verräter zu jagen ...«, zischte Vlad.

»Das bin ich nicht«, fiel ihm der König ins Wort. »Ich habe vor, Euch zu helfen.«

Vlad glaubte, nicht richtig gehört zu haben. Er hatte erwartet, dass Ilona ihrem Vetter ihr Leid geklagt und diesen gebeten hatte, die Ehe mit ihm zu annullieren. Stattdessen stand sie mit sittsam gesenktem Kopf hinter dem König und schwieg. Sollte die Lektion, die Vlad ihr erteilt hatte, etwa Früchte tragen?

»Ihr wollt mir helfen?«

»Ja. Ihr seid der Gemahl meiner Base. Ein Angriff auf Euch ist indirekt ein Angriff auf meine Familie«, gab Corvinus zurück. »Ihr kennt den Mann, der Euch überfallen hat?«

Vlad warf Ilona einen Blick zu. Hatte sie ihrem Vetter von der Frau im Keller erzählt? Vermutlich nicht, sonst wäre der König nicht so hilfsbereit. »Er ist mein Sohn«, sagte er schließlich.

»Euer Sohn?« Corvinus schob die Brauen zusammen. »Der Bursche, der am Hof Eures Bruders war?«

Vlad nickte.

»Das war also der Grund, warum er mir seine Dienste angeboten hat«, stellte Corvinus fest.

»Er hat Euch seine Dienste angeboten?«

»Ja. Er kam hierher mit angeblich wichtigen Informationen über die Pläne des Sultans«, erwiderte Corvinus. »Aber das, was ich von ihm erfahren habe, wusste ich längst.«

Vlad fluchte.

»Mäßigt Euch«, mahnte Corvinus. »Denkt daran, dass Ihr im Namen der Christenheit gegen die Osmanen ins Feld ziehen werdet.« Er schürzte die Lippen und überlegte einen Augenblick, bevor er hinzusetzte: »Da ich weiß, wie er aussieht, werde ich meine Männer anweisen, in der ganzen Stadt Ausschau nach ihm zu halten und ihn direkt zu mir zu bringen, sobald sie ihn aufgriffen haben. Weit kann er noch nicht gekommen sein.«

»Ich werde hier nicht untätig herumliegen und darauf warten, dass man ihn Euch auf dem silbernen Tablett serviert«, brummte Vlad. »Seid Ihr bald fertig?«, herrschte er den Arzt an.

Der seufzte. »Ich rate Euch noch einmal dringend davon ab, Euch zu bewegen, geschweige denn, die Beine zu belasten. Ihr hattet zwar Glück, es sind keine wichtigen Muskeln verletzt, aber ...«

Vlad schnitt ihm mit einer Handbewegung das Wort ab. »Helft mir, aufzustehen«, befahl er.

»Es wäre besser, zu tun, was der Arzt Euch rät«, sagte Corvinus.

Vlad biss die Zähne aufeinander, um dem König nicht zu sagen, was er von seinem Arzt hielt. »Ich weiß Eure Sorge zu schätzen, Majestät«, sagte er stattdessen. »Aber er ist mir schon einmal entwischt. Ein zweites Mal wird das nicht passieren.«

Kapitel 62

Buda, April 1463

Während sich allmählich die Dämmerung über die Landschaft senkte, holperte die Kutsche durch die engen Gassen der Vorstadt in Richtung Donau, wo trotz der späten Stunde noch reges Treiben herrschte. Die eigentliche Stadt auf dem Burgberg hatten Floarea, Carol und Cosmina durch das Johannestor verlassen. Über ihnen ragte der Palast auf, vor ihnen befand sich die Stephanskirche. Bürger und Handwerker – Tuchmacher, Müller, Metzger und Futterhändler – bewohnten diesen Teil der Stadt. In den Höfen und auf den Straßen spielten die Kinder der Wohlhabenden, während die der Ärmeren Wasserkrüge oder andere schwere Lasten schleppten. Da Carol seinen prächtigen Hengst vor die Kutsche gespannt hatte, ernteten sie immer wieder bewundernde oder neidische Blicke.

Je weiter sie sich von der Oberstadt entfernten, desto kleiner wurden die Behausungen. Direkt am Ufer der Donau schien sich allerhand Gesindel herumzutreiben, weshalb Carol vorsorglich das Schwert zog.

»Denkst du, man könnte uns überfallen?«, fragte Floarea. Sie hatte trotz seines Protests neben ihm auf dem Bock Platz genommen.

Cosmina teilte sich den Raum im Inneren der Kutsche mit dem Gepäck.

Carol warf einem Straßenjungen einen warnenden Blick zu, als dieser Anstalten machte, auf die Kutsche aufzuspringen. Ein zweiter und ein dritter Knabe gesellten sich zu ihm, allerdings hielten sie Abstand. »Wir sind ganz in der Nähe des Hafens«, sagte er. »Es wäre ein Wunder, wenn man nicht versuchen würde, uns auszurauben.«

Floarea schlang schaudernd die Arme um sich. Immer wieder blickte sie besorgt zurück, um sich zu versichern, dass ihnen Vlad Draculeas Häscher noch nicht auf den Fersen waren.

»Wir müssen versuchen, einen Schiffsführer zu finden, der uns heute noch an Bord nimmt«, sagte Carol.

»So spät wird doch niemand mehr ablegen«, wandte Floarea ein.

»Sicher«, erwiderte Carol. »Aber die Männer meines Vaters können nicht jedes Schiff durchsuchen.« Er machte eine ausladende Bewegung.

Floarea folgte seiner Hand mit den Augen. Es waren tatsächlich zahllose Schiffe, Boote, Lastkähne und Flöße auf beiden Seiten der Donau vertäut. Nicht weit von ihnen entfernt lag eine Fähre vor Anker. »Sollen wir auf die andere Seite übersetzen?«, fragte sie. »Dort suchen sie uns vielleicht nicht.«

Carol überlegte einen Moment, dann stimmte er zu. »Irgendwann werden sie dort vermutlich auch nach uns suchen. Aber bis sie auf der anderen Seite alles durchkämmt haben, ist es längst dunkel.« Mit einem immer größer werdenden Rattenschwanz von Bettelknaben steuerten sie auf die Fähre zu und befanden sich zehn Minuten später auf dem Wasser.

Floarea hielt sich furchtsam an den metallenen Bügeln des Bocks fest, da die Fähre durch die starke Strömung heftig schaukelte. Sie kam sich vor wie ein Spielball in Kinderhänden.

»Keine Angst«, beruhigte Carol sie. »Wir werden nicht kentern.«

»Woher willst du das wissen?«

Er lachte. »Weil ich schon weitaus Schlimmeres erlebt habe.«

Zu Floareas Erleichterung behielt er Recht. Dennoch sandte sie ein Stoßgebet zum Himmel, als sie am jenseitigen Ufer anlegten, der Fährmann die Holzkeile unter den Rädern entfernte und die Knoten der Seile löste, mit denen er die Kutsche festgezurrt hatte.

»Was jetzt?«, fragte sie.

»Jetzt suchen wir uns einen Schiffsführer, der uns nach Ulm bringen kann«, gab Carol zurück.

Die Suche gestaltete sich nicht besonders schwer. Gleich der dritte Kapitän, den sie ansprachen, stimmte zu, sie gegen einen nicht allzu hohen Betrag an Bord zu nehmen. »Es gibt allerdings nicht genug Schlafplätze«, sagte er. »Ihr werdet die Nächte in den Gasthöfen der Häfen verbringen müssen, die wir anlaufen.«

Floarea und Carol tauschten einen Blick. Das Schiff machte einen stabilen Eindruck, außerdem handelte es sich um einen Einmaster, mit dem sie gewiss schneller vorankommen würden als mit einem Treidelkahn.

»Die Reise wird ungefähr zehn Tage dauern«, fügte der Schiffsführer hinzu. »Vielleicht weniger.«

Carol überlegte nicht lange. »Abgemacht.« Er zählte dem Mann ein paar Münzen in die Hand. »Den Rest bekommst du, wenn wir ablegen.«

Der Mann strahlte und tippte sich an die Mütze. »Bei Sonnenaufgang setzen wir Segel«, sagte er. »Kommt nicht zu spät.« Damit ließ er Carol und Floarea stehen und ging zurück zu seinem Schiff.

»Wir sollten uns beeilen«, sagte Carol. »Sobald es dunkel ist, sind die Straßen nicht mehr sicher.«

Waren sie das außerhalb der Stadttore denn überhaupt jemals, fragte sich Floarea. Sie kletterte zurück auf den Bock und hielt zusammen mit Carol Ausschau nach einem Gasthof, der einen ordentlichen Eindruck machte. Schließlich, eine halbe

Meile flussabwärts, wurden sie fündig. »Zum Dicken Mann« stand auf dem bunt bemalten Holzschild über der Tür. Anders als die meisten Gebäude auf dieser Seite des Flusses war das Haus aus Stein und der Hof von einer mannshohen Mauer umfangen. Der Wirt, der ihnen öffnete, als sie ans Tor klopften, wirkte freundlich. Allerdings hatte er nur noch eine Kammer frei. »Es tut mir leid«, sagte er bedauernd. »Zurzeit sind viele Händler unterwegs.«

Carol zuckte mit den Achseln. »Dann schlafe ich im Stall«, sagte er.

»Wenn Euch das nichts ausmacht.« Der Mann hob erneut entschuldigend die Hände.

»Es macht mir nichts aus.« Carol half Floarea vom Bock und führte dann seinen Hengst in den Hof.

Der Wirt stieß einen Pfiff aus.

Augenblicklich eilte ein Junge herbei, um den Fuchs abzuschirren und die Kisten der Frauen ins Haus zu bringen.

»Geht ihr schon vor«, sagte Carol, als Floarea Cosmina am Arm fasste, um sie zu stützen. »Ich komme gleich nach.«

Da Floarea inzwischen großen Hunger hatte, ließ sie sich nicht zweimal bitten. Sobald der Junge ihnen ihre Kammer gezeigt hatte, erneuerte sie Cosminas Verbände, damit ihre Tante nach dem Essen sofort schlafen konnte. Sie war immer noch kreidebleich und ihre Augen glänzten fiebrig. Als Floarea ihr die Hand auf die Stirn legte, war die Temperatur zu ihrer Erleichterung jedoch normal.

»Wer ist der junge Mann, der mich befreit hat?«, fragte Cosmina, während Floarea Goldene Wundsalbe auf ihren Rücken auftrug. »Er sieht diesem ...«, sie konnte den Namen nicht aussprechen, »... ähnlich.«

»Er ist sein Sohn«, gab Floarea zurück.

Cosmina versteifte sich. »Sein Sohn?«, hauchte sie.

»Ja. Aber, glaube mir, er hasst Vlad Draculea beinahe noch mehr als ich.« Sie erzählte Cosmina von dem Tag, an dem sie

Carol kennengelernt hatte, von der Bestrafung durch ihren Vater und von dem Mord an seiner Mutter. »Ich vertraue ihm wie sonst niemandem.«

»Liebst du ihn?«

Floarea schwieg. Sie wusste nicht, was sie für Carol empfand. Einerseits war seine Gegenwart so vertraut wie die eines Bruders, andererseits brachte allein sein Anblick die schlimmsten Erinnerungen ihres Lebens zurück. Bis vor Kurzem hatte sie noch gedacht, er sei tot. »Lass uns etwas essen«, sagte sie, statt Cosminas Frage zu beantworten. »Die Reise wird sicher anstrengend.«

Kapitel 63

Buda, April 1463

Das Abendessen war einfach, aber schmackhaft. Während er eine scharfe Suppe, Schweinebraten und dunkles Brot verschlang, sah sich Carol in der Schankstube des Gasthofs um. Außer ihnen waren etwa zwei Dutzend weitere Gäste um die grob gezimmerten Tische versammelt – die meisten von ihnen Händler, der Kleidung nach zu urteilen. Außer ihm, Floarea und Cosmina saßen noch vier weitere Reisende an ihrem Tisch, die sich in einer fremden Sprache unterhielten. Da niemand riskieren wollte, über etwas zu sprechen, das nicht für andere Ohren bestimmt war, verlief das Essen schweigend. Als er seine Schale mit dem letzten Stück Brot ausgewischt hatte, sah Carol Floarea fragend an.

»Wir sollten schlafen gehen«, sagte sie.

»Wenn wir bei Sonnenaufgang an Bord gehen wollen, werden wir ohne Frühstück aufbrechen müssen. Ich werde den Wirt bitten, uns etwas zu essen einpacken zu lassen«, gab Carol zurück.

»Die Magd soll an unsere Tür klopfen, bevor sie die Kühe melken geht«, schlug Cosmina vor. »So früh kräht noch kein Hahn.«

Carol versprach, dafür zu sorgen, dass sie geweckt wurden. Dann erhob er sich und nickte den anderen Gästen an ihrem Tisch zum Abschied zu.

Floarea und Cosmina taten es ihm gleich.

Als sie die Stiege erreichten, die ins Obergeschoss führte, fasste Carol Floarea beim Arm. »Verriegelt eure Tür«, sagte er. »Man weiß nie, was für Gesindel sich in solch einem Gasthof unter die Reisenden mischt.«

Sie nickte. Einen Augenblick sah es so aus, als ob sie etwas erwidern wollte. Doch dann lächelte sie ihn müde an, drückte seine Hand und kehrte ihm den Rücken zu, um ihrer Tante die Treppen hinauf zu folgen.

Carol blickte ihr nach, bis der dunkle Korridor sie verschluckte. Ob sie ihm irgendwann vergeben würde, dass er nicht stark genug gewesen war, Vlad Draculea zu töten? Er hoffte es inständig, denn mit jeder Minute in ihrer Gegenwart wünschte er sich nichts sehnlicher, als dass sie ihn wieder so ansehen würde wie damals auf dem Gehöft ihres Vaters. Mit einem Seufzen machte er sich auf den Weg zum Ausgang, bat den Wirt um Wegzehrung und einen Weckruf und begab sich zum Stall. Dort hatte ihm der Bursche ein einfaches Lager auf dem Heuboden bereitet. Nachdem er sich versichert hatte, dass sein Hengst gefüttert und getränkt worden war, erklomm er die Leiter und sank kurz darauf erschöpft auf die Strohballen. Außer seinen Schuhen und der Schecke behielt er alles an, den Schwertgürtel legte er so, dass er jederzeit erreichbar war. Dann schloss er die Augen. Es dauerte nicht lange, bis er trotz des ereignisreichen Tages in einen tiefen, traumlosen Schlaf fiel.

Das Geräusch, das ihn weckte, war so leise, dass er zuerst glaubte, es sich eingebildet zu haben. Doch als er den Kopf hob, um in die Dunkelheit zu lauschen, erklang es erneut: das kaum hörbare Knacken von trockenen Strohhalmen unter einer Stiefelsohle. Jemand schlich im Stall herum! Augenblicklich war er hellwach. Mit einer Hand warf er die Decke zurück, während er mit der anderen nach seinem Schwert tastete. Dann schlüpfte er in Windeseile in die Stiefel und schlich zur Leiter des Heubodens. Obwohl es im Stall dunkel war, konnte er im schwachen Licht des Mondes, das durch die offenstehende Tür hereinfiel, die Umrisse einer Gestalt ausmachen. Sein Herz machte einen Satz. Hatten die Männer seines Vaters ihn gefunden? Er kniff die Augen zusammen, um besser sehen zu können, und suchte den Stall nach weiteren Eindringlingen ab. Allerdings schien der Mann allein zu sein. Auf Zehenspitzen schlich er zu den Unterständen der Pferde und lugte hinein. Als er den Unterstand seines Hengstes erreicht hatte, kam mehr Leben in ihn. Carol begriff. Der Kerl war ein Pferdedieb! Ohne zu zögern, kletterte er die Leiter hinab und rief: »Heda!«

Der Eindringling wirbelte herum. Seine Hand griff zum Gürtel und eine Klinge blitzte auf. Als er einen drohenden Schritt auf Carol zuging, fiel das Mondlicht auf sein Gesicht.

Carol keuchte auf. »Janos?« Er konnte es kaum glauben. Wie, bei allen Heiligen, hatte der Mistkerl ihn gefunden?

»Da staunst du, was?«, zischte der Wegelagerer. Er ließ sein Schwert durch die Luft sausen, um Carol nach hinten zu treiben. »Du mieser, kleiner Verräter!«

Carol wich dem Hieb aus und schnaubte. »Verräter? Starke Worte aus dem Mund eines Diebes. Woher wusstest du, wo ich zu finden bin?«

Janos führte einen weiteren Hieb auf Carols Kopf, dem er mühelos auswich. »Das war nicht schwer«, zischte er. »Man muss nur den Straßenbengeln folgen. Die sind wie Fliegen, die immer wissen, wo der Scheißdreck ist.« Er lachte gehässig. »Nochmal lasse ich dich nicht entwischen!« Er schlug wütend auf Carol ein, allerdings hatte er ohne seine Männer keine Chance gegen ihn.

Es dauerte nicht lange, bis ihn Carol mit einer blitzschnellen Folge von Hieben so schwer am Arm verletzte, dass ihm die Waffe aus der Hand glitt.

Janos stieß einen Fluch aus und zog seinen Dolch.

»Gib auf«, forderte Carol. »Dann lasse ich dich am Leben.«

»Der Teufel soll dich holen!« Mit einem Schrei stürzte sich Janos ein weiteres Mal auf Carol und stach mit dem Dolch nach seinem Bein.

Der Hieb hätte ihn eigentlich nur an der Schulter treffen sollen. Doch im letzten Augenblick bewegte sich Janos zur Seite, wodurch sich Carols Klinge tief in seinen Hals grub.

Er gab ein gurgelndes Geräusch von sich und fiel auf die Knie. Dann sackte er in sich zusammen und blieb reglos am Boden liegen. Das Blut quoll so schnell aus der Wunde, dass sich innerhalb kürzester Zeit eine Lache am Boden bildete.

»Was für eine Schweinerei«, schimpfte Carol. Das hatte ihm gerade noch gefehlt. Wenn der Wirt den Toten in seinem Stall fand, würde er ganz gewiss die Stadtwache rufen. Er fluchte. Mit einem kräftigen Tritt versicherte er sich, dass Janos wirklich tot war, ehe er ihn an den Füßen packte und zu einem Stapel Futtersäcke zog. Wenn er ihn dahinter versteckte, würde er vielleicht lange genug unentdeckt bleiben. Sobald er die Leiche so gut wie möglich verborgen hatte, suchte er nach einem Stück Sackleinwand und verließ den Stall, um den Stoff in einer der Regentonnen einzuweichen. Im Anschluss daran beseitigte er das Blut des Getöteten und streute frisches Stroh über die Stelle, an der Janos gestorben war. Bis einer der Knechte das nächste Mal den Besen schwang, waren alle Spuren verwischt.

Er hatte gerade den nassen Stoff hinter die Futtersäcke geworfen, als der Stallbursche auftauchte, um ihn zu wecken. »Ihr seid schon wach?«, stellte er erstaunt fest.

Carol befahl ihm, den Hengst vor die Kutsche zu spannen und ließ sich eine Öllampe geben. Während der Junge damit beschäftigt war, den Fuchs anzuschirren, betrachtete er seine Arbeit im Licht der Lampe. Nichts deutete darauf hin, dass hier ein Mann gewaltsam zu Tode gekommen war. Mit einem zufriedenen Lächeln verließ er den Stall und wartete auf Floarea und Cosmina. Sobald die beiden ihre Plätze eingenommen hatten, schnalzte er mit der Zunge und lenkte den Einspänner durch das Hoftor auf die Straße. Pünktlich, zum frühen Morgengrauen, erreichten sie das Segelschiff, wo sie bereits erwartet wurden.

Kapitel 64

Buda, April 1463

Bei allen Dämonen der Hölle!« Vlad Draculeas Hand zuckte zu seinem Schwert. Nur unter Aufbietung aller Selbstbeherrschung hielt er sich davon ab, dem Fährmann den Kopf abzuschlagen. »Warum hast du das nicht vorher gesagt?« Eine ganze Nacht hatten sie verloren, weil dieser Dummkopf erst jetzt mit der Wahrheit herausrückte. Zum Glück hatte einer der Soldaten des Königs ihn noch mal befragt.

Der Mann schluckte trocken. »Ihr habt nicht danach gefragt«, gab er kleinlaut zurück. »Ich dachte, Ihr sucht nach einem Reiter und einer Frau.«

Vlad biss die Zähne aufeinander. Sein Pferd schien seine Wut zu spüren, da es anfing, nervös zu tänzeln. »Setz uns sofort über«, knurrte er. »Zur selben Stelle, an der sie von Bord gegangen sind.«

Der Fährmann zitterte, als er die Leinen löste. Offenbar jagten ihm die Bewaffneten eine Heidenangst ein.

Zu Recht, dachte Vlad. Wäre der Mann ein Walache und

er immer noch Woiwode, hätte er sich auf einem der höchsten Pfähle wiedergefunden. Leider ging es hier in Buda nicht nach seinem Willen, wofür der Kerl dem Himmel auf Knien danken sollte.

Da ihm das Aufsteigen erhebliche Probleme bereitet hatte, blieb er im Sattel sitzen, während seine Begleiter absaßen. Die Überfahrt dauerte zwar nicht lang, dennoch wuchs Vlads Ungeduld mit jeder Minute, die verstrich. Der Morgen war noch nicht alt. Dennoch fürchtete er, dass sie zu spät kamen.

Als sie am anderen Ufer anlegten, zeigte der Fährmann nach Süden. »Dorthin habe ich sie fahren sehen.«

Ohne ein weiteres Wort gab Vlad seinem Pferd die Sporen und ritt die schmale Straße entlang. Sein Blick wanderte dabei von Schiff zu Schiff, doch von Carol und den Frauen war nirgends eine Spur zu entdecken.

»Weit können sie nicht sein«, brummte einer der Soldaten. »Vermutlich haben sie die Nacht in einem der Gasthäuser verbracht. Wenn wir Glück haben, sind sie noch nicht aufgebrochen.«

Da ihnen nichts anderes übrig blieb, klopften sie an jede Tür, egal wie schäbig die Herberge wirkte. Beim zehnten Gasthof herrschte eine heillose Aufregung.

Als der Wirt die Soldaten des Königs erblickte, bekreuzigte er sich. »Dem Himmel sei Dank!«, rief er aus. »Ich wollte gerade nach der Stadtwache schicken lassen.«

Vlad runzelte die Stirn.

»Was ist passiert?«, fragte einer seiner Begleiter.

»Ein Mann. Er ist tot. Erschlagen!« Der Wirt stolperte beinahe über die eigenen Füße, als er auf die Reiter zulief. »Ich habe keine Ahnung, wer er ist. Aber der Gast, der im Stall geschlafen hat, muss ihn getötet haben.« Sein Blick wanderte zu Vlad. »Er sah Euch sehr ähnlich. Vermutlich wollte der andere ihn ausrauben«, beeilte er sich hinzuzusetzen.

Vlad spürte das Jagdfieber in seinen Adern pulsieren. Carol

war hier gewesen! »Wo ist der Mann?«, fragte er mühsam beherrscht.

»Fort. Sie sind lange vor Sonnenaufgang aufgebrochen. Ich ...«

»Wohin sind sie aufgebrochen?«, unterbrach ihn einer der Soldaten.

Der Wirt zuckte mit den Achseln. »Das weiß ich nicht«, sagte er kleinlaut.

Vlad stieß einen Wutschrei aus, der den Mann zusammenfahren ließ. Ohne auf die Soldaten zu warten, wendete er sein Pferd und gab ihm die Sporen.

»Wartet!«, rief ihm einer der Männer hinterher. Als er ihn eingeholt hatte, keuchte er: »Wo wollt Ihr suchen? Flussaufwärts? Flussabwärts?« Er sah zum Himmel. »Sie haben mindestens zwei Stunden Vorsprung. Wir können sie unmöglich einholen.«

Vlad wusste, dass er Recht hatte. Ohne einen Hinweis darauf, wohin Carol unterwegs war, standen die Chancen schlecht. Allerdings saß die Demütigung über den verlorenen Kampf so tief, dass er nicht klar denken konnte. »Wir müssen sie finden!«, knurrte er. »Koste es, was es wolle.«

Der Soldat an seiner Seite trieb sein Pferd an und griff nach Vlads Zügeln. »Ihr wisst, was der König gesagt hat«, warnte er. »Nur bis zur Stadtgrenze.« Er ignorierte die Flüche, mit denen Vlad ihn bedachte, und zeigte auf sein Bein. »Außerdem braucht Ihr einen Arzt. Eure Wunden bluten wieder.«

Auch wenn die Wut Vlad beinahe innerlich zerriss, blieb ihm nichts anderes übrig, als sich zu fügen. Wenn er sich jetzt gegen Matthias Corvinus stellte, war alles umsonst gewesen. Bald würde der Tag kommen, an dem er gegen seinen verhassten Bruder ziehen und seinen Thron zurückerobern konnte. Dann würde die Schande der Niederlage gegen Carol verblassen vor dem Jubel seiner Untertanen. Während der

Hass auf Radu und Carol ein Loch in sein Herz brannte, wendete er sein Pferd und ritt zurück zur Fähre.

Kapitel 64

Ulm, Mai 1463

Die Reise nach Ulm verlief ereignislos. Weder spielte ihnen das Wetter einen Streich noch hatten sie Schwierigkeiten an der Grenze des Königreiches. Zwar ließen einige der Gasthöfe, in denen sie unterwegs nächtigten, zu wünschen übrig, dafür verheilten Cosminas Wunden ohne Komplikationen. Wie es schien, waren sie bald in Sicherheit – auch wenn diese Sicherheit teuer erkauft war. Floarea stand am Bug des Schiffes und ließ sich den Wind um die Nase wehen, während die Stadt Ulm am Horizont auftauchte.

»Denkst du, Marzio hat sich inzwischen beruhigt?« Ohne, dass sie ihn gehört hatte, war Carol hinter sie getreten. Er grinste sie an. Je weiter sie sich von Ungarn entfernten, desto unbeschwerter schien er zu werden.

Seine gute Laune übertrug sich auf Floarea. Sie lachte. »Vermutlich hat er getobt und geschrien und den armen Verwalter mit irgendeinem Fluch belegt«, sagte sie, wurde aber sofort wieder ernst. »Ich hoffe, er hat ihm nicht die Wachen auf den Hals gehetzt.«

»Das glaube ich nicht«, gab Carol zurück. »Sicher wäre es ihm peinlich gewesen, zuzugeben, wie er in diese Lage geraten ist.« Er lehnte sich mit dem Rücken gegen die Bordwand, sodass er Floarea ansehen konnte. »Ich hätte ihm am liebsten eine ordentliche Abreibung verpasst, weil er dich erpresst hat«, sagte er.

»Er ist kein schlechter Mensch«, hielt Floarea dagegen. »Ich glaube, er hat mich wirklich geliebt.«

298

Carols Augen verdunkelten sich. »Das sehe ich anders«, murmelte er.

Floarea wusste, was an ihm nagte. Es war ihr nicht entgangen, wie er sie ansah. Auch Cosmina hatte erkannt, dass er mehr für sie empfand, als Floarea lieb war. Wenn er seinem Vater doch nur nicht so ähnlich sehen würde! Viel zu oft, wenn sie ihn ansah, erweckte diese Ähnlichkeit die furchtbaren Bilder zum Leben. Zwar kehrten allmählich auch die guten Erinnerungen zurück, dennoch würden sie immer da sein, die Schatten der Vergangenheit. »Was soll nun werden?«, wechselte sie das Thema.

Carol legte den Kopf zur Seite. »Ich bin sicher, deine Tante kann hier ohne Schwierigkeiten ein neues Geschäft eröffnen«, sagte er. »Ich werde meinen Hengst verkaufen. Was ich mit dem Geld machen soll, weiß ich allerdings noch nicht.« Er zuckte hilflos mit den Achseln. »Ich bin ein Kämpfer, kein Händler.«

»Cosmina wird einen neuen Verwalter brauchen«, gab Floarea zurück. »Ich bin sicher, dass du dieser Aufgabe mehr als gewachsen bist.«

Carol sah sie skeptisch an. »Hm«, brummte er.

»Du könntest dich mit dem Geld aus dem Verkauf des Hengstes bei ihr einkaufen«, schlug Floarea vor. »Dann wärt ihr Partner. Und du könntest deine Schulden bei dem Bancherius begleichen.«

Carol zuckte mit den Achseln. Ihm war anzusehen, dass ihn dieser Plan nicht besonders begeisterte. »Vielleicht kann ich mich dem Heer eines Fürsten anschließen«, sagte er. »Oder nach dem Onkel suchen, von dem meine Mutter immer erzählt hat.« Als er sich abwandte, um nach vorne zu sehen, wurde Floarea die Kehle eng. Plötzlich fragte sie sich, was geschehen würde, wenn sie ihn wieder verlor? Beim Gedanken daran überfiel sie ein Gefühl tiefer Trauer. Da ihr unvermittelt Tränen in die Augen stiegen, richtete auch sie den Blick nach vorn und gab vor, die immer näher kommende Stadt zu betrachten. Etwa eine halbe Meile vor ihnen ragten spitze Dächer und ein gewaltiger Torturm empor. Eine dicke Mauer schützte die Einwohner vor Eindringlingen und selbst aus der Ferne war das Schlagen von Zimmermannshämmern zu vernehmen. Wenn es stimmte, was der Schiffsführer sagte, waren die Ulmer dabei, eine der größten Kirchen zu errichten, die jemals gebaut worden waren. Außer ihrem Einmaster steuerten zahlreiche Nachen, Kähne und Lastschiffe auf eine Anlegestelle zu, an der sich Fuhrwerke und Träger tummelten. Die größeren Schiffe wurden von Kränen entladen, während die Ladung der kleineren Boote von Laufburschen gelöscht wurde. Die bunten Schindeln der Dächer leuchteten im Licht der Sonne, die vor einigen Minuten hinter den Wolken hervorgetreten war. Alles wirkte friedlich, wenn auch äußerst geschäftig. Schweigend stand sie neben Carol, während der Kapitän die Anlegestelle anlief und das Boot von seiner Besatzung vertäuen ließ.

Nachdem Carol ihm den Rest der vereinbarten Summe in die Hand gezählt hatte, legten die Männer eine breite Planke an und halfen ihnen beim Entladen der Kutsche. Sobald auch Carols Hengst von Bord war, schirrte er ihn an und schwang sich auf den Bock. »Wohin?«, wollte er wissen.

Cosmina überlegte nicht lange. »Zum Marktplatz«, sagte sie, zog Floarea zu sich in die Kutsche und schloss die Tür.

»Weißt du, wo wir wohnen werden?«, fragte Floarea.

Cosmina schüttelte den Kopf. »Noch nicht. Aber jede Handelsstadt ist ähnlich und ich kenne einige der hier ansässigen Händler aus Kronstadt. Wir werden uns zuerst irgendwo einmieten, bis ich die nötigen Genehmigungen beantragt habe, um mein eigenes Geschäft zu eröffnen. Dann schreibe ich Niklaus, damit er mir noch einige Dinge schickt.«

»Was wird aus dem Kontor in Buda?«, fragte Floarea.

»Das soll Niklaus verkaufen.«

»Was hältst du davon, Carol zu deinem neuen Verwalter zu machen?«, platzte es aus Floarea heraus.

Cosmina sah sie fragend an.

»Er hat keinerlei Erfahrung«, murmelte Floarea. »Aber ich möchte nicht, dass er uns verlässt, um sich irgendeinem Fürsten anzuschließen.«

»Ich dachte, du empfindest nichts für ihn«, war die verwunderte Antwort.

Floarea spürte, wie sie errötete. »Ich möchte nur nicht, dass er wieder sein Leben aufs Spiel setzt.«

Ihre Tante schwieg. Statt einer Antwort griff sie nach Floareas Hand und drückte sie fest.

Es dauerte nicht lange, bis sie bei einem atemberaubenden Bauwerk ankamen, dessen Fassade prächtig bemalt war. Fahnen flatterten an den kleinen Türmchen und um den Brunnen davor scharte sich eine Gruppe von Reitern. Da es in der Kutsche warm war, öffnete Floarea das kleine Fenster und steckte den Kopf hinaus.

»Sag Carol, er soll dort drüben unter der Linde anhalten«, bat Cosmina.

Floarea rief Carol die Bitte zu.

Sobald die Kutsche zum Stehen gekommen war, stieg Cosmina aus. »Wartet hier auf mich. Das dort drüben muss das städtische Waag- und Zollhaus sein.« Sie zeigte auf einen Fachwerkbau mit riesigen Toren, vor dem eine lange Schlange von Fuhrwerken wartete. »Ich hole ein paar Erkundigungen ein, dann suchen wir uns eine Unterkunft.«

Da Floarea nicht wusste, wie lange ihre Tante fort sein würde, blieb sie in der Kutsche – auch, um einem weiteren Gespräch mit Carol auszuweichen. In ihrem Inneren schien plötzlich ein Loch zu klaffen, eine Leere zu sein, die sie immer trauriger werden ließ. Als Cosmina zurückkehrte, atmete sie erleichtert auf.

»Wir mieten uns erst einmal in der *Krone* ein«, hörte Floarea sie zu Carol sagen. »Gleich dort drüben.« Sie zeigte auf ein Gebäude, das lediglich einen Steinwurf von der Gräth, dem städtischen Waag- und Zollhaus, entfernt war, ehe sie wieder in die Kutsche kletterte.

»Hattest du Erfolg?«, wollte Floarea wissen.

Cosmina nickte. »Vor ein paar Tagen ist ein alter Tuchhändler gestorben, dessen Geschäft jetzt zum Verkauf steht. Wenn der Preis nicht zu hoch ist, haben wir bald ein neues Zuhause.«

Epilog

Ulm, Juli 1463

Die Sonne stach aus einem makellosen Himmel. Kein Wölkchen trübte das klare Azurblau, das Floarea an Carols Augenfarbe erinnerte. Seit gerade einmal zwei Monaten waren sie jetzt in Ulm, doch Floarea kam es vor wie eine Ewigkeit. Das Haus des Tuchhändlers, in das sie wenige Tage nach ihrer Ankunft umgezogen waren, roch zwar immer noch etwas muffig, aber die von Cosmina beauftragten Handwerker leisteten ganze Arbeit. Nicht nur hatte das Gebäude inzwischen ein neues Dach und frisch gestrichene Wände, auch der verwahrloste Garten hatte sich gewandelt.

Floarea kniete inmitten eines der Beete, die sie selbst angelegt hatte, und schwitzte in der prallen Sonne. Die Erinnerung an das, was am gestrigen Abend vorgefallen war, machte sie immer noch schwindelig und es gelang ihr nicht, sich von Mohn und Minze, Liebstöckel und Kletterrosen ablenken zu lassen.

Sie hatte auf der Bank unter der Kastanie gesessen, die einen der Geräteschuppen beschattete, als plötzlich Carol vor ihr stand. »Ich habe meinen Onkel gefunden«, sagte er.

Floarea sah erstaunt zu ihm auf. »Ich dachte, du wolltest nicht nach ihm suchen.« Hatte er das nicht kurz nach ihrer Ankunft beschlossen? Nachdem er sich als Partner bei Cosmina eingekauft hatte?

»Ich habe es mir anders überlegt.« Etwas Trauriges lag in seinem Blick. »Ich kann nicht hier bleiben«, setzte er hinzu.

Floarea erschrak. »Wie meinst du das?«

Er starrte auf einen Punkt irgendwo über ihrer linken Schulter. »Du weißt, wie ich das meine«, sagte er leise.

Floarea biss sich auf die Lippe. Was sollte sie nur tun? Sie konnte ihn doch nicht verlieren! »Carol«, hob sie an. Ihre Stimme zitterte.

»Ich liebe dich, Floarea«, sagte er. »Aber du siehst immer nur meinen Vater, wenn du mich anblickst. Ich kann die Abscheu in deinen Augen lesen.«

»Das ist nicht wahr«, protestierte sie. Wie sollte sie ihm erklären, was sie empfand? Welche Ängste ihr schlaflose Nächte bereiteten?

»Was ist es dann?«, fragte er. »Bitte sag es mir.« Seine Augen glänzten feucht.

Die Hilflosigkeit, mit der er sie ansah, war wie ein Stich ins Herz. Sie sprang von der Bank auf und wäre am liebsten weggerannt. »Ich habe dich schon einmal verloren«, flüsterte sie. »Du warst ...« Ihre Stimme erstarb, als ein Schluchzen in ihr aufstieg. »Ich dachte, du seiest tot.«

Carol machte einen Schritt auf sie zu und fasste sie sanft bei den Schultern. »Ich dachte auch, du wärst tot«, sagte er. »Aber wir sind beide am Leben. Haben wir nicht auch endlich ein Recht darauf, glücklich zu sein?«

»Wie können wir jemals glücklich sein, nach all dem, was geschehen ist?«, fragte Floarea. Manchmal war die Hoffnungslosigkeit wie ein dunkel vor ihr gähnender Abgrund.

»Indem wir nicht zulassen, dass die Vergangenheit unsere Zukunft bestimmt«, erwiderte Carol leise. Er legte die Hand auf ihre Wange und beugte sich zu ihr hinab. Dann küsste er ihr zärtlich die Tränen vom Gesicht und zog sie näher an sich.

Als seine Lippen schließlich die ihren fanden, wollte Floarea ihn von sich schieben. Aber der Kuss war so süß, so unendlich liebevoll, dass sie den Mund öffnete und sich der Liebkosung hingab.

Noch immer prickelten ihre Lippen von diesem Kuss, den sie nie für möglich gehalten hätte. Ihre Fingerspitzen wanderten unbewusst zu ihrem Mund, während die Blütenpracht des Gartens vor ihren Augen verschwamm. Sie waren beide wie zerbrochene Tonfiguren, die man mehrmals wieder zusammengesetzt hatte. Aber das, was sie füreinander empfanden, war stärker als der Schmerz, die Trauer und die furchtbaren Erinnerungen. Die Narben an ihrem Körper würden niemals verschwinden, doch vielleicht konnten sie sich gegenseitig dabei helfen, die Wunden an ihren Seelen zu heilen. Sie schloss die Augen und sog den Duft der Blüten ein. Die Zukunft würde zeigen, ob Glück auch für sie möglich war.

ENDE

❧ Nachwort ❧

Fakten und Fiktion

as ist wahr an den furchtbaren Berichten über kaum vorstellbare Gräueltaten, die dem als Vlad der Pfähler in die Geschichte eingegangenen Walachen zugeschrieben werden? Diese Frage hat mir beim Verfassen der »Teufelsfürst-Trilogie« im wahrsten Sinne des Wortes schlaflose Nächte bereitet. War Vlad Draculea wirklich eine solche Bestie? War seine Grausamkeit größer als die seiner Zeitgenossen? Oder steckt vielleicht Propaganda hinter den Erzählungen und Sammlungen von Anekdoten, die ich hier zum Teil habe einfließen lassen? Zwischen 40.000 und 100.000 Menschen sind ihm zum Opfer gefallen – und nicht nur seine Feinde endeten auf den Pfählen, die wohl auf die gesamte Walachei verteilt gewesen sein müssen. War er ein Kriegsheld oder ein Verräter? Ein Geisteskranker oder ein rücksichtsloser Taktierer? Oder vielleicht beides? Mit Sicherheit wird diese Frage wohl nie beantwortet werden können. Es dürfte aber feststehen, dass zumindest ein Teil seines Rufes auf den Anekdoten fußt, die noch zu seinen Lebzeiten in Umlauf gebracht wurden.

Unter diesen sind zwei besonders hervorzuheben, nämlich die vermutlich bereits 1462/63 in Wien gedruckte Flugschrift »Histori von dem posen Dracol« (»Geschichte vom bösen Dracula«) und Michel Beheims (1416 – ca. 1474/75) populäres Gedicht über den Woiwoden »Drakul«. Diese Schriften listen entsetzliche Grausamkeiten auf und es drängt sich der Verdacht auf, dass sie für ein sensationslüsternes Publikum verfasst wurden.

Die Geschichten, die Floarea der Königin vorliest, sind allesamt der Neuübersetzung von »*Tausendundeinenacht*« entnommen (siehe Bibliografie), die Zeilen über Vlad Draculea entstammen der Übersetzung von Michel Beheims Gedicht. Über den genauen Verlauf der Gefangenschaft von Vlad Draculea ist wenig bekannt, man weiß lediglich, dass er sich zum Teil auf der Burg Visegrád, zum Teil am Hof in Buda aufgehalten hat. In einem Kerker hat er allerdings ganz sicher nicht geschmort. Wann genau er die Base des Königs, Ilona Szilágyi, geheiratet hat und zum katholischen Glauben konvertiert ist, bleibt ebenfalls unbekannt. Im Jahr 1475 wurde Vlad von Matthias Corvinus schließlich wieder in die Freiheit entlassen. Nach Radus Tod im selben Jahr kam es zu einem erneuten Krieg gegen die Osmanen, in dem Vlad Draculea gebraucht wurde. Am 16. November 1476 wurde er ein drittes Mal in Tirgoviste als Woiwode ausgerufen. Allerdings war diese Herrschaft nicht von langer Dauer. Bereits kurze Zeit später, um die Jahreswende, starb Vlad im Kampf gegen die osmanischen Panzerreiter. Über die Art und Weise seines Todes herrscht Uneinigkeit. Ein Teil der Quellen behauptet, dass er von einem Feind getötet worden sei, ein anderer Teil ist davon überzeugt, dass er von einem gedungenen Mörder hinterrücks enthauptet wurde. Die Wahrheit wird wohl nie ans Licht kommen. Fest steht, dass Vlad Draculea noch heute eine grausige Faszination auf die Nachwelt ausübt.

Wie immer ist es mir an dieser Stelle wichtig, darauf hinzuweisen, dass es sich bei einem historischen Roman stets um ein Werk der Fiktion handelt. Es kann durchaus geschehen, dass Personen in einer Art und Weise agieren müssen, die nicht unbedingt ganz zeitgemäß ist. Ich bin allerdings stets bemüht, diese Diskrepanzen auf ein absolutes Minimum zu beschränken. Manchmal ist es auch vonnöten, Wörter zu benützen, die es zum damaligen Zeitpunkt noch nicht gab, um unschöne Wortwiederholungen zu vermeiden. Diesen Kniff verwende ich allerdings nur so oft wie unbedingt nötig. Und noch etwas möchte ich hier anmerken: Ein Roman ist stets ein Spiel, auf das Leser und Autor sich gemeinsam einlassen, ein

Spiel, das beiden Seiten nur dann Freude bereitet, wenn man sich auf dem gleichen Spielfeld aufhält. Daher war es mir so wichtig, Freunde von Vampirromanen zu warnen. Ein Genre ist gut mit einer Sportart zu vergleichen. Leser und Autor einigen sich von Anfang an auf die Art des Platzes, die Regeln und die Dinge, mit denen gespielt wird. Wer also in der Erwartung eines Fußballspiels (eines Vampirromans) an ein Tennisspiel (einen historischen Roman) herangeht, der muss und wird enttäuscht werden. Natürlich helfen Klappentext und Umschlag bei der Auswahl des Buches, aber es ist vielleicht dennoch fairer, besonders bei einem solch heiklen Thema, vorher zu warnen.

Silvia Stolzenburg, August 2016

Bibliografie

Asutay-Effenberger, Neslihan (Hrsg.). *Sultan Mehmet II. Eroberer Konstantinopels – Patron der Künste.* Köln Weimar Wien: Böhlau Verlag, 2009.

Beheim, Michel. *Von einem Wüterich, der hieß Fürst Dracula aus der Walachei.* Übersetzt von Liane Angelico, mit einem Vorwort von Gerald Axelrod, CreateSpace, Dezember 2015.

Biegel, Gerd (Hrsg.). *Budapest im Mittelalter.* Braunschweig: Braunschweigisches Landesmuseum, 1991.

Bookmann, Hartmut et. al. *Mitten in Europa: Deutsche Geschichte.* Goldmann Verlag, 1990.

Bookmann, Hartmut. *Die Stadt im späten Mittelalter.* Frankfurt, Olten, Wien: Büchergilde Gutenberg, 1986.

Büchner, Karl (Hrsg.). *Titus Lucretius Carus. De rerum natura. Welt aus Atomen.* Stuttgart: Philipp Reclam jun. 2012.

Der Divan Sultan Mehmeds des Zweiten des Eroberers von Konstantinopel.

dtv Lexikon des Mittelalters. 9 Bde. München: Deutscher Taschenbuch Verlag, 2003.

Freely, John. *The Grand Turk: Sultan Mehmet II – Conqueror of Constantinople and Master of an Empire.* New York: The Overlook Press, 2009.

GEO Epoche 2. *Das Mittelalter: Ein neuer Blick auf 1000 rätselhafte Jahre* (1999).

Gibbons, Herbert Adams. *The Foundation of the Ottoman Empire: A History of the Osmanlis up to the Death of Bayezid I. (1300-1403)*. Oxford: Clarendon Press, 1916.

Gold, Carl A. *Das Mittelalter in seinen Redewendungen*. Gassmann Verlag, 2008.

Green, Monica H. (Hrsg.). *The Trotula: An English Translation of the Medieval Compendium of Women's Medicine*. Philadelphia: University of Pennsylvania Press, 2002.

Greenblatt, Stephen. *The Swerve: How the World Became Modern*. New York London: W.W. Norton & Company, 2011.

Hechelhammer, Bodo. *Das Korps der Janitscharen: Eine militärische Elite im Spannungsfeld von Gesellschaft, Militär und Obrigkeit im Osmanischen Reich*. In: Themenheft Militärische Eliten in der Frühen Neuzeit (Hrsg. Gahlen, Gundula; Winkel, Carmen), 14 (2010) Heft 1. Universitätsverlag Potsdam, 2010, S. 33-58.

Haumann, Heiko. *Dracula: Leben und Legende*. München: C.H. Beck, 2011.

Honour, Hugh ; Fleming, John. *Weltgeschichte der Kunst*. München, Berlin, London, New York: Prestel Verlag, 2000.

Jones, Peter Murray. *Heilkunst des Mittelalters in illustrierten Handschriften*. Stuttgart: Belser Verlag, 1999.

Kanders, Michael, Oskamp, Jens. *Elemente, Temperamente und Säfte: Leitfaden der Naturheilkunde. Humoralpathologie – Klostermedizin – Unanimedizin*. Norderstedt: BOD, 2012.

Kinder, H.; Hilgemann, W. / Hergt, M. (eds.) *dtv-Atlas der Weltgeschichte*. München: Deutscher Taschenbuch Verlag, 2000.

Kluge: *Etymologisches Wörterbuch der deutschen Sprache*. Berlin/New York: Walter de Gruyter, 2002.

Kollesch, Jutta, Nickel, Diethard (Hrsg.). *Antike Heilkunst: Ausgewählte Texte aus den medizinischen Schriften der Griechen und Römer*. Stuttgart: Philipp Reclam, 2007.

Leven, Karl-Heinz (Hrsg.). *Antike Medizin: Ein Lexikon*. München: C.H. Beck, 2005.

Märtin, Ralf-Peter. *Dracula: Das Leben des Fürsten Vlad Ţepeş*. Berlin: Verlag Klaus Wagenbach, 2008.

Moeller, Bernd. *Geschichte des Christentums in Grundzügen*. Göttingen: Vandenhoeck & Rupprecht, 2008.

Nagel, Tilman. *Die islamische Welt bis 1500. Oldenbourg Grundriss der Geschichte*. München: R. Oldenbourg Verlag, 1998.

Ott, Claudia. *Tausendundeine Nacht*. München: Deutscher Taschenbuch Verlag, 2009.

Reddig, Wolfgang F. Bader, Medicus und Weise Frau: *Wege und Erfolge der mittelalterlichen Heilkunst*. München: Battenberg Verlag 2000.

Roth, Harald. *Kronstadt in Siebenbürgen: Eine kleine Stadtgeschichte*. Köln Weimar Wien: Böhlau Verlag, 2010.

Treptow, Kurt W. *Dracula. Essays on the Life and Times of Vlad Țepeș.* New York: Columbia University Press, 1991.

Turnbull, Stephen. *The Ottoman Empire 1326-1699.* Oxford: Osprey Publishing, 2003.

Vogt-Lüerssen, Maike. *Der Alltag im Mittelalter.* Norderstedt: Books on Demand, 2006.

Vogt-Lüerssen, Maike. *Zeitreise 1: Besuch einer spätmittelalterlichen Stadt.* Norderstedt: Books on Demand, 2005.

Silvia Stolzenburg

Der Teufelsfürst

416 Seiten, gebunden
Edition Aglaia
im Bookspot Verlag
ISBN 978-3-937357-75-1
17,95 €

Anno Domini 1447: Der junge Vlad Draculea, Sohn des Fürsten der Walachei, befindet sich in türkischer Gefangenschaft. Als Geisel am Sultanshof in Edirne geht er durch die Hölle. Ohnmächtig muss er dabei zusehen, wie der sinnesfreudige osmanische Prinz Mehmet seinem jüngeren Bruder Radu nachstellt. Um Radu zu rächen und seine Freiheit zurückzugewinnen, ersinnt Vlad einen teuflischen Plan …

Während Vlad Draculea im Herzen des Osmanischen Reiches um Vergeltung kämpft, muss sich die vierzehnjährige Zehra von Katzenstein in Ulm vor Gericht verantworten. Sie wird der Hexerei und des Mordes an ihrem Vater beschuldigt. Verzweifelt versucht sie, ihre Unschuld zu beweisen.

Silvia Stolzenburg

Das Reich des Teufelsfürsten

464 Seiten, gebunden
Edition Aglaia
im Bookspot Verlag
ISBN 978-3-937357-86-7
17,95 €

Fürstentum Walachei, August 1456: Acht Jahre sind vergangen, seit Vlad Draculea seine Geliebte Zehra von Katzenstein in der Walachei zurücklassen musste. In einem Kloster in den Karpaten harrt die junge Frau zusammen mit Vlads Sohn Carol auf die Rückkehr des Vertriebenen. Doch Vlad muss zuerst seinen Thron zurückerobern, den ihm einer seiner erbittertsten Feinde entrissen hat.

Unterdessen wird in Ulm Zehras Bruder Utz von der Gefühlskälte seiner Gemahlin Sophia aus dem Haus getrieben. Er begibt sich auf eine Handelsreise nach Transsylvanien. Dort kreuzen sich seine Wege schon bald mit denen des walachischen Herrschers. Es kommt zu einem schicksalsschweren Zwischenfall, der das Leben aller Beteiligten für immer verändert.

Silvia Stolzenburg ist in meinen Augen die unbestrittene Königin des historischen Romans!
Thomas Jessen, Mundo Libris

Beide Bände wurden mit dem **Goldenen HOMER** ausgezeichnet; Band 1 für die beste historische Biografie 2014 und Band 2 für den besten historischen Spannungs- und Abenteuerroman 2015.

Silvia Stolzenburg	Silvia Stolzenburg	Silvia Stolzenburg
Die Launen des Teufels	**Das Erbe der Gräfin**	**Die Heilerin des Sultans**
480 Seiten	448 Seiten	528 Seiten
gebunden	gebunden	gebunden
Edition Aglaia	Edition Aglaia	Edition Aglaia
im Bookspot Verlag	im Bookspot Verlag	im Bookspot Verlag
ISBN 978-3-937357-41-6	ISBN 978-3-937357-45-4	ISBN 978-3-937357-47-8
16,95 €	16,95 €	16,95 €

Drei Generationen derer von Katzenstein umfasst die mitreißende Trilogie von Silvia Stolzenburg. Spannend und kenntnisreich entführt die Autorin in eine Zeit, die von Gier, Aberglaube und der Furcht vor Gott und dem Schwarzen Tod geprägt war. Die Bände sind in sich abgeschlossen, sodass sie auch einzeln ein pures Lesevergnügen sind. Für alle Fans des Genres ein Muss!

»... *auf alle Fälle zu empfehlen, man fiebert wirklich mit!*«
SWR3 Radio Club

»... *überzeugt mit Lebendigkeit und Anschaulichkeit, außerdem erzählt die Autorin atmosphärisch dicht und spannend.*«
www.literaturkritik.de

Silvia Stolzenburg

Schwerter und Rosen

496 Seiten, gebunden
Edition Aglaia
im Bookspot Verlag
ISBN 978-3-937357-59-1
16,95 €

Silvia Stolzenburg

Im Reich der Löwin

480 Seiten, gebunden
Edition Aglaia
im Bookspot Verlag
ISBN-978-3-937357-61-4
16,95 €

Mit ihrem spannungsgeladenen Zweiteiler setzt Silvia Stolzenburg einem der einst mächtigsten Herrscher Europas ein Denkmal: Richard Löwenherz. Während die Quellen seine Ritterlichkeit rühmen, zeigt die Autorin auch die jähzornige und unberechenbare Seite des charismatischen Herrschers. In schnellen, opulenten Szenen schildert sie die turbulenten Ereignisse der Jahre 1189-1199. Nicht nur der dritte Kreuzzug der europäischen Mächte unter Führung von Löwenherz, Barbarossa und Philipp II. fällt in diesen Zeitraum. Auch Gefangenschaft und Heimkehr des Löwen ins abtrünnige England prägen das unruhige Jahrzehnt.

»Historisch fundiert und detailgetreu, voller Action und Spannung. Ein Muss für jeden, der historische Romane über die Zeit der Kreuzzüge liebt!«
www.literaturschock.de

»Selten wurde das Mittelalter thematisch und künstlerisch so authentisch dargestellt wie hier und damit absolut empfehlenswert.«
Renate Schattel, ekz.bibliotheksservice

Silvia Stolzenburg
Töchter der Lagune

416 Seiten
gebunden
Edition Aglaia
im Bookspot Verlag
ISBN 978-3-937357-60-7
16,95 €

Die Töchter des wohlhabenden, venezianischen Senators Brabantio, Desdemona und Angelina, führen ein sorgloses Leben. Doch das Familienglück wird auf eine schwere Probe gestellt, als Desdemona sich unsterblich in den um viele Jahre älteren General Moro verliebt, der noch dazu kein reiner Venezianer ist. Da eine Zustimmung des Vaters zu einer Ehe mit dem ungestümen Fremden undenkbar ist, entschließt die junge Frau sich zur Flucht mit ihrem Geliebten. Nach einer heimlichen Hochzeit wollen sie sich nach Zypern einschiffen, wo Moro die osmanischen Angreifer in die Flucht schlagen soll. Doch bevor sie Venedig verlassen können, werden sie verraten. Denn Moro hat einen Feind, der ihn auf Schritt und Tritt verfolgt, um eine alte Rechnung zu begleichen.

Auch die junge Elissa di Morelli wächst wohlbehütet in der venezianischen Oberschicht auf. Den Vorschlag ihres Vaters, ihn und seine Frau auf eine Handelsreise nach Rom zu begleiten, nimmt sie mit Begeisterung an. Endlich darf sie die Welt außerhalb der Lagunenstadt kennenlernen. Doch wird der Traum sehr schnell zum Albtraum, da das Schiff der Morellis von Piraten gekapert wird. Als Haremsdame am Hofe des Sultans Selim II. muss Elissa sich dem grausamen Willen des mächtigen Herrschers beugen. Eine Flucht scheint aussichtslos.

»Faszinierende Adaption von Shakespeares „Othello": Silvia Stolzenburgs Othello-Adaption ist sehr gut gelungen und verleiht dem Shakespeare-Drama einen völlig neuen Charakter. Töchter der Lagune bietet nicht nur wunderbare Unterhaltung, sondern vermittelt auch ein interessantes Bild der venezianischen Gesellschaft des 16. Jahrhunderts.« www.histo-couch.de

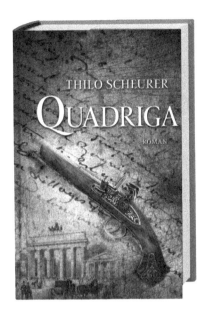

Thilo Scheurer

Quadriga

432 Seiten
gebunden
Edition Aglaia
im Bookspot Verlag
ISBN 978-3-937357-72-0
17,95 €

Frankfurt 1813: Nach Napoléons Niederlage bei der Völkerschlacht von Leipzig werden die preußischen Agenten Leopold Berend und Carl von Starnenberg mit der Zerstörung der französischen Telegrafenlinie beauftragt. Ihr geheimer Zusatzbefehl lautet: Findet die Quadriga! Denn das Wahrzeichen des Brandenburger Tors wurde 1806 von den Franzosen als Kriegsbeute beschlagnahmt. Die Operation hinter den feindlichen Linien entwickelt sich schnell zu einem tödlichen Unterfangen.

Auf tragische Weise kreuzt sich der Weg der Preußen mit dem der Tochter eines französischen Generals. Die junge Frau gewährt den fremden Soldaten Zuflucht. Doch Gut und Böse sind schon lange nicht mehr zu unterscheiden ...

Mit Quadriga wendet sich Thilo Scheurer der schwierigen Frage von Schuld und Sühne zu. Ein spannender und vielschichtiger Roman, der die napoleonischen Kriege mit berührenden Einzelschicksalen verknüpft.

„Wärmstens empfohlen!"   ekz.bibliotheksservice

„... der Autor versteht zu erzählen und hat sich einem in diesem Genre nicht alltäglichen Thema mit fundierter Sachkenntnis angenommen."
www.histo-couch.de